凤头 猪肚 豹尾

——影视剧本与小说创作入门

李建军◎著

中国戏剧出版社
CHINA THEATRE PRESS

图书在版编目（CIP）数据

凤头猪肚豹尾：影视剧本与小说创作入门 / 李建军著.
-- 北京：中国戏剧出版社，2016.5
ISBN 978-7-104-04384-3

Ⅰ.①凤… Ⅱ.①李… Ⅲ.①电影文学剧本－创作方法
②电视文学剧本－创作方法③小说创作－创作方法
Ⅳ.①I053.5②I054

中国版本图书馆CIP数据核字(2016)第097586号

凤头猪肚豹尾：影视剧本与小说创作入门

责任编辑： 肖　楠
责任印制： 冯志强

出版发行：	中国戏剧出版社
出 版 人：	樊国宾
社　　址：	北京市西城区天宁寺前街2号国家音乐产业基地L座
邮　　编：	100055
网　　址：	www.theatrebook.cn
电　　话：	010-63381560（发行部）010-63385980（总编室）
传　　真：	010-63383910（发行部）

读者服务： 010-63387810
邮购地址： 北京市西城区天宁寺前街2号国家音乐产业基地L座

印　　刷：	北京鑫瑞兴印刷有限公司
开　　本：	787mm×1092mm　1/16
印　　张：	17
字　　数：	270千字
版　　次：	2016年5月　北京第1版第1次印刷
书　　号：	ISBN 978-7-104-04384-3
定　　价：	42.00元

版权专有，违者必究；如有质量问题，请与出版社联系调换。

自 序

这个世界上，每个人都在讲故事。

妈妈给孩子讲充满欢乐的世界，孩子给妈妈讲天真明丽的视野，老师给学生讲故事，讲故事又是学生的作业，老人述说历尽沧桑的岁月，青年演示绚烂梦想的追寻，翩翩少年也会向人们炫耀他闯荡世界的经典。

历史、现实和梦想，丰富着故事的江湖。笔墨流动着传奇，胡子长满了春秋。优秀的故事，总是突破一切区域，跨越所有边界，像风一样无处不在。讲故事，是生活需要，人间欢乐，教育传承，社会职业，更是一种生命状态。

用生命讲故事的人，是民族的老师，人类的老师。

讲故事有多种方式，绘画讲述着富春山居清明上河，书法演绎着龙跃天门虎卧凤阁，音乐倾诉着高山流水双泉映月，舞台再现了大千世界万家灯火，文学穿透了春风秋雨普世心灵。讲故事，成为人们不同的生命状态。而电影和电视剧，是当今最好的讲故事的方式，她利用人类文明的一切艺术成果甚至一切物质与文化成果，用最逼真、最形象、最高度综合性的声像艺术来讲故事。

影视编剧就是给这种最好的讲故事方式提供基础的人，是这种方式的种子与灵魂。

本书告诉人们怎样成为影视编剧。

本书倾力阐述影视剧本创作实作方法，强调理论的针对性，追求说的对又管用，排斥正确的废话。

剧作没有公式，但确实有高超的技巧、基本的规律与珍贵的经验。本书全面介绍这些经验、规律和技巧，告诉你什么是剧本，什么是好剧本什么是差剧本，怎样写剧本，写什么剧本，怎样写好剧本。希望你投入情感、抛洒心血、经历蹉跎、挖掘、提炼、创作、创造，走进影视编剧看似神秘的庭堂。

本书介绍的经验、规律和技巧，大部分与小说创作血脉相通，帮助你成为剧本、小说两栖作家。

本书追求直白的大实话，致力深入浅出。说直白的大实话不是为了风格，是希望看这部书不太吃力。本书的观点、方法都可以看得很清楚很明白，而且有阅读的快乐。

写直白的大实话，前辈早有典范。"暮投石壕村，有吏夜捉人。老翁逾墙走，老妇出门看。"就像一个老农跟你述说曾经的往事。你别说这跟写剧本没关系，《石壕吏》就是一部高度现实主义风格的短剧剧本。前面几句是生动的画面，"吏呼一何怒，妇啼一何苦！"这是视听语言。"夜久语声绝，如闻泣幽咽。"连空镜怎么拍都有了，还告诉你这空镜的画面应当有渗透着悲惨哭泣的音乐。

大实话说好了并不容易，写诗都是满篇大实话的杜甫老同乡，追求"语不惊人死不休"，他告诉你什么样的大实话叫做凝练叫做精彩叫做惊人叫做诗圣。

其实诗仙李白的许多诗，诗中有画画中有诗的王维，还有其他许多诗人，他们的诗也都很直白，都可以直接用来拍摄。如"床前明月光，疑是地上霜。举头望明月，低头思故乡"，如"大漠孤烟直，长河落日圆"，"明月松间照，清泉石上流"。

不同形式的文化艺术，很多基本东西是相通的。

本书对几部著名剧作理论书中的一些观点进行了批判，是为了辩明正确的道路，弄清问题的实质。

当然，本书也期待着批判。

目 录

第一章、走进影视编剧的庭堂……………001
第二章、影视剧本创作的基本要求………013
第三章、题材……………………………023
第四章、主题……………………………049
第五章、素材……………………………072
第六章、故事……………………………081
第七章、人物……………………………133
第八章、结构……………………………180
第九章、线索……………………………189
第十章、台词……………………………194
第十一章、情感…………………………204
第十二章、节奏…………………………212
第十三章、场景与道具…………………215
第十四章、修改…………………………221
第十五章、改编…………………………231
第十六章、创作阐述……………………237
第十七章、编剧风格……………………247
第十八章、做一个好编剧………………252

跋………………………………………265

第一章、走进影视编剧的庭堂

2009年，法国导演让·雅克·阿诺接下了电影《狼图腾》的拍摄。直到2014年年底，电影才全部完成。《南方周末》的记者问他：这5年来最重要的准备是什么？

阿诺斩钉截铁地说："有三个：剧本、剧本、剧本。"

剧本，是编剧编织出来的，做一个好编剧是了不起的。

一、什么人可以当编剧

什么是影视圈？

那是一个光影斑斓、激情放射直面人生不懈追寻日夜磨砺艰难曲折风波迭起、艺海浮沉的世界！

在那个世界里，做一个所有作品之根本——剧本的创造者，可想而知多么不易。所以有人说，能够当编剧的人非天才不可，描写心灵是神秘而高超的事情。

但是，纵观天下从古到今，谁是天生的编剧？

没有天生的编剧。

我们说生活中每一个人都在讲故事，而编剧就是讲故事的人，那么是不是说，每个人都可以成为编剧？

是的，每一个正常智力细心认真又充满激情有着坚韧毅力的人，都可以成为编剧。

法国导演让·雷诺阿受画家父亲的熏陶走上艺术道路，前苏联导演安德烈·塔可夫斯基和他父亲都是诗人，陈凯歌的父亲就是导演。于是有人说，他们成功是因为生在艺术家庭。

大导演张艺谋并未生在艺术家庭，因写剧本成名的史泰龙曾被认为吃不了艺术饭。

我是在将近50岁，因为偶然的原因，开始写剧本做导演。我没有上过艺术学校，更没有梦想成为艺术家，学历也不高，初中没毕业就参军走了，复员后一直在机关工作。一次机关组织打球，我脚部骨折打了石膏躺在床上养伤，为了打发这段枯燥的日子，拿着个托板开始写小说。因为没有刻意研究新文学，所以写作风格比较传统，就有朋友说我的小说很容易改剧本。我起了好奇心，找了个剧本信笔模仿几页，一看也是剧本啊！于是把自己小说哗哗改成剧本，在已近知天命之年，我这个完全的门外汉，犹如翩翩少年，一头撞开了影视圈那神秘的高高的围墙。

是一头撞开的，但经历了太多艰苦的学习、参悟。

做编剧需要悟性，有人说这悟性只可意会无法言传，神奇的编剧技巧，是靠灵感激发出来的，那种灵感不是每个人都会有的，书本里和课堂上是学不到的。到哪里去悟？转世灵童也要经过严格的长期的学习，悟性也是培养出来的。

编剧都是学出来的，学习当编剧的途径很广阔，你可以通过看电影看电视剧来学，认真观摩苦思冥想，把人家植身于影像深处的经验技巧看出来看透彻学到手，可是这十分艰难。影视剧发展了100多年，那么多艺术精英倾尽了心血，还讲究把手法和技巧隐藏在故事里面声画后面。你想要写好剧本，应当学习前辈优秀编剧总结了多少个春秋的经验，那是金子和珍珠闪闪发光，是通达而明亮的捷径，可以使你最大限度减少艰难的摸索。我也是在长期创作与修改剧本的过程中，向众多的影视先行者，包括编辑、制片人、编剧、导演、美术师、摄影师广泛的学习，逐步积累经验慢慢提高的。

电影电视剧是高端的专业艺术，也是大众艺术，是拍天下事给天下人看的。任何一个电影大师、编剧大师都离我们不远，都是普通人成长起来的，也还要继续成长。我给大学生讲课时，举出当作教材出版的剧本让他们挑毛病。开始谁也挑不出来，让大家认真看，再看看，不用你启发，不少学生就看出毛病来了，而且还能做出很好的修改。做一件事情，首先不要怕，不要迷信天才论，不要认为名师的成就高不可攀，不要认为当编剧只是一个梦想或愿望，任何大师都是经过艰难的跋涉实现梦想的。

二、编剧的创作状态

编剧大多是自己创作，也有的剧本是集体创作。集体创作也分两种情况，一种是一个人写，别人或几个人改；一种是几个人共同创作一个剧本。

共同创作又分不同情况，一是几个人在一起编织故事，如《渴望》就是王朔、李晓明、郑晓龙几个人在一起侃故事，商定一个故事核：让一个女人好到家，又倒霉到家。根据大家侃出来的具体故事，由李晓明执笔，大家共同修改。二是一部长篇剧作分成几部分，几个编剧每个人写一部分。

集体创作的短处是可能导致缺乏个性，好处是集思广益。

编剧们常常都会因为写不出好东西而烦恼，常常会感到枯燥、艰苦、孤独，有时候感觉四面是墙。所以编剧需要具备强大的意志力量，要能够沉下心来，向数不清的困难做斗争。

编剧一个重要的工作状态，就是他的创作在时时刻刻。

拍摄电视剧《心结》的时候，我第三次做编剧，第二次做制片人，第一次做导演和主演，每天担着山一样的压力，精力、体力都到了极限。拍到最后两天，制片主任担心整个剧本的量不够八集，我于是决定加写两场戏。化妆师早晨给我化妆时，她画她的我写我的十分钟写了一场戏；中午吃饭时候，边吃边写了一场戏。化妆师张颖华说：导演你真是个奇人，我干了二十年化妆，没见过这样写剧本的！

那两场戏拍得都很好看。

未必每一个编剧都有过这样的创作经历，但一般来说，真正呕心沥血于剧本的编剧，时时刻刻都在创作，有时在纸上，有时在键盘上，更多的是在心里。

编剧，或者说作家，是创造生活的人，是故事世界的主人，主宰故事里的万事万物，所以是神圣的。

对于编剧来说，写剧本有两个动力：

一是心灵的抒发，个人经历与情感的释放。

二是职业或商业的创作。

干得好，两个动力都可以写出好作品。职业或商业的创作，编剧承接的命题创作，也可以撞击他心灵的深处，激发他澎湃的激情，写出优秀的作品。任何命题都不过是社会生活里的一部分，神话与未来是美好的追求，世俗的生活能折射出哲理。最好的状态，是两者完美地结合，是让你的剧本每一场戏都撞击了观众的心灵，具有无与伦比的艺术力量，又具有强大的商业价值。

当两者无法调和，为了生存选择商业价值无可厚非，为了初心选择燃烧自己的生命应当赞美！不论业余还是职业编剧，当你从事创作，你去热爱她，投入自己的生命。编剧塑造的就是人的心灵生命的真谛，不投入激情与生命，写不出好剧本。

编剧的写作有两个要求：

第一写作应当是自由的，充满想象排斥任何限制与约束的，拥有与众不同的个性，这样你的创作才是独特的也更加具有艺术价值。

第二影视剧并非编剧一个人的创作，需要集体共同创作完成。因此她有行业的习惯、规定与要求，编剧应当遵循一些基本的形式，让自己的剧本专业化，能够顺利投入拍摄。

剧本创作有艰苦性，又有方便性与低成本性，不需要额外的工作条件。随时随地，你都可能想出一个好创意，写出一场好戏，弄出一句好台词，改出一段好故事，创作一个活灵活现的人物。

我的很多故事情节，甚至一些剧本的创意与主题，都是在旅途中想出来的。你上了飞机，坐上火车，反正别的也干不了，这时候心里往往很安静，可以沉下心来想你的故事。

编剧主要的工作状态是想，总是在想自己的剧本。很多时候你想的内容与当前创作没有关系，却可能成为今后的作品。时常编剧想的不是剧本，想来想去就转到剧本上来了。想当前和今后的创作，想以往创作的不足，忽而顿足懊恼忽而击节醒悟，就是编剧的日常生活。

那种状态常常感到累，更多的，是感到属于生命的快乐。

任何一个人，你反正在想问题，那么让你的思想更有意义一些。

三、影视剧本创作是主流的文学创作

在当今有一些作家把编剧看得很低，认为剧作不是文学，是低层次的东西。有些编剧自己也觉得只是一个艺术匠人，作家的层次比自己高。

一位写小说的伙计说我：你不搞文学了嘛，要去赚钱嘛。

可当他谈起自己的小说挣了多少稿费，眼睛在放光。

我们看中国和世界的文学史，许多大剧作家如关汉卿、王实甫、汤显祖、莎士比亚、巴尔扎克，都是响当当的角色。

莎士比亚被称为全世界最卓越的文学家之一。他写诗，但他最主要的成就是剧作。

优秀的戏剧剧作，许多唱词就是不朽的诗歌。

如：

"大江东去浪千叠，引着这数十人，驾着这小舟一叶。又不比九重龙凤阙，可正是千丈虎狼穴。

水涌山叠，年少周郎何处也？不觉的灰飞烟灭，可怜黄盖转伤嗟，破曹的樯橹一时绝，鏖兵的江水由然热，好教我情惨切，二十年流不尽的英雄血。"

那么雄浑苍劲。

"西子湖依旧是当时一样，看断桥桥未断，却寸断了柔肠。

看这些花阴月影，凄凄冷冷，照他孤零，照奴孤零。"

那么伤感凄凉。

"问今夜有谁折证？是这银汉桥边，双双牛女星。"

那么婉转多情。

"头戴金冠压双鬓，当年的铁甲又披在身，帅字旗飘入云，斗大的穆字震乾坤。"

那么生动威严。

"我不挂帅谁挂帅，我不出征谁出征。"

那么自信豪迈。

谁能说这不是文学！

优秀的影视剧作，不但塑造了丰富多彩的典型人物和波澜壮阔的精彩故事，许多饱含文学意蕴与生活气息的台词也让人们长久铭记，并对人们的生活带来巨大的影响，我将在台词一章作出列举。

影视剧本创作，比舞台剧本的创作天地更加广阔，只是文学的形式不同。一个好的编剧，必须具有高深的文学修养，必须要有雄厚的文学功力。而且，又要比小说作家多具备一项技能，就是把人性描写、心理描写外在化、动作化、台词化、影像化的能力。

有人说：影视剧文学性不可能高过小说，《三国演义》《水浒传》《红楼梦》的电视剧比小说差太远了。

可是，《罗马假日》《魂断蓝桥》这样的电影，你找任何高明的作家把她们改成小说，能比得过电影的艺术力量吗？

一部作品艺术力量的高低，不是衡量一个艺术门类的标准。你要看具体的艺术门类整体的水平，看她具备的基础，看她可以达到的高度。中国最早的小说可以追溯到《山海经》，迄今2000多年了，而电影来到这个世界才100多年。可在当今，谁能说电影的社会影响力不如小说呢？谁能说当今影视剧的成就，不是几千年文学发展的一个新阶段呢？谁又能说电影电视剧的基础不是文学呢？

剧本的文学性越强，给导演、美术、摄影、演员的二度创作带来的帮助越大，电影的艺术水平也就越高。立志要当一个好编剧的人，不要以为编剧只需要剧作技巧和生活体验，一定要认真打牢文学底子。剧作技巧也是文学技巧的一部分。

四、影视编剧是当今主流艺术之根

我的第一个剧本修改过程中,一天和导演在一起讨论剧本,导演笑眯眯地说:建军,我是这部电视剧的爹,你,是她的娘。我笑道你弄错了,你怎么能当爹,我老人家才是她的爹。导演说不讲理,你是编剧你怎么就成了爹?我说这个剧本并不是你或者别的什么人出创意我来写的,是我先有了小说,然后自己改的剧本,你才进来当导演的。这部电视剧的根子扎在我这儿,种子是我播下的,我当然是她的爹。于是,结束了争论。

但在中国影视圈,一个时期中,抬高导演看低编剧成为习惯。一个演员在一次晚会上,充满激动与敬佩地夸导演是一部作品的司令与灵魂,而说到编剧,她说,那是导演的参谋。

当然编剧的情况也多种多样,有的剧本是制片人或导演先有创意找编剧写的。但真正具有强大生命力艺术感染力的作品,一定是编剧经过涅槃一样的呕心沥血才能产生的。我同时任编剧和导演的几部作品,大部分时间是在弄剧本,更多的心血也在剧本创作阶段。所有影视剧的情况大抵如此。

我遇到一个影视公司,为了在一个以鹰为文化象征的城市争取资金支持,搞一部剧本基本故事是追鹰。后来在这个城市没有争取到支持,就去了另一个以龙为文化象征的城市,将基本故事改为追龙。这样瞄着钱变换着故事的剧本,不可能是好东西。

这几年,影视人更加认识到剧本的重要性,编剧是导演参谋之类的话基本听不见了。

写剧本,当编剧,在影视这个行业是最主动的,是你从一个外人杀进影视圈最有效最有力的武器。李安完成自己的学业之后,在家写了几年剧本,凭着剧本杀进美国的影视圈。电影巨星席维斯·史泰龙,成名之前是贫穷的美国青年,拼尽全力只能在电影界跑个龙套。后来听从母亲的劝告,静下心写出了剧本《洛奇》,在好莱坞一家一家地寻找电影公司的支持。数不清的拒绝之后,终于有一家公司投资并请他出演主角。《洛奇》播出后引起巨大的轰动,史泰龙也成为享誉世界的影星、导演、制作人和作家。

从电影诞生以来,编剧导演一身兼的随处可见。世界电影界评选的电影史上十大名片中,编剧和导演为同一个人的占一半以上。在国内,也有一些金牌编剧成了制片人,或虽不是制片人,但签署合同的时候拥有对主演认可的权力。

五、产业需要催生出行业化

如今,剧本已经是重要产业的源头资产。

据说美国好莱坞产值是钢铁业的十倍,电影已不单纯是文化艺术,而且是实实在在的产业,并且以全世界为市场。电影市场份额最大的好莱坞,最重视向剧本投资,不但重金购买,更加重视剧本的生产,甚至出现流程化的剧本创作,一部电影剧本,不同编剧分别写故事,人物,台词,动作,梳理结构,最后一个人统筹。

国内优秀的制片单位,也越来越重视编剧的作用。随之而来的,影视编剧出现了行业化倾向,促使编剧们更加专业、更加纯熟地掌握影视剧作规律,使剧本更加适合拍摄需要。行业化也产生出大量的行活,故事曲折丰富矛盾冲突激烈戏剧因素饱满,但缺乏真情实感。我碰到有的编剧朋友,自我定位就是艺术匠人,把写剧本当成谋生手段,十分注重编剧技巧,一说就是写人生写命运的,眼睛盯的都是钱。剧本故事充满死呀活呀的人生极限,人物命运横行在苍白浅薄雷同做作之中,情感像漂在水面的油。

行业化并不可怕,可怕的是行活。艺术也需要高超的匠人,可编剧必须是投入生命与情感的创造者,你要真的热爱这种创造。

真正的好木匠、好厨师、好裁缝,对自己的哪怕是谋生手段也充满热爱。记得谁的小说,写一个做皮靴的匠人,总是那么认真地不计成本不计时间地做鞋,直到后来没有饭吃。这当然是极端的个例,世界在变,相信当今这个世界的绝大部分工作,包括编剧工作,你投入饱满的情感呕心沥血来做,一定会有饭吃,还会吃得不错。

六、编剧队伍应当扩大

影视编剧的行业化,并没有催生出更多的编剧,反而形成了门坎与围墙。当有人怀着编剧的梦想怯生生地想要来迈这个门坎的时候,往往受到不自量力的嘲讽。甚至已经写出一两部剧本的人称自己为编剧,也会被认为是自我标榜。

在美国,做编剧梦的人,是一个巨大的群体。美国作家协会剧本登记服务处每年纪录在案的剧本多达35万,实际创作出来的剧本有上百万。这要比我们每年创作的剧本多得多,当然,也比我们的编剧人群要多得多。中国每年拍摄电影最多的制作机构cctv6既电影频道,每年只收到2000多部剧本,实际拍摄100余部。

美国的制片机构对于剧本的投入也比我们多得多,好莱坞在上世纪90年代,每年投入到剧本上的钱就已经达到5亿多美元。尽管其中四分之三的投入所弄出来的剧本永远不会被拍摄,可这笔钱花得并不冤枉,因为在打造剧本上

多下些功夫，比拍成了电影卖不出去要划算得多。经济高度发展管理更加到位的美国人是很精明的。

如今，各种摄像工具在中国已经快速普及起来，更多的男女老少拿起dv纪录身边的生活，并像影视人那样把自己的拍摄进行艺术化的加工。其实，当他们举起摄像机，已经开始像影视艺术家那样讲述故事了。一个又一个村庄的农民先后完成了自己的电影电视剧，谁能说他们不是编剧、导演与演员？

相信不久后，编剧队伍会有极大的拓展，剧本写作与电影拍摄都不再神秘，整体的编剧水平、影视剧水平也会在这个社会基础上得到扎实的提高。

七、对面的世界看过来

不管愿意不愿意，不管你是职业编剧还是业余编剧，你总要面对一些绕不开的事情。

（一）和对手与朋友的战争

2001年雪花飞舞的初春，我应邀去焦作市参加我的剧本处女作《当关》的开机仪式。高高兴兴进了宾馆，却发现就要开机的并不是《当关》剧组，而是《黑白冬天》剧组，原来剧名被改了。

此前不久，刚刚发生著名作家周梅森根据自己小说改编的剧本《中国制造》，实际拍摄中未经他同意被改名为《忠诚》，无奈的周梅森只是在媒体上情绪激动了一番。

可那时的我却大怒，严厉要求制片方把名字改过来，他说这个名字好，黑白冬天的意思，有的人脸是黑的心是白的，有的人脸是白的心却是黑的。

我写《当关》，主题并不是写心的黑白，而是写在大是大非生死存亡面前，要有一夫当关万夫莫开的精神与气概，敢于负责敢于牺牲。名字改的好我可以接受，《黑白冬天》不行。他说不行也得行，就这样定了。我就瞪着眼发了狠：我们签的协议是把《当关》剧本让你拍摄，你敢不经我的允许擅自改名字，就是违反协议，必起法律争端，我绝不会罢休。他见我如此态度，当即电告两个投资方和相关参与单位的领导与我通话，我的上级也对我进行劝说，可是我拍着桌子毫不相让。开机仪式终于挂上了《当关》剧组的名字。

倒不是说我的东西不能改，我将在后面陆续列举我听取编辑、制片、导演、演员的意见修改剧本的事情。讲出这个故事，是要告诉想做编剧的人们，编剧和制片人、编辑、导演会有许多交往，他们会给你许多帮助，他们和你组成影视创作不可或缺的整体，你们会产生不同意见的争执，会吵架。当然，如果你们的争执都是为了艺术的高下，而且你并不记仇，会结交许多朋友。

（二）电影和电视剧的高下之分

时下影视界，有电影高于电视剧之说，不少电影导演不愿导电视剧，认为层次低，不少演员也以不演电视剧为身份的象征。曾经有一个著名演员，说自己决不会拍电视剧，看到拍电视剧用的摄像机就……她笑了。后来不久，她在一部电视剧中出演了一个配角。

以艺术形式来确定艺术之高下，是没有道理的。大名鼎鼎的英格玛·伯格曼，同时是电影、电视剧和舞台剧导演。由此想到古时候阳春白雪与下里巴人的故事，虽然现在已经无法亲耳聆听这两首歌曲，但我想，真正代表那个时期那个地域文化的，是下里巴人。到如今，许多艺术作品艺术形式消失了，留下来的往往是扎根于民间的看似低层次的东西。流传在陕西民间的老腔，经过当地文化部门挖掘整理，在电影《活着》中震撼亮相。后来老腔艺术团在北京、国外巡回演出引起强烈轰动，被称为艺术的活化石。许多民间艺术一旦搬上银幕荧屏立即大放光彩，就是这个道理。

电视剧《渴望》过去几十年了，人们仍然津津乐道当年万人空巷看《渴望》的情景，而那个时期的许多电影已经被人们遗忘了。

（三）投稿

初出茅庐的编剧投稿，应当注意：

一是要掌握剧本写作的基本要求。

二是写完剧本要精心修改之后再投稿，对人家不尊重，后果可想而知。

有能力投资拍摄影视剧的单位，都是天天看剧本，天天看得头大，你要一上来就抓住他。我是吃过亏的，我的《摊牌》播出后获了奖，投资单位建议我把主人公刘怪的故事写成系列。于是我写了系列剧本《挂帅》与《做局》，杀青之后心想着反正是约稿，早些让人家看看根据意见再改少走些弯路，没下功夫改就投了过去。结果人家退了稿，即便我一改再改，人家也不再立项。

别想着偷懒，别想着依靠人家，别匆忙把一堆毛病的剧本投出去。即便人家看出了你剧本的价值，有时也会认为你还缺乏最后完成的能力，提出要让别人参加进来改。你会认为自己能够达到制作单位的要求，舍不得别人分享你的成果，于是造成了矛盾，不欢而散。

扎扎实实弄好自己的活，是最可靠的。

三是要下功夫把创作阐述与故事梗概写好，不要写得干巴巴的，只把主要情节交待清楚了事。要让人家一上来就了解你的创作主题，主要故事与人物，作品的艺术特点，要把故事所蕴含的力量表现出来，把人物的可贵之处表现出来，让人家在最短的篇幅、最少的时间看到你作品的价值。

四是要舍得让利。不要轻易拒绝看似占你便宜的条件，要认真分析人家的意思，人家的付出，双赢的结果是最好的。我的长篇小说《瓷器》曾经投到一个响当当的出版社，人家相当重视，只看了上部就要和我签约，并希望帮我联系影视改编，但改编的影视版权出版社要收30%。出版社会为小说做一个强大的宣传，并有一个极高的头版印数。

可是我拒绝了，在另一个出版社出版，没有强大的宣传，也没有极高的头版印数，直到如今还没有拍摄成影视剧。

五是要签好合同避免吃亏。

据说国外有的影视合同，细致周密面面俱到厚得像一本书。国内影视合同包括编剧的合同一般也就两三页，也能够明确各方面的责权利，不起争执。大部分制片公司都是讲诚信的，合同条件有高低利益分配有不同，但是都清楚明白，保障了影视业大面积持久蓬勃发展。

也会有个别公司出于一己私利，在合同中设一些陷阱。出示一份我遇到的充满陷阱合同的部分条文。

甲方：李建军

乙方： ×××文化经纪有限公司

1．甲方就自己独立拥有著作权的电影剧本《AA》之策划、融资、立项、拍摄、制作及全球发行事宜全权委托乙方操作实施；

2．甲方委托乙方的独家操作时间为五年。如乙方在上述时间内开机拍摄此片并已支付给甲方剧本稿酬，则甲方不再将该剧本拍摄权转让给第三方，同时将电视剧操作权独家授予乙方，电视剧剧本稿酬按每集*万元人民币计算；

如五年后乙方仍未融资到位，乙方只有非独家操作权。甲方另行寻求第三方合作，乙方前期工作要折价入股；如乙方五年后融资到位，自项目资金到位之日起，乙方仍有权独立操作此项目；

以上相当于对方有无限期操作权利，且我要为她的前期投入埋单。

3．乙方融资到位后，同意按如下方式向甲方支付剧本稿酬：
融资总额在壹仟万人民币以内之部分按3%支付稿酬；
融资总额在壹仟万（含壹仟万）人民币以上之部分按2%支付稿酬；相关税费由甲方支付。

以上相当于对方无偿拿到剧本操作权。

乙方权利：
A、乙方有权要求甲方按照政府规定、市场变化及投资方要求修改剧本，直至剧本完全符合拍摄要求为止。如甲方因自身原因最终不能完成该剧剧本之修改，甲方需邀请其他编剧参与剧本修改，其他编剧之稿酬支付数额及支付方式由甲方负责处理。

以上相当于剧本如何修改完全乙方说了算，你改不好剧本不但拿不到稿费，而且可能甲方付给你的稿费还不够你支付别的编剧的稿费。

甲方义务：
D、如在授权到期后自行委托第三方投资或操作，事先需与乙方沟通协商，并将乙方前期工作折算入股或购买乙方前期工作成果；

以上相当于对方合同期内无作为，过期后你要有作为还得她同意，并且要把她的先期工作强卖给你。

这个合同我没签。

有了剧本一时找不到投资人，别着急，别轻易掉进上述陷阱。要认真看一看《著作权法》，也可以到中国作家网上找一找正规的合同，保护好自己的利益。

（四）审查

影视剧的审查一般是两个阶段：一是剧本审查，二是拍摄完成的影视剧的审查。

剧本审查一般是审故事梗概，特殊题材与故事，审查部门会调剧本。过去电影剧本是广电总局电影局审查，现在将审查权下放到部分省的广电厅负责，由广电厅电影处将故事梗概报电影局审查批准后下发拍摄许可证。

我曾经在影视审查部门报审过10部影视剧本，其中电视剧本一部，电影剧本9部。审查部门提出修改意见的电影剧本两部，其中《归途宁静》因涉及尖锐的反腐败内容，我原没有想到能够通过审查，却在电影局顺利通过并高度重视，电影局还电话谈了修改意见并要求一定把这部电影拍好。没有批准的一部，剧名为《无法宽容》，理由是故事涉及报复伤害致人残废，会对青少年产生不良影响。

拍摄完成的影视剧的审查，我任制片人和导演拍摄完成的作品报审7部，其中电视剧一部，电影六部。审查部门提出修改意见的一部，复审后获得通过并下发了国内外发行的许可证。

对于审查的尺度，总也不会有一致的看法。我认为剧本审查有必要。

据一个影视界的前辈讲，美国的电影也是要审查的，如所有的美国电影只要有警察，一定要有黑人警察，以示人权和公民平等。

但是，美国出了一件事情。美国人萨姆·巴奇莱制作并导演了一部诋毁别的民族的影片，影片在其它国家放映之后，激发民众的强烈抗议并迅速蔓延导致一个美国大使身亡。半个月之后，为了平息世界各地汹涌的反美浪潮，导演萨姆·巴奇莱在最善于标榜自由与人权的美国洛杉矶被捕。

巴奇莱如果在中国拍摄这部电影，一定通不过审查也惹不下这个大祸。但如今中国的审查再怎么严，并没有通过审查之后导演被逮捕的事情。可怜的巴奇莱导演。

（五）编剧，快乐

你遇到的事情还会有很多，有些事情当时很不愉快，可你会记住那些经历并受到教益，你会交更多的朋友，会认清不可以合作的人。因此，你快乐。

时间久了，创作会成为你生活的习惯，两天不写你就不自在，每天写些什么你才觉得充实，像吃了喜欢的水果、饭菜，看到了美丽的风景，遇到了真挚的朋友，陷入了海誓山盟的热恋。每当编出一个好故事，设计出一个有个性的人物，写出一场好戏，想出一个好的场景，弄出一句好台词，你会感到无比的甜蜜，生活充满阳光。

创作最大的快乐，她不是任务，而是编剧强烈的情感冲动与日常的生活需要。

做编剧，说到底就是两件事：

　　燃烧自己——用心血和全部的情感去创作。

　　照亮别人——用作品的故事、思想与情操。

第二章、影视剧本创作的基本要求

写剧本，与写小说有相同有不同，电影剧本与电视剧剧本也有相同与不同，不同人写剧本会有不同的风格形式，一个时期内又有大家比较认可的行业惯例。

一、剧本的基本艺术特点

剧本的基本艺术特点，是视听化，可拍摄性。

有一个几乎没有争议的说法：文学是语言艺术，影视是视听艺术。

这种说法是不准确的。因为这句话强调影视并不是语言艺术，给剧本创作造成了负影响。

抛开影像也是一种画面语言不说，抛开剧本本身也是一种形式的语言艺术不说，抛开剧本中那些描写动作、环境的内容不说，我们来谈谈影视作品中听的艺术也就是声音。

影视作品中的声音有很多种，风声雨声鸡鸣犬吠声，枪声炮声撞击打斗声，琴声笛声歌曲演唱声，可最核心最具有艺术感染力最吸引观众的声音，是人物的说话声。所以当电影从无声发展到有声，就再也回不去了。

影视剧中的独白、吟诵，尤其是对话，需要强大的语言艺术，这用来听的语言艺术要深深植根于生活，要能够反映人类一切精良语言的风格、形式与内容：或凝练简洁、或口若悬河，或富于哲理、幽默风趣，或充满泥土的醇厚、带着异域的风情，或有着知识的睿智生活的睿智江湖的睿智岁月的睿智，或显露尖刻的讽刺善意的讽刺巧妙的讽刺恶毒的讽刺，或隐藏杀机隐藏爱意隐藏故事的伏笔，或如刀刻一般的锐利明镜一样的直白春风一样的温暖寒冬一样的冰冷，说不尽的千变万化。一句台词有时影响了一代青年，有时激奋了一个民族，有时流传了无数个春秋。经典的影视语言，来自编剧呕心沥血的语言艺术，只怕编剧文学的历史的社会的生活的底蕴不足。

强调影视同样包括语言艺术，不是标新立异，不是为了争一个短长。因为太多的编剧，太多的艺术教师包括被称为好莱坞编剧教父的罗伯特·麦基那样的影视理论家，都错误地轻视影视剧作中的语言艺术。任何一部影视剧如果没

有精彩的语言艺术，绝不是一部真正优秀的作品。这一点，后面还将要详细论述。

不少从事文学创作的人骄傲地说：文学家可以尽情地描写人们的内心世界，剧作家则不能。一些编剧也无奈地强调写剧本受到很大的语言限制，不如文学家写小说、写散文那样可以用文字直接表现人物的内心世界。比如罗伯特·麦基就说："我们不能把想法拍下来，不能把摄像机对准额头就拍出想法。"

但是，如果用摄像机对准眼睛呢？

很多文学作品中常有一眼看穿内心世界的描写，真实生活中，几乎每个人都能够用眼睛看到他人不愿表白的心理活动。在影视评论中，我们也常说，优秀的演员他的眼睛会说话，会告诉你他心中的秘密。演员不但可以用眼神表现心理活动，动作、对话、喜怒哀乐的表情、旁白、闪回，都可以用来表现复杂的心理状态。文学对于心理活动的直接描写，并不比影视剧用眼神、动作、丰富的表情、不同情绪的音乐、犹如身临其境的环境、如同真实再现的闪回等对于心理活动的描写更富于艺术性。编剧要善于运用多种丰富的影视语言来表现人物的心理活动，要给演员展现内心世界的表演提供心理依据和指导，你可以告诉演员，他在一场戏中情绪、情感、追求是什么，他应当表现的是什么？是情感，是正义，是选择，是疑问，还是决断。甚至你也可以提示演员，用什么动作或眼神表现此时此刻的主题。老天爷给了你一切，你却不知道怎么用，捧着金碗要饭吃，这是暴殄天物，编剧要把影视艺术赐予你取之不尽的法宝运用得充分。

如你在剧本中写道：

他用眼睛盯着她。
他充满蔑视地看着他。
他扭过头去，看着远处的山野，眼睛里的泪水瞬间流下来。

这些当然都是心理描写。影视与文学的差别，并不在于有没有心理描写。传统文学如《三国演义》《水浒传》很少心理描写，现在一些被称为传统风格的作家，他们的作品也很少心理描写。但不直接描写一个人的心理活动，不直说他在想什么，就是外在创作就没有创造出人物性格吗？显然不是的。你没有看到张飞的心理活动，你也没有看到关羽的心理活动，你更加没有看到《水浒传》中一掠而过的泼皮牛二的心理活动，你能说这些人物没有性格吗？一些人，认为没有心理描写，更多的是描写人物的行为、动作、对话的小说，就是通俗作品，不是纯文学，甚至认为《三国演义》《水浒传》《西游记》这样的巨著都不是纯文学作品，这样的观点十分狭隘而肤浅。

影视剧本作为文学的一种类型，与小说的区别，主要在于剧本的形式更加适合拍摄与表演。剧本视听化的语言，是说你所写下的文字，具有直观的视觉效果与声音效果，人物的动作与对话描写得更加清晰，心理活动的表现外在化。

所以剧本的创作，应当与小说、诗歌一样重视心理描写，不但要描写怎样表现心理活动，还要给予一定的提示，如：他愤怒地、心怀叵测地、充满激情地等等。其实导演给演员说戏，说的什么？往往就是人物这个时候的心理活动，什么样的心理导致他有这样那样的表情与动作，演员应当释放什么情感，眼睛里面应当有什么等等。导演需要编剧的人物简介，需要创作阐述，有文学原著的还要看原著，都是要在里面看到人物的性格定位与心理依据。剧本的文学性强一些，能够给导演、演员更多的帮助。认为剧本不具备文学性甚至不是文学的看法，是不正确的，也会影响剧本的创作质量。有的教材说剧本并不具有独立的欣赏价值，可优秀的影视剧本，能够让整天坐在办公室看剧本的编辑拍着桌子叫好，甚至感动得热泪盈眶，你能说这不是剧本的文学魅力及其欣赏价值带来的吗？

纯粹影视化的剧本，完全影视化的语言，不必只有干巴巴的画面，也可以用小说、诗歌那样优美形象的语言，描绘出美丽的、沧桑的、宁静的、火热的、激情的、残酷的等丰富多彩的画面。

比如：

　　他的心中涌动着像大海一样澎湃的激情。

这样的文字并不是不可以拍摄，但不是典型的影视语言，需要进行再加工才可以进行拍摄。

如果改成：

　　他站在海边目光炯炯地看着远处的朝阳，任凭海浪冲刷着自己的

身体。

这就是直观的视觉语言，是剧本的写法。其实，小说和诗歌中有太多精彩段落也充满画面感。

如被誉为诗中有画、画中有诗的王维的诗：

空山新雨后,天气晚来秋。(季节时间地点的因素都有)
明月松间照,清泉石上流。(很高明地告诉你怎样拍细节)
竹喧归浣女,莲动下渔舟。(让画面有了生命)
随意春芳歇,王孙自可留。(这里有想象)

如:
众里寻她千百度,蓦然回首,那人却在灯火阑珊处。
大儿锄豆溪东,二儿正织鸡笼,最喜小儿无赖,溪头卧剥莲蓬。
醉里挑灯看剑,梦回吹角连营。(雄壮的充满想象的闪回)

而《外婆的澎湖湾》的歌词完全可以看作一个短片的剧本。

国外编剧也重视形象化的剧本创作。如《借刀杀人》编剧斯图尔特·比蒂在剧本中这样描绘洛杉矶:

黄色调。
如同一条银色缎带。
城市闪烁着金属的微光。
一盏盏车头灯蜿蜒驶过来,融为一条白线。
刹车灯飞掠而过,划下红色的线条。
头顶的亮光投射在挡风玻璃上,仿佛流动着的液体……

这些描绘,都是美的,是可拍摄,可表演的。编剧应当学习这样的剧本创作,并且从小说诗歌优美而形象化的描述中汲取营养。

小说诗歌散文创作是个体化的劳动,影视创作是众多人参与的劳动。众多人一起劳动有许多烦恼,如意见不一互相指责无所适从,也有许多好处,如智慧多朋友多眼界宽广互相帮助可以多角度观察问题。而且当看到文字的作品演变为影像,那种喜悦是无法形容的。

二、剧本写作的基本形式

和其它文体相同的,剧本也要有地点、时间、人物和事件。不同的,是以场次为基本写作单位。

举电影剧本《放飞你的愿望》第一场为例:

1. 群山环抱的周家沟村头，日外。

满眼乡愁的村外小河旁，一棵孤立的大树上，百十根新旧不一的红布条，在郁郁苍苍的枝叶间乱纷纷随风飘荡。

一缕青烟升起，缭绕着绿树与红布条。是几人在树下虔诚地烧香，两个男青年爬上树，把两根红布条拴在树上。

两根鲜红的布条飘荡着，和几根破旧的红布条缠绕着。

周玉林、刘兰花、翠巧和周强扛着农具从田间归来，远远看着烧香的人。

刘兰花：小勇出去的时候，也该拜一拜树王神。

周玉林：神都是人封的。

两个青年下了树，背上包袱和家人挥手告别。

周强：爹，我也去小煤窑吧，家里欠人家几万块钱，我哥得干到啥时候呀。

周玉林：你哥去，那是我没拦住！

翠巧：我们结婚借了人家的钱，周勇应该挣回来。

周强：嫂子，一家人，不能分那么清。

翠巧：周强，家里地里的力气活离不了你，你不能再走了。

一家人边走边看着山道上行走的青年。

周玉林：翠巧，周勇来信没有？

翠巧：三个月没来信了。

刘兰花：玉林，你还是给秦涛写个信，让他关照小勇一下。

周玉林：小煤窑都是个人的，你让小秦怎么关照！

翠巧悄悄叹口气，看着远处的两个青年转过了山口。

下面对这一场戏进行解析：

1：是代表场次号，以方便导演、摄影、演员等演职员们的工作。实际拍摄中，往往并不是按照1、2、3的场次顺序进行的，比如第一场戏的环境，要拍五场甚至十场戏才离开，分别是第1、第8、第26等等。而不是拍了第一场走了，到其它地方拍完2至7场后再来。

群山环抱的周家沟村头：这是地点，也可以说是场景。"场景"通常用来形容每场戏的环境，又会被用来描述某一场戏某一个情节，如人们在生活中常常会说"那个时刻的场景至今历历在目"。本书将表现每场戏所处的地点及其周围状况，通称为"场景"。清楚地交待场景情况，是要告诉美术和导演，在

选择和设置这场戏的拍摄地点和环境特点时,要找一个山村,村外要有河,河边要有一棵孤立大树,村庄应当是比较贫困地区的老旧房子。

日外:是说这是白天,是拍外景而不是室内景。也有一些剧本的某些场次写的是晨外或傍晚外,但这样写一定是剧情确实需要放在早晨或傍晚,而且剧情相对简短。因为清晨或傍晚的光特别短,往往一场戏拍不了一半,那点儿适合拍摄清晨与傍晚的光照就过去了,第二天再来拍往往造成时间、人员、器材等各方面的重复安排,增加了拍摄成本,而且第二天的天气情况如果和头一天不一样,还拍不了,要另外安排时间。这是制片部门十分头疼的。

人物故事:这一场戏没有什么画外音和字幕介绍剧情和人物关系,但从人物的简短对话中,观众可以知道烧香是祈祷平安,两个青年是要到小煤窑打工,周玉林和刘兰花是父母,翠巧是嫂子,周强是这个家庭的二儿子,大儿子周勇新婚后为还债去了小煤窑打工。伏笔是打工的周勇将会遭遇什么样的命运?那个秦涛是什么人?将怎样进入这个家庭的生活?

这场戏的剧本写作是以场次为基本单位,而不是以镜头。

有的编剧在剧本创作中,会以镜头为基本创作单位,这不符合当今的主流习惯,也并不科学。实际拍摄中,一场戏需要拍摄多少个镜头、一个镜头应当怎样拍,长还是短,摄影机的位置在哪里,每个导演或摄影师会有不同的想法,并且会有多种拍摄方案,镜头是远景、全景、近景、中景还是特写,是拍固定镜头还是移动镜头,移动采取推、拉、摇、移、跟的哪一种方法,导演和演员在表演中还有什么新的想法需要调整拍摄方案,都要根据实际情况做出具体的安排。而且实际拍摄的现场环境状况也不可能完全和剧本一致,所以不要以镜头为基本单位写剧本。

曾经在某个电影的拍摄中,摄影师出身的导演张艺谋与时任摄影师的顾长卫对一个镜头怎么拍发生了分歧,张艺谋趁顾不在场,自己拍了。顾知道后准备了和张在餐厅争吵然后走人不干了,可张与女主角巩俐也有准备,进了餐厅就和顾笑着解释,化解了这一危机。影视剧是集体创作项目,编剧的任务是把文学剧本写好,为导演、摄影、美术等创作人员提供文学依据,而不需要你告诉导演、摄影师怎么拍、拍多少镜头。不可能每个编剧都是优秀的导演与摄影师,即使你也导过也亲自拍过,可这一部作品你不是导演,你就要给人家导演、摄影师留下创作空间。一部电影,一场戏,一千个导演会有一千个想法,你不需要也不可能代替人家。

因此,剧本写作应当以场为基本形式,剧本提供的,是所要拍摄的内容,也可以说是镜头的拍摄对象，而不是拍摄形式与方法。尤其不要在剧本中写什么"镜头对准谁，角度集中在谁身上，换一个角度，视点在哪里，特写，中景，大全景"这一类的内容。

比如，一个人在广场的人海里穿行，你不用写镜头对准他，你只写：他在人海中拥挤着前行，一个个情绪激动的人们从他身边涌过。他艰难地越过一群妇女，他被淹没在人海中。看到这样的文字，再笨的导演也知道怎么拍，你何必画蛇添足呢！你再去给人家分镜头，人家还会觉得你把人家当傻瓜。

当然，如果你在创作剧本时对某些场次某些情节的拍摄有十分精彩的想法，也可以写进剧本之中。如电影《铁面无私》中，警长进入一个房间，有多个镜头都是杀手的视点，直到警长被袭击倒下。这是经典的电影镜头。再如电影《巴顿将军》，开头是一面巨大的美国国旗，一身戎装的巴顿从台阶下面走出来，先看到他的头，一步步直到他整个人走上来站在画面中央，给人强烈的视觉吸引。你如果能够想到这样突出的画面，你可以在剧本中给予明确的提示，导演和美术、摄影都会喜欢采用，首先制片人会看上你的剧本而果断收购。

也有初学者问，剧本中是否需要注明哪里有音乐？

一般来说编剧不需要操这个心。影视这个行业，编剧、导演、美术、摄影、音乐、置景、道具等等，每一项工作都需要十分专业的艺术能力，编剧应当知道各个部门怎样工作，但不要束缚他们。你如果有特别清晰特别强烈的关于某一场戏、某一个片断的导演、美术、画面、置景或音乐的想法，或对整个作品的音乐风格、画面风格、色彩包括特殊的道具特定的环境有深入的想法，你可以写出你的意见。也可以在你特别关注的场次写出这里需要什么情绪的音乐，或用什么样的镜头来实现画面。但不要把每一场戏、每一个镜头怎么表演怎么拍都自己做完，你实际上做不好。

三、每部电影的量

初写剧本常常会遇到量的问题，一部电影剧本需要写多少字，多少场戏，多少个镜头，每场戏和每个镜头有多长，需要设置多少个环境，写多少个故事，多少个人物，等等。

故事、人物和环境放在后面的章节来讲，本书虽然不提倡编剧以镜头为单位来写剧本，但是作为编剧应当对一部电影和电视剧镜头的数量有基本了解。

在影视拍摄现场，当副导演或现场制片喊预备，摄影师会说一声开机，表示摄影机已经开始工作，然后副导演会喊：开始！于是演员开始表演。到导演喊：停！这一个镜头的表演结束，摄影机也停止这一次的工作。也有的剧组不喊预备开始，而是当大家都准备好了之后，副导演喊：五、四、三、二、一，这个过程摄影机已经开始工作，而到了喊一，演员开始表演，一直到导演喊停，演员和摄影机都停下来。这从开始到停，摄影机拍摄的内容，称为一个镜头。

摄影机一次开机所拍摄的内容，根据不同的剧情而长短不一，有时一个镜头只一两秒钟，有的则长达几分钟甚至十几分钟。

如塔可夫斯基的电影《乡愁》中，有一个诗人手持蜡烛走过温泉的镜头长达九分钟；《爱情万岁》中杨贵媚在公园长椅上的哭泣有六分钟；《饥饿》中囚徒和牧师的交谈长达十七分钟而且是定格镜头。

对这些长镜头历来褒贬不一，有的人奉为经典，也有人强烈批评认为长镜头造成节奏缓慢让观众看不下去。根据相关资料，美国电影镜头的平均长度已从1946年的10.5秒缩减为2006年的2.9秒，业界却大都认为电影不见得因此比以前好看。这说明人们从一个时期刻意追求多镜头、短镜头，到现在开始重新认识镜头的运用。

对于一部电影应当有多少个镜头，有一个比较认可的数量。国内电影一般时长是90—100分钟，有约100场戏，约1000个镜头。场次和镜头太少，会被认为拍得简陋，节奏慢，不好看。

编剧重点应当把握的，是一部电影剧本要写100场左右的戏。那么每场戏有多长？一部剧本的量有多少呢？

我写电影剧本，一般用a4纸，11号字，每页容量为43行，每行40个字（含标点符号），每个剧本约25—28页，拍出来的电影一般时长为90—100分钟。

四、每集电视剧的量

有一个时期，电视剧大都20集不到30集，低于20集的，电视台一般不收购，因为剧情太短了电视台不好拉广告，而电视剧是靠电视台的广告挣钱的。如今电视台往往每天连续播出三到四集电视剧，为了广告效应，每部电视剧大都长达40至50集了。

一般情况下，每集电视剧应当是约30场戏，如果仍然采用a4纸11号字，每页容量仍为43行，每行40个字，每集大约为12至14页纸，拍摄出来的电视剧每集大约43分钟，加上片头片尾，就是如今各电视台要求的每集45分钟的时长。

相同的时间长度里，电视剧拍摄的镜头会比电影少一些。这也显示出电影的制作更加精良，也因此一些明星为表现身份而不愿意出演电视剧。

五、电影剧本与电视剧本的不同特点

冯小刚起初拍贺岁片的时候，也有人说《甲方乙方》等几部贺岁片不是电影，只是电视短剧，对人家不屑一顾。可是一些被称为电影的片子很快被人们淡忘了，《甲方乙方》等几部贺岁片，直到如今，只要电视上播出，人们总还能看下去。人还都长得不一样呢，一个母亲的孩子们还长得不一样呢，电影为什么不能有多种风格。

说到底，电影和电视剧的不同，就是电影要在比电视剧短得多的时间里，完成一个完整的故事。所以电影的情节更加集中一些，人物要少一些，线索要清楚明了一些，节奏要快一些，台词要精练一些，人物动作要多一些，镜头更加讲究一些。比如内行常说这部电视剧的镜头讲究得如同电影。反过来，也有内行常常批评有些电影剧本台词多节奏慢人物动作性不强因此评价这个电影剧本像个电视剧本。

六、几个常见的问题

（一）关于场次编号：

一般电影场次编号是一个程序到底。

电视剧，一般每集都从第一场编号，要不几十集要编一千多号，很是麻烦。拍摄现场制片部门叫场，也是叫：第几集第几场准备。

创作中不要急于给场次编号，因为你总会增加或减少一些场次，你得无数次修改你的场次编号。当然，你也可以用自动编号程序，不过有人不习惯那种格式。

（二）关于蒙太奇

蒙太奇是音译的外来语，原为建筑学术语，意为构成、装配，可解释为时、空、人、地拼贴剪辑手法，后来在影视艺术中广为运用。

有人认为，蒙太奇也指影像与影像，影像与声音，声音与声音，色彩与色彩，光影与光影之间的关系。第二次世界大战后，法国电影理论家巴赞对蒙太奇的作用提出异议，认为蒙太奇是把导演的观点强加于观众，限制了影片的多义性，主张运用景深镜头和场面调度连续拍摄的长镜头来摄制影片，以保持剧情空间和时间的完整性。但在影视实践中，没有任何一部作品是一个镜头一个时空贯穿完成的。也有人认为长镜头实际上是利用摄影机动作和演员的调度，改变镜头的范围和内容，可以称之为"内部蒙太奇"。又有人认为蒙太奇可以分为表现蒙太奇和叙事蒙太奇，其中又可细分为心理蒙太奇，抒情蒙太奇，平行蒙太奇，交叉蒙太奇，重复蒙太奇等等。

其实，蒙太奇的实际意义，也就像人的思维可以多向延伸、交叉发展、排列组合一样，并不神秘。没有蒙太奇这个词的时候，我们写文章、写剧本，也要把素材进行选择、组织、调整、简练、打破重组。生活当中你告诉别人一件事情，太啰嗦了没人听，你也要简练你的叙述，选择一下你只需要告诉别人什么。这其实也是蒙太奇。

（三）剧本写作要符合一个时期的行业习惯

有实力的制片单位总是堆着小山一般的剧本。你的剧本写作形式粗糙随意，不符合行业习惯，第一页再不能抓住编辑和制片人的眼球，你费尽心血的剧本，可能被人随手淘汰。你的剧本写得符合行业习惯，人家一看你不是外行，就会认真一些，你的中稿率可能高一些。

一些大的制片单位对投稿有具体要求。电影频道的要求如下：

电影频道电视电影部剧本送审须知

请发送"1页封面(包含剧本名称、编剧姓名、报送单位、联系人、联系方式)+1页故事梗概+1页人物简介+1个剧本+END"。

剧本格式：简体中文、单面打印、装订完整，正文宋体小四号字体、页码页面底端居中，场景名称采用宋体小四号加粗字体，例如："1、故宫。日。外。"或"2、商场。夜。内。"场景描述、动作描述和人物对白各自独立成段，每段开头空两个汉字。人物对白采用人名后加冒号，对白内容不加双引号，动作描述也可以用括号标示在对白中。所有格式不规范或有错别字的剧本一律退稿。

有错别字就退稿，是频道这几年才出台的规定。错别字，大报大刊、响当当出版社的作品也是会有的。有错别字就退稿，或许因此失去了好稿子，而作为编辑，发现好稿子是最重要的，错别字有太多的机会改。已经发行和播出的电影电视剧，字幕也会有错别字，记得以前是每个错别字扣制片单位50块钱。

第三章、题材

写剧本，首先要做什么？

选择题材。

现在人们更多的是讨论怎样讲好故事，其实这是第二步。一个编剧，当先的不是如何讲故事，而是如何寻找到一个你所要编创的故事题材。题材选不好，既不新鲜又不震撼而且缺乏生活气息，你怎么讲也讲不出一个好故事。

我刚写《当关》的时候，都不知道一集电视剧时间是多长，反映在剧本当中的量是多少，一集一般有多少场戏。但是剧本受到包括中央电视台等强有力制作单位的高度评价。为什么？故事和人物对于他们来说新鲜、真实、充满生活气息，他们说："这是个真玩意儿"。

后来我的编剧技巧有了很大长进，可写出来的一些剧本被很多制片单位退稿。这样的情况在其他编剧身上也一再出现，创作的剧本投入拍摄之后，连续写了很多剧本，技巧纯熟得多，可再也没有被投资人看中。什么原因呢？主要因为题材缺乏吸引力。

都说影视剧生产主要是两个因素：一个是好剧本，另一个是钱。有了好剧本，钱那是滚滚而来。而好剧本和钱之间，是制片人的眼睛。那么制片人、制片公司是怎样选剧本的呢？

首先看的就是题材，看你的题材有没有商业价值，是否符合当前影视市场的热点。这个过程难免仁者见仁智者见智，我的剧本《棒槌萝卜狗》，被四五个制片单位推出门外，认为不像个电影剧本。可在中国电影家协会设立的"百部农村电影工程"剧本评选中却获得2013年度第一名并拿到最高扶持奖。

目前在国内，每年大约拍摄600多部电影，两万集电视剧，题材丰富可想而知，全新的、谁也没有写过的题材很难找得到了。但尽管一个题材在类型上没有新意，制片方也不会立即枪毙，他第二要看你选择什么角度进入这个题材，或你是否从一个老的题材中挖掘出新故事。如已经有了《南京南京》，张艺谋又拍了同样是南京失陷题材的《金陵十三钗》。前者表现了侵略军的残暴和侵略者残存的人性，后者主要描写十几个女学生与十几个妓女在那个腥风血雨年代的遭遇。

第三，制片方要看你的基本故事是否写得结实，也就是你的故事核怎么样。什么是故事核？就是故事的核心情节。比如《金陵十三钗》，核心情节是一群唯利是图的妓女面对杀人如麻的侵略者，最终挺身而出保护了十几个女学生。这样的故事跳出了人们对于妓女的世俗看法，显得醒目而震撼，吸引了制片人。

有了结实的故事核，那么制片方会进入第四个环节，看看你的故事是否精彩，冲突设置的怎么样，故事的结局会是如何；主要人物是什么人，什么性格与命运，是否立得住，是否典型而极致；主要人物之间的关系是否有意思，是否充满张力，人物的命运是否极尽曲折，是否在故事的发展中充满选择，他们之间的恩怨情仇将如何演变，怎样面对自己的选择并将走向什么样的后果等等。

这之后，有追求的制片方还要看你的主题是否具有震撼力，是否具有对社会，对生活，对人的认识价值，是否反映了生活的某些本质。他们会提出看看你的创作阐述，看看你是如何看待自己作品的。

也有制片方最关心主角是什么类型，如果你的剧本中没有小鲜肉那样的人物而都是老倭瓜，故事再好也遭他的白眼。但你写一堆小鲜肉，题材重复故事老套人物平淡，到头来也是白搭。

所以写剧本，当先的，是寻找题材。

什么是题材？

这里说的题材，并不是战争题材、爱情题材、农村题材、城市题材、青春题材、侦探题材或家庭题材等等。而是：

什么情况下什么人做了什么事。

比如《战友》的题材是：抗战时期，一个伪军班长因为妻子被日军欺辱，带一个班伪军投诚八路军公安队，县大队一个班巧遇这伙投诚伪军并把他们带走。公安队误以为县大队搞内讧，追上去缴了县大队战士的枪。可他们刚刚离开，100名日军包围了10名赤手空拳的县大队战士。强烈自责的10名公安队队员义无反顾地冲进村，和100名日军展开殊死搏斗。

可以看出，我们这里说的题材，是说你的剧本将会是一个什么样的基本故事，有着什么样的基本材料。

选择题材，就是选择什么样的基本材料来进行你的创作。

那么，题材的选择有多重要？什么是适合创作的好题材？题材有哪些类型？怎样选择、鉴别和运用题材？

一、题材的价值和力量

新闻界有一个词，叫做"猛料"。记者，编辑，尤其是总编辑，总是在追求猛料，追求爆炸性的新闻事件。编辑们看稿子，首先不是看你写的好不好，而是看这是一个什么事件，具备什么样的力量。说哪个事件是一版的稿子，甚至是头条的稿子，往往不用看记者写得如何，一听事件的震撼程度就可以决定了。

猛料对于媒体的作用和题材对于剧本的作用，有很大相同之处。尤其对于新编剧来说，当你还没有知名度，当你的编剧技巧还不纯熟甚至还是一个门外汉，如果你选择的题材不具备力量，你下再大的功夫，基本是事倍功半或一败涂地。好的题材，你把故事讲得很差，可以把她改好，改得震撼心灵。而一个差的题材，一个陈旧的人们已经演绎多次的题材，即使你剧作技巧高超，也很难投入拍摄。

所以美国著名编剧和剧作理论家悉德·菲尔德说："写作中最困难的事情就是知道要写什么。"

现在许多制作公司，抓一个项目不是先看剧本，也不是先看故事梗概，而是先看策划书。这策划书，不是要看作品的艺术价值，而是先要分析市场前景，找到可能的消费群，判断作品的商业价值。

这不能埋怨制作公司，电影业界的行家自嘲：人家把水都能卖到几千个亿，整个电影行业那么多能人、大师，昏天黑地拚搏到现在，整个产业的票房也就200个亿，还得意得不行了！

所以影视行业不可能不面对市场，影视剧的投资人不可能不注重题材的商业价值。

制作公司首先面对的是什么题材能够感动人，吸引人，能够有好的发行。然后才是这个题材应当怎么弄，谁来弄。

当然相同的题材，人们已经写过很多遍已经写烂了的题材，照样能够写出新意写出新故事新人物，同一类型的故事和人物你已经写得很好了，他可以写得更精彩并牢牢抓住观众。《激情燃烧的岁月》热播之后出现了《军歌嘹亮》，制作精良演员阵容强大，但被一致认为没有新意并很快在荧屏上沉没。可《大宅门》热播之后出现的同是民族企业发展史的《大染坊》却火红热播，至今被人们称赞。所以题材并不是压倒一切的东西，一个作品还是要看你真正的质量。

电影《集结号》的主人公谷子地，有一个真实的人物原型。得知这个人物原型的故事之后，很多电影人都敏锐意识到这个题材必定会有不同寻常的效果。据说zjc影业公司的yyj、ls等人和大师zym等人都迅速赶到了人物原型所在地。都是响当当的角色，自然一物容不得二主，经过当场协商，zym一方退出，zjc方面确定抓这个故事题材。可因为人物原型的遭遇复杂，不是传统英雄人物的情况，所以在两年的时间里，zjc的拍摄计划没有得到批准。这时，华谊兄弟出面一再协商，最终由他们拍摄了这个故事。《集结号》制作完成内部看片时，zjc影业公司的yyj、ls两位先生都在现场。影片结束后，ls一怀惆怅回到家中，接到了yyj的电话，原来放映结束一个多小时了，y仍然独自一人默坐在漆黑一团的放映室里。

二、题材的类型

题材可以以故事类型分，如战争、爱情、城市、农村、青春、家庭、伦理、老年、少儿、犯罪、侦探、成长、谍战、公路、动作、复仇、旅游、政治、历史、传记、音乐、纪实、科幻，也有人把表现黑帮、犯罪、道德沦丧的作品归为黑色电影。

题材也可以以社会倾向分，如被称为主旋律的作品、灰色作品、艳俗作品等。

题材还可以以其艺术形式分成喜剧或悲剧。喜剧又可以分成现实主义喜剧、滑稽剧、荒诞剧。各种喜剧又都可以是讽刺剧。

题材类型还有戏曲片、动画片、纪录片。

各种题材类型实际上都只是相对的，如战争片里面充满爱情故事，城市片中激荡着浓浓的乡野情怀，动作片表现了灿烂的青春，复仇片演变成爱情故事等等。

选择创作题材，是要在上述题材类型中，选择一个什么样的基本事件、基本故事或中心人物来进行创作。

题材的概念是十分丰富的，她可以是任何一个类型的故事，也可以是一个十分有意思的人，一次刻骨铭心的邂逅，一件静止但代表了蓬勃生命的物品，一间记载了过去历史的房子，深深印在你脑海中的一个闪念，偶尔听到的一句穿透人心的话，心目中的一个长久而强烈的愿望等等。

所以，虽然上面所说的各种类型的题材已经被人们写过无数次，但再过一千年，电影和电视剧也不会只是重复过去的创作，新的生机勃勃的人物和故事，新的充满活力的题材一定还会年复一年地展现在人们面前。相同的题材类型，永远会有不同的故事。相似的故事题材中，永远会有不同的人物。爱情、战争、成长、家庭等领域，永远会不断面临不同的社会形态公众意识思想观念,新的生活环境总是会把人们惯常的生活方式打破。即便在一个相对平稳的历史时期,人们的生活经历也永远会是新的不同的,是写不尽的,人们对于生活的感受永远是发掘不完的。

有些题材,她所表达的主题是永恒的。如英雄主义,民族解放,反对压迫,自由平等、真挚的爱情等等。这类题材总是在新的社会环境下表现出新的活力被创作出新的人物与故事,也是一代一代的人们永远的精神追求。

某些时期会因为少儿片太少,或养老问题突出,或哪一段历史很传奇却从没有人写过又会对现实产生影响,或需要英雄主义来激励斗志,于是有人出资约定编剧来写少儿、老人、历史等题材的作品。这对于编剧来说,省略了确定题材类型的过程,但并不等于完成了题材选择。写少儿题材,你选择什么样的基本故事?选择少儿生活的哪一个阶段?选择什么样的故事环境等等,都需要再下功夫。

也有人把题材分为商业片题材和艺术片题材,我不赞成这样的说法。任何好的商业电影必定是艺术电影,任何真正优秀的影视作品,也必定是好的商业作品。

三、题材的选择

既然题材如此重要,那么,选择题材有什么技巧和途径呢?充满力量、饱含情感、必将不朽的金光闪闪的题材在哪里呢?

所有艺术的题材,无论影视,还是绘画,书法,文学,诗歌,戏剧,音乐,她们的题材都在大千世界里,在社会生活中,在熙熙攘攘的人丛中。人世间有着无穷无尽的题材,可哪一个也不会成为艺术创作的直接题材。艺术创作题材的产生,必须有一个熔炉,一个化茧成蝶的变幻,一个窥见五彩世界的窗口。

这个熔炉和窗口是心灵。

(一)向心灵要题材

真正优秀的题材,首先在心灵里,一直在心灵里,最终,还是在心灵里。

无论你是一个新的编剧,还是已经著作等身金牌耀眼,心灵,是你的题材最重要的源泉。

从心灵获得题材的方法,就是思考。

深深的思考,长久的思考,一遍一遍的思考。一波波情感,一重重事件,一个个细节,千变万化的故事,丰富多彩的人物,会互相冲撞着激荡着争先恐后向着你呈现出来。不同的生活哲理,变幻的生活态度,顽强的个人意志,宏

伟的社会道德，都会向着你的思考放射出璀璨的光芒。

可能你会想到很多，为很多往事、无数思绪所沉醉。那么，你对着天空一样的无垠，大海一样的深广，诚恳地执着地真切地反复地问你自己，你有生以来印象最为深刻的、最让你激奋的、最使你悲伤的、最令你狂喜的、最被你挚爱的，是什么？在哪里？怎么来的？到哪里去？为什么？有什么意义？忽然有一天，忽然有一瞬，你会发现，你曾经的经历与思考，有一个窗口等待着你来打开。于是你打开了她，你会发现你最为激奋、悲伤、狂喜、挚爱的东西就在那里，那么清晰，活生生的。那一刻，激奋化为宁静，悲伤化作狂喜，仇恨转换成挚爱，那长久以来萦绕在内心深处的感慨，化作一个无与伦比的题材向着你呈现出来或奔腾而来，闪着金光，带着芳香，如春天的原野，百花的蓓蕾，高山与江河，大地和蓝天。

这时，你会饱含着澎湃的激情，如同对待初恋、对待自己的童贞、对待自己初为人母生养的儿女一样，创造自己的处女作。

可能有人会说，一个新的没有任何经验的编剧，他所选择的第一个题材，他所写下的第一个剧本，他的处女作，怎么可能成功呢？

为什么不能呢？《红楼梦》是处女作，《聊斋志异》是处女作，《水浒传》是处女作，《公民凯恩》《阳光灿烂的日子》《寻枪》也都是处女作。

当你很年轻，没有沧桑的经历，缺乏生活的磨练，不谙繁复的世界，实在搜寻不出你想要的题材，怎么办呢？或你已经有了处女作，充分宣泄了情感，原本丰满的心灵空荡下来了，不知道接下来应当写什么了，怎么办呢？

你去寻找你心灵的源泉。

心灵也有她的源泉，心灵也需要滋养。

那么，心灵的源泉在哪里？

就是大千世界，社会生活。

一定会有人说，这是悖论，心灵只属于自己，真正的文学艺术只能来源于内心世界，外在的一切都是浅薄的生活堆砌，优秀的文艺创作不需要向心灵的外面去寻找。

可是，如果一个具有天才素质的婴儿，从小被遗弃在荒无人烟的地方，跟着狼群一起长大，他只能是个狼孩儿。

任何一部文艺作品，都来自心灵后面的社会生活。

让我们听听毕飞宇是怎么说的。

拿了茅盾文学奖之后的毕飞宇，在谈自己的创作时说："我写《推拿》的那一年是43岁，一个标准的中年男人。因为长期的家庭生活，中年男人有了一个小小的改变,过去,中年男人无比在意一个'小说家的感受',为了保护他的'感受力',他的心几乎是封闭的、绝缘的。但是,生活慢慢地改变了他,他开始留意家人,开始关注'别人的感受'。对一个家庭成员来说,这只是一个小小的变化,但是,相对于一个小说家而言,他迈出了革命性的一步。

想象力的背后是才华,理解力的背后是情怀。一个47岁的老男人可以很负责任地说,人到中年之后,情怀比才华重要得多。情怀不是一句空话,它涵盖了你对人的态度,你对生活和世界的态度,更涵盖了你的价值观。人们常说,中国的小说家是'短命'的,年轻时风光无限,到了一定的年纪,泄了。这个事实很能说明一个问题,我们不缺才华,但我们缺少情怀。"

毕飞宇的感叹,不但是对自己的颠覆,也是犀利的文艺批判。

想来,作家在一个时期把自己封闭起来,向自己的内心要作品,用自己的心灵来创造,也不是错的。因为他那时心中有一些积累,有一些特殊的感受,有着对某一件事、某一个题材、某一种社会现象的创作冲动,他要保持自己特殊的视角个性的认识独自的见解,于是他静下心来,抒发自己澎湃的情感。可是当经历和思索给他的感受在一个时期被透支之后,他需要新的营养,需要更多地看外面的世界。说简单了,这和人老是看一本书与看更多的书,老是在一个院子、一个村庄、一个城市里的见识与去到更多的村庄、城市、国家所经历的见识产生的思索塑造的灵魂一样。文学当然是写心灵写灵魂,灵魂哪儿来的?是生活给你的。而当你的灵魂那怕是最为深广丰富的灵魂被游遍了被掏空了呢?你也需要给自己的灵魂开拓更加广阔的空间更加深远的境界。一个世界有几十亿人,几十亿灵魂怎么着也要比一个人的灵魂更加幽远深广,解放自己的心灵观察别人的感受了解外面的世界,同样是在写灵魂同样是在做文学做艺术。

也有人说,简单反映现实,只是一种记录和再现,顶多是粗陋的艺术。有人明确地反对生活比文学艺术更加精彩的说法,认为生活再丰富也只是简单的表象的,而文学是要在生活中有所发现,体现精神的导向成为精神的出口,写作不要被光怪陆离的生活牵着走。

现实简单吗?表象吗?

无论政治学、社会学、哲学,哪一个学科哪一个真正了解生活的人能说生活是简单表象的呢?只是文学家、政治家、哲学家、社会学家们对生活、对历史的认识是否准确深刻是否到位罢了。也所以人们常常会推翻了过去几年、几十年、几百年甚至几千年的看法,不断地纠正自己。文学艺术家的灵魂与创作,也是社会生活表象的一部分。当我们回首历史的时候,常常发现过去时期的作品、论述，并没有代表或反映那个时期最核心最有价值的生活哲理与真谛。常常不是现实简单，是我们把现实看简单了。任何深刻原本就在现实里面，任何一个突出的社会事件，当它受到广泛关注，都会有深刻的社会原因，厚重的历史背景，众多的道德因素和复杂的现实条件，只是你认识到了没有，哪里会因为真实就浅薄简单呢。浅薄而简单，首先是因为你把生活现实原本的深刻和厚重写简单了写浮浅了，或是因为你把它写进自己剧本的时候没有抓住生活中最有价值的东西。但即使如此，只要你基本写出了那些生活的原本面貌，也比很多自以为高明的扭曲编造并以扭曲为深刻的浅薄故事要深刻得多。

所有的深刻、哲理、生活本质，是从哪里来的？都是从生活本身来的，是从生活中观察思考出来的。她是经过了你的加工，可那加工只是末而不是本。而且你的加工如果违背了生活原本的状态，违背了生活真正的意义，你那思考与总结就是伪科学，你那灵魂就是苍白浅薄的灵魂。艺术反映灵魂反映哲理反映深刻的东西，更是要通过生动的人物故事来实现。你说你不用去观察生活了解生活，你写的是什么？你灵魂里面的东西？那些东西原本也是你从小到大在生活里面得到的，可能一个转身你就已经把它们写光了淘澄尽了，你不去生活中补充营养，自然写不出好本子。陆游告诫孩子："汝果欲学诗，功夫在诗外。"说的不但是向生活要诗歌内容，而且是向生活学习诗歌技巧，真正有价值的诗歌，源头都在生活里面。

毛泽东在延安文艺座谈会上提出要深入生活。深入生活不但是一个政治要求，也是一个艺术规律。几十年来，不断有人反对深入生活的提法，认为文艺家描写的是自己的心灵，不需要深入生活，不需要外在的事物，深入生活写的只能是事件而不是心灵。反对深入实际的人往往信奉西方的文艺家，可一些西方影视理论家谈到如何把剧本写好时，一再强调的，也是调查研究，深入生活。

有的人总说自己写得高，是灵魂，人性。你再高，你敢说你的见解你的作品就前不见古人后不见来者？你敢说你不局限？你敢说你穷尽了思想与智慧？你本身，也是社会深刻与浅薄的一部分。文学家艺术家永远不要觉得自己是救世主，你就比整个社会深刻，你的作品就是举世未有的创作。即便如此，也是社会与生活创作了你，你和你的灵魂，也都是社会生活的一个存在。

任何一个人，都具有社会的深刻性丰富性不可穷尽性。你觉得他简单，是你没有真正认识他，你没有真正认识生活，你没有真正认识社会，你缺乏认知能力，你自己浅薄。

关羽、张飞是不朽的艺术形象，但他们真人是否那么简单？未必呢，他们可能比艺术中的形象丰富得多，只是文学家把他们类型化了。可很多人包括一些文学理论家，都认为类型化才是深刻。

永远不要以诗意创作诋毁现实主义创作。许多自诩写灵魂写人性的人，写的只是自己浅薄的内心与空洞的想象。而现实生活比我们的创作要丰富深刻得多，只是我们发现了多少。

向生活学习，向实践学习，到实践中去寻找和创作自己的艺术，不单是文学家，影视家，也是各种门类艺术家们的追求。明代大书画家董其昌说："画家以古人为师，已自上乘。进此，当以天地为师。"清初四僧之一的石涛，在中国绘画史上具有崇高的地位，其"投己身于天地造化，搜尽奇峰打草稿"的艺术主张影响了"扬州八怪"、吴昌硕、徐悲鸿、齐白石等众多近现代画家。而在众多艺术门类中最为接近生活真实的影视剧，剧本的创作更加应当向生活汲取营养。好的题材，好的故事，活生生的人物，深刻的主题，发人深省的生活哲理，都在生活里面，只是看你能不能发现她们，用优秀的艺术手段精彩地反映她们。

很多诺贝尔文学奖的评语，写的都是"反映了生活的某些本质"。

生活远比文艺作品丰富。

生活远比文艺作品深刻。

生活远比文艺作品独特。

所以，任何一个编剧任何一个作家，都需要让透支的心灵补充营养，然后，让心灵以充沛的激情丰满的收获再出发。

心灵的所有营养，都在大千世界中。所以，编剧应当向生活学习，因生活思考，走进生活中，参与生活的某些部分。再具体些，要注意抓住生活中突出的事件。

（二）抓住生活中突出的事件

让我们先来看看史泰龙是怎样创作《洛奇》的。

> 我来到好莱坞，住在一间破败的汽车旅馆里。有天晚上，我意外地看了一场电视直播的拳赛，由穆罕默德·阿里对一位名不见经传的拳击手查克·威普勒。这个威普勒在阿里的铁拳下居然支撑了15个回合，拳赛一结束，我就找到了创作新剧本的灵感。然后我只用了三天时间便写就了这个剧本：一个叫洛奇的业余选手，由于偶然的机会、与世界拳王对抗而一战成名。一个地道的美国式梦想。

《洛奇》被一位精明的制片人看中，以很低的成本在一个月内就拍摄完

成,并出乎意料地成了好莱坞电影史上一匹巨大的黑马:1976年,这部影片票房突破2.25亿美元,夺走了奥斯卡最佳影片与最佳导演奖,并获得最佳男主角与最佳编剧提名。

这一切,都源于史泰龙选择了一个正确的题材。

对于艺术家们来说,史泰龙看到的那一场拳赛,并不如《集结号》的人物原型那么具有题材的吸引力。史泰龙的成功,在于他从看似并不突出的事件中捕捉到一种社会精神,从中提炼出了触发人们愿望与梦想的主题,编织出了引人入胜的故事情节。

这个例子告诉我们,有的题材,当她刚刚呈现在眼前,立即光芒四射,几乎不需要再进行判断,关键是你能否抓住她。而更多的题材,她的价值很难一下子看清楚,你需要从中感悟,把那些看似平淡的事件中所蕴含的生活本质提炼出来,下定决心进入艰苦的创作。当然,如果你拿到一个基本完整甚至几乎不用怎么加工的故事,那你运气太好了。这样的情况也是有的,只是太少,可遇不可求。

说说我自己抓剧本题材的例子。

《当关》拍摄完成后,剧组的一个副导演向我说起,当了一辈子副导演,一直想有机会当导演,他可以找到拍一个短剧的钱,希望我给他写一个两集的剧本。他特地告诉我,他是从农村走出来的,对农村情感浓重且熟悉农民,希望我写的剧本是农村题材。

那时我正好听到一个乱摊派的事情,有个乡党委书记领着干部搞摊派,正要抬一家农民的电视机,那家的女主人愤然跳了井。急火攻心的书记飞奔了去,却看到那妇女站在只有齐腰深的井水中哭泣。觉得受了捉弄的书记怒吼你在井里一辈子也别出来!一边还是让人把妇女拉上来,并归还了电视机。这件事情很生动又具有一定的批判意义,那时农村乱摊派行为还比较多,乡干部们面临上面的压力常常违心地采取多种方法侵犯群众利益。于是,我写了两集的剧本《摊牌》,寄给那位副导演朋友,不料他没看上可我对剧本很有信心,坦坦然然自己干了。剧本在电影频道受到好评,由电影频道全投资,我第一次做了制片人把剧本组织拍摄完成,并拿到了百合奖优秀故事片奖和优秀男演员奖。

《摊牌》获奖之后,电影频道有关负责同志建议我把这个题材写成系列剧。于是我找基层工作的朋友搜寻题材,他们给我讲了两个故事。一是有个村庄的支书长期贪占集体资产,却又和一些乡干部关系密切,乡里两次去查他的问题,他都提前得到消息,使调查无功而返。后来新的乡党委书记采取突然袭击的办法，说要开乡党委会，却把党委成员叫上汽车，把车开到了那个村庄的村头，才提议对那个村庄清财清资。提议得到一致通过并立即实施，那个村支书没时间准备，许多问题一下子都查清楚了。清财清资清出来一件事，村里分地时，支书和村主任研究了两天，却报销了13条烟。一妇女气愤地说：就是让你们两个两天两夜不停地吸，一个人嘴里同时吸三根，你能不能吸13条烟！在场的群众轰然大笑，那个正被清算的支书竟然也忍不住笑了，其人生在一瞬间的跌宕起伏与忍俊不禁自嘲的笑简直就是电影画面。我于是根据这个故事写了《挂帅》。二是有两个东北人来到一个乡收购玉米，乡党委书记和一个村的支书动员了几个村的群众，把积压的玉米装了两火车皮。说好了装上火车后付款，可车要发了却不见了两个东北人，原来遇上了骗子！眼看火车起动了，几个村的群众将要遭受重大损失，乡书记和村支书不顾一切死死地卧在铁轨上拦住了火车。事件彰显初闯市场的农村干部的艰辛，具有很强的代表性。我把这个故事加工创作成电影剧本《做局》。

《挂帅》《做局》拍摄后，于2010年底入选广电总局评选的国家电影精品工程优秀故事片并获得资金奖励，《挂帅》还被评为民族语影片，由广电总局翻译了七种民族语言在全国播出。

《摊牌》、《挂帅》和《做局》的原始题材，其实都很简单，都构不成一个完整的电影故事。我的优势，是早年当过驻队干部，30多岁的时候又在农村工作委员会工作过三年，了解那时期的农民和基层干部，知道他们想什么追求什么，经常会遇到什么矛盾冲突。所以，当那三个很不完整的事件呈现在我面前，我往日的积累就涌流出来，创作完成了三部电影。

说两个小花絮。创作《摊牌》剧本之前，我先写出了小说并发表在《中国监察》杂志上。小说发表两个月后，南方一个地方出现一起乱摊派事件，与小说中的主要情节如出一辙。奇特的是，事件中的一个老太太，竟然和小说中老太太的名字一样。无独有偶，我的电视剧剧本《当关》拍摄完成正在做后期时，发生了南丹大透水事故，那个事故的情况，竟然也与《当关》电视剧的开头如出一辙。

两个奇特的如出一辙，好像现实生活在跟着艺术创作走。

我强烈地建议，编剧要注意从现实生活中选择自己的创作题材。

任何题材都是社会生活的反映，大千世界有太多取之不尽用之不竭的事件来丰富编剧作家的创作，比作家个人的经历坐在屋子里的空想要精彩得多。善于从现实生活中寻找捕捉创作题材，编剧更加容易成功。这一点中外作家是一样的。好莱坞的菲尔德，曾经为了创作一个题材，花三个月的时间了解这个行业，然后才动笔。

从现实生活中选择创作题材，并不影响编剧倾注自己的情感。因为突出的事例往往饱含着反映了生活本质的饱满而深刻的情感，才容易引起人们的共鸣包括编剧的共鸣。

做编剧，应当经常到处走一走，多参与一些事情，参与不是站在那里看，而是作为那件事情的当事人，工作者，执行者。把深入生活变成参与生活，得到的感受和你只是看一看听一听完全不一样。

（三）题材也可以是真实的人物

《挂帅》《摊牌》《做局》，主人公都是一个叫做刘怪的中年农民。这个人物有一个朦胧的原型，那是我刚满二十岁的时候，还是解放军工程建筑第219团的一名汽车兵。有一次驾驶着解放牌CA10型大卡车行驶在鲁西北黄河岸边一段崎岖不平的堤岸，遇见一队装着高高麦秸的架子车队，其中一辆架子车摇摇晃晃蹭上了我的车厢，一下子歪倒了，架子车一只轮胎的骨架被那座小山一样的麦秸歪倒时压瘪。拉车的是个和我差不多大的青年，一个中年农民走过来，那青年说："哥，这只车轮不行了。"泪就流下来。见了长者，20来岁的青年就变成孩子了，一只架子车车轮，在他看来是一个不小的财产。看到我同车的助理员下来，那中年农民并没有急着说话，而是笑眯眯稳稳站着。我们助理员说你不用笑，是你们的车蹭到了我们车上，责任不是我们的。中年农民和谦而不卑怯地说出的山东话至今犹如在耳，他说：我不能说是你们的责任，这事也说不清是谁的责任，可是农民罡不容易了。他站得挺拔但不凌人，语气平和亲切但潜台词充满力量，他其实在明辨责任并有要求而且在示弱，可你一点都不会感觉到他是弱者。我们助理员说咱们说清楚了可不是我们的责任，中年农民诚恳地笑着并不说话。助理员问一只车轮多少钱，中年农民说13块5毛钱。助理员再次说咱们说清楚这并不是我们的责任，中年农民显然看到了结果，笑着微微点头。我们助理员拿出了13块5毛钱，中年农民连声地道谢。

13块5毛钱，那时候一个农民干一个月或许也拿不到呢。

我们上车走了，在车上，助理员感慨地说：这个人，生成农民了，他要是在部队，当个团长也是绰绰有余啊！

几十年过去，当时的情景还是那么清晰，这是我第一次牢牢记住了一个农民，他折服了我这个不谙世事的年轻军人，也折服了我们那位见过不少世面的助理员。每当我创作农民形象的时候，常常会想起那位不知名姓的大汉。不但是《挂帅》、《摊牌》和《做局》，我的剧本《棒槌萝卜狗》《回来了亲人》都有那位大汉的影子。

《摊牌》剧本受到电影频道高度赞扬,十年之后和频道当时负责电视电影制作的岳阳主任见面,他还清晰地说起刘怪这个人物。演了多部电视电影男主角没得到过优秀男演员奖的李心敏,凭借《摊牌》中刘怪这个形象拿到了第四届电视电影百合奖优秀男演员奖。电影频道2005年工作年会谈人物创作时首先就谈到刘怪这个人物,《电影艺术》杂志也约我写了创作这个人物的体会。

把真实人物作为创作题材的例子很多,《巴顿将军》《甘地传》《焦裕禄》《狼牙山五壮士》都是这样。

(四)主题也是题材

常常有时候,或是出品人,或是编剧,或是导演,为了一个社会的、哲学的、政治的、爱情的、奋斗精神的原因,想到了一个主题,在没有具体故事的情况下,确定要创作一个剧本。那么这些原因和主题,就是这个剧本初始的题材。

1944年,八路军战士张思德因炭窑倒塌牺牲,毛泽东主席写了《为人民服务》纪念他。这篇文章在中国共产党的历史上,在中国社会发展中产生了长远的影响,倡导了一种精神,一种平民的但高贵的世界观。60年后,时任中国电影集团董事长韩三平给导演尹力打电话,说《为人民服务》发表60年了,应当纪念一下。几天后,尹力、编剧刘恒等主创就去了延安,不久有了电影《张思德》。

以主题为初始题材的剧作,多年来始终是影视人的创作方式之一。电影《拯救大兵瑞恩》的编剧叫罗伯特·罗达特,他住的小镇中心,矗立着一座纪念碑,镌刻着那个小镇自美国独立战争以来为国捐躯的英雄们的姓名。他的儿子出生之后,他经常抱着儿子在纪念碑旁散步。那时正值诺曼底登陆50周年,出于对生命的珍惜,对战争的反思和对英雄的景仰,他创作了《拯救大兵瑞恩》,影片完成后旋即产生了世界性的强烈影响。

相信人们出于道德,大智大勇,悲伤,颓废,欢乐,失败与成功等等主题,有感而发地创作剧本、诗歌、小说、散文,必将与社会的发展历史一样绵延久长。

(五)从不同角度选择题材

如果你说你要写一个婚姻题材,在如今很难一下子引起人们的兴趣。但是我的一个婚姻题材的剧本,有一个制片人只听到剧名,就从外地跑来找我了。

剧本的名字是《给婚姻一个假期》。

那位制片人认为这是婚姻题材的一个新的角度。

找到一个新的有意义的角度,在许多可以说是写烂了的题材中,你照样可以寻找到新意，寻找到人们关注的热点。题材可以只是一个不同的角度。不一样的爱情，另类的妻子或丈夫，别样的故乡，战争中特殊的角落，不同人在同一个事件中的不同经历与行为，等等。

汶川地震后，有了太多的地震电影。可八一电影制片厂又拍了《倾城》，写一个从监狱中逃跑出来的犯人正巧遇到地震的故事，这个角度的地震故事让人耳目颇新。

抗日战争期间，有一批中国战俘被押送到日本从事劳役。战俘们忍受不了非人的生存条件，组织了著名的花岗暴动。电视剧《记忆的证明》，描写了这段历史，表现了中国战俘们为了返回祖国进行的殊死搏斗。真实的历史中，中国战俘们十分清楚在当时的条件下他们根本不可能通过暴动回到祖国，他们只是不愿再忍受非人的待遇，要杀死日本看守冲出去跳海殉国。可巧那天是一个对劳工表现出一些人道的日本人值班，暴动领导人下不了手杀掉这个人性尚存的日本看守，才导致暴动失败。这个历史事实表现出中国劳工宽广博大的情怀，我十分期待有一个剧本从这个角度表现真实的花岗暴动。

（六）改编小说

我们常常把优秀文学作品描写的内容形容为栩栩如生，好像看到了那些故事与人物真实地呈现在眼前。而把优秀的文学作品影像化，能够让人们最直观地欣赏到文学作品的栩栩如生。尽管一些来自文学改编的影视作品不如人意，如《三国演义》《红楼梦》《水浒传》的改编争议多多，但自从电影电视剧产生以来，改编文学作品，一直是影视剧本题材选择的重要途径，改编成功的影视作品很多很多，因被改编成影视剧而爆红了原小说的例子也不胜枚举。

如今，没有改编为影视剧的名著很难找到了。即使找得到，改编的版权费也很高，甚至一个新编剧愿出很多钱，人家还不愿把改编权给你。所以，新的编剧要注意广泛阅读文学作品，从一些还没有引起强烈反响，但写得很好的文学作品中选择改编题材。

改编文学作品的具体技巧和注意事项，在改编一章中叙述。

（七）以历史故事为题材

历史长河中，有太多的故事、人物深深镌刻在人们的记忆，《春秋》《左传》《史记》《资治通鉴》，各类通史，都让一代代人们感叹，深思，从中吸取营养。影视剧创作当然不会放弃那些闪烁千年的星星伤痕累累的疮疤气惯长虹的英雄。

以历史故事作为题材，大致有两种情况：

一是以突出的历史事件、历史人物作为题材。

外国电影如《巴顿将军》《辛德勒的名单》《埃及艳后》。中国电影如《上甘岭》《狼牙山五壮士》《赵氏孤儿》《鸿门宴》。

二是以某一个历史时期为故事环境作为创作题材。

典型的有文革后出现的伤痕文学和伤痕影视剧。如电影《伤痕》《许茂和他的女儿们》《没有航标的河流》《人生》；电视剧《蹉跎岁月》《孽债》等。

以历史故事历史人物作为创作题材，是用现代人的眼光去看过去的历史，要避免以现代人的习惯、行为方式去改造古人、前人。你的创作，应当像那个时期的人和事，像那个时期的人的语言、行为、处事习惯，符合那个时期人们的情感。不然你弄出来的就是一个四不像，而且那种扭曲的情感扭曲的价值观扭曲的人物行为，会受到人们的排斥与反感。这一点在后面将要详细阐述。

四、认识题材的局限性

题材的选择，有一个局限性的问题，也可以说是素材饱满程度的问题。一个百万字的长篇小说或一部几十集的电视剧可以浓缩成一部电影，一部短篇小说或一个短故事却很难拓展成长篇电视剧。

大家都知道"叶公好龙"的故事。叶公，历史上确有其人，但史实涉及他的事件很少。如果写叶公真实的或传说的故事，这个题材适合写一个电影剧本。前几年有人要拍叶公的长篇电视剧，联络了世界叶姓的名人给予资金支持，找一个编剧写下洋洋几十集，把叶公写成了高大完美有着现代精神时尚语言的英雄，但故事空洞，人物苍白，情节虚假做作，这个剧本最终没有投拍。

短小的题材，尤其受到真人真事限制的短小题材，是不适合电视剧的。即便有人不计亏损愿意投入巨额资金，也很难有好的结果。

曾经有一位县领导找到我，要我写一部关于昆阳大战的十集电视剧本，我的稿费从优，我当场拒绝了。

历史上的昆阳大战，发生在公元23年，西汉被王莽篡政后的新朝时期。王莽派40万大军攻打只有数千名起义军占据的昆阳（如今河南省叶县），刘秀等几位起义军将领智勇双全，以区区数千兵马打败了王莽40万大军，导致王莽新朝政权灭亡。

昆阳大战是中国古代以少胜多的典型战例，又有人出稿酬，为什么不写呢？理由有三：一是十集电视剧太短没有市场，电视台很难收购；二是剧情是古代战争，是野战、马战、冷兵器之战，耗资巨大十分难拍；三是昆阳大战历史知名度不高，很难引起关注。我拿了稿费，写完了人家拍了也播不出去，白浪费了纳税人的钱。

五、自主创作不要跟风

影视如今已经成为世界性的巨大产业，无数的制片单位和影视投资人，总是在寻找一切商机，时刻紧盯着哪一类剧目赚钱。一旦有一部类型片产生强大影响，立即会有一批此类剧目一哄而上。《潜伏》之后，出了一大批特务剧，不但都是打入敌人内部，而且假夫妻丛生，"真感情"泛滥，情节总是似曾相识。闹哄哄你方唱罢他登场，大概制片方也赚了些钱，可到底倦怠了人们的眼睛。

跟风，确实是一个时期的商机，却难以产生真正优秀的作品。编剧的创作激情总是受到自尊与拾人牙慧的冲撞，感到那么无聊。

作为编剧，当你在一个时期有创作时间，无创作题材，又有人约你来创作跟风的作品，这是收入，是生活，可以另当别论。可你却不要刻意跟风创作，哪怕一个时期实在无创作题材，你去走大千世界，去深入生活，去参与生活，去当工人，做农民，搞商业，到监狱里体验罪犯的感受，独自坐在黑暗宁静的屋子里面长久地思索，你把跟风创作的无聊日子变为扎扎实实的准备与积累过程。总有一天，你会寻找到属于你自己的独特而优秀的题材。

六、商业题材与艺术题材

商业片与艺术片，在影视圈总是热乎乎的话题。至今人们也还在讨论甚至争论：怎样区分商业片和艺术片？是不是有什么题材他就是商业化的就是能够拥有票房的题材？什么样的故事具有商业价值？怎么把握艺术与商业化的结合？

商业片，自然就是可以卖钱的影片。艺术片，按一些人的界定就是艺术上优秀却没有市场的影片。

记得早年有一副漫画，描绘伤心的爱情片眼红正火热的武打片，并加了一段文字：当年我们也曾经火过！

爱情、武打、青春、战争等等题材，确实都曾经红极一时。所以在不同的时期，什么题材会有市场，也是不尽相同的。有些题材火过一阵子下去了，有的还能够二度花开。比如现在青春题材还是蒸蒸日上，谍战片已是昨日黄花。爱情还在到处扫荡，武打已经暗淡了江湖。3D电影曾经消退了光环，如今正在卷土重来。有几个著名的导演，过去拍什么东西都是最高票房，转眼被新导演创造的最高票房记录悄然惊心。一些明星出演的电视剧，尽管粗制滥造，可电视台却认他们的脸，看见他们就天价去买。但行情也在变，做明星剧有红透半边天赚了金山也似身家的，也有亏尽了血本的。

还有看法认为，不管什么影片，只要宣传得好，票房就好。你再商业化的片子，没有宣传也白搭。可《山楂树之恋》《三枪拍案惊奇》《温故1942》，在强大的宣传活动支撑下，也都没有达到票房预期。一些著名的电影人曾经炫耀过自己对于票房预测的高超本领，转眼就被残酷的现实封住了金口。

让我们看看来自电影商业化标杆好莱坞的所谓编剧教父罗伯特·麦基怎么说的："没有人能够教别人什么畅销，什么不畅销，什么能打响，什么将失败，因为没有人知道。好莱坞的哑炮在其制造过程中注入的商业心机与轰动作品是一样多的，而那些被钱场的智者打入另册的暗淡的剧情片——《普通人》、《偶然的旅行者》、《猜火车》——却默默地征服了国内外的票房。"

中国电影也有类似的情况，事先并没有大肆宣传的《泰囧》，获得了票房奇迹。《那山那人那狗》在中国零拷贝，在日本却大受欢迎。

于是有人说，并没有什么商业片，谁也无法给一部电影定性就是商业片或艺术片。

即使我们不把第一部《007》电影视为商业片，后来的一部又一部系列《007》肯定是奔着商业来的。完全否定商业电影、商业题材并不能令人信服。如果我们说《终结者》是电影人的艺术激情，那么《终结者》2、3、4无论如何也是商业影片。所以，有的题材是商业的题材，有的影片是奔着商业化创作的，这毋须也无法回避。

但是，任何题材都决定不了市场。也就是说并非你写一个在当时一定是商业性强的剧本，你就一定成功。任何成功的商业片，必须有艺术质量的保证。这艺术质量不但是说高度专业化的电影制作，首先是剧本质量，你写《终结者》《007》那样的剧本，你也要拥有过人的想象力，丰富的故事编织能力和强大的结构组织能力。《007》系列，就是邦德，就是美女，就是出生入死，基本套路都差不多。如果编故事的能力不强，编不出新的事件、场景与意外，早就死定了。

现在有一种说法，在高度商业化的社会环境下，编剧们自娱自乐的创造已经不能适应当前的商业化形势。我认为这样的说法不能成立。《007》那样的电影再多，与人们日常生活水乳交融的电影永远是主流。编剧一定要保持自己内心的那种高贵的情感，当你真的为一个故事一个人物打动，真的震撼了你的心灵，真的有强烈的创作冲动，你不用去想喧嚣的商业环境，不用考虑别人的意见，静下心把她写下来。哪怕相当长的时间甚至永远没有人喜欢，你就把她当作练习，当作对自己心灵的呼唤。

真正深深穿透心灵的写作，一定会有良好的社会回报，只是需要时间。杜甫的诗歌，在他活着的时候没几个人喜欢，并不影响他多少年之后被历史被所有爱好文学的人尊为诗圣。

尤其对于新的编剧，不考虑题材的商业化因素，很难被挑剔的制片单位接受。但真正的好剧本无论什么题材，都需要发自内心的情感，真正优秀的商业化剧本也肯定是饱含情感的。所以即使有人约你写商业题材的剧本，你也一定要在浓烈的情感之中，投入全部精力去创作。剧本创作就是一个塑造心灵的工作，无论这个剧本是你自己早就想要写的，还是人家的约请，你不投入全部的情感不集中全部的精力，你就做不好。哪怕你的技巧很熟练了，是一个好编剧了，没有投入情感的剧本只能是一个行活。

编剧干行活，是浪费生命。

七、不是为了娱乐也不是为了商业的题材

一个外科医生时刻保护的那双拿手术刀的手，在遇到塌方的时候去抬石头救人，和在手术台上救人的意义有什么不一样呢？可能抬石头的时候伤者的需要更加急迫，即使因此毁了赖以工作的那双巧手，许多医生也会在所不惜。

有的创作题材，会让人觉得不是纯粹艺术的题材，也不是商业的题材。可是做影视，有时候主要目的也可以并不是为了艺术。当你面临是追求艺术还是推动社会生活的选择，当这两者不能兼顾，你该怎么办？很多编剧会选择发挥社会作用。

可能会有人强烈地批判这种观点，认为影视剧只有一个目的，就是娱乐。那么，有的电影号称催泪弹，提醒观众进场之前多带些纸巾，观众怎么乐！

也许会有人解释，说娱乐就是通过表现喜怒哀乐的方式使人们愉悦。你看电影哭了，是娱乐把你弄哭了。可你要对一个人说：你怒吧，生气吧，或你哀吧你哭吧，这样你就娱乐了。他不揍你才怪呢。

什么是娱乐？

我们看看文献中关于娱乐的表述：

《史记·廉颇蔺相如列传》："赵王窃闻秦王善为秦声，请奏盆缻秦王，以相娱乐。"

宋叶适《东塘处士墓志铭》："既苦志不酬，右书左琴以善娱乐。"

《古今小说·李公子救蛇获称心》："李元在前曾应举不第，近日琴书意懒，止游山玩水，以自娱乐。"

明冯梦龙《东周列国志》第五十一回:"主公既有高台广囿,以为寝处之所,何不多选良家女子,充牣其中,使明师教之歌舞。以备娱乐,岂不美哉?"

老舍《骆驼祥子》:"他去擦车、打气,晒雨布,抹油……用不着谁支使,他自己愿意干,干得高高兴兴,仿佛是一种极好的娱乐。"

没有怒,也没有哀,只有欢乐愉悦。

汉语词典中关于娱乐的解释是:快乐有趣的活动。

说电影电视剧就是一种娱乐工具,是不全面的。影视剧在今天成为庞大的行业,她的作用决不仅仅是娱乐。她还有经济功能,如美国好莱坞的产值胜过美国钢铁业,这几年中国电影票房收入的增长也远远超过经济增长的幅度。所以不少纯粹为了赚钱的人虽然是艺术的门外客,却深深地扎进影视圈。

影视还有美学功能,如人们从演员的穿着与行为中学习服装搭配、追赶时尚的风范,不但为众多商家提供了一次次强大商机并带来丰厚利润,也美化与丰富了社会生活。

更为重要的,影视剧有着强大的认识作用,人们通过观看影视剧,认识他们不熟悉的生活,认识陌生的人,认识他们经历之外的世界。影视的认识功能,使人们看到历史,认识现实,了解自己。这种认识作用,同时具有强烈的教育功能。如果《拯救大兵瑞恩》只是为了表现战争的激烈,如果《父辈的旗帜》只是为了揭露一个历史真相,如果《老人与海》只是为了描写老人怎样捕捉到那条鱼,如果《魂断蓝桥》只是为了表现一见钟情,那么这些电影和小说会省掉多少情节,又还有什么意思,谁又会去一遍又一遍的看呢?所以人们才说,读一本好书,看一部好电影,就如同和一个或很多个高尚的人对话,和一个个活生生的高尚灵魂对话。

影视剧又有着深切的情感交流作用。人们观看时感受到各种各样的曾经亲历、似曾相识、从未体验的但都能够引起强烈共鸣的情感世界,于是会喜悦,悲伤,愤怒,甚至曾经向话剧舞台上的演员开枪,你无论如何不能说这是娱乐效果。

影视剧也呼唤着人们的记忆,唤起人们心底对于童年、往事、友谊、勇敢与怯懦的回忆与思考。所以成年人也去看儿童片,就像《红孩子》也感动了太多的白发人一样。

可以说影视剧有一个突出的作用:陶冶人们的心灵。

当你的故事被人说是为了教育为了认识而不是娱乐的时候,你没有必要沮丧。

《义勇军进行曲》也是艺术,可她的价值主要的是艺术吗!

《国际歌》也是艺术,她的价值呢!

电影《高山下的花环》放映后,国家给全国军人大幅上涨了原本太微薄的抚恤金,这个决定给千万个牺牲和伤残军人的家庭带来的作用,其厚重而实际的社会意义,不是现在的人们能够理解得了的。《高山下的花环》对于我国军人来说,比《公民凯恩》重要得太多。

谁又能否认艺术产生的这样的功能呢。

但是这些作用,照样是艺术的作用,是艺术产生的意料之外和意料之中的效果。因此可以说,并不是为了娱乐的艺术,照样是艺术,照样可以产生震撼灵魂甚至震撼社会的效果。

或许有人说:艺术就是艺术,教育就是教育,完全是两码事。看人家美国电影,为什么风靡世界,人家纯粹就是娱乐,不让艺术承担娱乐之外的功能。

其实西方的电影家们,也十分强调艺术对于观众的感染意义与艺术家的社会责任感。即使是好莱坞电影,也充满着正义战胜邪恶,见义勇为,为国家为他人的精神。麦基说过这样一段话:"过去二十年来,我确实看到过好电影,而且还有一些很好的电影,可是却很少很少有一部具有震撼人心的力和美的影片……故事的艺术正在衰落,漏洞百出的虚假故事被迫用玄妙来取代实质,用奇诡来取代真实。虚弱的故事为了博取观众的欢心已经堕落为成百上千万美元堆砌起来的大哄大喻的演示。在好莱坞,影像已经变得越来越奢华,在欧洲则是越来越浮华。演员的表演变得越来越做作,越来越淫猥,越来越暴力。音乐和音响效果变得越来越喧嚣……文化离开诚实而强有力的故事便无从发展。不断地耳濡目染浮华、空洞而虚假的故事的社会必定会走向堕落。我们需要真诚的讽刺和悲剧、正剧和喜剧,用明丽素洁的光来照亮人性和社会的阴暗角落。"

这是美国电影人对电影弘扬主旋律精神的阐述。一位影视人曾经一边批评把主旋律作为影视题材,一边赞叹美国电影中的美国精神。我问他:美国精神是不是美国的主旋律?他沉默片刻回答:是的。

所以,你选择一个主旋律题材,没有必要心虚。文学艺术应当是全疆域的,没有禁区。你不必理睬艺术题材写的是灵魂,主旋律题材写的是外在事件之类的话。任何外在事件,都从属于人的灵魂。被称为主旋律的社会活动,是复杂的社会生活风云变幻的中心,人们在那个舞台更加丰富地展现着自己的灵魂、智慧、胆略与气概。人的灵魂在这些活动中,比处在卿卿我我状态中的灵魂搏斗灵魂追问要更加剧烈更加深刻更加色彩斑斓更加具有震烁千古的无穷力量。

八、甄别题材的价值

有些题材的价值是显而易见的，如《集结号》的故事题材。有些题材，哪怕是经验丰富的影视人，也需要认真判断、甄别才能确认其价值。常有一些影视人因错过了优秀的题材，在别人成功之后扼腕叹息。当年史泰龙的《洛奇》剧本被许多制片人拒之门外，后来那些人悔青了肠子。

罗伯特·麦基有过这样一个结论："要在讲得精彩的琐碎故事和讲得拙劣的深奥故事之间挑一个，观众总是会选择讲得精彩的琐碎故事。"这样的说法对吗？

有一个响当当经验丰富的制片人，看完一个剧本后，一个人长久地独坐在书房里沉醉。剧本拍成了电影，拍得很精致，但没有引起什么反响。反而一些并不被看好且拍得很粗糙讲述得不算高明的影片，却因情感真挚故事深入人心引起观众强烈的共鸣。

简单地肯定和否定往往是危险的。选择题材也是如此。

题材这个东西有时候很奇妙，一个时期万众瞩目的事件，创作成电影很受欢迎，而另一个万众瞩目的事件，拍摄成电影后无人问津。这或许与事件的媒体曝光程度有关，或许与事件的社会价值有关，或许与艺术家的制作方向制作水平有关，但完全正确的原因是很不容易呈现的。这常常成为创作者的无奈。

当然，还是可以找到一些甄别题材价值的方法。

（一）熟悉你的题材

进入新世纪，我工作的平顶山市大规模选拔大学生村官。2005年相关部门约我创作大学生村官题材的作品，我认为20岁上下的孩子一个人到一个村庄做不了什么事情，拒绝了这个约请。两年后一个朋友又约我写这个题材，我问他：你真的觉得这项工作在整体上有前途吗？这位在文革期间有过知青经历的朋友回答我至今记忆犹新：如果当年的下乡知青，不是让他们都回来，而是一个村留下一两个，按国家干部待遇，今天的中国农村，会是另外一个模样。

我受到深深触动，决定下去采访。那时平顶山的2637个行政村，每村都有一个大学生村官，我看到，大学生村官们承担了基层繁复的日常工作，一些优秀的大学生，在农村发挥了令人惊叹的作用，甚至担任了村党支部书记或村主任。访谈中一个老农向我说：农民最大的负担是孩子上大学，毕业了，都留在城市不回来了，等于农村穷，还给城市投资。现在孩子们大批地回来，这太好啊！

我被强烈震撼,并把这话告诉了电影频道的一位负责同志。他当时也是深深叹息着说讲得太好了,你赶快创作这个电影吧!于是,我创作并拍摄了电影《女大学生部落》。

主旋律电影很难有社会投资,《女大学生部落》由平顶山市委组织部投资拍摄,难免在创作中较多考虑了反映这项工作的整体面貌,影响了艺术发挥,写得不太好。但影片完成后,发生了几件事情。

一是平顶山市委领导看了粗剪的片子后,召开市委常委会做出了三项决定:给全市大学生村官长50%的工资,给他们办理养老金、医疗保险金和住房公积金,从他们当中选拔国家干部。这是大学生村官们强烈盼望的,市财政为此每年拿出1000多万元。这部影片即使没有其它任何作用,我已经很满足了。

二是时任河南省委书记徐光春于2008年4月17日夜看了这部电影,18日一早就安排有关方面,撤掉河南卫视当天原定节目,在黄金时间播出《女大学生部落》。因平顶山4月19日举行首映活动,我强行把片子拷贝压了一天,河南卫视是在19日夜播出的。

三是电影频道同年五四青年节黄金时间播出了《女大学生部落》。后来从网上看到,一些大学生看了这部电影,去农村当了村官。

(二)听取他人的意见

把你的故事讲给别人听,或约些人一起座谈,让大家帮你出主意。

当然这有一个问题,你如果叙述能力不强,会把一个本来很好的故事讲得很差。或因为你的信心不足,朋友们又不是这方面的专家,你讲得很好的故事他们却不感兴趣。

但听取他人的意见,是选择题材的一个重要方法,在业内,很多人都会或曾经采用这个方法。当然在很多时候,你只要认准了自己的题材,不管别人说什么,你要坚持下去,像史泰龙那样,一直坚持到有人认识了《洛奇》的不凡。

(三)用同类比较的方法

常言有比较才能鉴别,你对一个题材拿不定主意,那么你去找你能找到的所有同类作品,认真地看深入地对比,看你的题材是否比他们好,或是否别出心裁、另有角度、写出了新的主题新的人物。

影视实践中,即使到了拍摄阶段,美术、摄影、作曲也要找来同类作品比较一下,看看有什么借鉴,思考如何有所创新。

(四)发展、调整你的题材

有一些事情,你刚刚看到她的时候,她并不是一个创作题材,甚至并不是一个故事。可当你对这个事情进行深入思考，把你的知识和阅历与她相融合，你会发现一个崭新的东西，原本破碎的缺乏力量的材料产生了或演变出创作价值。

题材的选择，应当有发展的眼光，看到精心创作后的未来。当编剧面对一个相对完整的比较差的题材和只是一个好的创意优秀的雏形故事，毫不犹豫应当选择后者。

有时一件罕见的物品，忽然被人们关注的事件，忽然出土不知来历引起广泛猜测的文物，都可以投入精力展开创作。

上个世纪末，一些文学朋友要我请北京的文学编辑来参加笔会，但是没有经费，只承诺解决路费并送一件礼物。我原本无计可施，忽然想到我们这里正在宣传刚刚确认的清凉寺汝官窑遗址，而我的一个兄长，《十月》杂志的老编辑田增翔那时正收集各种瓷器残片，我就约他来平顶山一行，我会领他去看汝官窑遗址。

田先生如约而来，并带来另一个朋友白明。两人到了清凉寺兴高采烈，告诉我收藏瓷器和瓷片如何有意思，且中国的英文名字china原本就是瓷器。我大惊，我是在文革期间上的中学，只学过两句英语：毛主席万岁，祝毛主席万寿无疆，并不知道外国人称中国就是瓷器。

外国人把中国称作瓷器，看起来无论如何算不上一个文学或影视题材。可我觉得这件事大的不得了，瓷器标志着一个文明古国的文化，还不值得创作一部作品！我多方收集资料，完成了长篇小说《瓷器》，出版后受到高度评价，我也因这部小说，成为中国作家协会的会员，《瓷器》的电影和电视剧正在运作之中。

（五）追寻主题

对一个题材所蕴含的主题的追寻，应当伴随着选择题材的始终。认识题材所蕴含的主题意义和力量，是鉴别题材优劣的重要环节。

如同有的题材重要性一目了然而有的题材重要性云遮雾罩一样，题材的主题，有时候在题材来临的第一时间即呈现在你的面前，有的时候你已经完成了作品却还没有想清楚。

很长时间想不清楚题材的主题，并不代表你的艺术能力不足。有时候一个政党那么多英明的领导者和足智多谋的智囊人物，经过多方调研慎重决策的事情，不久就发现其实错了。

主题想清楚了，对于确定题材起突出作用。一时想不清楚主题，也不妨碍你把创作进行下去，你还可以用心去感觉。

（六）用自己的心去感觉

如果你用尽了办法，总是分不清你的题材的优劣，朋友和老师也语焉不详，多方的比较也得不出结论，甚至连这个题材的主题也想不清楚，她的意义、价值、市场前景总在云里雾里，怎么办呢？

那么，请用你自己的心去感觉：你的题材能够让你感动吗？

如果你感动了，你静下心认真想一想，是否感动得无以复加？

你已经感动得无以复加了，那么你把她放下来，过些天再来看再来想，看是否仍然把你感动得无以复加。

你觉得是的。那么，这就是你的题材！

题材可以是各种各样的，激烈的平实的喧嚣的宁静的时髦的质朴的过去的现在的未来的神话的幻想的等等等等。在众多的题材中，有一个共有的不可或缺的东西：无论什么题材什么故事什么人物，都应当是真挚的诚恳的穿透人心的，感动了所有人包括你自己。

九、题材的储备

有时候，你遇到一个题材，一个事件，一个故事，或一个有个性的人物，一朵生活浪花，你知道这肯定是一个剧作题材，你产生了创作冲动并认为可以取得成功，但却没有办法把她写成剧本。

为什么呢？一般有以下原因：

一是你还想不明白她的意义到底是什么，所以你不知道怎么写、写什么、如何运用她。这并不奇怪，并非只有新手才会这样，经验丰富的编剧往往也是如此。很难说这个过程会有多久，也很难说什么契机或怎样的启发，你才能真正认识她的价值与艺术力量，才能想清楚怎样去创作她。

二是你也知道这个题材有什么意义，大致上明白应当怎么写，可你感觉自己现有的功力驾驭不了这个题材，你需要积累创作技巧，为那个需要深厚功力的创作做艺术能力上的准备。

三是你明白题材的意义与力量，你也能够完成这个剧本，可是你缺乏必须的素材而你在近期又没有条件去挖掘、体验这些素材。

四是你找到了一个题材，尽管同类题材已经有成功的作品在前面，可你自信仍然能够写出新内容新故事。但人家成功在先，制片方无法从成功的作品中跳出来，静下心来认真看待你的作品，即使你写得再好，也很难达到良好的市场效果。那么，你把她放下来，储备一些时候，等那个成功的同类题材作品热度下去了，你再来创作。

题材储备的过程中，并不影响你为创作这个题材做艺术的、生活素材的准备。你或许忽然想起来如何表现她，可能你想到的只是零星的片断，那么你把她记下来，写下来，存起来，直到有一天，你基本想明白了你的题材应当如何应用。

定期的不定期的，你去重温你储备的题材，对她再认识，再思索。古语温故而知新，或许在某一个时候，某一天，你没有直接地为你储备的哪个题材再积累任何东西，可当你重温她的时候，忽然打开了你思维的新天地，你面前呈现出灿烂的五彩霞光，丰茂的锦绣山野，你的题材的价值清晰而震撼地出现在眼前，短暂得令你自己都惊讶不已的时间里，你已经想清楚了创作大纲，一泻千里般完成了初稿。

十、题材后话

题材最好是独一无二的，或有全新的角度，全新的高度，全新的人物，全新的情感，全新的遭遇，这样的题材势不可挡。

你可能会有很好的运气，一下子找到一个了不起的题材一炮打响。曾经有一个人，他遇到了一段隐秘的历史，恰恰那个时候这隐秘的历史可以解密，于是他以功力不齐经验不足取得了成功。这世界不会每个人都有这样的运气，做编剧，不要期望经过一年、两年或三五年的寻找与追索，你就会选中一个史无前例的题材。

但是，你一定要有一个愿望，要找到一个犹如王冠上的钻石一般的题材，创作一个史无前例的作品。

如果你穷尽了眼睛和脚步，你四面八方地搜寻，你古今中外地穿梭，终年不息地思考，你就是找不到好的题材，怎么办？

你离开编剧的生活，你放下编剧的梦想，你去做一个编剧以外的人，平静地，认真地，投入地做任何一项你喜欢的事情。过了若干年，或许忽然间，你一下子找到你的题材了。

然而，也有一些非常优秀的作品，题材并不起决定作用，甚至完全不是靠题材起作用。人家用一个多少人已经写烂了的题材，写出了不朽的惊世巨著。

什么原因呢？

人家以炉火纯青的认识能力，高超的艺术技巧，呕心沥血的情感倾泄，无比精彩的故事和人物，给世界奉献出瑰丽的生命乐章。

如《魂断蓝桥》不过是一见钟情，《上甘岭》不过是一场战斗，《这里的黎明静悄悄》不过是女人在战争中死去，《拯救大兵瑞恩》不过是坚决执行命

令,等等。

还有一部作品你看完了一定会感到震颤,必将改编成影视剧的长篇小说《瓷器》,写的不过是警察抓小偷。

如果问,题材要选择到什么程度才可以动笔写作?

确定了一个题材,你就可以在思考主题收集素材的同时动笔了。开始可能还不是一场戏一场戏地写剧本,只是论证主题,写提纲,写人物故事片段,间或写下你已经想清楚的某一个情节。也可能这样过了一些时,你发现这个题材最终无法写成一个剧本,或无法写成优秀的剧本。但你绝不是做了无用功,你写下的每一个字,都具有价值甚至是重要价值,并可能全部在你今后的创作中得到运用。

也可能某一个题材,你觉得有意思,有价值,虽然不能轰动一时,但她不是模仿,是一个创作,在你的心里萌动再萌动,你就可以随时动笔写起来。也许你写着写着,发现她的价值在增大,在发展,远远超过了你起初的认识和预期。甚至,她会是一个轰动世界的作品。

关键是,你的内心真的被深深打动了吗?

第四章、主题

无论是评论家还是普通观众普通读者，在评价一部影视剧、一部文学或舞台作品的时候，常常会说：这个作品的主题鲜明充满力量，震撼人心，帮助人们认识了生活，认识了自我！

但人们也常常会说：这个作品到底在说什么？他的主题到底是什么？反映了作者的什么追求？

更进一步，会有人追问：什么是主题？主题有什么作用？怎样认识主题？怎样确立主题？怎样呈现主题？主题会不会如同人一样有什么遭遇？

一、什么是主题

"主题"一词源于德国，最初是一个音乐术语，指乐曲中最具特征那一段旋律——主旋律。它表现完整的音乐思想，是乐曲的核心。后来这个术语被广泛用于一切文学艺术的创作之中，通称"主题"。而在我国古代，对主题的称呼是"立意"、"主脑"或"主旨"。

文艺作品的主题，是一个作品所表现出来的意义，是人们对一个作品讲述的故事所蕴含的道理的主观认识与理解，是作者在这个作品中所要抒发的心声，或者说，是一个作品的灵魂。

人们对于主题，曾经有过各种各样的争论。比如发表于1980年的短篇小说后来又改成同名电影的《陈奂生上城》，其主题就产生过颇多的争议。于是有人要作者高晓声谈谈自己的看法,可高晓声只是说：一个作家的作品不一定都有主题,也不一定都没有。

主题是一种客观存在，关于主题的争论，表现出人们对她的认识不同。作品主题的争论，古今中外都很多，甚至产生过许多文字狱，杀了许多人。一首诗，原本写的是景色，却可以被说成是反诗，也可以确实就是反诗。一首词，表面说的是女人，却可以是在影射朝政。也确有作者写出了作品，却总结不出自己到底表现的是什么。但并不代表这个作品没有主题，只是作者没有认识到主题而已。任何一个优秀的作品，不可能什么意思都没有表现。她就在哪儿，她引起人们的关注，说明她强烈地表现了什么东西。至于她表现的是什么，人

们可以各有各的看法。你硬要说她什么都没有，那只能说你没有认识她，或者，你认识了却不想说。

古往今来，任何一个文艺作品，主题都是绕不过、躲不开、藏不住、缺不了的。主题，具有多种特征。有时候简单明了，清晰地凸显出来；有时候复杂而丰富，具有多重性多向性；有时候飘飘荡荡，让人难以捉摸；有时候厚重深沉，肩负着民族与国家；有时候春花雪月，表现了幸福美满；有时候鲜血淋漓，再现了残酷与沧桑；有时候柔软娇嫩，抚慰着人们的心灵；有时候排山倒海，倾泻着澎湃的力量。当然，也有的作品主题混乱，或苍白无力，或不知所云。但真正的优秀作品，不管她的主题具备什么特征，都会震撼人们的心灵。

主题的多种特征，她的复杂性，表明她不是一个平面的东西，她往往是立体的厚重的多元的。如《红楼梦》既有抨击朝庭的政治意义，也有反封建，颂扬爱情自由、倡导平等、仁义道德等意义与倾向。这些不同的主题意义，在不同的社会环境下、不同的阅读需求中、不同人的认识过程中，会呈现不同的认识作用。

《三国演义》全景式地描写了汉代末年天翻地覆的动荡历史，充满那个时代的大事件大是非，写了合久必分分久必合，在崇尚正统忠君思想的主旨下，歌颂了正大光明、仁义忠勇、宁死不屈、智慧道德、江湖义气，也批判了虚伪奸诈、卖主求荣、残害无辜等等。《三国演义》的主题，十分厚实十分丰富，响彻着那个时代的呼喊，饱含着沧桑的历史感。

相对简单的作品主题，所蕴含的社会意义也会是深广的。如《西厢记》写的是婚姻自主，是对封建制度扼杀青年爱情的反抗。但产生这种现象的社会根源却盘根错节，深深穿透了几千年历史。因此这个看似单一的主题，其实也是厚重的。

"待到秋来九月八，我花开时百花杀。冲天香阵透长安，满朝尽带黄金甲。"知道这首诗作者的人都清楚，她的主题看似十分清晰，写的是秋天里高傲的菊花，其实这是一首反诗。

"更能消几番风雨，匆匆春又归去。惜春常怕花开早，何况落红无数。春且住，见说道，天涯芳草无归路。怨春不语，算只有殷勤，画檐蛛网，尽日惹飞絮。"这也并不是一个女人对春天的感慨和落花的无奈，而是一个常欲试手补天裂的战将在诉说朝政。

"生当做人杰，死亦为鬼雄。至今思项羽，不肯过江东。"这首诗，旗帜鲜明地是在歌颂英雄主义批判投降主义。

我们来说说电影。

《建国大业》在记录一段历史的同时，其主题表现了代表历史潮流的力量不可阻挡，表现了那个时代中国人民的选择。

《这里的黎明静悄悄》摧人泪下地表现了作为战士同时又是母亲和女人，为了民族为了自由惨痛的伟大牺牲，倾诉了侵略战争的罪恶，强烈抒发了对战争中牺牲的母亲的怀念与崇敬。当这种抒发来自男人的自责，作品的主题精神更加深深的镌刻在人们的心灵。

《唐人街》表现了那个时期美国社会的黑暗，控诉了金钱的罪恶，痛斥了有钱人的无耻与残忍，直视了美国社会对于金钱支撑的犯罪行为的无奈和对穷人的掠夺，表现了人性冰凉的冷漠。

还有一些主题，成为某些编剧、导演创作的不变核心。如有的导演就曾说：死亡和性是他永远的主题。有的编剧说，他为爱活着，只写爱情。死亡、性和爱情，可以包含很多的生活范围和生活形态。但是作为文艺家，艺术眼光、生活眼光和主题视野，应当更加广阔一些，否则会使人有胆怯和狭隘之嫌。

影视作品不但都有自己的主题，每个作品中的每一场戏也都应当有一个主题：这场戏是干什么的，启动、演绎或承转了什么故事，揭示了人物的什么性格，释放了人物的什么情感，表现了什么样的戏剧冲突，达到了什么目的。

二、主题的特性

（一）主题具有主观性

主题的发现有两种基本方式：一种是我们自己从创作中从一个作品中提炼出她的主题，另一种是我们看到其他人对一个作品的主题阐述。这两种基本的主题呈现方式，我们看到的所有关于主题的论述，都是人们给予主题的主观定位。这个定位有时候准确，有时候并不准确，所以关于主题常常会有许多的争论。

（二）主题具有客观性

一部作品产生出来，她就在哪儿，她的主题也就在哪儿，无言地审视着人们不同的评说与争论，默默地经历着时光的流逝时代的变迁。哪怕1000年后人们还在争论不休，她就是她，静静地做着她自己，任凭改朝换代地覆天翻。

有时候，你可能并不相信你的故事所揭示的主题，或者你不喜欢这个主题，这并不影响你去诠释这个主题。因为创作中你常常发现你只能去诠释这个主题，这个主题是故事的必然，是社会生活的必然，是你故事中人物的必然选择。

这就是创作者的客观，是你对生活的尊重，是你的诚实。

（三）主题具有建设性和战斗性

优秀的主题能够给一个人、一支军队、一个阶级甚至一个时代、很多时代带来无穷的力量。

抗战初期，作家丁玲来到延安投身革命，常常深入前线了解战况进行文学创作。她的作品给了抗战军民很大的鼓舞，毛泽东主席曾为她的文学创作写过一首词，其中就有一句："纤笔一枝谁与似，三千毛瑟精兵。"这是对丁玲的评价，也是对抗战文学作用的评价。

话剧《白毛女》当年在部队演出，就有经历过喜儿和大春那样遭遇的战士忍不住从台下向台上饰演黄世仁的陈强开枪，可见一部文艺作品对于部队士气的鼓舞与激励是多么强烈。而《国际歌》《钢铁是怎样炼成的》更是激励着多少革命者，在无法想象的艰难困苦铁血流火中抛头颅洒热血不屈地战斗。

（四）主题具有破坏性和凶险性

反社会反人类反道德的主题，当其依附的作品具有相当艺术力量的时候，会产生凶猛的破坏作用。而反侵略反压迫追求民主解放的主题，具有对反动势力的破坏性，对于新生活新社会则具有建设性。如《国际歌》强调"旧世界打个落花流水"。

主题的凶险性，常常是人们包括作者自己无法预见无法控制的。如那个可怜的被民主国家美国横加逮捕的导演巴奇莱，他要是知道他的《穆斯林的无知》会引起反美浪潮并致美国驻利比亚大使身亡，他无论如何也不会去拍。但他的遭遇不是绝无仅有，中国数千年的封建社会中，许多朝代都曾出现的文字狱，造成无数次灭族之灾。

清朝文人龚自珍的《咏史》诗是这样写的："金粉东南十五州，万重恩怨属名流。牢盆狎客操全算，团扇才人踞上游。避席畏闻文字狱，著书都为稻粱谋。田横五百人安在，难道归来尽列侯？"自此，世间有了文字狱这个词。

《汉语大词典》将文字狱定义为："旧时谓统治者为迫害知识份子，故意从其著作中摘取字句，罗织成罪。"《中国大百科全书》则定义为："明清时因文字犯禁或藉文字罗织罪名清除异己而设置的刑狱。"

其实文字狱何止起于明清。据《汉书》记载，司马迁的外孙杨恽因《报孙会宗书》令"宣帝见而恶之"，以大逆不道的罪名判处杨恽腰斩。三国魏末时期嵇康因写作《与山巨源绝交书》，令执政者司马师"闻而恶之"被斩于东市。南北朝时期的北魏太平真君十一年，大臣崔浩因主持编纂的国史直书了北魏统治者拓跋氏祖先羞耻屈辱的历史，被北魏世祖下令族诛，同时株连被杀的还有崔浩姻亲范阳卢氏、太原郭氏和河东柳氏等北方大族，史称"国史之狱"。北宋大诗人,大词人苏轼也曾因为所作的诗被指"包藏祸心,诽谤谩骂",得罪当权者,以谤讪时政的罪名入狱五个月,史称"乌台诗案"。

和前朝与后朝的文字狱相比,苏轼算是幸运的了。明太祖朱元璋参加过元末农民起义,十分讨厌"贼"、"寇"的字眼,又因为他当过和尚,更讨厌"光""秃""僧"这样的字。有一次,杭州府学教授徐一夔在书上用"光天之下"、"天生圣人"、"为世作则"等语赞美朱元璋。朱却认为"光"是指光头,"生"就是"僧",是在骂他当过和尚,"则"与"贼"近音,意在骂他是贼,竟下令把徐一夔杀了。

清朝时期的文字狱更是空前绝后,顺治帝兴文字狱7次,康熙帝12次,雍正帝17次,而被称为"圣主"、"十全老人"的乾隆帝,则兴文字狱130多次,为封建时代之冠。而整个清朝亦为各朝文字狱之冠,仅庄廷鑨《明史》一案,"所诛不下千余人"。

相比之下,美国导演巴奇莱,算是享受了时代进步之庇佑了。但愿主题的凶险性,在所有有人类的地方,永远成为历史。

(五)主题具有鲜明性和隐蔽性

文艺作品表现主题,通常有两种倾向:一是强调主题要鲜明,二是强调主题要含蓄。

强调鲜明地表现主题,并不只是要刻意、突兀地突出主题,而是要以强大的艺术力量烘托主题。如《国际歌》《白毛女》《拯救大兵瑞恩》都是如此。也有许多作者,在创作当中有意识地甚至刻意地把主题隐藏起来。这种含蓄表现主题的艺术追求,往往被认为艺术水平高。恩格斯也曾说过:"作者的观点越是含蓄,艺术品越是成功。"

我认为这种观点是把艺术简单化了。

作品表现作者追求的主题,可以含蓄,也可以直白。含蓄不用说了,直白的东西,艺术水平未必低下。诗圣杜甫的诗大多是直白的语言直白的诗意,诗仙李白的诗有许多也是直白的。"朝辞白帝彩云间,千里江陵一日还。两岸猿声啼不住,轻舟已过万重山。"通篇都是直白的语言,心情与快意一目了然,谁又能说水平低呢。

直白,不是整个作品从始至终都在简单地显露主题。作者可以把主题在作品开头就告诉观众,然后用曲折的故事来印证。也可以在整个作品的起承转合过程中都隐藏着自己的主题,而在最后把主题呈现出来。还可以整个作品直到结尾,都不去清楚地表达自己的主题,而是用曲折的情节含蓄地犹如天然般地表达自己的主题。

鲜明与含蓄，有时背道而驰，有时又是统一的。人物情绪是鲜明的，表达的观点可能是含蓄的；情绪是复杂的，表达的观点则可能是鲜明的。这观点可能是故事某个阶段人物的观点，也可能是作者全部作品的主题观点。

直白要用精彩来支撑，直白并不等于简单与粗陋，"小荷才露尖尖角，早有蜻蜓立上头"，"西风古道瘦马，夕阳西下，断肠人在天涯。""兴尽晚回舟，误入藕花深处"，都十分直白，都是千古名句。

（六）主题具有实用性

而且是广泛的实用性，如民间的指桑骂槐。生活中，一个人说了一些话，另一个人回答之后，这人可能说，你没听懂我的意思。这就是说，他这番话另有主题，或叫做话里有话。

文艺作品的主题，具有强大的实用性。比如处于国民党统治时期的进步文人，常常用自己的作品顽强地冲破各种检查，对人民群众起着认识、觉醒、宣传发动的作用。这样的情况在世界各地民族自由受到压迫的境遇下都坚强地表现出来。而《国际歌》《中华人民共和国国歌》这样的作品，其主题的战斗作用更是不言而喻。

（七）主题具有被动性

她被人们错误认识，被说来论去，甚至被故意地歪曲、篡改，用来作为艺术争执甚至政治斗争的工具。但是，主题本身无法进行反击，她只是借助岁月和生活，让人们认识她的庐山真面目。

（八）主题具有复杂性

主题的复杂性有两个方面：一是有些作品并非只有单一的主题，而是有多重主题。如《三国演义》那样的史诗巨著。一个作品表现出的多重主题思想，会在不同时期因为时代的变迁和环境的变化产生不同的主次作用：原本重要的不再重要，原本不重要的却凸显出来。

二是有些不同的作品主题看似相近甚至相同，却产生不同的社会效果。如《基督山伯爵》的主题是复仇，但她写的是正义的复仇，给人的主要是正能量。有的作品写的是冤冤相报，渲染的是锱铢必较睚眦必报，这样的作品会对社会尤其是青少年产生很大的危害。

三、主题的产生

说主题绕不过，躲不开，藏不住，缺不了，那么，主题在创作中是怎么产生的？人们是怎样认识、挖掘并确立主题的？

创作实践中，主题的产生有多种形式多种状况：

第一,编剧找到一个创作题材,在对题材的判断和分析中,充分认识了这个题材所蕴含的主题意义及社会和艺术效果,紧紧围绕这个主题,完成自己的剧本。如史泰龙和他创作的剧本《洛奇》。

第二,编剧事先悟到一个主题,认定她充满力量又有着深厚的社会意义和饱满的艺术价值。于是紧紧围绕这个主题收集素材编织故事展开创作,整个创作过程主题都没有改变与修正。不少人说,主题先行创作不出真正优秀的作品,这种说法不能成立。罗伯特·罗达特就是先有了对于为正义战争捐躯的英雄的崇敬,并对战争进行了深刻的反思而确立了明确的主题,创作了剧本《拯救大兵瑞恩》。

第三,编剧确立了一个主题,围绕这一主题进行了艰苦的创作。可是在创作中,随着人物故事一步步完善与升华,原先确立的主题被进一步深化发展,更加丰富深刻,达到了认识生活的新高度。我的剧本《战友》,原定主题是:"战友的生命高于自己的生命",可在阅读史料修改剧本过程中,我看到在我军历史上,有许多战友的荣誉高于自己生命的不朽事例,于是增加了故事情节,使主题升华为"战友"这个词的最高诠释——战友荣誉高于自己生命。完成片在不同的播出场合,当播放到主题情节的时候,干部、学生、老人都泪流满面。

第四,编剧受到邀约,根据已经确立的主题,收集资料创作剧本。如前面提到的为纪念《为人民服务》发表60周年弘扬崇高生命观而创作的电影剧本《张思德》。

第五,编剧被一个题材深深打动,虽然一时并没有想清楚主题是什么,但却以饱满的激情开始创作。在创作中逐渐认识了主题,并对后续创作和修改产生重要引导作用。美国剧作家阿瑟·米勒在《推销员之死》的创作中,剧本写了四分之三才想清楚主题,于是他把主题订在打字机前面的一块木板上,完成了最后的创作。

第六,剧本已经完成,甚至已经拍摄完成,编剧和导演等人才认识到作品的主题,发现以前对于主题的认识有偏差有欠缺过于肤浅,其实剧本另有更加厚重深刻的主题。我的剧本《棒槌萝卜狗》,在几年的创作修改中,并没有真正想清楚主题,只是觉得这个故事的原型很传奇,代表着中国乡村的改变,领先了中国农民的眼光与追求。于是我努力把故事写得好看,把人物塑造得更加生动传神幽默风趣。在投入拍摄之前,一个影视圈的朋友对剧本提出了严重的批评,我于是再次认真思索,这个剧本到底写的是什么?表现了中国乡村的什么?忽然我想清楚了,比改变了贫穷落后更为重要的,我写的是村支书李棒槌怎样转变村里群众受几千年传统观念沉重坚固的群体性的束缚，说服他们从土地的主人成为工业投资者，把眼光和胸怀从乡村跳出来融入广阔的世界。这是时代发展的标志，是中国农民和世界农民的必然。传统的农民缺什么？正是眼界与追求，千百年来农民的满足不过是老婆孩子热炕头七八亩地一头牛，为什么这样？为什么农民在历史长河中总也冲不破自己的命运？因为时代还没有发展到当今这样的状况。可当历史走到了今天，不等于所有的农民一下子就能够从千百年的传统观念传统习惯中挣脱出来。所以农村需要李棒槌这样的人去改变与推动。于是，我推迟了拍摄对剧本进行再修改。

第七，剧本已经完成，甚至已经拍摄并上映，编剧和导演并没有真正认识自己作品的主题，是观众与评论家深刻阐明了作品的主题。

主题并不是一个简单的定义，优秀作品的主题，常常需要人们、包括创作者本人、观众和评论家们深入地长时间地认识。或许过了很多岁月，一部作品的主题才真正被人们认识清楚。曹雪芹在"举家食粥酒常赊"的艰难困苦之中创作了《红楼梦》，感慨："满纸荒唐言，一把辛酸泪。都云作者痴，谁解其中味。"这其中的味是什么，曹雪芹没有说，我们无法知道他是否清楚自己的作品主题，也不知道他怎样认识作品的社会意义。但对于《红楼梦》的主题，多少年来有太多的不同见解。有人说这是一部淫书，有人说宣扬了因果报应的宿命论，有人说因为曹雪芹是汉人入旗对清朝统治者不满因此小说的本意是反清兴汉，有人说小说主题是反对封建礼教，有人说小说诠释了封建社会必然灭亡的历史命运，也有人说她就是一部人性解放的书。

纵然曹雪芹没有当时的政治压力能够把自己的创作主题阐述清楚，也未必得到几百年来这么多人的认同，他也无法认识到他的小说在今天这个社会环境中的文学和社会意义。所以优秀作品的主题，往往会有一个长长的认识过程。

四、主题在创作中的作用

主题是作品的核心与灵魂，一个好的作品，其主题充满力量饱含社会价值，并在强大的艺术价值中体现出来。我们欣赏文艺作品，常看到一些作品虽然具备相当的艺术技巧，但主题苍白无力，不具备什么社会价值，其艺术技巧也缺乏灵魂，无法产生强大的感染力量。

有了坚实的主题，不等于就有了优秀的作品。许多作品在产生之前，创作者们都声称要写天下最纯洁的爱情，或迄今最深刻的人性，或人间最质朴的灵魂。可是他们显然没有充分发挥主题对于创作的指导作用，没有设计出能够托举起那个主题的故事，没有表现出强大的艺术力量。所以作品出来之后，并没有很好地表现出主题意图，因此也未被人们接受和喜爱，很快淡出了人们的视野和记忆。

那么，怎样让主题在创作中充分发挥作用？主题能够给创作带来什么？在创作中的运用会遇到什么问题呢？

（一）认识题材和作品的价值

创作前对于题材的主题思考，可以帮助作者认识题材价值，确定创作目标和素材收集方向。史泰龙正是由于对一场拳赛的思考，充分认识了这个题材美国梦的主题价值，才创作出了剧本《洛奇》。

创作过程中，对于主题的思考，可以帮助作者认识正在创作或准备修改的作品，是否具有高度的艺术价值和社会价值，整个故事和故事中的每个环节，每个人物的性格与命运，是否真挚感人地体现了主题精神。

（二）统率指导创作活动

任何一个优秀的作家、编剧，任何一部优秀作品的创作过程，主题思考与故事人物的编织都是融合在一起同步前进的。主题统率、指导着创作活动，而故事与人物丰富、完善着主题精神。

有时候作者会发现，自己编织的一些故事片段很精彩，得意洋洋自我赞叹不已。但冷静下来，却发现故事偏离了主题，也无助于人物性格发展。这就是我们常常说的创作中出现的枝枝叉叉，对这样的枝枝叉叉，作者应当坚决地忍痛割爱。

（三）对于主题的再认识

文艺创作是一个十分复杂的过程，这种复杂性，就包括创作中对于主题的再认识。主题，也需要创作再创作。换句话说，我们在创作中，既要遵循主题，又要舍得放下主题，重新确立主题。

创作过程是生产过程，但不是同一产品的再生产，而是创新的过程。创作应当遵循一定的方向、一定的主题、一定的范畴；但在一定的方向、范畴内，创作活动又应当是活跃的，萌动的，既要遵循既有主题又要敢于突破一切束缚包括主题的束缚。既要强调主题在创作中的统率作用，使故事和人物因主题要求而集中、清晰、结构紧凑、情节凝练；又要在对于主题的不断认识过程中发现原有主题的局限性和不完整性，要在衡量故事与人物的同时，不断衡量已有的主题，让主题在不断的思考中逐步深化，甚至因故事人物的艺术完善而赋予主题新的更加深刻的意义甚至改变原定主题。

让主题统率和推动故事创作，不等于让主题压倒故事和人物。有时候你会发现，故事和人物个性的展现，冲破主题赖以存在的范畴才更加好看，脱离原来的主题设计才更加精彩。那么你要想一想，这种更加好看是否同时更加具有认识作用和社会意义。如果是，你要敢于开拓新的主题视野，甚至是完全脱离现有的主题另行开拓新的主题。相应的，你也要敢于完全脱离原有的故事和人物走向，让作品有一个全新的面貌。只有好的主题设定而没有精彩的故事，主题也决不会精彩呈现，决不会产生力量。

五、主题应当严肃庄重

作品可以是厚重的历史，轻松的喜剧，严肃的现实，缠绵的爱情。但无论什么作品，哪怕是一部滑稽剧，主题都应当是严肃庄重的，充满人文精神和生活哲理的。我们看卓别林的电影，不但看到了滑稽，看到了嬉闹，我们从笑声中感到了辛酸、沧桑、不屈的精神。正因为卓别林的喜剧洋溢着饱满而严肃的主题精神，充满善良与温暖，充满爱心与真挚，所以不同国家不同民族的人们都喜欢他的作品，并从笑声中感悟到许多。《哈姆雷特》的主题，有人说是诉说了生存与毁灭，有人说是表达了推翻封建制度的思想，有人说其实主题就是复仇。《哈姆雷特》的主要人物都死了，这样的悲惨结局并未让人觉得作者残忍，因为作品不但饱含作者澎湃的情感，其多重意义的主题塑造，处处体现着作者严肃的思考和刻骨铭心的生命投入。

有一些作品，主题充满批判精神，宣扬不同信仰，倡导新的生活方式，甚至号召推翻旧制度，十分犀利而富于高度的战斗性。这样的作品主题意义与风格往往不尽相同，也引发不同的社会效果。如《国际歌》说：从来就没有什么救世主，也不靠神仙皇帝。要创造人类的幸福，全靠我们自己。旧世界打个落花流水，奴隶们起来起来。这样的充满批判意义的主题，不但饱含人文精神，也是公然的政治号召，在社会发展中产生了不可阻挡的力量。有太多的人在《国际歌》声中结束了生命而无怨无悔，使自己的牺牲成为沉甸甸的永恒历史。

主题可以批判，可以反宗教，可以有自己的政治、生活、哲学主张，但必须严肃庄重。你的作品可以只表达个人恩怨，可你不能随意玩弄别人的信仰。作品中的人物可以轻浮，可以有流氓无赖，但主题不能充满蔑视、贬低与轻薄的恶意中伤。真正优秀的作品，无论什么风格什么内容，其主题必定是严肃庄重的。

主题，应当是作家的品格与情怀。

作家应当对自己的创作、对自己的作品，对作品想要表达的主题，如同对待父母、子女、恋人、生活一样，充满真挚的情感与敬畏之心，在每一个情节、每一个人物中全情地倾注自己的心血。做到这些，你的作品才可能是照亮人们心灵的，获得广泛共鸣的，具有长久甚至永恒的艺术和社会价值的，也必定带给你灿烂的生命之光。

六、怎样呈现主题

有些作品，主题或宏伟鲜明，或直率深入，需要彰显。如《上甘岭》真实而强烈地表现了我军英勇顽强、有我无敌、敢于牺牲、不怕一切艰难困苦的气概。在故事情节中，在人物表现中，甚至在台词中，都生动强烈地体现了这些精神。如："我们这个部队从来没有挨打的习惯！坚决把敌人打下去！"再如《唐人街》中的结尾，私人侦探亲眼目睹富翁父亲杀死自己的女儿，怒火冲天想要冲上去时，他昔日的好友也是这个案件的警察却把他拉住并告诉他："忘了他吧，这是唐人街！"血淋淋地鞭挞着那个时期美国社会的黑暗。

所以，当作者想要使自己的作品鲜明地表达主题的时候，他会采取一些方法，让主题彰显出来。

（一）在开头呈现主题

《拯救大兵瑞恩》的开头，是年迈的瑞恩来到墓地，深情悼念几十年前牺牲的战友。多少岁月过去，他的悼念仍然如同战友们刚刚牺牲那样。家人们远远跟在后面，以距离与肃穆体现不同的敬仰。

怀念和敬仰英雄！影片的主题在一开始就鲜明地呈现出来，强烈撞击着人们的心灵。

再如《人生》，片名就把主题凸显了出来。

（二）在对抗中表现主题

《007》系列电影，始终处在高度激烈的对抗之中，打斗，枪战，各种各样高科技武器的对战，各种各样的出生入死。这些情节有一个特点，就是激烈的对抗始终是十分鲜明的正义与邪恶的对抗，电影在这种对抗中表现着自己的主题精神：正义一定战胜邪恶，决不允许任何恶势力侵害社会，不管他属于哪个国家或是在世界的哪个角落。

（三）在高潮中展现主题

《拯救大兵瑞恩》中，当小分队找到瑞恩，告诉他他的三个哥哥都已经牺牲，为了他的母亲不至于无人抚养，陆军总参谋长亲自要他从到处是牺牲的战场回美国时，瑞恩却要和战友们继续战斗。上尉在牺牲前用生命最后的力量向他说：别辜负……别辜负……

这无疑是全片的高潮，开头已经展现的主题，在此用太多的牺牲、太多的离别、太多的残酷同时也用无限的温暖再次呈现出来。瑞恩最终从战场回到家乡，并有机会在几十年后去墓地悼念他的战友。

作品中，可以一次、再次、多次地展示主题，这种展示当然是刻意的，但优秀的主题展示是作者把刻意天衣无缝地融合在故事情节当中的。呈现主题可以在开头、中间、结尾，但在高潮时刻呈现主题，是许多成功作品的选择。

（四）用台词宣示主题

《这里的黎明静悄悄》在最后一个女兵牺牲之前，准尉面对受了重伤弥留的她，喃喃道："等战争过去了，孩子们要问，你们这些男人，为什么没有把妈妈保护好，我该怎样回答！"无论看多少遍，每当看到这里，人们都会热泪盈眶。这句话实际上就是本片的主题所在，侵略战争是罪恶的，为民族自由的牺牲是英雄，而当这英雄是女人、母亲的时候，更加令人高度的崇敬与深深的伤感。

用对话表现主题，艺术效果不尽相同。准尉的话令多少人泪流满面，而有的作品刻意表现主题的对话，则显得生硬而勉强，让人倒了兴致，顿生反感。

（五）在结局中呈现主题

《上甘岭》中，在异常艰苦的坑道坚持中，战士们捉到一只小松鼠。它是坑道里面的生气，与战士们共命运。当战士们走下战场，它被放生到树上。这个时候，影片的主题呈现出来：正义战争的一切牺牲，都是为了和平，为了美好生活。英勇战斗视死如归的士兵，其实那么热爱生活。由此可以想到，我们的军队多少年来好战能战，不怕牺牲，其实并不是战争狂，激励他们的，是对美好生活的向往和责任。《战友》的主题，也是在高潮已经过去的结局中呈现出来的：其他战友全都牺牲了，只剩下指导员李英华一个人了。这样的结局是周天胜擅自决定缴了兄弟部队的枪造成的，可说出这一实情，周天胜就不能被追认为烈士。揽在自己身上，则会因为制造内讧掉脑袋。但李英华毫不犹豫把责任揽下来，宁愿用自己的脑袋去换战友烈士的称号。正是在此刻，影片的最终主题呈现出来：战友荣誉高于自己生命！

《上甘岭》《拯救大兵瑞恩》《007》系列，都在刻意地强调主题。但影片把这种刻意艺术化地融合在故事当中，让我们在清楚地认识影片主题的同时，不但乐于接受这个主题，而且受到强大的鼓舞与激励。有些影片刻意强调的主题没有出色的故事与人物支撑，或故事缺乏生活基础，人物缺乏生活质感，人们非但感受不到主题的力量，也不喜欢作品本身，作品也很快消失在人们的视线之外。

七、怎样隐藏主题

主题可以在作品中清晰地呈现出来，也可以隐含在故事人物后面，这也就是我们常说的艺术的含蓄性。这种含蓄性的原因有两个，一是由于政治的、社会的压力，如曹雪芹写《红楼梦》，也要声明："此书不敢干涉朝廷，凡有不得不用朝政者，只略用一笔带出，盖实不敢以写儿女之笔墨唐突朝廷之上也。"故"将真事隐去，用假语村言"等等。可你看他笔下的甄士隐对好了歌的注解，却是对封建时代末期现状赤裸裸的揭示。二是为了艺术性的追求。

把强烈想要表达的思想隐藏起来，用高度艺术化的故事与人物，间接地含蓄地展现，是常见的艺术风格，也是被不少人包括恩格斯认为是艺术性更高的重要标志。这样的作品，人们不觉得你是在说教，主题虽然在故事和人物的后面，但通过故事的冲突，人物抒发的情感，同样产生强大的感染力量与认识作用，人们同样直观地认识和体验了生活。即使那一刻观众和读者没有去想主题是什么，但主题的作用已经充分发扬。刻意隐藏主题，是刻意表现主题的另一种方式。

隐藏主题一般有如下方法：

（一）隐喻

隐喻，也可以称为影射。采用隐喻手法的文艺作品多如繁星，辛弃疾的词《摸鱼儿》，表面说的是女人伤春，其实说的是盼望朝廷早日起用自己带兵收复失地。他真正的想法一句没说，可人们能够感觉到他强烈的报国意愿。

高尔基的《海燕》，以海燕无畏地搏击风浪和暴雨，以"让暴风雨来得更猛烈些吧！"来形容革命者不畏艰险的战斗精神。

这一类的电影也有很多，如《少年派的奇幻漂流》、《太阳照常升起》和被有的人称为"隐喻电影教科书"的《鬼子来了》等。这些电影到底隐喻的是什么，想说的是什么，评论家没有定论，观众们更是众说纷纭。但如果一个作品，人们总也不知道她到底在说什么，哪怕她制作得再讲究，技巧再高，她最终缺乏生命力。

不知道作品说什么，与对作品主题不同认识的争论是两回事。对主题的争论，大多因为对主题有清楚的看法。而对于总也弄不清楚主题的作品，人们干脆连争论的心情都没有。

（二）反衬

以恶反衬善，以坏反衬好，以暴力反衬非暴力，以战争反衬和平，是艺术家长久以来无数次采用的方法。如《野战排》以战争的残酷性、战争中变态军人的暴行反衬战争的罪恶与危害，以强烈渲染战争环境为手段表达反战的主题。《大独裁者》用希特勒的嚣张，反讽了他的虚弱。《摩登时代》用一个因为工作繁忙而发了疯的普通工人的遭遇，反衬了工业发展带来的严重的社会问题。而《疯狂的石头》几乎每一个主要角色都在故事发展中受到嘲弄与讽刺。

塔可夫斯基的《伊万的童年》则要复杂得多，片中的伊万还是个少年，可他已经是勇敢而自觉的战士，但战争原本不应该和他的生活联系在一起。他进行的是反侵略战争，可对他的死负责的除了侵略者还有谁？塔可夫斯基在作品中用一个少年的勇敢无畏，用他对侵略的仇恨，反问战争带来的灾难。但是他不去明说，只是让人物行动来诉说行动后面的追问。比起前面列举的几部电影，《伊万的童年》严肃而严峻，她的反衬滴着鲜血。前面几部是反衬电影又是反讽电影，而《伊万的童年》则决不是反讽电影。

隐喻和反衬的手法，也广泛运用在具体的故事情节编织中，这在后面的章节进行论述。

（三）空置

以看似无主题的故事，曲折婉转地表达创作主旨。如《红楼梦》，全书"乱纷纷你方唱罢我登场"，又是爱又是恨又是争权夺利又是官场风波，一时间乱花纷飞迷人眼，让人们云里雾里难以判断作者到底想说什么，只知道他爱的是谁怨的是谁伤害了谁而谁又伤害了他。

塔可夫斯基阐述自己电影创作的书《雕刻时光》，前言中摘录了一些观众来信，一个工程师说："我看了你的电影《镜子》，我从头坐到尾，尽管在片子进行30分钟之后，我就为了要努力分析，或者只是要了解到底在演什么，片中的人物、事件、记忆究竟有什么关联，而搞得头疼不已……我们这些可怜的电影观众，看过好片、坏片、烂片、普通片、极普通片，都可以了解并体会这些影片的有趣或无趣，但是这一片呢？……"另一个观众这样写："这部电影和我看过的其他电影太不一样了，我不知如何解读它，不知如何欣赏它的形式和内容，能否请你解释？"也有另一个观众的信这样写："谢谢你的电影《镜子》，我的童年就是那样……但是你是怎么知道的？就是那样的风，那样的雷雨……"一名当代的青年电影工作者看完之后说："这部影片让人看的十分吃力，看的胸闷，好像遇到折磨人的就是要看看你的忍耐性和学习成绩的期末考试。"

那么塔可夫斯基怎么解释自己的这部作品呢？他在书中明确地说："我反对让方法一目了然……在诠释一个角色的精神样态时，一定要保留一些神秘性。"

他是刻意的，这是他的艺术追求。

八、怎样发展和深化主题

主题不但是立体的，复杂的，多元的，需要不断认识的，还应当发展与深化。发展与深化主题应当贯穿创作全过程。

（一）在创作前反复地思考主题

当你确立了一个主题，首先要认真思考怎样让主题丰满起来。比如写爱情，是爱情至上、爱情曲折、经历生死考验、还是认识爱情，或者兼而有之。写战争，是树立一个英雄，表现一种精神，还是反战，反战代表了不同层面人们的什么不同情感，对于现实生活的作用与意义等等，都要进行认真反复多角度的思考。

当你只是确定了一个题材，那么你要思考这个题材有什么主题意义，为什么是这样的意义，是否有更加深刻的社会的生活的哲理的主题意义。要把你选中的题材与同类型事件的社会效果以及历史同类事件相比较，用现实和历史印证主题。同时，你要用这个题材所具有的素材，来印证、认识主题意义。

电影《上甘岭》，应当说题材和主题是同时确立起来的。创作者听到上甘岭的战斗故事，立即充满了无法抑制的创作激情，他们当然立即就知道只有我们的军队才能有这样的战绩这样的精神这样的意志力量。那么，具体是什么样的战士用什么样的行动体现了这种精神与力量？他们深入到部队，来到战斗发生的战场，认真细致地了解战斗情况，用大量真实故事给予影片主题强劲的支撑，让主题逐步丰富和深化起来。有我无敌不怕牺牲，这是全片一再彰显的；不怕一切艰难困苦，如坑道里面没有水喝干部带头吃饼干；为了战友牺牲自己如冒着牺牲往坑道送给养，指导员宁愿自己渴死也要把水留给还在战斗的战友；主动出击如宁愿伤亡不断也要主动打击攻打兄弟部队的敌人；党组织的战斗作用如在坑道里两个连队建立起一个临时支部并在连长离开指挥位置时对他进行批评；最后，对美好生活的向往用放生松鼠体现出来。这样多重主题的表达，基本是在坑道里面的故事中表现的，给人长久的深深的感动。其主题的呈现经过了充满激情的思考过程、充满睿智的认识过程、充满智慧的深化过程。

（二）在创作中不断地反思主题

《上甘岭》的剧本创作，是编剧和导演来到还在朝鲜的志愿军部队中，来到战斗发生地长时间采访并实地创作。真实的震撼天地的战斗，给创作带来坚实基础。但在具体拍摄过程中，剧本还是做了许多调整，明确而坚实的主题，也在拍摄中得到进一步完善与充实。

多少年过去了，观众都还清晰地记得并津津乐道坑道里捉松鼠的经典场景。而在原来的剧本中，设计的是麻雀飞入山洞，引起了战士们的兴趣，大家争相去抓麻雀。可在当时，刚刚过去的战争严重破坏了环境，麻雀十分难找。战争也把松鼠的家园破坏了，而这种破坏带来与麻雀不同的情况，就是大量的松鼠无处可去，在拍戏的现场跑来跑去。导演沙蒙经过思考，决定放弃麻雀使用松鼠。连长张忠发的饰演者高保成几十年后回忆说，当时沙蒙提出要拍摄抓松鼠这场戏的时候，很多演员都接受不了，觉得这么严肃的作品中，不应该有这样的情节。沙蒙却微笑着不紧不慢地说："拍出来你们就知道了。"

后来不但演职员们知道并理解了，观众们理论家们也都理解并感动了，勇敢无畏前赴后继的英雄，其实都是热切向往美好生活为了美好生活的。这，无疑是《上甘岭》主题的最高呈现。而这个最高呈现，是在拍摄过程中被认识、丰富、深化出来的。

英国戏剧家亨利·亚瑟·琼斯也说过："我有时候只从一场戏出发，有时候却有一个完整的思旨。有时候一个剧本分为两个，有时候两三个思旨合而为一个具体的思旨。时常最后写出来的剧本，比起它最初的思旨来会变得完全出乎意料之外。"

当你发现你已经确立的主题，与故事和人物发生了冲撞，她们不再统一，不再互相印证，你的故事与人物不再反映你已经明确了许久的主题，而是走向另一个方向甚至相反的方向，你要对主题，对故事与人物进行全面的反思。如果故事新的走向更加有意义，新的主题更加有力量，能够塑造更加精彩的故事更加立体的人物，那么，你在接下来的创作中发展、调整你的主题。或者，你把故事与人物拉回来，让他们回到原定的轨道，砍掉所有冒出来的破坏主题精神的枝枝权权，在原来确立的主题的旗帜下完成你的故事和人物。

九、关于主旋律主题

一个时期，文艺界有一种反对和嘲笑塑造英雄人物的倾向，强调写草根才是艺术，才是光荣，才是高尚，才是不受政治操纵的写作，才写了心灵，才具有艺术的真实。

这也是一种英雄情结：我就是不受政治的操纵，我就是敢于坚持自己，我什么也不怕，我才是真正的作家和编剧。我是英雄！

英雄，是任何时代人们的追求和期望，也是人们崇敬与模仿的目标。不管是平民英雄还是战争英雄政治英雄，都是社会生活的一部分。西方艺术家自诩享有真正的创作自由，但不懈地追求英雄形象英雄情结。如《巴顿将军》、《拯救大兵瑞恩》，斯瓦辛格的系列电影，甚至包括《唐人街》，《肖申克的救赎》。他们没有经受我们民族那样多的灾难，没有那么多在极度苦难和艰险中赴汤蹈火的英雄，也要造就像吉蒂斯、安迪那样的英雄。他们国家的历史短暂，没有灿烂的古代文明，没有《封神榜》里那么多的神仙，没有孙悟空那样精彩的艺术形象，他们就塑造《指环王》《黑客帝国》那样的神。

艺术是没有疆界的，描写任何生活领域的优秀作品，都是优秀的艺术作品。艺术是平等的，没有哪一个题材或主题的作品是高人一等的，无论政治题材、生活题材、英雄题材、草根题材。把政治题材与文艺隔绝开来，是一种横蛮，是缺乏常识。艺术又是有高下的，其高下不在题材与内容，在于艺术质量。主题也是艺术质量的一部分，主题在艺术上的高下，要看认识作用、社会价值、教育功能。

有人提出文艺比政治大，认为文艺是全疆域的。那么政治呢？

政治肯定是全疆域的。任何一个疆域被政治遗忘或遗漏，是要引起口诛笔伐的，也是会出问题的，亦是政治家不负责任的表现。你要说文艺比政治大，她大在哪里呢？文艺写人性，写心灵。政治也要参与人性，参与心灵，它要教育，影响，倡导，引领。孔子的学问里面有政治，老子的无为而治也是政治观点。文艺要深入人的心灵，政治需要深入心灵吗？懂得心灵的政治家，才能让政治观点深入人心。或说，政界有很多政客，并不纯粹啊。那么文艺界里面呢？也有并不真正爱文艺，只是把文艺当作饭碗甚至当作财路的。文艺里面有政治，政治里面更加有文艺。任何一个政府，也都有负责、服务、支持、管理文艺的部门。所以，文艺和政治谁的疆域大的命题是幼稚的。如果说谁的作用更大，一万年以后不知道，到现在为止，对社会对人对经济文化对所有的一切，还是政治起到的作用大。

历史上，有很多政治措施造就了文艺大发展。余秋雨在《中国文脉》中，说秦始皇焚书坑儒是要谴责的，但正由于他统一文字，使中国文脉顺畅地流泻九州，他统一中国，为文艺灌注了天下一统的宏伟气概。因此才有"秦王扫六合，虎视何雄哉！"，"秦时明月汉时关，万里长征人未还"这样的诗句和诗人情怀。有政治，才会有《史记》，使人们可以清楚地回望历史，滋养了一代代文人，也才会有"前不见古人，后不见来者。念天地之悠悠，独怆然而涕下"的感慨。

也有人认为写政治的作品都是写外在事件的作品，深入不了心灵。政治人物没有心灵吗？人性往往在政治事件当中更加复杂更加赤裸更加突出。或又有人说：文艺即使涉及政治，也不是纯文艺顶多是通俗文艺。其实，所谓的纯文艺里面有通俗的东西吗？"高粱地里的野种"通俗不通俗？只有好文艺和差文艺罢了。

有人强调文学艺术与政治无关，可中国文人自古有"天下兴亡，匹夫有责"之说，这俨然就是倡导主旋律。中国人说炎黄子孙，炎黄文化，什么是炎黄？炎黄就是政治人物，你能说反映政治生活政治人物的作品不是艺术？屈原的诗说的不是政治？三吏三别描写的不是政治？"大风歌"不是政治人物的艺术自述？"但使龙城飞将在，不教胡马度阴山！"不是主旋律？辛弃疾的词不是政治？以上这些，谁能说不是极高的文学与艺术？

文艺与心灵是不分区域的。

1902年第二届诺贝尔文学奖授予的，是既有完整而广泛的学术价值，又有生动有力文学风格的巨著《罗马史》的作者特奥多·蒙森，评语是："现存的最伟大的历史写作艺术大师，蒙森以强有力的风格表达了他在罗马法、语言学、钱币学以及铭文学各方面的渊博学识，生动再现了罗马历史，并使历史成为艺术科学的和谐统一体。"1961年获诺贝尔文学奖的南斯拉夫作家伊沃·安德里奇的获奖理由是"由于他作品中史诗般的力量——他籍著它在祖国的历史中追寻主题，并描绘人的命运"。1998年授予葡萄牙作家若泽·萨拉马戈诺贝尔文学奖时，理由是"由于他那极富想象力、同情心和颇具反讽意味的作品，我们得以反复重温那一段难以捉摸的历史"。

如果按时下的某种看法，上述诺贝尔文学奖作品，都不是文学或都不是纯文学。

一些有才华的文学爱好者，写来写去，不知道该写什么了。或写的总是自己的那点禁锢着的、浅薄的、庸俗的东西。文人在他的眼中，就是所谓的超然世外，只容个人心胸，仅观自我灵魂，全是一己私念，而只有这些才都是至高无上。其所作，总不外乎偷窥了奶子死盯了屁股泛滥了淫心扯飞了衣服，却还自以为最是稀世佳句赛过天下文章。他们应该听听诺贝尔文学奖所追求所感叹的是什么。任何一个作家，你对于别人，也是自我以外的他人，也是灵魂之外的东西啊。

说身外，说社会，说家国情怀，和十分个人化的创作并不矛盾。小桥流水人家照样能饱含大情怀在里面，她可以有美，可以有淡泊，可以有安康恬静优雅宁远。处身于风云变幻之中壮怀激烈的稼轩，也曾写下过这样一首词：

东风夜放花千树，更吹落，星如雨。宝马雕车香满路。凤箫声动，玉壶光转，一夜鱼龙舞。

蛾儿雪柳黄金缕，笑语盈盈暗香去。众里寻他千百度，蓦然回首，那人却在灯火阑珊处。

美得让人心舒气平，又会神往而难忘得喘不过气来。惜乎这首词也被一些学者类型化，说"那人却在灯火阑珊处"，是比喻稼轩自己的冷清，写他处在政治的边缘被人冷落而凄苦。人家明明写的元夕，大家都热热闹闹欢欢喜喜的，他也可以去放松一下，去看看政治之外的世界，可以携"那人"同游，或在万千人中看见一个"那人"嘛。一个长年悲愤的人，也可以有片刻的笑脸嘛。你不能说"最喜小儿无赖，溪头卧剥莲蓬"也是稼轩悲愤影射之作吧。

然而这小儿无赖卧剥莲蓬、蓦然回首灯火阑珊，能说情怀大吗？

情怀大，当然大在民族、国家、历史、时代，也大在命运、亲情、友情、爱情。最终，是大在真挚。一切的文学与艺术，必以真挚为大情怀的根本。都说文艺作品越是含蓄越是高超，可有些十分直白的东西却处在无上高地。有的作品因主题含蓄而深刻，有的作品因主题直白而震撼。有的表演因沉郁而精彩，有的表演因率真而动人。直白也可以富于浓郁的诗意，"醉里挑灯看剑，梦回吹角连营"，"想当年，金戈铁马，气吞万里如虎"，"僵卧孤村不自哀，尚思为国戍轮台"，"壮志饥餐胡虏肉，笑谈渴饮匈奴血"等等，都是十分直白的，千秋岁月无法磨灭她们的风姿，因为她们都寄托了作者真挚的情感。

真挚是贯穿人类一切行为的最高心灵境界。

所以我们在前面说，主题是作家的情怀。

有一句话：艺术无对错之分，有高下之别。就具体的艺术问题来说，是有对错之分的。如一个演员从没有当过护士，也没有认真体验生活，所以她表演的护士打针，像战士打枪一样，这样的表演当然是错误的。但就艺术形式艺术风格艺术所反映的题材领域来说，是没有对错之分的。决不能说因为写了政治，批判或张扬了政治主张政治人物，就不是艺术作品或艺术水准就低，这样的看法站不住脚。

一些人对于揭露社会黑暗的、批评政府的、反主流的艺术有强烈嗜好与共鸣，几乎一概排斥主旋律艺术，这其实是用意识取向代替了艺术取向。其实，严肃的批判现实主义作品，也应当说是主旋律作品。但批判现实主义不但应当是严肃的严厉的，也必须是客观的，具备整体观历史观的。抓住典型深入剖析不等同于抓住一点无限放大，深刻地描写突出事件不等同于把个别现象当作普遍现象。

听一位电影界的朋友说起，一次他参加巴黎电影节，那天放映中国导演拍摄的一部电影，表现的是一个女大学生被拐卖到偏僻的山村给穷困粗野的农民当媳妇，受到百般蹂躏，周围的人们都那么野蛮愚昧而冷漠，看不到一丝温情，几年后才逃出来。影片放映结束现场灯亮时，在场其他国家电影人都用愤怒、不解和蔑视的目光看着中国电影人。朋友说那一刻，他恨不得找个地缝钻

进去!

那部电影里面的人物,没有《唐人街》里面的坏人那么凶狠恶劣,可《唐人街》还是树立起来了一些正义,如吉蒂斯,墨尔雷,甚至墨尔雷夫人。那部电影没有,一个也没有。全片看到的就是粗野,愚昧,暴力,没有希望的生活没有希望的挣扎。和那部电影比起来,《唐人街》里的吉蒂斯就成了英雄。

也有人说,是的,人家就是英雄,是真英雄,而我们文艺作品中的英雄太完美了,是假英雄。人家的英雄是真实的,人家的英雄一转身就和女人上床。

真实的情况是,我们的英雄一转身就和女人上床,往往就被从这个队伍中开出去了。而在美国,我们看到乱和女人上床的人包括总统,也都没有什么好结果,克林顿就被弄得抬不起头,一个劲儿认错。法国浪漫吧,国际货币组织的法国总裁因为一个妓女翻了船。

现实中,共产党人中,我们民族无数的英雄中,确实就有太多有着震惊天地的业绩、又有着高尚情操的英雄。他们学识不同性情有别,却都如生发于泥土的勃勃生机,如清新的空气不竭的江河。我们有许多优秀的作品表现了他们真实的生命篇章,如《上甘岭》《英雄儿女》《烈火中永生》《今天我休息》《焦裕禄》。近些年,一些表现英雄的作品带着虚假与造作,让人别扭的看不下去,这绝不表明这个星球的文艺不再需要中国式的英雄而只需要美国电影里面那样一转身就和女人上床的英雄。

十、主题与动笔时机

什么情况下,编剧可以动笔写剧本了?

不少人认为无论写剧本,写小说还是写诗,必须是确立了主题才可以动笔。英国剧作理论家威廉·阿契尔就说:"写作剧本的第一步,显然是选择一个主题。"而麦基说得很吓人:"如果你不认为自己对自己的主题是一个权威,你怎么敢写呢?"

怎样成为一个主题的权威呢? 了解她,认识她,用最丰富的素材证明她,用最精彩的故事与人物编织诠释她。那样,创作已经完成了。而且作者常常会发现,评论家们对于他已经完成作品的主题评价,比他自己要更加正确更加深入。

1983年,导演胡炳榴拍摄了电影《乡音》。原剧本开头是大城市的一个教授带着学生到乡村写生,见到青山秀水间美丽善良的村妇陶春,教授陶醉不已。剧本的结尾,是又一年教授再次来到山村,陶春已经因病去世。教授感慨"人面不知何处去,桃花依旧笑春风。"

第四章、主题

上个世纪末我参加的一次创作笔会上，胡炳榴谈起，实际拍摄中，他感到原剧本的开头与结尾让人不舒服，可又说不出为什么不舒服。他删掉了原剧本的开头与结尾，可直到拍摄快结束，他翻来覆去还是想不出怎样结尾。一天，他正在指挥现场拍摄，看到不少山民扶老携幼结伴出山。他问山民去做什么？山民们说，山外几十里的地方通了火车，从小到大没见过火车，他们这是去看火车。

胡炳榴被触动了，那么多人从没有见到过火车。那么，剧中女主角，即将走到生命尽头的陶春难道不想去看看火车吗？于是他决定，影片在丈夫用独轮车推着重病的陶春去山外看火车的画面中结束。结尾很美，独轮车欸乃的音响飘荡在群山之间，坐在独轮车上的陶春和丈夫、群山一起淡出。胡炳榴说，编剧对他删掉了原开头与结尾很不满意，认为那是全剧最出彩的部分。而他自己，一直没有想明白他改出来的结尾到底好在哪里说明了什么。笔会上的著名作家、编剧和学者苏叔阳十分激动地说：胡导的这个修改，应当是中国电影一个成功的典型案例。原剧本中教授的情节尤其结尾处教授"人面不知何处去，桃花依旧笑春风"的感叹，表现的是城市人对于落后山村山民的俯瞰，让人很不舒服。胡导的修改，表现的是落后即将过去，山民们向往美好的未来生活，这才是全片的真正主题所在。

在座的同仁们都强烈同意苏叔阳先生的见解。

这个主题论述，超越了编剧和导演。而这个主题，是在拍摄过程中通过剧本修改才呈现出来的。

阿契尔和麦基都不是成功的编剧，阿契尔承认自己写不了剧本，麦基平生只卖出一个剧本却始终没有投拍。他们对于编剧创作实践的一些具体问题，缺乏切身感受与真正了解。

那么，什么情况下可以动笔写剧本了呢？

一般说，当你确定了一个题材，在你可以做到的情况下你已经尽了最大力量为这个题材收集了大量的丰富的素材，作了大量的创作要点记叙，你根据这个题材设计的故事和人物深深打动了你，你对这个题材进行了认真的主题思考哪怕你对这个思考尚不满意甚至还想不明白，但你觉得这会是一个精彩的好看的有意义的故事，你的创作欲望实在难以压抑了，你就可以动笔了。

对于主题的思考，不但应当在创作之前，创作之中和创作之后，还应当在没有确定创作题材的时候，在你暂时还没有明确创作目标而积累生活素材的时候，在你发现生活中每一个突出的事件有意思的片断有份量的某一句话一瞬间的某一个思考当中。世间的每一个片断，生活的每一朵浪花，活着和离世了的每一个人的生活，都饱含着生活的真谛丰富的哲理。看似平常的一件事，一个生活细节，你认真思考，想明白了她的前因后果，弄清楚了与她有关联的一切，你会发现太多你原本没有想到的东西。有些事件过了上千年人们仍然在争论、在认识其社会价值其对于当时和后世的意义。麦基和阿契尔关于主题的主张，是把主题看得太简单了。剧本主题的思考，不是一个阶段性的东西，不是说你一时想出来了一个主题，关于主题的事儿就完了。

并不是没有主题你就不能创作，也不是有了主题你就不能改变她，你的创作只能围绕她。主题，不是动笔创作剧本的先决条件，也不是剧本创作的不变准则。

但是，有一种观点得到广泛认可，就是在创作中要牢牢把握主题，紧紧围绕着主题创作，一切围绕着主题来进行安排，避免用各种各样的枝杈来干扰主题。这种说法对吗？

对，也不对。

说对，当你确立了主题，是要围绕着主题进行创作，用每一场戏、每一个人物来诠释主题。可是当你发现你的主题开掘并不深，你的这个题材应当有更加深入的更加广远的主题意义，而这种深入与广远需要你脱离原来主题的时候，你不要犹豫。主题可以重新设立，故事可以推倒重来，人物可以改变性格，线索可以再作安排，开头和结尾可以重新设计，甚至把已经有了的一切全部抛弃。

曾经写出"离离原上草，一岁一枯荣。野火烧不尽，春风吹又生。"这样千古名句的诗人白居易，每当写完一首诗，总要先念给不识字的老婆婆听，如果有听不懂的地方，他就修改，一直到能够使她听懂。如果老婆婆说写得不好，他就把诗烧掉。流芳千古的诗人尚且如此，我们初学写作的人为什么不可以呢。

对于青年编剧包括所有编剧、所有文艺创作者来说，对于主题的思考、认识、建立、再思考、再认识、再建立，是没有停顿的事情，是伴随创作全过程，伴随终生的事情。

所以，当你对你的主题不是一个权威，甚至当你总是想不清楚你的题材的主题，你照样可以大胆地、充满信心地写下去。

很多人给剧本写作确定了程序，先做什么，后做什么；必须有什么，才能做什么。这样对不对？

创作是很奇怪的，许多时候，你开始一个作品的创作，常常没有理由与准备。忽然会有一个什么念头，一些什么片断，一个并不完整的故事梗概强烈浮现在你的脑海，反复刺激着你，在你的心里撞来撞去。尽管那些东西那么稚嫩，那么残缺，你真的要完成她还要做太多太多，可你不要犹豫，你动笔写起来。对的，不是只去写记要，不是只去写卡片，而是开始一个新剧本的创作。你就这样跟着自己的感觉走，走到天涯海角，飘飘荡荡不要回头，一直奔向对你可能是神秘的、没有任何经验与实践、完全陌生的境界。你无所畏惧地仗剑直闯，杀进去看看那里到底有什么，和你遇到的一切敌人战斗。这些敌人就是你完成剧本的所有困难。斗着斗着你会发现你不行了，没有力气了没有办法了也没有人帮助你，就是说你写不下去了，把那些忽然冒出来的东西淘澄光了……这种情况怎么样？太好了！因为你毕竟已经杀进了一个崭新的天地。这时，你回过头来，看看自己的创作是一个什么东西，仔细地思考、比较、设想她在你的加工之后是什么样子，你再去思索去探讨你缺少什么，应当补充什么调整什么。可能你在很长时间只有支离破碎的发现，你把她慢慢逻辑起来，慢慢体验她熟悉她，慢慢化成她的一部分。她会在一个什么时间，反过来成为了你，成为你的一个完整的故事，一群可爱的人物，一部优秀的剧本。

第五章、素材

当我们写一个陌生的题材，常常觉得困难重重，四处是墙，总是写不下去。故事的发展想起了开头想不起承接，不知道如何转折，怎样结束，勉强凑起来的故事干涩别扭，人物扭曲苍白概念化严重，细节缺乏生活质感，主题得不到充分表现。而当我们写熟悉的生活，会感到得心应手，文思泉涌，神来之笔不断出现。为什么呢？这是因为你在创作之前，因为经历因为思考，已经大量拥有了素材。

所以，当你写十分熟悉的生活，你可以静静地坐在家中思考，编织，感悟，一泻千里地写作。而当你写不熟悉、不太熟悉或完全陌生的题材，你需要大量的、深入的、全方位的收集素材。

也有人说，只有简单再现生活的作品才需要大量收集素材，而展现心灵的作品是不需要的。

其实，心灵的每一个区域，每一个结晶，每一个震颤，根都在现实生活里面，都是心灵与现实生活交融的结果。影视作品表现的是人的行动与情感，人再简单的微不足道的行为，都是心灵的折射，只是不同的作品表现心灵的深度、广度与震撼程度不同。有些宣称写心灵的作品让人们看不下去，而有些故事简单的作品却让人铭记在心。真善美往往简单而质朴，假恶丑往往扭曲而晦涩。

也有人说，艺术电影才需要积累素材，商业电影只需要编剧充分想象，天花乱坠的编就是了，太注重生活真实反而会影响想象力。

那么，商业化最为成功的美国电影人，怎样看待这个问题呢？

罗伯特·麦基谈到："曾有人给我一个关于离婚的项目，我问作者背景设置在哪里，他说在美国。有没有特定的社区？没关系，可放在路易斯安娜，可以放在洛杉矶，哪儿都行，多么美国化呀！反正都是关于离婚的事情。

"这关系大了！人们在路易斯安娜与纽约的离婚方式是完全不一样的，地点很重要……所有烂的作品都是因为作者不了解自己创造的世界造成的。这些人创作的材质都是从别人的小说、电影、戏剧里弄来的，他们无法在自己的作品里找到原创性的材质……解决这一问题唯一的办法是，我们去做调查研究。"

对于影视编剧，对于作家，没有什么素材是你不应当积累的，没有什么生活领域是你不需要涉及的。你不知道你会在什么样的一个际遇之下，因为什么事件产生什么生活感悟，确定什么创作题材，想出什么故事情节，有了什么样的人物雏形。收集素材不应当只是在题材和主题确定之后或创作的过程中，还应当在你还没有确定创作题材的任何时候，在你生活的全部时间。

收集素材通常有多种情况：未确定创作目标时的日常素材收集，为已经明确的创作题材收集素材，为创作之中的作品收集素材，为作品修改收集素材。

一、确定题材前的素材收集

当你决心做一个作家和编剧，你应当让收集素材成为你的一个生活习惯。对于生活中的突出事件无论大事小事，生活细节，人物、对话、各种专业知识，总是萦绕在心头的往事回忆，印象深刻的某一个人，偶尔的一句道听途说等等等等，都要多想几个为什么，认真思考事情的真面目，分析其前因后果，可能的发展变化。要当一个有心人，爱好广泛的人，喜欢打听的人，不厌其烦的人。不但是视觉听觉，甚至味觉，人们嗅到什么特殊或突出的气味会产生什么特殊的表现，都可能成为你的剧本细节。

素材积累过程中，要善于联想，把小事、细节想到极致，想出常人所想不出，常人认为的决不可能。2014年袁隆平接受采访，谈到他还有什么目标时，他说想让大米的米粒像花生米，人能够在稻秧下乘凉。这话如果是一个普通人说出来，人们会笑他白日做梦，即便是袁隆平说出来，也有很多人会说决不可能。但是如果50年前、30年前说水稻亩产1000公斤，人们也会说那是做梦，可袁隆平已经大面积实现了。汽车刚刚诞生的时候，有人说让我们为将来汽车时速50公里干一杯，一旁一人嘲笑说：有的人总是在说不可能的话，有什么用呢！那人回答道：先生，刚出生的孩子有什么用呢。

积累素材，要舍得下功夫，甘愿吃苦，收集到的东西只嫌少不嫌多只嫌粗不嫌细只嫌视野狭小不嫌视野广阔。比如，有人站在街头，长久观察停车场的看车人怎么工作，怎么指挥车辆，车上的人下车之后看车人会做什么，怎么收费怎么多收费怎么和讲价的人还价，讲价人走了之后看车人什么表情说些什么。仅仅这一个观察，有人会持续几天。然后，这成了她的作品。

长期积累，偶然得之这句话，也适合于形容积累素材。长期积累，才能丰富广博，信手拈来，就像攒钱攒的多才能随时都够花一样。要善于发现素材，能够辨别素材的价值。这实际上是一个认识生活的问题，是一个文学艺术素养

和哲学思考、个人综合能力的问题。许多题材许多主题，可能在素材积累的过程中突然出现在脑海里面。

汶川大地震时，全中国都行动了起来，高尚、无私、慷慨成为生活主流，许多恶习销声匿迹。地震过去后，不知不觉的，许多不良的东西渐渐回来了，占公家便宜的又开始了，人们又在为一点点私利争执不休，得过且过的日子又如冬天的暖阳懒懒地照耀着。我觉得这是一个题材，于是写下了电影剧本《给婚姻一个假期》。

积累素材，要习惯、善于、勇于亲身体验。一些作家、编剧为了得到第一手的创作素材，不惜到充满不可知的危险境地如监狱、娼妓们的领地、酒店包房去亲身体验生活。上个世纪红遍大江南北的小说《黑骏马》《北方的河》，作者是被称为"北方文化复兴"代表作家的张承志。张承志曾作为下乡知青，在内蒙古草原过了四年游牧生活，后来在日本写下了《蒙古大草原游牧志》一书。他在自己的作品小序中谈到这本书的由来："一九八三年五月至翌年，我在日本的东洋文库进修研究了一年。不敢称为'留学'的是，我当时没有打算为自己捞一个洋学位，因此虽然我去不少大学旁听过，但都是听凭兴趣所至，东游西荡。在接触学习中，渐渐地发现：当年在内蒙古草原当牧人时的油盐酱醋衣食住行，都居然被人视为'学问'。这使我百思不解，但是也挺高兴。再后来，我更发现，学者们对他们故作高深吟咏哼唱的对象，即专业之主体：从人到世界的了解，其苍白令人可笑。于是我开始认真了，想随意地写一写培育了我的青春的牧人生活，显示一点生活教益和学院学究的对峙。……我出版了《蒙古大草原游牧志》一书，这本书后来在日本重印了六次。"

什么是素材，熟悉生活对于创作的重要性，张承志的这段经历做出了有力而清晰的注解。生活，毫无疑问地比我们的想象丰富的多。

一天，江苏邳州市的农村妇女高永侠家里来了村干部，说有个导演想见她。她拒绝了，她当时并不知道那是著名导演陈可辛，也不知道她的故事被陈可辛拍成了电影《亲爱的》。她没有去看这部电影，因为她买不起票。几年前，高永侠的丈夫从深圳打工回来，带回来两个小孩儿，说是捡来的。不久丈夫去世，高永侠含辛茹苦抚养着两个孩子。几年后孩子的家人找上门来，原来两个孩子都是她丈夫拐来的。高永侠放不下思念，来到深圳想要见两个孩子，却无法如愿。陈可辛把高永侠的遭遇搬上了银幕，他说：电影、小说都编不出来，确实就是真人真事。人生有时候就有一些我们永远想不到的故事。

我的电影剧本《棒槌萝卜狗》报送河南省广电局电影处后，电影处一开始不批准拍摄，理由之一是剧本中农民加工萝卜卖到外国的故事毫无生活根据，是不可能的。这个剧本是根据一个真实的故事而创作,为了不使人们觉得事迹太突出,我还有意地把传奇般的真实事件往回收缩着写。我告诉电影处:希望你们不只是坐在办公室里面空想这个世界,欢迎你们来实地调查。后来,剧本通过了审查,并被中国电影家协会誉为农村改革开放三十多年成果真实的艺术写照。

一些文艺家、理论家常说:真实的人物和事件写成的作品,无法深入人的灵魂。让我们反问他:你怎么知道那些引起社会广泛关注的人和事,是没有灵魂的呢?那些经历过难以想象的曲折与磨难的人,他们的灵魂世界难道不比你平淡生活中的灵魂世界更加丰富更加深广吗?我看过《亲爱的》原型接受采访的录像,他们只是述说他们的经历,但那述说展现出来的鲜活的灵魂震撼,比一些所谓写灵魂的作品那种伪灵魂要深刻感人得太多。他们只是述说,他们不需表演,但他们比许多著名演员的表演感人得太多。

二、确定题材后的素材收集

创作题材确定之后,会有两种基本情况:一是这个题材你非常熟悉,你曾经或从小到大生活在题材所表现的那个氛围之中;二是你对那个生活范围很陌生,甚至完全不了解。

即便是非常熟悉的生活,当你用来创作时,你往往会发现素材还是不够用,需要再去回忆,再去看看往日的日记,再去和家人、朋友、同事聊聊过去的岁月。或许忽然间,你遗忘而你生活中曾经的亲人、朋友清晰记忆着的某些片断、细节会冲出来,你和他或她相处中你不曾知道的他或她背后的故事、他们当时不愿让你知道而现在愿意与你分享的许许多多的事情,会如清风细雨、暴风骤雨般唤醒你曾经的生活,呈现你梦幻般的追求,帮助了你的创作。

对于你所不熟悉的题材,应当怎么办呢?

悉德·菲尔德在《电影剧本写作基础》中谈到:"我正在写一部关于空间冒险科幻史诗,讲述的是一个极大地影响着地球的宇宙现象。由于我对这一严重的宇宙现象一无所知,我与加利福尼亚州帕萨迪纳市的喷气推进实验室的相关人员取得了联系,她向我提供了大量信息,并给了我一些科学家的姓名。之后,我花了近三个月的时间学习这种被称为'伽马射线爆'的现象。有了这些资料,即使为了创作目的对事实有所夸大,故事仍然是基于现实的,模仿着灾难真正来临时可能发生的一切。"

同一本书中,菲尔德谈到编剧沃尔都·萨尔特为创作电影剧本《返乡》,采访了26名越战中受伤瘫痪的老兵,采访录音长达200小时。

哪怕是才华横溢的文艺家，在天长日久的创作中，心灵也需要金光灿灿的世界来补充。你要舍得全身心向生活投入，甚至你可以更进一步，直接参与到你所关注的生活之中，成为那种生活的一部分。你自己亲身经历的创作，会更加容易成功。《这里的黎明静悄悄》《上甘岭》的编剧和导演，都曾经是前苏联布尔什维克队伍中和中国共产党革命队伍中的一员，从战火硝烟、艰难困苦中走来，所以他们的作品那么感人那么真实那么具有长久的艺术生命。

我的剧本处女作《当关》在央视立项后，因那时我的剧作技巧十分生涩，制片机构找了专业编剧来改。却没有把剧本改好，主要是他完全不熟悉《当关》所表现的生活。时任鲁迅文学院副院长的胡平先生在参加《当关》剧本讨论时，听了我的创作情况后曾说过一句话：你这个编剧是无可替代的。

剧中的很多主要事件，都是我的亲身经历。

三、创作中的素材收集

常常，你认为收集了足够的素材，写着写着却写不动了，素材用尽了，知识贫乏了。你无法抑止地走向你的创作所表现的那些生活，去补充营养，寻找故事，捕捉人物精神，再探作品主题。

我在《当关》剧本的修改过程中，觉得对于矿难死亡人员家属的戏写得不到位。于是我来到矿区，问一个安全生产管理干部：矿难家属们在现场难过的情况是怎么样的？不料他不以为然道：都是远处山沟里的穷人，根本不知道难受，尸体扔在那儿没人管，就是要钱，又没见过钱，一万块钱一家人坐在那里点半天点不清楚！那口气，那神态，跟小时候看电影地主资本家谈工人农民的遭遇时一个做派！我决心去看看那些家属们，独自一人来到大山深处的一个山村，那个村庄在一次矿难中失去了三十多个男人，几乎成了寡妇村。当30多个骨灰盒回到山里，一千多个迎灵的山民哭声震动了那条山谷。有一家一下子死难父子三人，留下奶奶、母亲、新婚不久生了一个女孩的媳妇。房后父子三人的坟墓荒草飘拂，凄凉地陪伴着三个寡妇一个幼女这四代女人。村里有一个青年的骨灰下葬时，他的母亲疯一样地哭着一定要把他的一万三千元抚恤金放进棺材让他带走。

那一刻我感到放纵事故等于杀人！

回来的路上，汽车转过一个弯，我看到山间的小河边，有一棵巨大的老树在夕阳下巍然屹立，绿树中百十根红布条在山风里令人惊心动魄地飘荡。当地干部告诉我，这棵树被人们叫做树王神，出山打工的人都要在上面系一根红布条以保佑平安。如今满树红布条还在飘荡，许多人却都化成灰了。我下了车走到树旁，默默看着乱纷纷飘舞着的红布条，一些布条的末梢已经破碎，一缕缕的布丝仿佛是一群精灵在诉说脱离凡世的艰辛！回来后，我把这个场景如实写进剧本。责任编辑告诉我，他看到修改的这一场戏，泪水立时就涌出来了。他说那一刻，他更理解了北京街头辛勤工作的民工。

我的长篇小说《瓷器》，被评论家们认为是一部"惊世骇俗"的小说，故事的发展完全无法预测，奇妙而惊险，也有人因此称我是"大盗之祖"。创作的时候，当想不出精彩的情节，我不是坐在家中苦恼，而是走出去，到故事描写的环境之中去想去看。故事中外国大盗在中国偷了瓷器，从我国东南西北四个方向四次偷出国境，出境的方法各不相同。为设计这些情节，我坐飞机来到边境，看着海关的人员如何出入，看着边境线上的武警如何执勤。查尔斯把偷来的瓷器偷运出海关的情节，就是在一处海关附近的山头上想出来的。

写不下去了，就到所写的那种生活里面去，是我的创作习惯。影视圈的一些朋友，认为我算是十分熟悉农村生活的。可创作45集电视剧《回来了亲人》时，我时常写不下去，觉得素材太贫乏。农村这些年发展太快了，每一次去农村，总有新东西是我从未听说过从未见到过的。我于是哪一段故事写得不精彩，就跑到不同的村庄和乡镇。写乡镇干部，就找他们谈谈，看他们怎么工作，怎么解决问题，用什么语气给下级、上级、工作对象说话，甚至看他们怎么吃饭，吃什么。我也会把我写的剧本给他们看，让他们评价。写什么样的农民，就去找什么样的农民，看他们如何劳作，怎样生活，甚至和他们一起劳动。每一次去，总能够发现一些想不到的素材，许多事情被直接写进剧本。或忽然由此想明白了许多情节，一下子走出了创作困境。

即使是作品已经完成，在进行修改了，你仍然应当去收集素材。尤其当你改不下去了，你到作品涉及的生活环境中去，到你描写的主要人物那里去，看那些人物有什么生活习惯与职业习惯，在具体的事件中他们是怎样的，怎样抒发自己的情感，会说些什么话，会有什么动作，不同年龄不同性格不同性别的同一职业者，在同一种情况下有什么不同表现。你功夫下到了家，你会左右逢源得心应手，一个又一个精彩的故事情节会被你不断地设计出来，甚至会有许多现成的故事与情节被你使用在作品里面。

修改过程中的素材收集，在"修改与改编"一章详细阐述。

四、创作失败后的素材处理

一些很有成就的编剧，也曾谈到自己的剧本大部分都没有投入拍摄。任何一个编剧都可能面临这样的情况，辛苦了多少个日夜经过多少次修改的作品无

人欣赏。其中有的剧本或许在多少天多少年之后东山再起,有的最终只能扔进废纸堆,或在电脑的一角静静地沉默。

但是,最终沉默的整体上比较差的剧本里面,可能会有一个或几个人物,一些素材、一些情节、某个人物的一些性格一些故事一些台词,是可以复活的。你可以把这些东西拿出来,放到另外一个故事里面去。总之,别把好东西丢了,别把沉默的剧本彻底遗忘。

也有另外的一种情况,你的一个剧本大获好评并投入了拍摄,可其中有一些情节或人物,被认为是枝杈而删掉了。但或许这些东西放在别的剧本当中,却成了闪光的珍珠灿烂的太阳美丽的原野。

如上面提到的我在《当关》剧本修改过程中,去采访矿难家属时看到并写入剧本且得到高度评价的树王神,实际拍摄时,导演因为种种顾虑删掉了那些戏。后来我把被删掉的那棵树和山沟里矿难家属的故事写进了电影剧本《放飞你的愿望》,剧本受到多方十分高度的评价,目前拍摄工作正在筹备中。

五、收集素材的技巧

我当过警察,有很多审讯罪犯的成功经历。我写过十几个剧本,进行过大量成功的采访。我也有过很差很失败的审讯与采访,对方跟你说假话,废话,敷衍你,或根本不理睬你。失败的采访,大多情况下不是人家心情不好,而是自己没有认真对待那次采访,太随意,缺乏技巧,缺乏耐心,缺乏用真心换取真情的诚恳。

采访要注重技巧,要学习警察、记者、心理医生的经验,培养自己的采访能力,开拓局面把握局面的能力,善于和被采访者交流,能够很快甚至立即和人家打成一片。实践中一般可以采取以下方法:

(一)尊重

这是采访时最基本的要求。你当然不会一副盛气凌人的模样,端着编剧的架子。但你需要注意的是,别一不留神表现出漫不经心,得不到想要的东西就不满,对你认为没用的话很厌烦。有用的东西,可能在后面。

尊重表现在很多方面,人家正在忙,别打断人家耽误人家,别给人家增添太多麻烦,实在无法避免给人家增添麻烦要道一声感谢,静静地耐心地等待人家把事情做完,耐心听着尽量少插话,让人家感到你在跟着人家的情绪走,等等。

(二)激励

就是激将法。这个不多说,人人都会的,或到处可以学到的。如果你从未学到过或从来都没有使用成功过，你不要做编剧了。

（三）直入和迂回

有时采访可以直接提问，如：你们这个困难，你们乡里的领导是怎么解决的？你们局长能够认真听取大家的意见吗？你们县长是怎么对待这个问题的？有时候应当迂回，如乡里领导到咱们村来过吗？你认识他们吗？发大水的时候啥情况？碰到难处都是给谁说呀等等，群众对于干部的看法往往就脱口而出。

（四）认同与夸奖

采访中，常常会遇到对方对于某个事情很愿意表述自己的看法，甚至会激动起来。你应当表示认同，夸赞对方高尚的行为与见识，甚至向对方请教高招。只要你别做作得让人感到虚假，对方常常会提高了兴致而金口大开，你需要的东西会喷涌而来。

（五）批评

当对方明显说的不对，甚至严重错误时，你可以继续听下去，看看他为什么会有这样的观念，他曾经或将要有什么行动。但当他想要你表态，想要知道你的看法，你可以沉默，可以绕开去，必要时也要敢于表达自己的观点，要敢于批评，不能什么都顺着走。因为面对严重的错误，有时候你的采访已经不再重要，这个时候正确甚至正义需要你伸张。你可能把采访关系弄得冷了，你宁可承受这个损失。很多这样的情况下，对方会认为你是诚恳的，反而相信你尊敬你，愿意把心里话告诉你。

（六）给采访对象以帮助

如人家正在劳动，你别一个劲儿废话，你和人家一起劳动，帮人家一把。或帮助人家分析问题，想人家之所想，急人家之所急。一个农民种树，但没有销路，你如果有条件，你给牵个线。哪怕你最后发现这个农民并没有太多的采访价值，可帮助了别人的感觉会很好。而且这个过程中，可能会有别的什么东西吸引你触动你。

（七）表示同情

对人家的遭遇，可能你无能为力，但应当表示出你的关切，让人家觉得你感同身受，从而感到温暖，感到你的人格力量，感到朋友般或亲人般的情意。这时候，采访不再困难。

（八）重要采访事先要做好准备

你必须要这个采访，而对方可能很傲慢，很冷漠，很封闭，对你很有敌意，或他的工作本身很神秘很保密，或他就在监狱里服刑。

你认真地准备，预测所有困难和解决办法。你了解对方，分析他面对采访

时的心理状况，准备好采访的许可与分寸，尽可能给对方提供一些帮助，包括一盒香烟、一瓶酒、来自他家人的一个问候等等。

（九）用真心换取真情

真心与真情，是态度，是品德，也是技巧，而且往往是最为重要的技巧。你可能讨厌一个被采访者，但你必须采访他，那么情感就成了你的技巧你的方法。你试着走进他的内心世界，经过一些接触与沟通，或许你发现了他的真面目，而你可能喜欢了他。

总之，收集素材，应当成为创作者伴随终生的重要生活内容。而且这不是负担，收集素材的过程，不但是发现题材和主题的过程，是捕捉人物心灵发现人物原型的过程，是你认识生活、广交朋友、拓宽视野的过程，会极大地丰富你的生活，会使你不断地成长，会把青春长久地激荡在你的生命里，于是你会经常性的感到快乐。

素材准备到什么程度什么时候可以动笔了？是否要在你认为整个故事的所有素材完全齐备了？

当然不必。因为收集素材是没有尽头的，是贯穿创作全过程，生活全过程的。但应当在你认为素材很丰厚了，你对于题材所要表现的生活很了解了，你构思的故事与人物在大脑中清晰起来了，你就可以动笔了。

第六章、故事

　　开始讲故事了，也就是开始写作了。

　　故事，是一个剧本的主体，是剧中所有人物存在与活动的基础。一部电影或电视剧，无论美术、摄影、照明、化妆、服装、道具、置景等等，所有工作都是围着故事来安排的。好莱坞著名摄影师、曾经拍摄过《辛德勒的名单》和《拯救大兵瑞恩》的卡明斯基就突出地强调"影像情感"，认为摄影师首先要尊重故事及演员的创作，在光效设计上给导演的创作和演员的表演留出最大的自由度。他说："面对一个拍摄计划，最吸引我的是故事及它的情节发展。我对故事的关注超过灯光。即使我很想创作出令人惊艳的影像，但是呈现出一场戏的戏剧原貌才是我最终关切的焦点。"

　　创作一个好故事，是影视作品的根本。优秀的影视作品，感动人的都不是她的形式与风格，而是故事与人物。编织一个好故事千辛万苦，认识一个好故事也很难。好莱坞的顶级制片人、意见领袖迈克·麦德沃，是为数不多的几个留名在好莱坞星光大道上的幕后精英。他参与了300多部电影的制作，7部荣获奥斯卡最佳影片，三部曾连续三年蝉联；17部获奥斯卡最佳影片提名；迈克还曾获得戛纳电影节终身成就奖以及柏林、威尼斯等电影节许多重要的奖项。代表作有《飞跃疯人院》《洛奇》《莫扎特》《野战排》《与狼共舞》《沉默的羔羊》《现代启示录》《本能》《第一滴血》《谍海风云》等。他为好莱坞挖掘出一批新人，包括乔治·卢卡斯、史蒂文·斯皮尔伯格、弗朗西斯·科波拉。这样一个被称为意见领袖的人，也会时常看走眼。他谈到："我确实错过很多电影，比如《夺宝奇兵》。我做过斯皮尔伯格的经纪人，错误地放弃他。后来他来找我参与《夺宝奇兵》，我个人喜欢但合伙人反对，我没坚持到底。我拍了《沉默的羔羊》，成功以后却在签订合同的时候没有坚持续集优先权，错过了续集《汉尼拔》；因为合伙人与卡麦隆交恶，错过拍《终结者》续集。我还错过了卢卡斯的《星球大战》，错过了《总统班底》。还有《低俗小说》。我喜欢昆汀·塔伦蒂诺，花12.5万美金请他写好剧本。两年后，我发现这个剧本在当时美国反暴力的氛围里不合时宜，决定放弃。后来，昆汀证明了他是对的。"

迈克的经历说明一个道理，真正的好剧本不怕各种挫折，经得起风雨和光阴的检验，哪怕曾经有多少权威人物说你不行。

关键是，把故事写好，把人物塑造好。

一、故事与人物

我们评价一部影视剧，常常会说：这是一个好故事！也常常会说：这个人物写得好！故事和人物，是影视剧最基本的因素。

人物和故事密不可分，但是真的并不等于对方。

有人说：某个作品就是讲了一个故事，没有人物，或人物很弱，不好看。也有人说，只有写人物的作品才是优秀作品，故事应当依附于人物才有生命力。并把好作品称为"写的是人物"或"表现人物性格的故事"，差作品称为"写的是故事"或"人物只是故事中的人物"。

美国作家亨利·詹姆斯曾经说："除去事件的结果，人物是什么？除去人物说明，事件又是什么呢？"

故事和人物，确实有些云里雾里。其实，也是可以说清楚的。故事与人物，如同血与肉，互相依存不可分割。但血就是血，肉就是肉，可以分得清楚。故事是人物去完成的，人物在故事中表现自己。

在创作和观看作品时，你会发现有的作品故事强人物弱，有的作品故事弱人物强，而真正的好作品，故事与人物双赢。当然，也有的作品人物突出的强或故事突出的强，强得人们忽视了另一个方面的弱。如《007》系列，是典型的故事强人物弱的作品。007这个人物性格没有什么发展，就是智勇双全，意志顽强，正义加艳遇，在各种不同的地方克服不同的困难完成不同的任务。它就是一种面孔万千故事，他的内心没有任何秘密，观众只是看它又要在什么环境中面临什么样的绝境，怎样神出鬼没，又有什么高科技配合他的勇敢，谁是新的007女郎。人物绝对雷同，故事绝不雷同，或故事形式雷同，内容与环境绝不雷同。凭此，多少年来一直吸引着影迷们的目光。

《巴顿将军》是典型的人物强故事弱的作品。巴顿的军事才能并没有太多精彩的描写，观众看的不是他怎样运筹帷幄决胜千里，而是他在军旗下的长篇演说，在古战场用感慨来强烈抒发的高度自恋，打贪生怕死士兵的耳光，辱骂上级，被解职后的焦躁与无聊。如果去掉上述情节，只是刻意描写他如何战胜隆美尔的非洲军团，如何创造美军史上最快推进速度，那只是一部战史教材，我们已经把它遗忘了。

更多的优秀电影，是故事与人物双赢。《拯救大兵瑞恩》中的小分队，如果像《007》中的詹姆斯·邦德那样只是去完成任务，没有了用自己的牺牲换取瑞恩回美国的不满，没有了美国大兵仁慈地放走德国大兵而德国大兵却毫不留情地杀死放走他的美国大兵，没有了许多战士心灵的描写，只是让他们不停地战斗然后找到瑞恩把他送回美国，影片的主题一定会暗淡下来，人物也失去了光辉。《上甘岭》中，正是两个苹果折射出的官兵一致、同甘共苦，面对危难表现出的牺牲在前享受在后，一只松鼠映现出的对于生活的热爱，才使一部情节简单的电影那么长久地镌刻在人们的心灵。

故事和人物同样重要，那么，应当先创作故事还是先设计人物？

都可以，要看你首先遇见了什么，首先被什么所吸引。

你可能先发现了一个故事，十分突出，但故事主人公的性格身世志向爱好你并不知道。可故事太出色，无论过程、结果都那么精彩，超过了你多少个设计。那么你不用犹豫，去深挖这个故事，了解主人公的情况。也许这个主人公个性并不突出，没有太大的模仿价值，没关系，你赋予他特别的性格爱好与全新的生活环境就是了。比如真实生活中你的两个主要原型人物都是医生，你可以把其中一个变成病人。两个都是男人，你把其中一个变成女人。两个是熟悉的朋友，你让他们素不相识。而两个人素不相识，你把他们变为陈年旧友。

或许你先发现了一个十分有趣的人物，他特别吸引你，只是他的故事并不突出，或即便他的故事突出可你暂时用不上。不要紧，你把这个人物放进你需要创作的故事中去，给他一个新环境，让他有个新使命就是了。

编剧常常因为一个人物或几个人物吸引了他而创作剧本，也常常会因为一个突出故事的吸引而动笔。为人物而编故事和因故事塑造人物的情况都是正常的。一个完成的剧本无论电影剧本还是电视剧剧本，都要尽力避免人物强故事弱或故事强人物弱的情况。

编剧的任务，就是把某些突出的生活片断、某些事件、某个理念、某个人物，用丰富的想象力连接起来，成为一个完整的、感人的、充满矛盾冲突的、表现了深刻生活本质与人物丰富内心世界的故事。

这，就是编剧技巧。

好的故事和人物，不是通过技巧产生的，只是通过技巧完成的。

在这个运用技巧的过程中，先有故事还是先有人物，都是可能的也都是可以的。

故事和人物，是撕扯不开的两个互相依存的东西。在创作过程中，先设计人物还是先设计故事，你不要先有一个顺序的概念，怎么顺手你怎么来，先撞上什么你先来什么。你可以因为有了一个人物原型来编织故事，也可以因为一个故事来构织人物。当然还可以因为一个演员来编织人物和故事，一个演员当他或她的特点十分突出的时候，其本身也是一种典型。有的编剧导演说自己永远不会为一个演员来编故事，这其实只是一种虚荣的清高。

二、期待

编织一个故事，最普遍最基本的要求，是给观众一个期待。

也有一种说法，小说和影视剧，要让读者与观众充满焦虑。

焦虑也是一种期待，而期待有时并不焦虑却反而幸福。

任何剧作所表现的，都是什么人在什么情况下做什么事情。所有的冲突、转折、伏笔、缓急、悬念、错觉、隐喻、裂变、悲喜、离合等等一切故事形式，都是要让观众期待着故事的发展，猜测、印证故事的结局和人物命运的变迁。整个故事是如此，任何某一场戏也是如此。所谓一波未平一波又起，就是说一场戏完成了一个悬念一个冲突一段故事一次高潮，给了观众一个满足，却总还要留下一个牵挂，突出一个锐角，把故事和观众引向新的期待。结尾常说要余音绕梁，即使故事已经结束，尾声也往往需要让观众充满想象充满猜测充满遗憾或思索，让情感久久无法平息，甚至期待着故事的续集。

《这里的黎明静悄悄》，当曾经年华灿烂的五个女战士，面对的敌情出现突变，观众急切而揪心地期待着她们在准尉带领下战胜德军小分队平安归来。一个牺牲了，人们提心吊胆地害怕有下一个，再下一个，结果她们全部牺牲，留给观众感同身受般的悲痛与思索。

《拯救大兵瑞恩》，观众知道小分队一定会遭遇惨烈的战斗敌众我寡的危局，但期待着他们能够绝处逢生，完成艰难的又有着重大情怀与政治意义的任务。当牺牲无法避免地出现，观众期待着牺牲少一些，多活出来一个。不断的失望伴随的，是更加强烈的希望。

《巴顿将军》，人们期待的是巴顿下面会做什么，遇到什么，用什么出乎意料的言语和行动表现他特立独行的个人魅力，以及战争中的胜利与失利，到底有多少是他个人的原因。

《罗马假日》，人们怀着巨大的兴奋与好奇，欣赏并期待着公主殿下怎样过平民生活，两个记者的阴谋将怎样得逞并引发什么样的爆炸性效果。而突然又必然发生的爱情，将会以什么样的结局收场。

《大红灯笼高高挂》，观众不但期待着阴森森的大院里面的真面目，期待着四个太太争宠的结果，在矛盾纠结中判断着几个人物的胜负得失是非曲直，而且期待着看到那个鬼一样男主人的真面目。

侦破片，观众期待着真相。武打片，人们期待着胜负。灾难片，人们盼望着生存。少儿片，人们期待着成长。青春片，人们期待着生活的真谛。主题鲜明的影片，人们期待着对于主题的精彩诠释。主题深藏的影片，人们想要看清楚作者到底说什么。悬疑片，人们期待着情理之中的意料之外。道德片，人们期待着用故事所倡导的精神印证自己的认识。

一部剧本中的任何一段情节任何一场戏，不但要力求写得精彩好看，编剧都还要问自己，写这场戏做什么说明什么，在整个故事中产生什么起承转合的作用。让观众期待什么，希望在哪里，你怎样让观众的希望实现，或观众认为无论如何不能实现的东西，你怎样让他意想不到地实现，而且实现的过程或神奇美丽，或激烈震撼，情感浓烈穿透人们的心灵，甚至成为人们心灵的一部分。

任何一部作品，任何一个故事，如果无法让观众产生期待，你无需再去评判它的价值。

三、冲突

冲突，是故事演进的基本形式，也是吸引观众的基本形式，并由此使故事表现出戏剧性。

一些文献把戏剧性解释为：在假定情境中人物心理的直观外现。

这样的解释是不明确的，人的任何行为都是心理活动的外现，而太多的心理外现却不具有戏剧性。

戏剧性，就是冲突。

戏剧冲突，是典型的突出事件，是人物之间、人物内心紧张、深刻、曲折、激烈的矛盾冲撞，充满突变与悬念，相见与别离，剑拔弩张，明争暗斗，情理之中意料之外，并充满情感的起伏流动。

冲突，是影视故事的主要形式。

如《魂断蓝桥》，一部充满冲突与曲折的爱情悲剧。玛拉爱上了罗依，却必须面对与舞蹈事业的冲突。一见钟情闪电般要结婚，却遇到战争的激变。她就要得到罗依妈妈的帮助，却看到罗依阵亡的假消息，经历剧烈而痛苦的内心冲突没有把消息告诉罗依妈妈。当她沦为街头女郎，罗依回来了。她幸福地走进罗依的家，却迫于世俗的观念，经过残酷的心灵冲撞决定离开并让年轻的生命消逝在铁桥上。

如《肖申克的救赎》，看似文弱的银行家安迪一直与冤案带来的悲惨命运进行各种各样的抗争并最终获胜，这是总的冲突。他与监狱里的犯人们因各自需要的冲突，与监狱长充满机智的冲突，自由渴望与禁锢的冲突都激烈而精彩。如《拯救大兵瑞恩》，战争是总冲突，用几个生命去拯救一个生命也是一个总冲突，小分队战士们也不断发生冲突，瑞恩是否离开战场回美国，是瑞恩自己内心的一个冲突。

世界上的故事是千变万化没有穷尽的。如果说千变万化的故事中最突出最普遍的特征和表现是什么，那一定就是冲突。但曾经有一部电影，几乎看不到外在的冲突，却令人深刻、长久地记住了她，并一再地感慨不已。因为电影中充满了真挚的、看似平静其实浓郁而饱满的情感流动与人物性格发展。她就是日本电影《远山的呼唤》。当然，人物的性格发展，突破原有的心理状态，其实也是内在的冲突。

任何规律、形式、风格、技巧，都是由冲突构成的故事和人物的附庸。你掌握规律，学会技巧，又要随时准备突破它们，甚至在很多情况下彻底忘掉它们。当你创作的时候，你更多想的不是规律和技巧，风格和形式，而是让冲突精彩再精彩。你要放开思维，敢于想象，总是对自己不满意。要让故事好看再好看，让冲突激烈再激烈，不断地修改，毫不犹豫地做颠覆性修改，甚至把故事整个推倒重来。

天马行空的想象不排斥一切情景，但要注意生活的真实性。你的故事可以从未发生过，完全是你的一个创作。可你创作的如果不是神话故事，她在生活中应当可能发生。如一个朋友一写就是上万人的战场，五十年代初期的朝鲜战争中天上飞满了直升机，直升机的扫射把地面打成一片片火海。而资料显示，直到1951年夏，美军才开始少量使用直升机，主要是用来运输和战场逃跑，还没有用来攻击。所以编故事，写冲突，有时候你自以为很精彩很热闹，可总得不到认可，一个重要的原因，就是你那些热闹没有生活根据。

冲突的类型很多，有事件冲突，性格冲突，情感冲突，利益冲突，恩怨冲突（往日的、现今的），观念冲突，对立双方冲突，同阵营冲突，相同的性格观念还可以有任务、情感冲突，从而形成强烈的戏剧因素，推动故事向前发展。上述众多冲突，如果有两种、多种冲突集于一人之身，会更加精彩。

每一个剧本，总是有自己的基本冲突，这个冲突从开始到结尾的过程，我们也可以称之为起承转合。在基本冲突中，又会有若干个小的冲突，这每一个小的冲突也都有着自己的起承转合，并与其它冲突互相勾连，起着起承转合的相互作用，一个冲突引发另一个冲突，一个高潮连接另一个高潮，激变与转折相互交错，终于迎来最后的冲突，决出胜负或真相大白或悲喜重逢或生离死别或相逢一笑泯恩仇或一个深深的伏笔导向云遮雾罩的未来。

每个剧本的基本冲突，也就是基本故事，我们也把她叫做故事核。

在故事的核心特征——冲突的基础上，你应当让你的故事充满极端、选择、转折、巧合、高潮、伏笔、演变、剧烈、舒缓、邪与正、爱与仇、生离死别、沧桑变迁，好变成坏，坏变成好，平静突然被打破，杀戮向和解回归，等等。要让你的故事从头到尾处处充满强大的争力，让戏剧冲突无处不在，让故事在冲突中发展，人物命运在冲突中变迁。

故事的冲突，不完全就是人物的冲突。人物的冲突不但因为事件，还会因为人物的性格、习惯、情感。人物没有冲突没有对抗，无论你再怎么美化他，用道德、智慧、勇敢、美丽来装点他，都很难成功。真正出色的艺术形象，应当在性格观念的冲突、发展中完成。

有时人物之间并没有发生对抗，但冲突却存在着，观念或生活习惯不同，往往造成人物之间的反差。如《乡音》中陶春总是在说"我随你"，陶春对丈夫的百依百顺，同一种文化传统给他们造成巨大的形象反差，带给观众强烈的观念冲突与文化批判。一声声"我随你"，使有的观众情感几近崩溃，她怎么那么懦弱！她怎么能够忍受！《渴望》中的刘慧芳也是如此，怎么谁都可以从她身上索取而又理直气壮，她为什么不拍案而起，总是逆来顺受呢！但也会有人认为女人就应当是陶春、刘慧芳，那才是女人的美。

《罗马假日》一开始就设置了贯彻始终的冲突。公主要寻求自己的生活，寻找属于自己的青春，公主快乐的游玩中时时处处都在和她的公主身份冲突。她又时时刻刻处在阴谋中，阴谋者的利益和公主的利益形成强烈冲突。而面对前来追寻的侦探，公主与阴谋者又站在一起，与侦探们发生激烈冲突。全剧总是处在冲突之中，冲突的阵容也在发生变化，所以好看。

四、极端

一个作品引人注目，往往因为她的故事是一个极端事件。

编织一个故事，设置的困难要大，大到不可想象。对抗的力量要强，无所不用其极。要把故事的冲突推向极致，让冲突的过程和结果在最高潮的状态中演绎并完结，情节超乎寻常地激烈，人物出乎意料的艰险，命运前所未有的坎坷，这是剧作、小说的普遍追求。

极端，有生与死的极端，平凡事件中的极端，恩与仇的极端，情与义的极端，特殊环境中的极端，日常生活中的极端。任何一种社会生活状态，都会有属于自己的极端事件极端情态。

《魂断蓝桥》中，罗依和玛拉在十分特殊的环境中那么浪漫地相遇，恋爱突然爆发仅仅认识一天就闪电般决定结婚。而因为军令结婚在最后一刻没有完成，也使玛拉无法进入罗依的家庭。因为爱情的拖累玛拉受到极端处理被开除，在就要得到罗依妈妈的帮助时玛拉却看到罗依牺牲的消息，在火车站出卖肉体的玛拉偏偏碰上罗依归来，幸福结婚后却受到军队荣誉与家庭荣誉的刺激，最终到一见钟情之地自杀。这些生与死情与义，无一不是极端的事件与行为。

《拯救大兵瑞恩》到处是极端的战争环境，小分队的战场行为又表现出奇特极端的道德追求。战士们在诸多不情愿中执行任务，主要是义，士兵的义务，义不容辞的命令与责任。而当找到瑞恩的时候，这个义赋予了更多的情的成分，人家历经生死来的，而且牺牲在你的面前，所以几十年后老瑞恩和我们一起在银幕上下流泪。

《上甘岭》表现的是常规战争中，只有真的出现那样的事实才能够让人相信的极端状况。一个严重伤亡的连队退进坑道，没有水喝吃不下饭，又受到周围的敌人用炸药和毒气不断攻击，在无法生存的环境和敌人不断的袭扰中坚持到最后并还能爆发出强大的战斗力，美国人怎么能不说那里是他们的伤心岭！

《西游记》《封神演义》《天仙配》《指环王》之类的作品，是人类以自己的情感与道德追求，把人类的期盼与愿望在神话环境中进行极端的演绎。

电视剧《渴望》，是品德高尚的极端，刘惠芳用几十年无怨无悔的行动，把自己深深镂刻在亿万中国人的心里。《基督山伯爵》则刻画了几个用不同的极端方式陷害邓蒂斯的品德极端恶劣的恶人，并最终让邓蒂斯用十分极端的方式复仇。

写极端事件极端人物，不可避免要写到死。人说除死无大事，死，也是许多影视作品中的极端情节，许多死写得波澜壮阔，情感浓烈，激人奋进，催人泪下。《魂断蓝桥》中玛拉的死，留给人嵌入心魄的痛。也有许多作品中的死写得勉强写得轻易写得可有可无写得做作，为了极端而让人物死，为了吸引人而让人物死，死得很惨但并不悲伤反而好笑，把死弄成了噱头，让观众反感。

所以，作品中无必要的死，无必要的生死极端，还不如写平淡生活中的极端。葛优扮演的众多小人物也都很极端，虽然他们是平凡的人物过的是平淡的生活，可他们在司空见惯的事件中表现出许多极端行为极端语言极端品德。《没完没了》中看似窝囊的韩冬居然绑架了雇主的女朋友，《大腕》中一个司机组织了世界级电影大导演的丧礼，《不见不散》中一个蹉跎在美国的中年美飘把一群如狼似虎的美国警察整得跟孩子一样，课堂上还说着中国文革时代的语言，你是不是感到出乎意料十分突兀？那是不是极端？

第六章、故事

平淡生活中也会出现新鲜的极端故事。《甲方乙方》中有极端也有快乐，几个城市无业青年弄出个好梦一日游，摆书摊的小老板要当一把巴顿将军。快乐中也有冲突，小老板太得意了陪他玩的姚远他们就不爽了。好梦中也有教育，傅彪扮演的角色受到虐待，知道了应当怎样对待自己的妻子。好梦中还有智慧，姚远智出偏门帮助明星过上了平常人的日子，又通过让她状告好梦一日游，即会扩大公司的影响又可能让明星重新火起来。这些都是平淡生活中的极端现象，可人家想得透彻深入奇特。或许你也曾经遭遇过类似的情形，但你没有重视它把它变成作品。或你想过但你没有付诸实施，更没有让它成为你的生活来源，人家实现了。

平凡中的极端，不仅仅是说生活起了巨变，突然遭遇情感破裂，或是天灾人祸。一个家庭妻子走了，丈夫要做家务，手忙脚乱弄得一塌糊涂，做饭锅里的油着了，炒菜烧焦了，身上溅满了油渍，脸上也成了花的，客人又提前来了，一慌张把家什碎了一地。《独自等待》中，夏雨扮演的陈文，被李冰冰扮演的刘容带到家中，陈文以为刘容爱上了他要和他肌肤相亲，当刘进到里屋时，陈兴奋地在客厅脱光了衣服，可刘容带着陈的朋友们从屋子里出来了，原来是刘容想要给陈文过个生日，而这个生日被极度尴尬砸碎了。总之，你要把生活中极为普通的事情写到比别人的想象更加丰富更加好看更加新鲜有趣，你要让平凡生活忽然发生的意外既出人意料又令人信服，你要能够让原本正常的生活忽然超出了日常的状况而引人入胜。

写生与死的极端容易，写日常生活中的极端很难。比如写下班回家，像往常一样开门，看到的竟然是一个陌生的面孔而且有一个黑洞洞的枪口。再如平平常常的一次商场购物，忽然发现售货员面熟，再看，竟然是发小，或是曾经的失去音信经年追寻不到的恋人。写这样的故事要比写平凡中的极端容易得多。

编织极端故事，常常会有以下情况：

第一，你写的故事，你以为非常极端了，比别人做到的想象的编织的都要极端了。可忽然发现，生活中许多你以前没看到的真实的事件更加极端。你增加了阅读量，发现别人的作品远比你的更加极端。你需要重新推演你的故事，你要重新开始披荆斩棘般的思考。

第二，人家认为你写的太极端，不真实，生活中根本不可能发生。这也有两种情况，一是确实是你胡编乱造，二是你的故事是可能、或真的发生的只是有的人想不到而已。

2014年2月9日，中国篮球职业联赛福建对浙江的比赛发生了极为震撼和戏剧性的一幕，福建队经过骇人的五次加时赛，以178比177战胜浙江队。这只是震撼，戏剧性的是，因为外援韦斯特在前一场比赛中公然违反战术纪律，比赛之前福建队公开宣布裁掉韦斯特。可韦斯特的老婆找不到护照一时无法离开中国，又安排韦斯特在本场比赛中登场。正是这个韦斯特，本场比赛不但拿下最高分和最高助攻成为福建队最终获胜的关键人物，而且在第三个加时最后时刻打进了关键进球又造成平局将比赛拖进第四个加时。第五个加时的最后时刻，又是他两罚两中，致使球队以一分优势取得最后胜利。

要是编造出这个故事，一定会有人说太离奇根本不可能。

第三，与上面的情况正相反，你写的故事很极端，在生活中也曾经发生过或可以发生，但你把人物和情节写得十分做作，反让人觉得不可能或不真实。

写极端事件极端冲突，要注重意料之外情理之中，跌宕起伏但又有坚实的生活基础。人物性格突出复杂，但真实可信有血有肉毫不做作充满生活气息。所以故事并非越曲折越好，曲折要合理要与前后故事有机联系。人物也并非越复杂越好，要让人物性格植根于生活并深入人心。刘慧芳和陶春都很简单，就是一心为他人着想。

我起初写作的时候，第一个编辑是《十月》杂志的田增翔先生。他曾经向我说，他看过的小说中，有太多写的都是死呀活呀的，看上去很极端，但全是赝品，他从不会发。他说：语言，故事和人物，欠一点儿，你不到位；过一点儿，犹如不及，或成了噱头。

艺术创作，丰富的想象力与生活基础缺一不可。你写什么，一定要像真的，既要刻意编造离奇的情节，又要让人觉得这真不像编的就是曾经发生过的。要不，到头来就成为笑柄，一些赫赫有名的大片也难免如此。《金陵十三钗》有一个情节，一队士兵排成一排冲过去炸坦克，前面倒了后面往上冲，一个接一个牺牲。这样的状况在战场上决不会出现，前面倒了，后面的人要跳过去，就影响了速度，正好让人家打你。你问问编剧和导演，他真的到了战场上会不会那样冲锋！

什么是好？真实而又极端，一点不欠又一点不过，这才是好。这样的好怎么掌握？向艺术学习，向优秀作品学习，更重要的是向生活学习。但掌握火候，也不排斥极端。如大喜若狂，大爱若痴，大悲若癫，大怒若疯，不极端还不真实。包括在表演中也是如此，该放开的时候，有的演员总怕演过了，也是不行的。

《唐人街》中，那个富翁与女儿乱伦生了女儿也是外孙女，又为了夺回乱伦生下的女儿杀了女婿与女儿。如果说杀女婿还可以接受，杀女儿却没有必要，他那么大的势力，已经找到了乱伦生下的女儿，他还夺不回来吗？非得当众杀女儿吗？这都是为了表达极端的人物而刻意安排的。我认为这样简单扭曲而极端的人物，显示的是艺术上的浅薄，是这部电影的败笔。同样是美国电影，《铁面无私》中黑社会头子卡彭被刮破了脸，只是把血抹在剃头匠身上，在剧场边看戏边流泪边听手下报告袭击检察官的情况，这样的人物虽然怪异，却觉得可信，生动。《钢琴师》中纳粹军官要钢琴师弹琴，钢琴师因为长久不弹了弹得不好，于是军官要枪杀他，却被钢琴师逐渐熟练起来的琴声所感动最后给他留下一些食物离去。这样的事情可能从未发生过，但在情理之中令人相信那是真的。这个戏份很少的人物形象生动而震撼，这样的艺术创作是对生活深刻理解对真实性刻苦追求的结果。

　　有些故事有些情节有些情感，它是真的，是会发生的，可放在某一部作品中，在某些故事情节中，却让人感到别扭，感到不真实，或即使真实却不能接受。为什么？不是那样的情节不可以有，而是因为那个剧本的整体故事与那个情节并不能有机相容，那个情节是为了说明创作者的某个观点被硬塞进去的；或有些情节虽然是剧本所需要的，但不像《钢琴师》中德国军官与钢琴师的情节编织得那么好，所以人们把那个或许根本没有发生过的事情当作真的接受了，却排斥经过粗陋艺术处理的曾经发生过的某些事情。

　　极端，往往并不只是生死、恩仇、激烈、尖刻，有时候高度宁静、极其清远、非常淡泊、十分从容，也会是另一种情态的极端。《远山的呼唤》就是一种宁静清远的极端，大部分时间几乎看不到冲突与极端事件，只有悄悄变化着的宁静生活和细腻的情感演化，人物表面平静，内心涌流着炽热而质朴的情感。但是影片的结尾，出现的是感人的情感归宿。当然这个情感的归宿并不出乎意料：女主人公民子来到火车上，当着押解人员的面婉转地向去服刑的田岛耕作表示自己的感情，刚毅的田岛流着泪接过民子递过来的手帕时，数不清的观众和演员高仓健一起流下滚滚热泪。那场景给人留下刀刻一样的记忆。

　　这一类极端，要避免情节进展缓慢故事过于平淡。

　　极端还有一种特别的状态，就是中庸，而且是处在冲突中两极之间的中庸。

　　中庸与极端原本风马牛不相及，极端可以是好是坏，是冷是热，是爱是恨，可以是任何一端，怎么可能是中庸？

　　可是，当一个事件发展到水火不相容，人们的情绪都已经失控，悲剧随时可以发生，这种情况下，一个与事件有血海深仇的关联的人，他放下仇恨，放下恩怨，放下一己私利，秉持一个公道，那么这个人物这段故事，就是非常极端的中庸，是极为突出的故事发展。常常我们可以看到，有的作品结局并不是简单的复仇，并不是谁得到了爱情，并不是你死我活，而是仇恨得到了化解，同归于尽变为握手泯恩仇，为了真爱选择离开，这样中庸的结果不但是极端，而且实现这种结果的过程往往也充满着极为浓烈真挚的情感。

但确实有一些作品，表现的是没有任何极端的平淡生活，没有你死我活的仇怨，没有枪林弹雨的战场，甚至没有突出的转折，只是把人们平日所关注的东西、所感到有趣的东西、开心可笑、亲切融通的东西集中展示出来，并告诉观众为什么是这样的。或甚至根本不告诉观众为什么，就是展示，让观众觉得：对，那就是我的生活，那就是我看到的生活，那就是我的愿望。那么，你已经写出了极端，写出了内心深处的呼唤。如由赵丽蓉和李保田主演的电影《过年》。

故事的极端，是多方位的，多向的，多重意义的。电影《柳堡的故事》中，副班长和二妹子的爱情，并没有你死我活，私奔出逃，就爱情的追求来说算不上极端，甚至副班长也想到了为了群众纪律宁愿放弃。可为什么当时这部电影引起那么强大的社会反响？因为这个故事仍然有极端在里面，就是副班长和二妹子的感情那么纯真，像一泓碧清的水，一抹雨后的青天，一支雨中的嫩芽。从影片播出，50年过去了，副班长和二妹子已经成为纯真爱情的象征，不可磨灭地铭刻在经历过那个时代的人们心中。比起时下影视作品中许多畸形的犹如风过不留痕的爱情，《柳堡的故事》必定有着更加久远的艺术生命力。现在的人们尤其是生活在21世纪的青年，其实应当看一看《柳堡的故事》那样的电影，感受一下上个世纪人们的情感与追求。那是一个时代的历史，但今天的青年决不会只看到历史，他们一定能够看到活在今天的情感，听到自己内心深处的呼喊。

五、开头与结尾

当你编织好了一个故事，设计好了主要冲突，觉得对这个故事心中有数了，更加艰苦的工作就要开始了，就是让基本故事丰满起来，把基本设计完成好，把故事讲好。首先，是讲好开头。

（一）开头

万事开关难，剧本创作也不例外。常常当你开好了头，就觉得故事是顺的，人物是活的，在创作时你的呼吸都是舒畅的。

那么，什么样的开头才是一个好的开头？

一般来说，最好是开门见山，要争取第一个画面，第一分钟就抓住观众，不是十分钟，更不是三十分钟。要注重开篇就把故事的主要冲突、核心事件、人物的性格特点呈现出来。如《巴顿将军》，上来就是十分个性的巴顿，在巨大国旗下向看不见的听众表达他的军人观念。电影追求精练的台词，可画面中就他一个人站在国旗下面滔滔不绝的开讲，但是太多的观众受到强烈感染并记住了这个开头。

有的编剧想要开头曲折，隐喻，呼应，建立悬念，安置错觉，交待主要人物身份；或追求开篇充满诗意；或有意无意地显示大师风范，并不急于开门见山立刻把主要线索、核心情节显露出来，而是让故事有一个引子；或用一个完全题外的情节开头，然后让故事出现转折。如《唐人街》，开篇用几张显然是偷拍的照片，交待了主人公吉蒂斯私人侦探的身份，接着他完成了莫尔雷太太的一个嘱托。很快出现转折，那是一个假的莫尔雷太太。于是一连串悬念高高张起：是谁冒名顶替？为什么？事件后面隐藏着什么秘密等等，把故事引入主线。

《拯救大兵瑞恩》也是一种典型的开头，一上来是司空见惯的战场，残酷而血腥，没有什么新意却延续了近半个小时。但战争场面的真实性与惨烈程度在战争电影中是空前的，激烈的炮火，紧张焦虑的士兵坚决地进攻，许多人瞬间被炸得残肢乱飞，鲜血染红的海水一波波冲击着岸边成堆的尸体……这些画面被摄影师用摇摇晃晃的镜头呈现以增加现场感，而这场真实的战争又那么具有历史意义。所以导演有底气那么拍并有底气在剪辑中把那么长的战争场面保留下来，然后才进行到主题故事：一个叫做瑞恩的士兵死了，后方发现他的三个兄长也已经在这场战争中丧生，于是最高统帅部决定用一个小分队战士的生命去解救仅剩下的四兄弟中的一个。不能说那么长的开头与主题无关，正是因为战争那样残酷，才使兄弟四人中有三人在不同的战场上几乎同时失去宝贵的生命，这仅剩下的一个对于他的家庭显得更加重要。而这个家庭为国家做出了超过一般家庭的贡献，所以从道义、从仁慈、从鼓励军心、从国家机器根本宗旨的多方面需求，用新的牺牲把瑞恩解救出来都是必要的。

有的影片的开头，注重为整个故事的发展或主要人物的行为寻找理由。《罗马假日》在开头的短短时间中，观众已经感受到公主高贵典雅的仪态后面，那些与她的年龄和天性不相符合的痛苦与压抑。于是当公主悄悄逃离监护去寻找普通人的快乐，观众对她的行为感同身受，并对她将要遇到的一切充满期待。

很多编剧讲究清晰的首尾呼应。《拯救大兵瑞恩》开头是老瑞恩在战友的墓碑旁回忆那场史无前例的战争，结尾仍然是老瑞恩在墓地的缅怀，让人们久久无法从剧情中走出来，在深深的感慨中思考战争、战友、生命、生活与人的价值。

有的影片在开头用尽可能强烈的画面和情节刺激观众，如《本能》，一开场观众看到之后观众看到的是赤裸的男女在热烈地交媾，忽然，女人拿出一把锋利的冰锥，疯狂地乱锥将男人刺死。

有的剧本强调开头有隐喻作用而在结尾宣示主题，有的在开头布下一个错觉在结尾让你恍然大悟，有的让你在开头看到一个恶人后来却发现那是一个好人或开始看到的好人原来是一个十恶不赦的坏蛋，而侦探片则基本是在开头设置悬念在结尾揭示谜底。

好的故事，总是让观众猜测不到如何演变如何发展如何结局，总是出人意料，总有精彩转折。粗劣的故事才总是让人看了开头就知道结尾甚至知道如何实现结尾。当然还有一种精彩，是人们都知道结尾会是怎样，却不知道这个结尾是如何实现的。如一个故事是让爱情圆满，但圆满是在什么情形之下实现的，出乎观众意料之外。

主要人物的出场，要精心安排，自然出现。可以是爆炸性地惊艳出场，也可以出来的时候看似普通，一遇到事情就显现出英雄本色。有的则是因故事发展使主要人物发生了巨变，现实、遭遇、艰难、绝境把他变成另外一个人。但出场不要做作生硬，如有的作品主角一出场就刻意表现他的英雄气概，他还没做事情就给他来个慢动作。

剧本的开端，有人认为不能放入重要的东西。如威廉·阿契尔就说："无论从艺术或者人情上来说，下面这段话都似乎是一条极正确的箴言：无论如何要使你剧中的开头十分钟明快、吸引人、激动人，但却不要让它们表现任何绝对重要的东西，不然，就可能会使观众对全剧总的构思和命意茫然无知。"这当然是错误的。

看看古人是怎么说的：

唐代诗人白居易在《新乐府序》中说："首句标其目，卒章显其志。"是说作品一开头就要切题，要开门见山；而结尾又要起到进一步明确和深化主题思想的作用，充分显示出作者立言的本意。

明代学者谢榛《四溟诗话》中说："起句当如爆竹，骤响易彻；结句当如撞钟，清音有余"。意思很清楚不用解释了。

清代戏曲理论家李渔在《闲情偶寄》中则说："开卷之初，当以奇句夺目，使人一见而惊，不敢弃去"，"终篇之际，当以媚语摄魂，使之执卷留连，若难遽别。"

其实，剧本没有绝对重要或不重要的东西。什么是绝对重要？高潮吗？高潮只是一瞬间的惊艳，而为了这一瞬间，许多前奏与铺垫不可或缺。人们常常在高潮之后，回想前面的铺垫。如《魂断蓝桥》，玛拉最后毅然离开了罗依的家，在他们第一次见面的地方自杀，这是全剧的最高潮。可我们能说他们的初次邂逅不重要？能说玛拉到底还是为了爱情离开剧场不重要？能说玛拉为了不刺激罗依母亲而掩盖了罗依牺牲的假消息不重要？能说玛拉不得不决定去当站街女不重要？一个美女，脸固然重要，身材难道不重要？气质难道不重要？任何高潮都是整个事件的一部分。所以，所有不重要的东西，都是应当删掉的东西。任何一场戏，任何一句台词，任何一个动作，都应当是重要的，必须的，也应该把他们打造成精彩的。

尤其对于一个新的编剧，开头甚至比任何部分都重要，怎么精彩怎么开，就怕你开的不漂亮。因为正是你的开端，吸引着制片单位把剧本看下去，吸引着观众屏着呼吸看一个陌生的故事。开头精彩，才能给后面的故事以强大动力。每一分钟都精彩都重要，才是一个好剧本。自古有字字珠玑的说法，每一个字都是珠玑，何况开头呢。

（二）结尾

电影100多年了，剧作的历史超过了千年，小说更有自己悠久的年岁，开头的方式与方法说不尽道不完。同样，对于结尾的精彩，人们也是孜孜不倦呕心沥血千百遍地推敲不辞辛劳地追寻。

一般地说，不同剧作的结尾，有一个共同的特点，就是完成了故事开头给人的期待，或者成功，或者失败，或者化解仇怨，或者同归于尽，或者皆大欢喜，或者无尽的悲伤，或者汪洋恣肆地诠释了英雄主义与凶残、高尚与邪恶、人性的复杂与简单、令人瞠目的故事变化与人性变异，等等。当然也有些作品，当片尾字幕出现，一些情节的真相仍然没有揭露出来，需要观众去猜测。如《本能》。

结尾可以是观众盼望的，圆满的，也可以是观众失望、强烈失望甚至极度悲伤的。可以是意料之中的，也可以完全是意料之外的。可以是故事的必然结局，也可以是难以想象的巨变带来的结果，甚至是十分罕见的偶然。可以是善的或恶的，也可以是善恶交织的，如同世界本身十分复杂。恶，也可以有认识价值。《唐人街》的结尾是凶手逍遥法外，但影片告诉人们法治与社会正义应当伸张。

不同的人对于结尾有不同的看法。麦基说好莱坞有一条格言：电影讲究的就是最后二十分钟。他还用影片《蜘蛛女之吻》做比喻，说影片前四十分钟沉闷单调，故事高潮却将人深深打动，从而获得了奥斯卡金像奖。可见奥斯卡也并不完美，因为任何一部作品决不能只是把精力放在结局的高潮，如果《蜘蛛女之吻》的作者把前四十分钟也写得如同结局那么精彩呢？谁又能说绝对做不到呢？任何只注重只讲究最后部分的想法都是愚蠢的。

如果说结局或高潮是金字塔的塔尖，那么，它虽高但面积与体积小。巨大的体积和面积在下面，真正富于变化与冲突的过程在下面，起承转合任何一个过程都是不可或缺的都应当精彩灿烂。也只有任何一环都是完美的，结局与整个作品才是真正完美的。开头不好看，人们走了；中间不好看，人们也走了；结尾好看，没人看了，或只剩下专家看完之后写评论了。

往往，揭示了真相，终结了冲突，完成了主题，并不等于结束了故事，完成了人物。人物命运与情感可能还需要发展，观众的期待还需要满足，作者的情感还需要充分表达。所以，结局往往不等于结尾。

结局，是故事与人物在大情节上的终结。结尾，是一部作品的尾声。有的结尾，在故事大情节完成的时候也就结束了。有的结尾，故事已经完整了，影片却没有结束，情节还在延伸，情感还在宣泄，多出来的结尾仍然动人。常常碰到一些业内人员批评这样的结尾，可观众却欢迎并沉浸在延伸的情节里面。所以一部影片的结尾，单纯强调故事已经完整也是不对的。

有的结尾很平静，却长久在观众的记忆中鼓荡着感情波澜。这样看似平静的结尾，是另一种形式的高潮。如《野火春风斗古城》的结尾杨晓冬的离去与银环的远望，《战火中的青春》结尾雷振林向高山赠送军刀，《这里的黎明静悄悄》老军人与青年的结尾等等。

平静自然的结尾不等于是容易写的结尾，把激烈的戏剧冲突下降到转入到平静自然，需要强大的艺术力量。平静自然的结尾不等于是弱的，喧闹的结尾也不等于是强的。当闹成了噱头，艺术性是在下降。当一种平静深入人心，艺术力量在张扬。

要在情节的进展中掌握好结尾的急与缓，既不要拖，也不要过于匆忙。有的结尾让观众感到戏还没完，并不一定是坏事。结尾是完成，但完成是多样化的。

千变万化的结尾，有以下的常见形式。需要提示的是，这里说的结尾，不只是影片的最后一个镜头，主要指的是影片的最后部分。

全剧高潮：

故事和人物情感都达到高潮。如《魂断蓝桥》《上甘岭》《这里的黎明静悄悄》《卡萨布兰卡》《罗马假日》。

呈现主题：

如我们前面举过的《上甘岭》，在结尾用放生小松鼠揭示了那么多牺牲都是为了和平与幸福的主题；《乡音》结尾用陶春去看铁路，表现了农民的生活需要改变、中国的农村正在改变的主题；《这里的黎明静悄悄》《拯救大兵瑞恩》在结尾直接而强烈地表现了对正义战争中牺牲的英雄的怀念。《唐人街》的结尾，用："忘了它吧，这是唐人街！"这样的台词来强烈批判不顾城市极度缺水而只顾自己黑心赚钱并且只要有钱就能杀人而不受惩罚的资本家和金钱社会。

首尾响应：

如《魂断蓝桥》，开始和结尾都是已经成了上校的罗依在蓝桥上，手拿当年玛拉送给他的护身符，回忆他和玛拉在一起的岁月。以倒叙式结构讲述故事的作品，往往都采用首尾响应的艺术形式。

余音袅袅：

《乡音》的结尾，正给人这种回味无穷的印象。总是以一句："我随你！"来对待丈夫一切要求的陶春，在生命将要终结的时候，向丈夫提出的唯一要求只是看一看山外的铁路。于是在一个薄雾缭绕的清晨，丈夫用独轮车推着她，在青山绿水的山间小路上向山外走去。看起来，这里并不是高潮，周围那么安静，两个主人公也那么安静，他俩的低语如同山间微微的风声，混入独轮车滚动的声音之中。多少年了，独轮车吱吱呀呀的声音仍然萦绕在我的耳边。

分出胜负：

《唐人街》与《刘三姐》，都是正邪相斗分出了胜负的电影。但前者是正不压邪，后者是邪不压正。这样的结局在现实生活中都能找到依据，可以说都是真实的。

揭示谜底：

如《尼罗河上的惨案》《东方快车谋杀案》等多部侦探作品。

创建新期待新情感：

如《野火春风斗古城》，结尾时杨晓冬把一个小包留给了银环，银环打开一看，原来是杨妈妈给儿媳妇留下的戒指。她知道了杨晓冬的心意，幸福而激动地看着杨晓冬远去的背影。影片结束了，人们却对他们的爱情充满了美好的期待。

类似这样让爱情只在结尾露出一个萌芽的作品，还有《战火中的青春》、《渡江侦察记》。这是因为在上个世纪60年代那样的政治环境中，大胆地表现爱情还受到抑制。但如果说第一个这样的结尾让人叫好，那么第二、第三个则不免有模仿的遗憾。可是，这三部电影所表现出来的战争岁月里真实质朴的人物情感，却是当今很多描写那个时代的制作精良的电影所难以呈现的。

喜庆式与悲剧式：

团圆喜庆的作品，结尾有热闹的，也有温暖的。如前苏联的《办公室的故事》、1979年在大陆刮起一股喜剧旋风的《三笑》，都是十分热闹的喜剧结尾，和《三笑》同一个题材的《唐伯虎点秋香》更加热闹得无厘头。十分温暖的结尾，如前苏联电影《两个人的车站》。

悲剧式的结尾，有生与死的悲惨如《哈姆雷特》《雷雨》。也有情感悲剧但只是选择与别离如《罗马假日》。如果说《罗马假日》中公主与记者的放弃与别离让人深深感叹与惋惜，那么电影《红楼梦》的结尾，黛死钗嫁后宝玉的出家则让人伤感叹息之余又对社会与道德观念发出强烈的叩问。

也有的作品在结尾悲伤与温暖同在，如印度电影《流浪者》。

封闭式与开放式：

大多数作品都是封闭式的结尾，故事有明白的结局，人物情感有清晰的交待。也有一些作品，故事的结尾是不明确的，如上个世纪在中国轰动一时的电影《小街》，作者拍了三个不同的结尾，让观众自己去体会去选择。

谈结尾，还要谈一个问题：编剧在什么时候写剧本的结尾？

可能有人说，怎么会有这样一个问题，结尾当然是剧本创作到尾声的时候写。但是，听听小仲马怎么说的："非到你的最后一场戏、一项行动和一段台词在你的头脑里变得清清楚楚以后，你才可以开始工作。当你还不知道自己要到哪里去以前，你怎么能说你应当走哪一条路呢？"

悉德·菲尔德则在《电影剧本写作基础》中明确强调：编剧开始写的不是开端，而应当是结局。

你相信小仲马和菲尔德吗？写剧本动笔之初，一定不能写开头，而是要先写结尾吗？只有写下结尾，才能找到剧作的开头吗？

这样的说法太绝对化，不符合创作实际。

不同的作者在创作开始阶段会有不同的习惯，同一个作者因为不同的剧本不同的素材也会有不同的创作开端。有时候在动笔之初，作者写的不是开端，也不是结尾，而是剧本中的任何一个片断。往往你写了很久，还不知道故事如何开端，更不知道如何结局，甚至连故事核都还不清晰不完整，主题也没有呈现出来，你只是知道这个故事或这个人物是有意思的，有价值的，会引起人们兴趣的。当某些情节、某些片断忽然清晰地出现在你的脑海,她不再只是梗概,而是某些具体的故事情节或人物语言,你会先把这些已经想清楚的情节或语言写下来,一方面避免遗忘,另一方面,或许在写这个片断、这个情节的时候,一瞬间,整个故事如何安排、某个人物如何定位、故事的开头与结尾都在你的脑海中一下子清晰起来。

这样的经验不但只是作家、编剧有过,我的一个画家朋友告诉我,她有时完成了大部分画作,却想不出如何最后完成,于是去画另一幅。曾经,她有过三幅画同时想出结尾一起完成的经历。

有种说法叫杀猪杀屁股,但不是所有被杀的猪都是屁股先流血。

一个好作品,胸有成竹了动笔哗哗哗很快就完成而且很精彩,这当然好。更多的时候,作品的创作是反复思考多次修改历经蹉跎才完成的。你可以由任何开端动笔写起来,当然也可以但绝不是必须先写下结尾。开头与结局可能在创作中有多次变化,所有情节都可能不断修改,甚至会推倒重来。可能你已经完成了剧本并且十分满意,但过些时候你又不满意了,又有更好的情节、人物、台词在脑海中浮现出来了,你不能不采用它。

悉德·菲尔德在《电影剧本写作基础》中,虽然一再说创作之前要先设置好情节点,先想好开端与结局,但他也在本书中承认:"当你写一个电影剧本时,你只能看见你正在写的和已经写好的部分,大多数时间你无法看见自己正往何处去或者你将如何到达那里。"

创作中,确有一经在脑海中出现就不再动摇的选择。那个开头和结尾就是好,作者一想出来就激动不已,始终没有改变。观众们和评论家们也一再地夸奖又夸奖。所以罗伯特·麦基说不要用第一个在头脑中出现的创意,这是完全不对的。在许多时候第一个创意并不是最好的,但有时候甚至很多时候第一个恰恰就是最好的。

也有这样的情况,开头和结尾都非常棒,可就是无法与整个故事完美结合,必须有另一个开头与结尾。那么,你也要忍痛割爱,去用孤立看起来并没有原先的开头与结尾好,但整体上却比原先好的那个选择。你一定要认真审视任何一个创意,不管她是第一个还是第一百个,选最好的那一个。你在选择的时候,不要有任何框框。你不必怕你的开头和结尾被别人或自己推翻,创作不是工厂里批量生产的产品,且产品也是要更新换代的。

一个刑警刚刚进入一起命案的调查,他不知道杀人犯是谁,他就不进行调查了吗?调查会走很多弯路,甚至多年之后才破获案件,他能事先知道结果吗?

如果说案件的真相只有一个,那么剧作的故事和结局会有无限多。全世界不知道会不会有作家和编剧,强调自己的作品一经写出来就决不修改。即便是有,他在作品写出来之前,也必定在心中进行过无数次修改。这种修改,不可能不包括开头和结局。

多少年之前,先人就教导我们:"文章不厌千回改!"曹雪芹那样举世公认的大家,说自己的创作经历是:"披阅十载,增删五次!"著名的影视作品在创作过程中大都反复修改,不但有编剧的修改,导演的修改,也有演员在创作中的修改。我们在前面提到的胡炳榴对于《乡音》开头和结尾的修改,就是一个鲜明的例子,这样的例子在剧本创作和其它文学艺术创作中太多太多。影视界至今有:"影视是遗憾的艺术"之说,谁又能在创作之前,就可以认定自己事先想到的开头和结局就是最完美的呢!

所以,在创作实践中,你不要迷信任何定律,不要死守任何规则,也不要囿于任何成功的经验甚至自己的成功经验与创作习惯。你要看一个具体的故事需要什么,你手中具有的前提与条件是什么。

六、交待

一个剧本,不管你采用什么结构,选择什么开头,写什么样的人物,在故事的整个发展过程中,尤其在故事的开头,人物和故事总有一些前史需要交待。如首先出现的这个人是什么职业,他有什么个性与需要,他的动作、语言、情感有什么前提,他为什么做正在发生的事情,他的对手是什么人,为什么他们成为对手等等。故事情节的发展,也时常有一些前因后果需要向观众补充交待,也就是补叙。比如故事发展出现了转折,而这转折的原因会引发观众极大的兴趣,但放进故事里面会打乱了节奏,拖沓了时间,就可以采取补叙的方法。

交待与补叙应当尽量短少精练,确有必要,人物与故事情节的进展已经引起观众对这个人物、这个事件的前因有高度的兴趣,还会与下面的情节发展紧密相连,甚至直接推动了故事的进一步发展,从而使交待与补叙充满活力。

交待与补叙常常采用台词、闪回的方式,也可以通过剧情来交待,尽量减少旁白与字幕解说。但无论哪种方法,都要让观众知道说的是什么,是谁。有时交待和补叙也用来设置迷局,使故事的发展更加引人入胜。高明的交待是你明明在交待人物、事件的前史与现实状态,观众却并没有感到你在交待。

交待一般有前史交待、人物身份交待和前后情节之间的交待。

第六章、故事

（一）前史的交待

1. 用道具交待前史

《远山的呼唤》开场不久，女主角民子和儿子吃饭，桌子上突出位置有一张男人的大照片，交待这个家庭已经没有了丈夫和父亲。

2. 用对话交待前史

我的剧本《棒槌萝卜狗》开头，李棒槌和陈二狗有这样几句对话：

　　陈二狗：废话少说。王大头的院墙伸出来二尺，我买拖拉机开不进家，你让他缩回去。
　　李棒槌：那是你当支书的时候，他给你送礼，你让他伸出来的。
　　陈二狗：现在你是支书，我解决他伸出来的问题，你解决他缩回去的问题。

几句话，两人曾经的和现在的身份都交待了，而且表现出陈二狗当支书的时候爱占便宜。故事进展中，陈二狗的女儿沙沙和李棒槌谈起种植品种萝卜，有这样几句对话：

　　沙沙：棒槌叔，俺爹说他坚决不让你弄成。
　　李棒槌：恁爹肚子里都是招啊。
　　沙沙：俺爹弄不过你。棒槌打狗，俺爷没给他起个好名字。
　　李笑了：恁爹是我桌上的好酒，我是恁爹嘴里的骨头。
　　沙沙：恁俩咬了几十年了。

交待了李棒槌和陈二狗从小一起长大，几十年来相互争斗，已经成了双方的一种生活常态，双方既和对方针锋相对，也都从中享受争斗的乐趣。这样的对话，是交待，也是人物性格的展示，是后来故事发展的提示，又富于生活气息，就胜过了专门的交待。

再如《流浪者》中，强盗扎卡掳走了法官拉贡那特的妻子丽列。丽列质问他为什么要掳走自己，扎卡说出了原因也是自己的前史：他的祖父与父亲是强盗，可他不是强盗。但拉贡那特以强盗的儿子一定是强盗的理由，把无罪的扎卡送进了监狱。于是扎卡决定报仇，掳走了丽列。后来的故事中，扎卡的阴险凶狠，其原因就是法官给他造成了终生的创伤。这是扎卡这个人物性格与行为的依据。

3. 用闪回交待前史

《英雄儿女》中政委王文清用回忆告诉张团长，王芳是自己的女儿，而不是英雄王成的亲妹妹。

（二）人物身份的交待

1. 用情节交待

《唐人街》开头，杰克·吉蒂斯向客户克里出示几张男女在公园偷情的照片，并表示不多要克里的钱，交待了主人公的私人侦探身份。

2. 用服装交待

《魂断蓝桥》开头，用军装交待了罗依是个军人，他与玛拉的爱情受到战争的影响就不足为奇。

3. 用人物行为交待

《魂断蓝桥》开头，罗依的彬彬有礼，显示出他受到过良好的教养。而《唐人街》的开头，吉蒂斯到酒柜里拿酒，开始手伸向一瓶好酒，却没有拿，换了一瓶低档的酒，显示出他的老于世故。

（三）前后情节之间的交待

尤其是电影，故事需要高度浓缩，许多情节不能详尽演绎，对于跳过去的情节，有时候必须做出交待。《远山的呼唤》中田岛耕作第一次来到民子家避雨，走之前问武志怎么不见他的父亲，武志说父亲死了。田岛走了，后来又来了，表示只要管饭就愿意在这里长期打工。显然，他问武志，已经考虑了走投无路的时候这里可以当作一个退路，这个家庭农场男人死了，需要人手，而在风雨夜同意他住下来的这个妇女，显得善良而又安静，又因为他是个廉价劳动力可能不会追问他的身世。这样的情节在有些作品中，需要用许多篇幅许多对话来交待，而这里只用短短一句对话，就不动声色交待到位了。

（四）字幕和画外音

一些影视剧用大量画外音或字幕来交待，我认为这并非最好的选择。不是迫不得已，建议不要用画外音和字幕来交待情节。必须用时，也要尽量凝练些，与剧情结合得自然些，传递的综合信息量大一些。

交待与补叙，一定不能让观众觉得啰嗦，且要充满艺术性。但并非所有跳过去的情节都需要交待与补叙，有些跳跃是创作者故意留下空间，让观众去想象的。新作者更多的是要加快节奏，把剧本写得更凝练一些，不要总以为制片人、导演和观众看不明白。

七、转折——突变

常说文似看山不喜平，影视作品的故事，也要求波澜起伏，腾挪展转，千变万化。故事发展中安排转折，是剧本必须具备的情节要求。即使是看上去波澜不惊的《远山的呼唤》，人物命运和情感也在转折。如田岛耕作在民子的牧场安定下来，渐渐溶入民子与武志的生活时，转折出现了：田岛的身份被侦探识破，原来他是通缉在逃的案犯。他被抓走了，民子就要到手的幸福失去了，农场也经营不下去了。可是在影片的结尾，他们的命运与生活又出现了新的转折：民子来到田岛去服刑乘坐的火车上，向田岛表示了爱情。田岛哭了，默认了这个表达，原本破灭的希望又重新建立起来。

转折，常以突变的形式出现。《这里的黎明静悄悄》中，一开始得到的情报，是森林里有两个德国鬼子。于是战斗经验丰富的准尉带着五个女战士去了森林，他们和德国鬼子的人数是三比一。可德国鬼子其实有17个人，还是三比一，但倒过来了。敌人是装备精良又强悍的小分队，他们却有五个没有战斗经验的女兵。

电视剧《潜伏》就充满了突变。余则成潜入南京汪伪集团执行任务，他去和他的上级、军统行动组长吕宗方接头时，吕突然被人暗杀。接着他发现，正是军统派人杀了自己的这名要员，而原因竟然因为吕真实的身份是共产党。不久他又发现，军统南京站站长竟然和日本人互相串通。他看透了国民党的真面目愤而投奔共产党，共产党却安排他回到军统潜伏。当他需要一个假妻子时，精心选拔出来的假妻子却在途中不幸遇难，紧急派来的另一个假妻子是个棒槌完全没有地下工作经验。而假夫妻的身份又突然被楼下住着的中统特务发现，这个中统特务的妻子后来竟然成了他在台湾潜伏的助手。

转折与突变要追求意料之外情理之中。如果你的转折还没有开始，就已经被观众看穿，当你的转折出现，带来的会是一片笑声。

意料之外情理之中，会有多种方式。可以是前面的剧情显示根本不会发生变化，突然出现的转折让人觉得不可思议，没有任何合理性。但这个结果的原因，可以在之前已经埋伏下来，只是显露了一些线索，观众很难察觉。到转折骤然出现，观众才因为前面的线索而恍然大悟。《远山的呼唤》中忠厚可亲的田岛耕作，突然变成了杀人犯，怎么前面毫无征兆呢？认真一想，其实田岛一开始就来历不明，他雨夜现身，不记报酬地劳动，忽然离去又忽然回来，这些行为都不合常理。他的被捕，把一切不合常理都变得合乎情理了。再如很多的侦探片，都是把真相深深地埋藏起来，直到结尾真相大白。

也可以让原来的故事线索和人物关系出现新的条件与因素，人物的性情因世事变迁发生了巨变，或因受到感召凶残变成了善良，于是干戈化为了玉帛，世仇变成了友人。或因遭逢不幸扭曲了心灵，于是忠厚变成了凶残，友人变成了敌人，友军变成了敌军。

转折可以是痛苦的，可也以是幸福的。可以转向凶险，也可以转向安然。还可以先从凶险转向安然，又从安然转向凶险。总之，作为突然的剧情变化，转折要出其不意，震撼人心。转折可以是观众迫切期待的，当转折出现影院里甚至电视机前会响起喝彩声与掌声。也可以是观众强烈希望避免的，那时，人们会愤怒、叹息、流泪甚至长久地无法从剧情中挣脱出来。

八、紧张

制造紧张气氛，是剧作家们常用的手法。战争片、侦探片如此，爱情片、日常生活片也经常如此。制造紧张气氛往往有以下手法：

（一）用情节制造紧张

在情节设置中不断制造紧张气氛，如总是让人物必须在什么时间完成什么任务，或让人物受到追杀，或对手在暗处主人公在明处，或有经济的、爱情的、生命的陷阱在等着人物，他却毫不知情，或虽然知道却十分弱小不足以抵抗凶险但凶险疯狂地追击他围剿他。

《007》系列中，007总是处在孤军奋战的境地，成群的对手，饥饿的鳄鱼，四处袭来的弹雨，突然出现的利刃，从天上到地下再到水中，朋友变成了敌人美女也会是杀手，时时处处有数不清的困难追赶着他。

有很多作品，设置一个炸弹的爆炸时间，要人们千方百计寻找炸弹，却总是找不着，直到爆炸的最后时刻。

有时候，紧张并不需要刀光剑影。如一个美丽纯真的少女走在前面，两个强壮的流氓悄悄尾随着她，先后进入一条偏僻的小巷。或让两个急于相见的人，在陌生城市的一个街口恰恰错过。

（二）用情感增加紧张

如果说《007》系列用故事情节制造紧张气氛，而观众说不上对007有什么情感，那么许多电影则注重用饱满的情感增添紧张气氛。《上甘岭》的结尾时刻，眼看胜利就在手中，突然出现一处暗堡，机枪的火舌把进攻的战士一片片压制在山坡上。几个爆破组都牺牲了，通讯员杨德才主动请缨去炸这个暗堡，人们无不极为紧张地追随着他的身影，直到他牺牲在暗堡前面。这个时刻的紧张气氛，不但因为前面的牺牲，不但因为谁都知道的凶险，还因为前面的故事中人们都太喜爱那个还是孩子的英勇战士。

（三）用凶险的环境让人紧张

电影《铁面无私》中，警员与黑社会杀手在大楼台阶处枪战，纷飞的弹雨中，一辆婴儿车载着婴儿从台阶上滑落下去，警员一面与杀手对射，一面在弹雨中飞身去救护婴儿。这个经典的情节，深深烙印在无数电影人和观众的心里。

（四）用动作让人紧张

如太多的武打片，总是用凶猛的打斗让观众倍感紧张，同时欣赏到刚健而美妙的动作艺术。

各种类型的作品，都可以用动作让观众紧张。如一个人要进门了，另一个人悄悄拿着刀贴近门后。一个人手舞足蹈地狂欢，不知不觉接近了危险。一个人必须完成一项艰险的事情，他快步走去，奔跑起来，不顾一切地狂奔。

紧张也能与噱头性的动作同在，如成龙的许多电影，他总是被追杀，总是狼狈不堪。人们也知道他最后总是活下来，可还是喜欢看他一次次惊险而可笑地逃跑。

（五）用台词让人紧张

如a交待b：去把他们全干掉，不要用枪，要用刀。或阴沉着脸交待自己的部下：去吧，你知道该怎么做。然后，部下转身走去。或一个姑娘电话告诉她的恋人说永别吧，然后走出去，前面是车流或悬崖；或她拿出一把刀子，或者是安眠药。

（六）用视线让人紧张。

如电影《铁面无私》中，两个杀手靠近老警察的屋子，然后，画面看不到杀手，镜头一直是杀手视线的主观镜头，观众跟随着杀手的视线，追随着老警察，扫过一间又一间屋子，忽然，老警察发现了杀手，用枪指着杀手，杀手后退着，把老警察引到门口，此时，另一个杀手突然出现，向着老警察扫射。

九、巧合

巧合的情节不可胜数，有些巧合不但永久地留存在艺术史里，也镌刻在一代一代人的心灵深处。如《魂断蓝桥》、《罗马假日》。

关于巧合，剧作理论家们的看法并不一致。威廉·阿契尔认为：一些剧作的巧合"显然是人为的，是编剧行业上的一种噱头，是编剧者不再用技巧来隐蔽自己的技巧的地方。"

任何剧作中的巧合当然都是人为的，而任何剧本中的任何情节，即便它不是巧合，也都全部是编剧编造的，哪怕是根据现实进行的艺术加工。所以理论

家并不应该批评人为编造的巧合，应该批评的，是艺术水平低下的巧合，生硬的雕琢痕迹明显的简单粗糙的巧合。

好的巧合，要既巧妙又自然，犹如真实的事情一样。人物相遇要合乎情理，行为与语言要合乎本人的身份，相互之间的态度与互动要与前因后果充分结合起来。巧合大都是故事的开始或转折而不是结果，所以巧合中的人物关系与事件要充满伏笔，充满争力，为故事发展，人物冲突，情节的变化转折打下良好基础。《罗马假日》中，公主出逃是为了偷得一日自由与闲暇，她那特殊身份给她带来的桎梏般的烦恼使她的出行占足了理由并得到观众极大的共鸣。她巧遇的记者只所以把她领回住处，是一个好男人总是会做的事情。继而记者却发现撞上了千载难逢的爆炸性第一手新闻，于是快乐与阴谋交织在一起，记者步步设局公主浑然不知，观众一时不知应当同情公主入套还是期待记者成功。当什么都得到了，公主却为了责任而放弃了自由与爱情，记者也为了没有结果的爱情而放弃了事业的辉煌。这个巧合故事中的每一个事件，人物的每一个行为，都是当事人可以做也有理由做的，又都是奇特的罕见的，而且，更重要是感人的。

巧合作为重要的剧作手段，要切忌生硬，更忌一部作品中充满了巧合。好的巧合，可以看到作者的缜密安排，而不是随手的粗劣设计。如果一个人物需要什么就能巧合到什么，有什么困难就巧合到什么帮助，一遭遇危险就巧合到强有力的奇人等等，这样呼之而来挥之而去的巧合是不会让观众喜欢的。

但是，巧合写得好，哪怕一部电影中充满巧合，也能够遮掩住刻意，也会让观众如痴如醉。如《魂断蓝桥》中罗依和玛拉的一见钟情、意外到来的军令阻挡了婚礼、意外看到的报纸消息使善良的玛拉没有得到罗依母亲的照顾等等，观众完全感觉不到那是虚假的，观众的情感完全投入到玛拉的遭遇之中了。

生活中会有一些巧合，你原封不动拿到剧本中，评论家们还认为太刻意，太假，没有生活基础。所以评论家的话，也是不能全听的。不要轻易就说巧合都是臆造的，人们生活中总是说这件事儿太巧了，说明巧合实际上就是一种常见的生活现象。你如果问你遇到的任何一个人，他的生活中是否有过巧合，你能想象会有一个人认真而诚实地说，他从来没有过吗。所以不要怕写巧合，只要故事合理不做作，巧合中的人物情感真挚，那就会十分好看。

其实生活中太多事情比我们的创作要巧的多。当然，即使是生活中真的发生的巧合，你也要把她与你的故事结合得巧妙，结合得自然流畅，才能征服观众与评论家。有时候，粗糙的创作会把原本波澜起伏情真意切的真实故事，弄得虚假了。

写巧合，要避开一个凶恶的敌人，那就是抄袭。你永远也不要写和别人的故事一样的或基本相同的巧合，那会使你的创作一文不值甚至在相当长的时间里使你臭名远扬。

十、细节与生活质感

有一种说法，故事虚假而细节真实，观众会相信这是真的。这种说法表现了细节与生活质感的重要性，无论在影视剧还是小说。

细节与生活质感，会是一件道具，它属于什么时代，哪些人会使用它，是新的还是旧的。会是一个人物的职业动作，一个护士如何打针，她会向不配合的病人怎样解释，她如何对待怕打针的孩子。会是一个家庭主妇如何做菜，甚至如何做某一个地方的特色菜。会是一个农村基层干部遇到困难户、上级检查、不讲理的村民胡闹、计划生育工作出现问题等不同的情况如何用不同的方法来解决。

计划生育工作还比较粗放的时候，有一个村妇头胎孩子是羊羔疯怀了第二胎，按规定可以生育。可一天上级来检查，她的情况证明偏偏找不到了。于是她被强行拉到乡里，与几十个被劝说来的计划外怀孕妇女一起等待引产。这妇女有苦无处诉说，咬着嘴唇泪流满面。一旁的乡党委书记想要帮她，又担不起几十个计划外怀孕妇女闹起来都跑了的责任，那是要撤职查办的。焦急中书记心生一计，把那妇女的公公叫来，悄悄告诉他如此如此。那老汉于是让儿媳大喊肚子疼，然后老汉大叫，说儿媳有炎症，得赶紧去医院，谁敢拦着非给他拼命不可。那个妇女得以安然离开，不久生下一个大胖儿子。之后每到儿子生日，这家人都要去看望帮他们出了高招的乡党委书记。我听那书记讲了这个故事，几乎原封不动写进电视剧本《回来了亲人》。

细节，也会是遇到一个事件时人物会有什么样的情感。如孙洪雷在《潜伏》中饰演的余则成，当得知翠萍死了，他不是痛哭，不是吐血，而是强烈地干呕。这很特别，我不知道会不会有人真的是这样。但他的表演十分真挚，让人觉得可信，也新鲜。

警察审问嫌疑犯，要透过他的神态看他的内心，不听他的信誓旦旦。观众看影视剧，也如同警察观察犯人，你的情节，你的表演有没有生活质感，是不是那么回事，往往人家一眼就看穿了。有的作品，故事情节从剧本开始就缺乏生活质感，作者为了完成自己的一个理念，或只是为了完成一个活计，不追求生活质感凑合着写。这种作品给人的感觉，就像是嫌疑犯在编织虚假的故事

一样。

贾樟柯的电影都不好看，也不能说反映了多么深刻的生活本质。可是他的每部电影，每个人物都充满生活质感，都反映出他对于普通人，对于生活很真挚的情感，他是真的爱电影，也是懂得人，尊重人的，所以他的成功不仅仅是宣传的结果。但是为什么他的充满生活质感的电影会不好看？

生活质感，还不能代表、代替或等于精彩的故事。而精彩的故事，必须有真切的生活质感。有的故事如同酒精勾兑的酒，烈，却没有粮食发酵的酒具有的那种醇香。问题在哪里？在于生活的质感如何。

十一、主要与次要

包括主情节与次情节，主要人物与次要人物。

就像一个人不单要有骨骼，也要有血肉与毛发一样，一个剧本，为了让主要故事主要情节更加丰满更加好看更加真实可信，需要将次要故事编织好。如复仇故事辅之以爱情故事，爱情故事辅之以慈善故事，奋斗故事辅之以兄弟情谊等等。

次要情节要能够推动主要情节的发展，有利于塑造主要人物，有利于阐释主题。但次要情节与主要情节不能两张皮，为了故事丰富一些硬把一条副线一个副情节贴上去。比如电影《追捕》中杜丘救了真优美的命，真优美于是帮助杜丘逃跑，两人在逃亡中产生了感情成为爱人，也成为那个时期中国观众的偶像。而被美国电影理论家当作经典影片的《唐人街》中，侦探吉提斯与伊夫林上床并无感情基础并无情节必要性只是为了用色情吸引观众，所以他们的故事难以给人留下深刻印象，更不会成为人们的偶像。

次要人物的安排，不但要使其与主要故事主要人物具有紧密的联系，而且要使次要人物具备活力。哪怕只有短短一两场戏，也要让次要人物有存在的必要并有表现的空间，要让其有戏。《水浒传》中的泼皮牛二就是如此，短短一个情节，便再没有他什么事儿了，可读者记住了这个人物。《大红灯笼高高挂》中那个男主人，干脆一直都没有露出面目，观众甚至没有看到他，但时时感觉到他的存在，所有人物都笼罩在他的阴影之下。而《唐人街》中乱伦生下来的女儿，这个人物在故事中十分重要不可或缺，可设置这个人物，主要是为了说明伊夫林的父亲、有钱人克罗斯坏透了坏到了底，于是这个女孩儿成了一个标志，却没有生命没有活力，没有自己的故事，在艺术上那么单薄那么苍白，是一个失败的形象。

所以任何次要情节次要人物，都不要随意安排，要精心布置精雕细琢，让其融化在整个故事之中。有时候正是次要情节次要人物，更好地诠释了主题，更好地完成了主要人物的塑造。而且有些时候，次要故事会上升为主要故事，因为你有时会发现原本作为次情节安排的事件更加具有主题意义。

十二、高潮

任何一个故事，总是需要高潮的。起承转合的承，是把故事引着往上走，转是突变是加强。合是冲突的高潮，也是终点。

一个故事从整体上说，应当有许多高潮，所以说好故事高潮迭起。但是高潮的高度是不一样的，一个剧本应当有一个主高潮或最高潮，那是矛盾冲突最为激烈的部分，标志着故事主要情节的完成。实际创作中我们总是努力让故事一波更比一波高。一切人物故事的安排，都是为了最高潮的到来，并让这个最高潮精彩而震撼。但一部电影尤其是电视剧，最高潮也可以不只是一个，而且有时结尾并不是最为激烈的高潮时刻。比如《上甘岭》和《这里的黎明静悄悄》，两个故事都是为了取得战斗的胜利，可最高潮都不是胜利时刻。《上甘岭》真正感人的并久久难忘的，是胜利后八连仅剩的几名战士在阵地上集合，师长只问了一句：都到齐了吗？连长说：都到齐了。于是，师长和每一个人握手，然后只是说：下去休息吧。没有长流的泪水，没有英雄般的豪迈，甚至没有悲伤，但这个军队有我无敌战胜一切的钢铁意志和崇高的战友情谊都在他们刚毅的面容和挺拔的身躯上。而《这里的黎明静悄悄》，真正的高潮当然不是最后胜利时刻准尉押着俘虏看到了前来接应的人员。全剧好像没有最高潮，但实际上有明确的最高潮，每一个母亲的牺牲都是最高潮。

所以，不能刻板地理解高潮，高潮可以有多种形态，每一种形态里面，高潮的出现时刻、表现方式、表现内容都可以是不一样的。

高潮的表现常有六种形态：

（一）故事冲突的高潮

如《唐人街》的结尾，用血腥残忍而且毁灭亲情的罪恶让故事达到高潮。许多战争片也是如此，尽力使前面的情节困难重重，险象环生，波澜起伏，出乎意料，为的都是在最后让一个任务完成，并呈现最为激烈的战斗。

（二）人物情感的高潮

故事冲突的高潮并不等于人物情感的高潮。如《上甘岭》，当战士们在坑道里让苹果的时候，当血战后战士在青松树下放生松鼠的时候，人们的情感达到了高潮，那时并没有激烈的战斗与人物冲突。

再如《远山的呼唤》，全片几乎没有高潮，结尾时刻也很平静，人物稳坐在火车上，甚至没有了语言，可很多人就是在那个时刻流下了眼泪。所以，任何事情都有例外都有特别之处，确实有的电影就是没有最高潮，那也是好电影。

（三）人物动作的高潮

如许多的动作片，都是在最后让故事与打斗达到最激烈的状态。或是人物的功夫练到最高境界并淋漓尽致地表现出来，或人物原本具有的本领在难以想象的艰险情况下充分展现出来。

但也有在一开始就出现动作高潮的，如《本能》，一开始就是赤裸男女的交媾中，女的拿出一把冰锥，疯狂地将男人杀死在床上。后面的故事，并没有比这场面更加激烈更加刺激更加高潮了。

（四）关注点的高潮

几乎所有的侦探片，人们真正关注的都是案件的真相，揭示真相的时刻有时是十分激烈的，有时会是在相对安静中来的，但无论真相在什么状态下揭示，都是人们关注的焦点，自然那就是高潮。《尼罗河上的惨案》中，到了揭开案底的时候，人们静静地坐在一起，听波罗讲述案件的真相。真相出来了，凶手也认罪了，可这时剧情再次出现高潮，凶手杰基杀死了另一个同谋西蒙，然后自杀，这个高潮血腥而震撼。《东方快车谋杀案》中，当侦探波洛揭示了案件真相，那个时刻没有暴力的人物动作，没有强烈的故事冲突，十几个凶手显现真相的场面几乎可以说是平静的，可人们发现凶手们其实都是为了正义的复仇而杀人，于是在结局中波洛放走了所有的凶手。

（五）综合性的高潮

《拯救大兵瑞恩》则让故事、人物与情感在最后时刻都达到了高潮。小分队找到了瑞恩，说服他回家，这是故事的终结；爆发了激烈残酷的战斗，虽然不如开头那样场面宏大惊天动地，但观众一直关注的人物一个个在战斗中走向生命的终点，这是场面与情感的高潮；诠释了影片的主题，向战争中的英雄们表达了崇高的敬意。

（六）高潮带来逆转

罗伯特·麦基说："在故事高潮到达之前，任何方面都可以逆转，但高潮到达之后，就不能逆转了。"这是不对的。有的故事正是刻意地让高潮启动逆转，导致另一种结局。我们前面说过，高潮并不等于最终主题的呈现，所以高潮也不会总是导致故事不可逆转。如《东方快车谋杀案》，结尾时案破了，可凶手变成了正义使者。再如《罗马假日》，公主出走原本是为了寻找幸福与自由，如果说这个寻找是影片的主题，那么结局却是公主为了自己的责任放弃了自由与爱情。这个逆转，让人在深深的叹息中对影片主题进行再思考。

所以，不管你被多少人称为权威，你永远不要说过于绝对的话。世界太复杂，你把话说绝对了，转眼世界就把你嘲弄了。

我们在追求故事精彩的时候，一再强调要高潮迭起，哪怕只是一部电影短短90分钟，照样应当高潮迭起。但故事也不要总是高潮，一直紧绷绷的，把观众弄得太紧张太累。故事的低潮，往往可以是抒情阶段，可以是情感的高潮，可以是美景的展现，可以是被剖开的人物心灵。当这是一个情感大戏，没有太多的动作，没有剧烈的冲突与厮杀，低潮也可以是幽默的高潮，在这里人们笑了，或虽然情节是平稳的，但人们被深深触动了。

十三、简单与复杂

有一种说法：电视剧可以是一个或许多复杂的故事集结在一起，而电影应当故事简单，情节复杂。

这样的说法有道理。

一部长篇的电视剧，故事太简单了是写不下去的，总是几个中心人物引领着故事线索，展开一系列的波澜起伏的故事，盘旋着冲撞着甚至经历了多少个春秋。

而电影，在100分钟里，大片也不过200分钟左右的时间里，要把一大堆故事讲得层次分明充满艺术感染力，是不容易的。一些巨著改编的电影，也只好舍弃许多人物与故事线索。所以一般来说，电影应当故事简单一些，并用丰富的情节让简单的故事饱满起来。

《罗马假日》就是公主厌倦了宫廷生活，想要做一天普通人。《拯救大兵瑞恩》就是一个小分队要找到一个大兵并把他送回美国。《魂断蓝桥》就是两个一见钟情的青年想要在一起。

但故事复杂情节也复杂的电影并非罕见，让人看不懂，或很不容易看懂。如《太阳照常升起》，作者可以说，我的意思是这样的，只是你看不懂。其实，作者表达的意思也可以是那样的，或是第三种、第四种、第五种情况的，因为作者设计的情节及其演变，并没有清晰准确的导向，也并非是所谓开放式结局开放式故事走向带给观众的可能性清晰又充满艺术趣味的思考。有的电影设置的伏笔，故意隐藏起来的线索，在艺术上并不高超，尽管你制作精良演员的表演淋漓尽致，也并不吸引人，所以并不成功。刻意设置许多玄虚让人看几遍看不明白的电影，我个人认为不是好电影。又做不到如《公民凯恩》那样，虽然不好看但有很多艺术技巧的创造，后代电影人从中汲取了大量营养。刻意让人看不明白的电影，并不显得艺术功底深厚艺术技巧高超，评论家和粉丝们怎么吹捧是他们的事情。编个故事让人家云里雾里不难，难的是让人家难以想象，却看明白了，而且感动得一塌糊涂。

举一些故事简单情节复杂的情态：

失恋了：

A. 选择退出并爱上另一个人，这是简单。爱上另一个人后忘不了过去，又重新回去追求失去的爱情，而被爱上的那个人也不放弃追过来参与竞争，这是复杂。

B. 选择退出但长久地坚守这份感情，坚守过程中的痛苦、外在的诱惑、他的抵御，是曲折与复杂。

C. 选择不放弃，经过不懈的追求得到或最终没得到爱情，也是曲折与复杂。剧本创作追求的，是人物的选择，选择体现的，是人物的性格与命运。

再举《上甘岭》，全剧就是八连守阵地，故事很简单。可是被上级命令撤进坑道，遭到七连指导员的痛斥，苹果事件，吃饭与喝水，小松鼠，通讯员的牺牲，这些是情节复杂。

《这里的黎明静悄悄》，准尉带着五个女战士去消灭两个德国鬼子，这是简单。实际德国鬼子是17个，报信的女战士牺牲在沼泽，其他四个以不同的壮烈的方式牺牲，准尉怎样干掉剩余的敌人为他的女战士也是母亲报仇，这是情节复杂。

一个作品故事简单，并不等于主题简单。主题简单并不等于其内涵简单。内涵简单明了也不等于其在生活实践中产生的作用、体现方式、人们的认识过程简单。简单与复杂，往往共同存在于某一时刻共同的状态之中。简单呈现的道理，内涵可能是深奥的复杂的。如爱情是美丽的，但爱情的美丽可以是因为纯洁，也会是因为沧桑。而且，什么是纯洁也往往是十分复杂的。再如"战友的荣誉高于自己的生命"这个主题看起来简单明了，但她博大雄浑的内涵，以及她在战争中的体现方式太深广复杂了。

故事复杂情节复杂不难，用一个个精彩的复杂情节把简单的故事烘托得感人肺腑，很难。

十四、伏笔与悬念

讲故事要善于用伏笔，在前面安排一个引子，把线索布置下来，然后中断了，好像那个情节已经终结，不会再出现了。但过了许久突然让中断的线索连接起来，让埋藏的故事爆发出来。而且正是那个出现那个爆发导致了故事的新发展。观众会产生一种突如其来的快感，觉得那么奇妙，完全没有想到。他们会回忆起你前面的引子，把你精心设置的一层层迷雾一处处眼障从头理过来，细细地愉快地品味。

伏笔可以下得早，揭示得晚甚至直到尾声。也可以在中途埋下伏笔，直到最后揭示。甚至可以在同一场戏中，开头设置伏笔，转眼给予揭穿。一般说，伏笔埋得越早越好，给故事留下的余地越大，故事的张力就越大。如《瓷器》一部几十万字的长篇，主要人物查尔斯、玛丽、安妮、王玉阳的身份与行为目标，都是从一开始就通过重重故事掩藏埋伏下来，让欺骗、误解一直伴随着故事进展，直到后部甚至结尾才完全揭示，形成了巨大的人物与故事张力，所以一些著名评论家认为《瓷器》伏笔的运用是极其震撼的。

伏笔的运用，要注意造成强烈的反差。如原本是好人到后来却是十恶不赦的坏人，原本的坏人却是胸怀宽广的好人。忠心耿耿的部下却是叛徒，杀气腾腾的敌手原来是友军。伏笔也可以让人物与故事转换，如真正的好人最后变成了真正的恶人，这种转变的因素早就埋伏了下来，只是到后来人们才发现。《瓷器》里，一直披着神秘外衣的安妮，原本是一个追踪案件真相的记者。忠于主人的查尔斯到后来却被发现是一个早有预谋的凶恶的伏击者。更为令人惊奇的是，一直惧怕暴力拒绝用枪的玛丽，却出其不意杀死了前中央情报局特工。

其实，伏笔常常伴随着我们的生活。我们在日常交谈中，在时常会用的戏谑语言中，在针锋相对的言语冲突中，都会使用伏笔，俗称就是话里有话。有时让对方云里雾里，不知道你说的什么，你会产生快感，无论是善意的还是带着攻击性的。有时会故意让对方发现，刺激对方或两人都顿时高兴起来。有时也会完全是为了卖弄一番，获得好心情。

在许多影视剧里，台词是重要的剧情伏笔。《尼罗河上的惨案》中，女佣人发现了西蒙是杀死自己妻子的凶手，可她没有揭发，而是在侦探波洛和凶手西蒙都在场的情况下，用埋藏着伏笔的话语向西蒙要报偿。她说：如果我当时看到了凶手是谁……西蒙马上意识到她确实看到了，立即打断了她的话，并暗示会报偿她。然后西蒙立即告诉了杰基，杰基迅速行动，果断杀死了贪心的女佣。这个情节的发生与发展，开端就是那句埋藏着重要伏笔的台词。

伏笔要用得巧妙，否则你还没有埋好呢，人家已经看了出来。或在你还不想让人家看出来的时候，你预计揭示伏笔还有相当距离的时候，人家已经看破了你的手段，就像小孩子捉迷藏，总是藏不好很快就让发现一样。

给观看与阅读以巨大震撼，是文学艺术家的任务，也是他们的追求与梦想，当然更是他们的功力呈现。

与伏笔往往是埋伏起来让观众一时难以发现不同，悬念往往是鲜明地呈现在那里，吸引着观众的兴趣，绷紧着观众的神经，使观众迫切地期待着揭开谜底。悬念的设置一般有五种情形：

一是事态严重，不知道会发生什么，能不能避免。

二是知道将要发生什么，却不知道怎么发生。

三是知道将要发生什么，也知道怎么发生，却不知道将会造成什么后果。

四是也知道后果是什么，可不知道在这个后果面前，剧中人物都会如何对待。

第五，如果这个后果还不是故事的结局，那么会给整个故事的演变带来什么影响。

悬念要巧妙自然，各种因素具备，造成必然要出现某种情况的态势。要围绕着悬念设置她的前因后果，她的来龙去脉，她的根据与条件。悬念设置起来之后，可以很快揭开，也可以悬置到尾声再揭开。悬念可以不断加强，也可以放下一些时间不管，让悬念成为一种伏笔。在长篇电视剧中，这是会出现的。而在电影中，设置起来的强烈的悬念一般应当不断加强而不要丢在一边让线索断开不管。

悬念可以连环设置，悬念后面还有悬念。一个悬念解开，新的悬念又悬置起来。或悬念解开不久，观众发现那个悬念只是新的悬念的前奏。连环的悬念适合于电影，也适合长篇电视剧，让观众的紧张与期待持续着，与强烈的情感裹胁在一起翻滚着向前推进。

悬念的揭示过程要十分巧妙，让观众的情绪随着剧情的起承转合而起伏而欢乐而痛苦而紧张而松弛而激动而深思。如果悬念的过程很长，中间要情节饱满，要让悬念处在故事的核心地位。悬念如果需要在一个阶段放下，要有充分的戏剧理由，有合适的其它情节来填充并用精彩的故事把悬念重新悬挂在观众面前。

悬念要具备强大的吸引力，让观众迫不及待想要看到结果。可这结果却并不会一下子呈现，她会经历一个个曲折，惊险，激荡人心的意外与冲突。当结果刚刚呈现，观众刚刚松下一口气，可能忽然发现那个结果并不是真相，真相还在后面,需要进一步追索更加强烈的冲突与厮杀,情感还需要经历更多的考验与磨难。

比如《潜伏》中,余则成何时会暴露很早就悬置起来。翠萍不但是情报工作的生瓜蛋子,又头脑简单个性刚烈,从她一出场观众无不强烈关注着她将如何露出马脚,给余则成带来灭顶之灾。而同时,余则成怎么度过难关,怎么帮她成熟起来,也是人们关注的焦点。剧情精彩设置了她一次次弄险,余则成一次次化险为夷,而翠萍也随着观众的紧张与喝彩不断地成长成熟起来。

电影《瓦尔特保卫萨拉热窝》中,游击队长瓦尔特早早出现,但很快人们发现那不过是假的瓦尔特,于是剧中的人们都在谈论瓦尔特,游击队员们也在寻找瓦尔特,观众一直期待着瓦尔特,直到最后才知道谁是真正的瓦尔特。

十五、错觉

日常生活中,人们常常会因为某些事情,向别人解释:我不是那个意思。或向别人道歉:对不起我误解你了。这是因为自己有意无意让别人产生了错觉,或是自己错觉了别人。

错觉,常常给生活带来波折或际遇,矛盾和化解,也会带来无端的仇恨和莫名的尴尬。文艺家当然不会放过这种生活现象,并把她演变成常见的艺术手法。错觉的艺术运用,有着久远的历史。如《三国演义》中,周瑜故意让蒋干盗走了他设计的假书信,使曹操错杀了蔡瑁、张允。同书中还有一个错觉大大有名,并在实际生活中流传,那就是"空城计"。

古今的兵书有许多智慧可以用来指导我们设计故事情节。如声东击西、瞒天过海的计策,都是利用错觉来实现战争意图。也有错觉之中另有错觉的情况,如一方采取声东击西之计,另一方识破了他的计策,将计就计摆出上当受骗的模样,以其人之道还治其人之身。

如今的许多刑事案件,一些罪犯作案后,往往布置假现场,留下假线索,也都是在制造错觉,想要把侦破引向歧途。

《上甘岭》中,连长派两个战士袭击敌人的据点,爬行中碰上了到处滚动的空罐头盒,响声惊动了敌人,被敌人打伤退了回来。连长心生一计,让通讯员每隔几分钟往坑道外面扔一个空罐头盒,正所谓常见则不疑,敌人以为是我军故意捉弄他们就不再射击,连长正是利用敌人的这种错觉,潜行出去干掉了敌人的两个据点。

再如《拯救大兵瑞恩》中,那个被活捉的德军士兵,在即将被杀掉时唱起了美国歌曲,说自己热爱美国,使小分队产生了这是一个善良友好德国人的错觉，于是放掉了他。可后来，正是他凶残地杀死了坚决主张放他的美国士兵。

错觉也可以作为整体故事发展的结构方式，让所有的冲突与演变都指向某个方向。后来观众发现，故事真正表现的是另外一件事情。剧中人物也才知道，他们真正完成的是另外一种结果。如《尼罗河上的惨案》，继承了大笔财产的林内特结识了女友杰基的男朋友西蒙，两人闪电般结婚，并乘坐豪华游船旅游。可林内特突然被杀身亡，凶手竟然就是她的新婚丈夫西蒙，原来是西蒙与杰基密谋策划，为了夺取她的财产来到她身边。一个公主与贫儿的故事，其实是谋财害命。一直想要杀死西蒙的杰基，始终是在配合西蒙演戏。

制造错觉的方法不可胜数，但常有三种呈现的方式：

一是观众知道，却瞒着所有剧中人，让剧中人物产生错觉。如某些电影中两个急需见面的人偏偏擦肩而过，急需解救的人偏偏错过了时机等等。剧中人以为对方不在这里，要到别处寻找，而被寻找者也不知道对方就在附近，却走向别处。剧中人物慌作一团，观众也是干着急，甚至会喊了出来。再如甲正要向乙复仇，乙完全不知道。甲复仇的理由其实是错的，可他错认为自己是正义的。但观众知道一切，于是一边谴责甲一边担心乙。

二是观众知道，剧中一部分人物知道而另一部分人物不知道。这种方法，往往是剧中某些人物为欺骗另一些人物而刻意制造的，如《上甘岭》中连长让通讯员用空罐头盒戏弄美军。

三是让观众和剧中所有人物都产生错觉。如《魂断蓝桥》中，玛拉看到报纸上罗依战死的消息，昏倒在地。此时，观众和玛拉、罗依的妈妈都以为罗依真的牺牲了。可后来，罗依梦幻般走出车站。再如《尼罗河上的惨案》，真凶一再杀人但人们百思不得其解，随着波洛的猜测怀疑每一个人，直到波洛揭露真正的凶手。

编故事的众多方法，都是相通的，常常你中有我，我中有你。但又各有不同特点及用途。错觉与伏笔，有相通之处，又有明显的不同。伏笔是埋伏下来的线索，显现前面的埋伏时可以出现错觉，也可以揭开不解之谜。而错觉一定是造成你错误的认识，会让你发现你原来错了。伏笔不一定就是错觉，也不一定要用错觉来设置。而故意设计的错觉，他的前面就一定是伏笔。也可以说，为了制造错觉的伏笔，是错觉的手段，而错觉，是一些伏笔的目的。

十六、失望与满足

故事的设置，要让观众期待与焦虑。那么到了结尾，应当让观众失望还是满足？

可以让观众失望，也可以让观众满足。往往失望既是满足，而满足也是失望。比如《这里的黎明静悄悄》，结尾的时候，五个原本有着幸福生活而且应当一生幸福的女战士都英勇而残酷地牺牲了，期待她们能够幸存下来的观众一次次失望，即使是影片已经结束，许多观众还会长久地伤感。但过了一个时期，当观众回想那部电影，却会感受到极大的艺术享受与心理满足。

《拯救大兵瑞恩》的结尾，小分队终于找到了瑞恩，并说服他离开战场回家。小分队完成了任务，最高指挥官满足了，小分队的指挥官米勒上尉满足了。但是小分队的成员却一个个倒在战场上，米勒即使因为早已预想到了结果说不上失望，但他一定是伤感的，要是他们都活着多好，那才是希望。或者，如果能多活下来一个多好，然而结果是失望。在这里，失望、希望和满足乱纷纷交织在一起，已经分不清你我。但这，就是战场上的真实。崇高与满足，需要付出生命的代价，而失望，往往更加深刻地感染人的心灵。

十七、反差

我们说情节跌宕起伏，说的就是反差。一个故事的高潮与低潮，前进与倒退，正义与邪恶，刻薄与宽厚，爱情与背叛，接受与放弃，公主与贫儿，强大与弱小，温润与热烈，出与入，爱与恨，美与丑，成与败，富与穷，冷与暖，恩与仇，命运的反差，城乡的反差，整体故事中的反差，局部情节里的反差，同一个环境中的反差，不同环境之间的反差，环境变化造成的反差，故事发展造成的反差，等等。

命运的反差——

《俄狄浦斯王》的故事中，底比斯国的前国王外出时被人杀害，人们却不知凶手是谁。后来国家瘟疫盛行，天神宣告，只有找出杀害前王的凶手并让其伏法，才能消灾祛祸。国王俄狄浦斯严令全国追查，结果凶手就是俄狄浦斯本人。俄狄浦斯出生时曾有神谕，说他将来会杀父娶母，于是他被抛弃在荒山，辗转成了科林斯国王之子。成年后不知道自己并非科林斯国王亲生儿子的俄狄浦斯得知神谕，为了躲避杀父娶母的预言，逃出科林斯国，在途中与人抢道，将主仆数人打死。之后他来到底比斯国，制服了狮身人面怪，被拥立为王，并娶寡后为妻，应验了杀父娶母的神谕。当这一切真相大白，王后羞愤自尽，俄狄浦斯刺瞎自己的双眼，自我放逐。

原本的王子，变成了弃儿，又被另一个国王收养为王子。再杀父成为国王，娶了自己的母亲，成为万劫不复的罪人。俄狄浦斯命运的起落总是在最高峰与最低谷。

胜败的反差——

《辽沈战役》中，曾几何时不可一世的国民党中将司令廖耀湘，转眼成为俘虏。面对要他报出姓名的共军小头目，他从容但实际上无奈地戴上眼镜，报出自己兵团司令官的头衔。这个情节，比很多战争片里，获胜一方的头头骄傲地让人把战败一方的头头带到面前，浅薄地炫耀一番要好很多。

胜败时刻的反差，不少作品用拔旗与插旗来表现。如《上甘岭》中，当八连终于拿下山头，一个战士一脚踢掉美军的旗帜，把八连的战旗插在山顶。与此相类似的，《血战台儿庄》里，当国民党抗战勇士终于把日军赶出台儿庄，一个战士用残缺的大刀去砍日军旗帜的旗杆，然后挂上国军的旗帜。这里没有让人觉得重复，因为胜利之后插旗，是血战之后向英烈忠魂的庄严宣誓与告慰。

美国电影《父辈的旗帜》，描写的是二战中一个插旗的故事。胜利后插旗是摆拍的，后来被当成了真实的，几个参加摆拍的战士成了英雄，也使他们陷入巨大的痛苦。巧合的是，对越自卫反击战中也有一个插旗的照片广为流传，并被认为是1984年某场战斗中某烈士牺牲时的真实写照。2015年被证实，那是一张于1987年摆拍的照片。但我们可以在一些博物馆中，看到布满弹洞并被战火烧得残缺不齐的战旗。战旗，千百年来是军队精神与存在的象征，战场上插旗的事情、因为战旗牺牲的事情一定是真实的。

贫富的反差——

很多作品并不用豪宅与破屋、貂裘与烂衫来表现。如《大宅门》中，白景琦让赶车汉子郑老屁一个人吃下一桌饭，用贫富反差带来的对于饭菜的态度，教训那些享惯了福过不了艰苦生活的家人。

力量对比的反差——

成龙的影片中，他的力量总是弱小，寡不敌众，总是被人追杀，身临险境。《007》系列影片中，无比强悍的邦德也总是单枪匹马迎斗装备精良凶恶残暴的成群结队的敌人。

美与丑的反差——

《巴黎圣母院》中，那么多人倾慕、追求美丽的爱丝美达，可真正爱她并愿意为她献出生命的，是残疾丑陋的教堂敲钟人加西莫多。加西莫多美丽的心灵与他丑陋的外表又形成鲜明的反差。

色彩的反差——

在中国，色彩造成强烈反差的高手要数张艺谋了。《菊豆》中那血染一般的红布，与青山绿树、黛瓦粉墙、黄色的染池形成强烈的反差，象征着燃烧的激情与生命的呼唤，给人以极其震撼的感染。他的其它影片如《秋菊打官司》《我的父亲母亲》等，也都以浓艳的鲜红与环境形成强烈的反差，烘托着主题与主要人物的生命状态。

注意了故事情节与环境设置的反差，内行会看得很明白，一般观众可能没有注意你这是在制造反差，没有去想你环境的状况场景的色彩是怎样构思完成的，但会受到强烈的感染，被情节、人物、置景效果所吸引，津津乐道地看下去。

但反差要特别讲究生活化，刻意制造而又显得真实可信。如你设置黑白反差，那些黑与白的物体应当是特定情节中的生活里面可以出现的，哪怕那是一种罕见的生活状态。

十八、闪回

闪回是影视作品中常见的艺术方式，一般有三种情形：

一是倒叙的方式，主要情节用闪回来表现，即作品一开始就是回忆或倒叙，结尾又回到现实，如《魂断蓝桥》。

二是并进的方式，闪回与现实交叉进行，有大量的闪回，也有大量的现实情节，如《这里的黎明静悄悄》和《我的父亲母亲》。

三是作品中只有少量的闪回，甚至只有一两处是闪回，闪回并非整体的结构方式，如《英雄儿女》。

闪回的内容一般有两种：一是过去的历史，可以是几十年前的，也可以是几年前甚至是几天前、刚刚发生过的。二是本片已经过去的某些片断。

闪回，首先应当是必要的，可以更好的演绎故事烘托主题。或是美的充满艺术力量的，那么哪怕她并不是特别必要，也有理由使用。

如果一个情节中可以使用闪回，也可以用别的方式来完成故事进展，你应当认真选择哪一种是最好的。这种选择，应当从整体故事的安排来思考，从全局来思考。比如这个情节不进行交待、不使用闪回，剧情会出现漏洞，人物的行为缺乏根据。可使用闪回又显得生硬，而且全剧没有别的地方需要闪回，只有那么一两处闪回，你应当考虑用其它方法、或在其它情节中调整人物与故事，使整个情节顺畅好看。

闪回的一个重要方式是梦境，梦境可以用来表现人物的思维、情绪、受到的压力，也可以用来交待过去的事情。在梦中回到过去，几乎是所有人的经历。而用梦境作为闪回，似闪回又不似闪回，有时让人分不清到底是梦境还是闪回，也是常见的艺术手段。

闪回的使用一般有以下目的：

（一）烘托主题

《这里的黎明静悄悄》用现实和闪回交叉演进的结构方式，大量呈现了五个牺牲的女战士灿烂的战前岁月，对比的不但是战争的残酷，更主要的是作为母亲与女人在战争中英勇的牺牲，带给人们、带给民族撕裂般的痛，从而更加强烈地控诉侵略战争的罪恶。

《战友》的结尾，用闪回再现了李英华不让杜娟说出周天胜擅自下县大队战士枪的事实，宁愿用自己的牺牲来维护已经牺牲的战友的荣誉，强烈彰显了"战友荣誉高于自己生命"的主题。

（二）显现伏笔

一些早早埋下的伏笔，观众往往并没有重视。当情节进展到一定阶段，某些转折突然出现，观众很难意识到这种转折发生的原因。此时，用闪回再现作为伏笔的情节，会让观众恍然大悟，又使剧中人物进一步的动作有更加充分的依据。如《战友》中当王茂良向李英华报告，县大队的人把投诚的赵德顺一个班连人带机枪半路截走了，画面出现闪回，表现李英华回想起县大队副大队长陈克南曾说要抢这些枪。于是李气愤地说：你真的抢啊！接着他做出决定，要他的战士追上去把枪抢回来，最终酿成了悲剧。

（三）表现人物的心理活动

用闪回显现人物的心理活动，往往是要给人物的选择提供依据：如《战友》中，面对日军大队人马的攻击，刚刚投诚的赵德顺不敢迎战，而李英华又指示他可以躲起来，所以他想要跑掉。但与他一起投诚的柱子却被公安队战士牛娃独自和日军死战的行为所感动，跟日军干起来。此时的闪回，是赵德顺妻子被日军欺侮的画面，表现了赵德顺的心理活动，也因此赵奋起带领投诚的一个班伪军与日军拚命，并一个人干掉了几个日军。

（四）突出人物情感：

将闪回作为整体结构方式的《魂断蓝桥》，开头是上校下了车，在漫天大雾中独自走上蓝桥，拿出一只护身符，满脸深切的怀念与悲伤。然后，影片闪回到几十年前，他在这里邂逅了美丽的玛拉。到了影片的结尾，玛拉正是在那个位置毅然撞向奔驰的汽车，随后赶来的罗依，已找不到雾中的爱人。此时，影片又回到现实，罗依默默地走下桥去。开头把人们带入了故事，而结尾则让人们一起承受了巨大的情感苦痛。

《战友》的结尾，一再闪回前面的牺牲与烈士临别时的话语，并用慢镜来刻意表现。约朋友看样片的时候，有行里的朋友认为不必要，但我还是把那些闪回保留下来并两次出现。后来到学校放映，许多年轻的男女大学生们在结尾的时候泪流满面，甚至在发言的时候哽咽着说不下去。那一刻我觉得我的选择是正确的，电影更重要的不是约定俗成的技巧和惯常的艺术规律，而是如何更好地阐发主题感动观众。当然煽情也要有度，也要有意义。但在一个离别战场太久而传统教育缺失的时期，再现当年为了民族自由牺牲了的烈士在最后时刻真实的话语，决不是只为了赚取眼泪。

（五）交待前史：

《英雄儿女》中，军政委和团长谈起自己的女儿，影片用一段闪回来表现。政委当年被国民党往别的地方押送，房东抱着政委的女儿来到监狱门口。面容刚毅坚定的政委瞬间被女儿的呼喊所震撼，双眼闪射出巨大的爱。但那双眼里没有悲伤，他把悲伤埋藏在心里，敌人看到的只是他不屈的尊严和对敌人的蔑视。这来自共产党人的信念，他做的一切，正是为了更多孩子的幸福自由。所以他用力地挣脱狱警的拉扯，毅然上了囚车。

行内有一种说法，说闪回只应当在作为一种结构方式的时候使用，偶尔出现的闪回是外行的不可取的。这种说法并不正确。

是否有必要使用闪回，要看闪回是否比用别的方法更好达到了观众期待，是否更好诠释了主题，是否更加艺术地表现了人物和故事。如果是，你就大胆用，不必考虑是否打破了整体的结构方式，是否显得突兀。如我们倍受感动地记住了《英雄儿女》全片中，前史的交待只有那一个闪回，但那个闪回长久地震颤着人们的心灵。

即使闪回是整体的结构方式，她也应当是美的，是串连故事的最好选择，是确实需要的，经过巧妙安排自然进入的。闪回无论多少都不能生硬，都要讲究恰到好处。但根本的追求是美，哪怕闪回多，哪怕闪回少，只要为故事和人物增加了美，哪怕这种美违反了常规。

一般电影中，往往让主情节用正常色彩，让闪回的情节用黑白色或明显淡一些的色彩。《这里的黎明静悄悄》不同，所有的闪回，都是浓艳的彩色，而现实却是黑白色的，以此来展现五个牺牲了的女战士灿烂的生命曾经有过的幸福岁月，而更让她们的牺牲以及她们牺牲的价值在人们的心灵深处掀起波涛。

艺术，一切的所谓规律、习惯、法则，都应当向真挚、向生活的真谛让路。让着让着，新的规律、法则出现了。

十九、喜剧与悲剧

（一）喜剧

1. 喜剧的定位

学术界一般认为，喜剧产生在古希腊。两千多年前的学者亚里士多德在

《诗学》中谈到喜剧和悲剧时认为："喜剧倾向于表现比今天的人差的人，悲剧则倾向于表现比今天的人好的人。"他还说道："喜剧模仿低劣的人；这些人不是无恶不作的歹徒——滑稽只是丑陋的一种表现。"

不能说亚氏是错的，他那个时候的喜剧，可能都是表现比较差比较丑陋的人。两千年过去了，喜剧一直在发展，到了今天，喜剧可以表现比今天的人差的人，也会去表现今天很好的人。可以表现过去的所有的人，也可以表现今天的所有的人。

鲁迅先生关于悲喜剧有过一句著名的论断："悲剧是将人生有价值的东西毁灭给人看；喜剧是将那无价值的东西撕破给人看。"

这样的说法，过于概念化与简单化了。尤其喜剧，谁能说所有的喜剧都是撕破了无价值的东西呢。

美国编剧伍迪·艾伦说：喜剧中"表演得滑稽是最糟糕的事情了。"喜剧应当像 正剧一样，表现出："真实情境中的真实人物。"

其实喜剧可以滑稽，生活本身就有太多的滑稽。

菲尔德说："在喜剧中，你不能让你的人物故意去逗乐，他们必须相信自己所做的事情，否则就会变得牵强和做作，因此也就不可笑了。"说的也不错，但你的人物也可以故意去逗乐，你可以把逗乐当成一个情节。

麦基说："所有人物都要迎战对抗力量来追求欲望。但是正剧人物具有足够的灵活性，可以在风险面前退缩，并意识到：'这可能会要我的命。'而喜剧人物却不能。喜剧人物的显著特征就是盲目执迷。"

喜剧人物只能是盲目执迷的吗？卓别林的喜剧中，流浪汉常常比一切人都清醒，可他造就了喜剧，人们笑得喘不过气来。正面人物不可以成为喜剧人物吗？为什么？喜剧可以出现在任何地方，一个正在进行的会议上，也可以出现十分戏剧性富于幽默意味的意外，让个个严肃的人们忽然笑起来。

真正的幽默是智慧创造的，而不是愚昧。这种幽默的智慧，不但属于创造了这种幽默的编剧，而且是生活中和剧本中那些创造了幽默的人或人物。幽默不但是为了搞笑，不但是为了调节气氛，往往是为了成功，为了打开困难局面，为了解脱命悬一线的危局，为了智慧的总结。你往生活中看一看，这样的情形太多太多。

真正的喜剧，人们笑过之后，会陷入长长的深深的思考。比如中国春晚舞台上的许多小品，比如《王爷与邮差》，那邮差看上去很傻，搞了一连串的笑话，可最后人们发现他一点也不傻。

喜剧，就是能够给人带来欢乐的故事。

相反的，就是悲剧。

2. 喜剧的类型

千百年来，人们对喜剧做了大量总结。有人把喜剧归纳为：讽刺喜剧，幽默喜剧，欢乐喜剧，正喜剧，荒诞喜剧，闹剧。

也有人把喜剧分为两种，既浪漫喜剧和讽刺喜剧。

又有人把喜剧称为：

人物喜剧——让人物出现在不该出现的场合，做了不该他来做的事情，或他应当做但原本做不了却做了，或碰巧遇上只好去做。如憨豆先生的故事，或一些作品中出现的人物替身的故事。

情节喜剧——发生了不该发生的事情所以可笑，或应当发生但却以可笑的方式发生。其实任何可笑的事情都是人去完成的，所以情节喜剧也是人物喜剧。如《疯狂的石头》。

情景喜剧——在相对固定的环境发生的事情。一般是几个比较固定的人物，在一个比较固定的环境中发生的故事。如系列情景剧《我爱我家》《炊事班的故事》《武林外传》。

语言喜剧——还没有人提到这样类型的喜剧，但人们在生活中常常因为某一句话而哄堂大笑。许多让人难忘的小品，也主要是靠语言取胜。那么会有一部90分钟的电影，主要是以台词让观众发笑吗？或一部长篇电视剧，会有大量的台词不断让观众发笑吗？可以的，许多的情景剧，笑料往往就是台词。我的电影剧本《棒槌萝卜狗》，也主要是因为台词的喜剧因素，获得中国电影家协会"百部农村电影工程"2013年度评选第一名，并被评委们誉为十分难得的真正的喜剧剧本。当然，这个剧本也因为故事相对较弱而受到不少影视行家的批评，认为不可能成功，强烈建议不要拍。能不能成功呢？写下这段文字的时候，我正在筹备《棒槌萝卜狗》的拍摄，也期待着证明。

其实，喜剧还有一个十分重要的类型与特点：现实主义喜剧。关于现实主义喜剧，在下面阐述。

3. 喜剧的特点

喜剧的特点，是以丰富的艺术手法，把可笑的生活现象与生活方式，用事件、语言、动作、人物外貌、特定情景表现出来。

也有的喜剧，只是因为有了一个长像或神情具有突出喜剧因素的演员，于是所有的故事或情节都围绕他的形象与特点来打造，如憨豆的出现。憨豆的表演很少对白，大都是靠夸张的肢体动作与夸张的表情来达到喜剧效果。

有很多人认为喜剧主要的特点就是夸张，是用超越真实生活状态的言行来表现。如卓别林表演中的鸭子步和他演的被工业生产线折磨得疯了的工人，看见什么东西都要拿搬手去拧。

夸张，并不是喜剧的全部。喜剧也可以并无夸张，是现实主义甚至是高度现实主义的。每一个情节，每一个动作，每一句台词，人物的每一种情感状态，都可以在生活中找到原型，都曾经在生活中出现或完全可以出现，在此基础上追求最大的喜剧效果。一些优秀的喜剧，你看不到夸张，但令人捧腹，并给人深深的启迪。对于艺术家更难的，更可贵的，是让完全生活化的东西表现出喜剧效果。所以一些艺术家认为，真正的喜剧不是如同硬挠胳肢窝那样的效果，而是从深厚生活积淀中提炼出来的充满生活质感的东西，要比悲剧难得多。

有些事情并没有太多夸张的因素，原本是这些人物应当出现的场合应当做的事情，可在艺术作品中却显得十分可笑。这是因为在生活中，不少人确实能够让许多原本平常的事情，变得充满幽默与快乐甚至让人们哄堂大笑。这种快乐有时因为那个人的幽默品质，有的则是为了应对复杂的局面。这一类人，就是人们常说的十分风趣十分智慧的人。你抓住了这些生活中的快乐，抓住了生活中的风趣与智慧，再进行艺术加工，你就带给人们强烈的喜剧效果。

可能有人会说，现实主义的喜剧太难，尤其让看似并非喜剧的故事与情节，产生突出的喜剧效果太难。难是难，但也有诀窍，你到生活中去，年复一年日复一日地去观察去体验，快乐地融入更加广阔的世界。这样，许多喜剧故事喜剧人物喜剧因素会从生活中向你奔腾而来，经过你内心深处的孕育，以各种各样的形式各种各样的方法呈现给世界。许多真实得看似平常的故事，在你的创作中会让欢笑与感动在不经意之间突然爆发出来。

真正的喜剧，靠的不是夸张的动作，矫情的眉眼，反常规超生活的惊诧，而是像日常生活的真实再现一样，像人们在生活中被身边的事情逗乐了震撼了一样。真实生活中的极端现象，极端的幽默，极端的意外，极端的富于喜剧因素的智慧，我们总会碰到甚至碰到很多。我们没有直接碰到而是听到，读到的更多。

真正的喜剧，会让人们给予极大的认同，认同她的存在，认同她的情感，认同她的细节，认同她的每一个动作与每一句话。

喜剧，与任何其它作品一样，可以，也应当有严肃、厚重的主题。如卓别林的电影，我们从中看到犀利的批判精神。

（二）悲剧

有人认为，悲剧才具有更加强烈的艺术力量，才能够传世。确实《窦娥冤》《俄底浦斯王》《哈姆雷特》在几百年间扯断了多少人的心弦。但是，《西厢记》《救风尘》也在几百年间为人们增添了太多喜洋洋的好心情。写下《哈姆雷特》《奥赛罗》《李尔王》《麦克白》四大悲剧的莎士比亚，也给我们留下了《仲夏夜之梦》《皆大欢喜》《第十二夜》和《威尼斯商人》四大喜剧。

的确，悲剧作品往往更深地切入了人们的心灵。如《魂断蓝桥》，在那座桥上，玛拉的魂断了，她再也觉得不到痛，但玛拉的痛长久地刻在无数观众的心中。

人们给悲剧罗列了许多类型：英雄悲剧，家庭悲剧，命运悲剧，爱情悲剧等等。也有人还加上一种：社会悲剧。其实任何一种悲剧都是社会悲剧，英雄必定是属于社会的，而英雄悲剧中会有悲伤的爱情，家庭悲剧有着广博的社会原因，命运可能捉弄每一个人。

所以，悲剧类型是可分的，又是分不清楚的。喜剧亦是如此。

寻找悲剧题材，创作悲剧作品，应当注意以下几点：

1. 社会悲剧

任何时代都有悲剧发生，动荡的年代尤甚。遭遇时代的旋涡，有人随波逐流失去了自己，有人全力对抗命运的侵蚀，有人兴风作浪去伤害别人，更有人侵犯的是社会公众，所以有人类公敌之说，又有"不能流芳千古，宁可遗臭万年"的名句。特定的历史背景，有着诸多的创作题材。文革后出现一大批伤痕文学，也拍摄了一大批伤痕影视剧。如伤痕电影《泪痕》《小街》，伤痕电视剧《蹉跎岁月》《孽债》。近年的电影《山楂树之恋》《归来》，也都是那个时代的悲剧故事。而在上世纪九十年代初风靡了全中国的伤痕歌曲，是《小芳》。

2. 性格造成悲剧

性格既命运，说的更多的是性格造成悲剧。塑造悲剧人物故事，要注意挖掘创作原本不应当出现悲剧或原本可以避免悲剧，但因人物性格因素而形成的悲剧故事。无论英雄还是平民亦即俗称的草根，都可以因为性格而产生悲剧。因为性格产生的悲剧，比因为无法抵抗的外来因素造成的悲剧更加震撼人心。

3. 生活遭遇造成悲剧

必然遇到或碰巧遇到，如自然灾害造成的大规模悲剧。一场唐山大地震，一场汶川大地震，造成了无数人间悲剧，也由此产生了许多悲剧艺术作品。

4. 执着追求造成悲剧

人们越是执着地追求一件事物，越容易受到伤害。如追求富裕、爱情、职位，常常因得不到而打破了正常的生活，致使有人自我毁灭，有人为非作歹，有人报复社会。也有人承受痛苦，升华了自己，又影响了别人。

写悲剧故事，可以写《哈姆雷特》《雷雨》那样血与冰的故事，也可以刻画悲剧人物在悲惨面前表现出来的温暖的、宽阔的胸怀与不屈的抗争，让悲剧具备温情、激情与正义。在悲剧故事中塑造温情备至的人物与情节，可以使悲与喜产生巨大的反差，更加突出悲剧带来的灾难性后果。如牛郎织女的故事，梁山泊与祝英台的故事，都被太多的艺术形式艺术作品一再演绎。

当你在一个剧本中写的都是冷冰冰的悲剧人物，你要用冷静、温暖的心，去关照你笔下人物的心灵，发现和解剖他们性格形成的原因，以及他们采取那个凶猛的行动时，他们决定争夺与抛弃时，心中到底发生了什么，让他们的内心世界活生生地呈现在观众面前。

悲剧和喜剧，关键是都要生发于作者的心，进入作者笔下人物的心。不要为了制造悲剧效果，刻意地制造生死离别，使悲剧在不同程度上成了闹剧。所以我们看一些作品，剧中人在生离死别，泪水纷飞，观众却笑了。

（三）悲喜剧

有些喜剧并非单纯的喜剧，夸张的可笑的动作与剧情，充满沧桑与辛酸。如卓别林饰演的工人和流浪汉，都是社会底层的有着悲伤甚至悲惨际遇的角色。所以我们也可以称之为悲喜剧。

原本纯粹是悲剧的，却也会有一些情节充满喜剧因素或喜剧效果。如《窦娥冤》中，县令桃杌给告状的张驴儿下跪叫他衣食父母，这部悲剧作品中产生的这种喜剧效果，并没有减轻全剧的悲剧意义，反而加深了人们对于昏官污吏的憎恨。而前半部充满喧闹的《红高粱》，是一个悲剧的结局。喜剧电影《疯狂的石头》中的黑皮，其实也是一个悲剧人物。《罗马假日》闹到最后，把爱情撕裂了。

（四）喜剧与悲剧的批判与颂扬

喜剧与悲剧，都可以充满认识作用与哲理。

喜剧并不一定就是讽刺与批判，喜剧照样可以颂扬成功与正义。喜剧的主题，完全可以是明亮的向上的，谁说明亮的生活没有令人捧腹的事情呢。

要让喜剧有生活的厚重，生活的真实，给夸张寻找丰满的依据与生活质感，让每一个情节甚至每一个细节都充满生活气息，具有强烈现实感，让故事与人物充满生活的哲理。

一个故事，可以是批判现实主义的，可以是评判历史的，也可以是颂扬现实或颂扬历史的。批判与颂扬，都是艺术家的舞台与责任，都可以洋溢艺术家的良心。一个艺术家颂扬当代的事件或人，不等于就是媚上媚权媚实。颂扬，是要真实表现好的，阳光的，优秀的，无论她是当权者，有钱人，或是草根。批判也是一样，是为了表达艺术家真实的生活感受与艺术感受。歌颂与批判，都可以让观众明白，让社会警醒。谁也不能说只有批判的作品才具有恒久的艺术力量。

其实，批判的作品里面，常常包括着颂扬，而颂扬的作品里面，也常常包括着批判。事物本身就是复杂的。

二十、信息量要大

同样90分钟，一部好的作品，看到的东西多，传递出来的时代、文化、时空、色彩、环境、爱好、人物性情、内心活动、动作依据等等内容的信息量大。

影视剧的信息量，要在剧本创作中先天饱满，才能给导演、演员的二度创作提供良好的基础。一场戏写出来，一个场景呈现出来，一句话说出来，一件道具摆出来，都要单而不薄，多而不乱，分得开合得住，前呼后应，丰富多彩，内涵充盈。要让人物活灵活现，台词既有浓烈的个性特征又包含丰富信息，故事充满想象与发展空间，环境选择与道具使用要具有丰沛的时代特色，文化符号，季节因素，并与人物的身份和个性密切相关。

再举《放飞你的愿望》第一场为例，首先出现的孤立大树，是突出的场景，开头和结尾都在这里，是剧中主人公能否把握自己命运的重要象征，也告诉人们打工者呼唤着安全保障。从周家一家人的对话中，可以知道两个青年在树下烧香是要去小煤窑打工，而树上百十根红布条，告诉人们那个山乡已有百十个青年去了小煤窑。对话还告诉观众这是一个农家，长子也在小煤窑打工，而且是新婚不久去的，原因是结婚借了人家钱，那么这是个贫困家庭。弟弟很维护家，嫂子很贤慧，母亲很为大儿子担心，父亲说一句大家都不吭声了，表示出他在这个家庭的地位与长者的尊严，可他却没有致富的办法所以他也很无奈，但拥有尊严感不愿给别人说好话。

这场戏埋下了许多伏笔：打工者们的命运如何，大儿子周勇会否出安全事故，小儿子会否再去矿区，一树的红布条将如何飘荡下去，能够关照周勇的秦涛是谁，和这个家庭什么关系，秦和这个家庭的命运与故事将在什么地方交集，等等。这一切，都是刻意交待的，但都是让剧中人物在剧情进展中自然交待的。所以信息量大，要生活化，艺术化，不要生硬。要让人物故事包括环境与道具设置，都显得有匠心无匠气，人物立体化，道具和环境会说话。

信息量大，不只是堆砌一堆东西在那里，是要让多出来的信息，与剧情息息相关，有机结合，使人物更加丰满，故事更加具有张力，更加强烈地吸引观众，更加深入地诠释生活哲理。如前述大树上的红布条，在开头象征的不但是人们的迷信，也代表了人们对于安全和富裕的期盼。而在结尾时人们纷纷解下了红布条并在山谷中放飞，则象征着人们决心要把握自己的命运，也呼唤着社会对底层的打工者给予更多关心与保护。

信息量大，表现在时时处处。一个穿着老式绿军装的中年人从院子里走出来，所显现的信息量不大。如果同样是他走出来，老式军装，胸前带着文革的像章，再背上一个绣着"为人民服务"字样的绿挎包，嘴里吟唱着"大海航行靠舵手，万物生长靠太阳……"，我们会知道这个片断的时代背景是上个世纪的文革时期，会联想到那个时期的许多事情。而做这样的安排，时空并没有变化，还是那个地点，还是那一瞬间，还是那个人物，呈现给我们的东西却丰富得多。

《这个杀手不太冷》中，冷血的职业杀手里昂总是精心呵护着一盆兰花，这盆花伴随着他不断地转移，直到最后的危难时刻，他仍然不忘把花交给马蒂尔达。这盆兰花表达了里昂的内心世界，也诠释了他为什么会冒着巨大的风险救下马蒂尔达，哪怕最后正是因为这个小姑娘送掉了他的性命。所以这盆兰花，是里昂内心世界的写照，也是他许多行为的注解。

二十一、动作性要强

最早的电影是无声的，完全靠人物动作来演绎情节。后来电影有了台词，有更多的手段来表现故事的进展，更加容易进入人物的内心世界，也给观众带来了更多的欣赏乐趣。可伴随而来的，有的电影特别是一些电视剧台词过多过滥，冗长无聊，使节奏拖沓，故事失去了吸引力，人物暗淡无光。所以很多制片人、导演，都一再地要求编剧，在创作剧本的时候加强动作性，精炼台词。

我在刚开始进行剧本创作的时候，也受到过台词太多的困扰。编辑说台词太多，我却总觉得这些台词都需要，都在发挥作用。可编辑就是不通过，只得认真看自己剧本的台词，发现其实可以精炼，再精炼。有时候干脆把整段的台词全部去掉，或把一两场戏都删了，故事反而更好看更流畅。所以尤其是新的编剧，要舍得删自己的台词，善于用动作来取代台词，心里老有个念头：这几句话能不能用动作来代替，对话能不能少一些而动作多一些。要充分发挥影视艺术的影像特点，尽可能少用对话来交待事件，多用画面表现故事与人物。

比如妻子生气了，丈夫在讨好认错。妻子做饭，丈夫来帮忙。可以让妻子不断地说你干这个干那个，也可以妻子眼一扫，丈夫马上会意地去干。意会而不须言传，不但讨好的效果好，气氛又和谐，有时还会生出一些笑料，观众看着也开心。

再举《上甘岭》结尾，师长来到阵地上，八连只剩下的八、九名战士集合，伤亡是不言而喻的。师长心有不甘，但却回避了伤亡数字，只短短问一句：都到齐了吗，然后给每一个战士握手，没有拥抱，赞扬和豪言壮语。师长看到了连长背着两个水壶，这告诉师长，年轻的通讯员也牺牲了。八连战士来到一棵松树下，没有人说：把松鼠放生吧！只是卫生员走到松树下，把松鼠放到树身，松鼠沿着参天的青松树干爬了上去。

真好！真令人难忘！

动作性要强，是一个整体要求，但不是对于每一个细节的要求，有时候也会例外，要刻意加几句台词。如《没完没了》，葛优扮演的韩东在打吴倩莲扮演的小芸之前，有两句台词，第一句是：我先喝点酒！第二句是：我再喝点酒！然后狠狠给了小芸一个耳光。这个情节动作性很强，可人们记住的是两句看似重复的台词。这两句台词精彩地诠释了人物的个性与当时的内心世界。

动作与台词取舍选择的原则，仍然是：怎样才能更加精彩。

二十二、辅助方法

设置故事和人物的时候，人们会用一些辅助方法。如写提纲，写梗概，写人物小传，写主题阐述。

故事梗概的重要性及作用已经写在前面，创作阐述将在后面专题叙述。下面谈创作提纲与故事梗概，人物小传在人物一章中阐述。

（一）提纲

写提纲，是普遍使用的创作准备方法。

当我们心中已经有了一个基本故事，有了一个简短的故事梗概。逐渐地，会有比较详细的情节在脑海中浮现出来。这个时候，我们应当给正式的创作准备提纲。

写提纲的方式很多，有的用图板写出来挂在墙上，有的写在笔记本里随时看随时记随时修改，有的写在电脑里面。也有人把故事提纲写成卡片贴在墙上，随时看着墙壁的卡片思考自己的故事。又有人把提纲写在黑板上，随时修改随时擦了再写。

我因为做编剧又做导演还要做制片人，所以从不把提纲挂在墙上，而是写在电脑里面。当我有了新的想法想要对提纲修改补充，直接奔电脑。如果是在途中或夜晚已经休息，就写在手机的备忘录里。我的创作提纲常常写得不完

整，不详细，因为对于故事的思考总是在变化，在发展。有时写一个电影剧本，因为原本篇幅不大，常常很快构思好了整个故事，没写提纲，直接写剧本了。

提纲可以很简短，也可以写得足够详尽。如何掌握，要看你自己觉得是否达到足够的提示作用，不至于过多的做无用功。

（二）故事梗概

我年轻的时候，有个单位请我给他们写干部转变作风深入基层的通讯。我去采访，发现那个单位真正有新闻价值的，是他们给每个岗位的干部都规定了明确的任务指标，定期检查，完不成指标立即下岗。我觉得这是十分突出的事情，就从这个角度写了报道，那单位也意识到意义重大，再三要我直接把稿子送北京。

往哪里投稿呢？我满怀信心闯进人民日报社，不说哪个部了，见到一位年轻的编辑，给他说我的稿子多么多么好。正说间，对面屋子里走来一个青年，说我们主任请你们过去。我们见到了那位瘦高的主任，年龄不小了，问我们什么事，我说送稿子。他说不就一篇稿子吗，一下子三个人来送，必要吗？我说必要，我们这篇稿子很重要。他说在你们那里很重要，可这里是人民日报，知道吗。我也是好胜心起，慨然说知道这是人民日报，我们这篇稿子就是人民日报的，要不我们也不来。那主任就瞪圆了眼，说那你用一句话，说说你的稿子好在哪里？我不假思索道：我的稿子就好在，有单位给干部能上能下确定了明确的量化标准。作为打破干部终身制的尝试，这肯定是个典型！那主任顿时扫去了一脸严肃，说这倒是有意思，拿来看看。

他看了稿子，说回去吧，我给你们发了。

下了楼，就在人民日报院子里，同来的两个伙计高兴得手舞足蹈，就算他们上两级的管理单位，能上一回人民日报也是宣传上的大成绩啊！这才想起来要请人家主任吃饭，拐回去，碰了钉子。

可见，最简练地说清楚作品的精彩之处，有时候决定成败。写剧本的故事梗概也是如此，编辑、制片人、投资人，往往首先看你的故事梗概。梗概写成流水账，可能剧本就让毙了。他们当然知道梗概并不一定代表剧本的真实水平，可他们每天要看的剧本很多很多，当他们看剧本看得头昏脑胀，又看到一个淡瘪瘪毫无味道的故事梗概，或许他做不到一个完人，于是与你失之交臂。

所以，当你辛辛苦苦写完了剧本，还是要精心地写好故事梗概：什么人，要达到什么目标，遇到了什么事情，最后结果如何。

试举《教父》的故事梗概：

二战结束后，美国黑手党几大家族开始新的竞争。其中一个头目叫维托·考利昂，人称"教父"。他的小儿子迈克尔是战斗英雄，一直不愿意参与家族事务。他父亲遇刺受伤后，由长兄桑尼代理家族事务。出于敌忾之心，迈克尔杀死了对方家族的老大以及跟黑社会勾结的警官，远走意大利西西里躲避，仇家追踪到这里，炸死他的妻子，主持家族事务的长兄也被仇家设计杀死。于是迈克尔回到美国，清除内奸，展开复仇计划，成功后被尊为新的"教父"。

我们写故事梗概，字数可以多一些。国家电影审查制度规定，申领电影拍摄许可证要申报剧本故事梗概，字数在1000字左右。

二十三、拾遗

把这一章写完了，发现给这一章写下的提纲与纪要还有一些文字，因无合适之处可放竟存在了这里。看了看，觉得也是一些体会与经验，与以上的阐述另有不同的角度与理解。虽然他们无才可去补苍天，也还是在红尘中留一块天地，不成系统地放在这里吧。

> 关于故事的进展：
> 要不断的有进展，不然观众看不下去，尤其是长篇电视剧。
> 一是故事的激烈程度不断加强。
> 二是人物的困难不断增加。
> 三是发展总是出人意料。
> 四是要有适当的情绪转换，如《追捕》中杜丘逃命途中与真优美产生了情感，情感戏虽然中断了紧张的节奏，但开启了新的情绪视点。
> 五是善于让故事产生转折，由原来的故事发展到新的故事，甚至观众会发现这新故事才是主要故事，以前的不过是序曲或铺垫。
> 六是当悬念不是一个，可以一总揭开，也可以一层一层不断揭开，并在揭开一个悬念之后产生另一个新的悬念。
> 当然，过多的悬念、过多的错觉、过多的失望会让观众感到眩目与疲惫。但作者不要过高估计自己的艺术力量或过低估计观众的观赏能力。一般来说，作者的悬念与错觉设置，不是过多而是不足。
> 七是适时让人物的真面目显现出来，让观众恍然大悟。

八是不断向人物的情感深处前进,不断挖掘人物的内心世界。

九是注重随着故事的进展出现新环境,使画面的视觉冲击力保持新鲜,如《007》系列在全世界取景,故事的进展总是伴随着环境的变化。当然这要增加巨额的投资,所以剧本故事的精彩程度要能够吸引投资人的胃口。

无论哪一种情况,都应当随着故事的进展深入挖掘人物内心世界。人物内心世界展现得充分,故事才有灵魂。

故事要丰富多彩,江山是怎么来的?打下来的。可历史上有一种说法,叫做:刘备哭江山,原来江山还可以哭出来。哭,历史上就是一种武器。孩子都会用哭来达到目的,恋人也会用哭来改变处境,复仇亦可以用哭来实现,比如用哭来迷惑,然后复仇。哭也可以用来试探人心,我哭,看你的反应。

一段故事一个人物,当你有心目中的演员的时候,你要注意听他的意见。真正的好演员他之所以好,是他对艺术确实有深刻的理解并积累了相当高的修养,他对剧本的意见往往不乏真知灼见。

当你编织完成了你的故事,或整个剧本,或某一场戏,你首先要想,这个故事好看吗?如果不好看,那么找出原因,是整个故事不行,还是某些戏不行,或故事很好只是你没有讲好。如果你觉得你的故事好看,那么要想想,她是否表现了一个很有意义的主题,反映了生活的哪些本质,蕴含着哪些浓烈的情感。找出存在的问题,一个一个去解决。解决完了,你去喝一杯。

一个故事可以有多种讲述方法,一个具体的情节也可以有多种讲述方法。编剧要想方设法让自己的讲述巧妙,再巧妙,"语不惊人死不休"。

第七章、人物

　　我们说创作一个好故事，是任何影视作品的根本，这包含两个方面，一是有好的事件，二是有出色的人物。好的故事和出色的人物相得益彰，才是优秀的作品。

　　影视剧是给人看的，也是看人的。看故事也是看人，是看人干了什么。人物是故事的灵魂，是作品的主导，塑造好每一个人物哪怕只有一场小戏甚至连一句台词都没有的人物，是编剧工作的基本要求。

　　影视剧，让人们了解没有经历过的事情和陌生的人，知道世界原来那么丰富。也让人们再次经历十分熟悉的事情，看到原本熟悉的生活中那些人物和事件表象之下的真面目。陌生的熟悉的灵魂展示，使生活的本质清晰起来，生命的道理与意义清晰起来。

　　有的影视作品中人物的命运，会让观众感到迷惘，感到生活的不可捉摸，世界的一切都笼罩在层层迷雾后面。世界原本就是复杂的，总是没有办法彻底认识清楚。所以一些艺术家在别人问他作品的主题意义时，会说他也不知道主题是什么，还会说艺术家只是提出问题，并不负责解决所有问题。其实无论政治家、思想家还是艺术家，都不可能解决所有的社会问题，一个问题解决了，新的问题又产生出来。你解决了一个问题，这个问题的根源所呼唤的东西你也未必能够解决。你可以深入一个心灵，可这个心灵所呼唤的东西你未必能够给予。所以，艺术家找到了解决问题的办法固然好，找不到，也不必背负一定要交待清楚来龙去脉并解决所有问题的包袱。

　　但优秀的作品，大都深入了人物的内心世界，让人们看到了活生生的灵魂，哪怕有的灵魂追问并没有得到清楚的回答，但她在追问时的灵魂磨难内心挣扎还是被清晰地鲜活地呈献了出来。

　　当然，一个作品所展现的目标或方向，不一定只是灵魂，一些并不深入挖掘灵魂的作品同样让人们喜爱。比如《007》系列，倾力展现的是人物的智慧、毅力、行动力，把灵魂挤到台下去了。但你不能说《007》系列中没有人物，观众看《007》，就是去看詹姆斯·邦德，不是看他的灵魂，是看他的智慧、毅力和行动力。

凤头 猪肚 豹尾
——影视剧本与小说创作入门

有人认为，好的剧本和差的剧本，区别在于前者是人物支配着情节，而后者是情节支配着人物。但《007》是人物支配情节还是情节支配人物？

人物和情节或说故事，是密不可分的。故事因人物而有生命，人物因故事而有灵魂。故事因人物而发展，人物因故事而丰满。所以当我们在说故事，其实是在说人物；而当我们在说人物，也是在说故事。人物是什么？性格，道德，习惯，情感，智慧，力量，软弱，坚强，沧桑，单纯，踏遍了远方，回到了故乡。而这些，就是故事。创作中，你会为了刻画人物性格而逼着自己去丰富故事，也会因为想到了新的故事而深化了人物性格。

当然，前面说过，故事与人物是可分的，如同骨骼与肌肉，四肢与神经。那么，剧本应当写什么样的人物？怎样塑造人物？怎样处理人物关系？人物如何出场？怎样挖掘人物内心世界？怎样发展人物性格？怎样安排主要人物和次要人物？怎样捕捉人物特点？

悉德·菲尔德《电影剧本写作基础》中说："构成令人满意的人物必须具备四个特质：一是人物有一个强有力且清晰的戏剧性需求；二是有独特的个人观点；三是有一种特定的态度；四是经历过某种改变或转变。"一、三、四都是需要的，二呢？是必须具备的吗？

人物未必要有独特的个人观点。

很多情况下，引起观众强烈共鸣的，是与普通人有着共同生活共同观念好像就在大家身边的角色，即使他处在特殊的环境，遇到特殊的事件，他也并不怪癖，当他用普通人的思考与情感去应对特殊事件的时刻，更加能够抓住观众，因为观众感同身受。

一位导演朋友看完了我的剧本《当关》时说："剧本中写得最好的人物是秦涛，这个人物是活生生的，在生活中经常能够见到，很容易理解他，我觉得我就是秦涛！"

一位著名的制片人朋友，看了我的剧本《放飞你的愿望》后说："剧本中许平安说'当你对身边的事情无能为力的时候，你就随大流吧！'这句话太深刻了，说中了很多人的心理状态，也是很多人面临同样情况时的选择！"

把普通人物放在典型的特殊的激烈冲突的环境中，他们说出的话做出的行动，往往是人们想到、感觉到却一下子说不出来做不出来的，经故事中的人物一说一做顿时明白了感动了宣泄了，所以引起观众强烈共鸣：对对，就是那样，说的太棒了，干得太好了！

《渴望》中的刘慧芳受到广泛喜爱与同情，可很多人都说，月娟才是活生生的身边人。

诸如这些，都是因为那些人物就是普通人中的一个，符合大多数人的价值观审美观生活观与日常习惯，人们容易理解他。精心地精彩地塑造典型的普通人，与塑造007那样的强人、《巴黎圣母院》中敲钟人卡西莫多和《闻香识女人》中法兰克中校那样的怪人、《雨人》中那样特殊情况的人一样重要甚至更重要。《拯救大兵瑞恩》中的小分队战士都是普通人，《渴望》中的刘惠芳是集中了许多优秀品德的普通人，《罗马假日》中的公主离开监护就是为了做一天普通人，而那位记者正是普通人。只不过，他们都遇到了不普通的事情。

优秀艺术作品中的人物，是生活的一部分，是无数人的亲密朋友，甚至是我们感情的寄托与精神追求的目标。这些，激励着编剧写好你的人物，让人物与故事融为一体相得益彰。

一、写什么样的人物

孙红雷看了《潜伏》剧本，原本没时间，硬是挤时间出演了余则成。这不但因为故事突出，而且因为余则成这个人物写得丰满而感人，在当时的电视剧中是一个充满新鲜气息的形象。《潜伏》之后，出现了许多的赝品余则成，已经不怎么有人看了。

好的人物，首先感动的是制片人、导演和演员。也有好莱坞明星为剧本人物所吸引，宁愿零稿酬出演。这时刻，让人感到作为编剧是很了不起的，也是很光荣的。

那么，编剧应当塑造什么样的人物呢？出色的人物有没有一些基本的特征呢？

（一）写有性格甚至独特个性的人

决定人的选择、成败、毁誉、爱好的，除了教育、智慧、习惯、生活条件外，还有一个重要因素，就是性格。所以人们都在说：性格即命运。评价一个人物的艺术塑造，也要看其性格塑造是否成功，是否突出而独特，或虽然并不独特而是十分大众化但故事为其提供了特殊的环境，使其性格在情节发展变化中充满争力与活力，制造矛盾又解决矛盾，产生悬念又破解悬念，印证和诠释了一定的生活真理。

说某个人个性强，并不一定是说他性格独特少见，他的性格可以是一般人常有的，但却更加突出坚韧，于是他从芸芸众生脱颖而出。比如说不服输，他特别不服输；说谁都有自尊心，他自尊心特别强；说毅力，很多人遇到极端的艰险毅力就消散了，他却越是艰险越向前，等等。《巴顿将军》中的巴顿就是如此，他就特别自信，特别张扬，有更加坚强的斗志，有舍我其谁的精神。

有的人十分怪异，特立独行，很是与众不同格格不入，但在内心中与普通人是相通的，他的怪异是有原因的。《闻香识女人》中的法兰克中校，封门自闭粗话连连傲慢无礼，是因为他从一个有前途的军官，变成了一个瞎子。他要自杀，但他并不愿默默死去，他一个瞎子却旅行、跳舞，还奇特地飙车。但当他路遇不平到学校做激情澎湃的演说，你会发现他的内心其实和普通人一样温暖与正义。

所谓典型环境中的典型性格，他的性格，有环境造就的原因。如经历巨大创伤的人，可能性格会变得阴沉、凶狠、残忍。长期在封闭状况下生活，会离群索居，沉默，不愿热闹等等。也有因为特殊环境的原因，将原本固有却不突出的某种潜在性格激发了出来。人们在极端危险的情况下，往往会被激发出令人瞠目的巨大能量与胆略，做出超常的事情，连他自己都无法相信。如年轻的村妇红嫂，在生命的危难面前，会冲破世俗的大山一样的压力用乳汁去喂一个男人。

独特个性的人，重要的是让观众觉得他是真实的，虽然不可思议但会出现在生活中。

（二）有代表性的人

这种人在生活中比比皆是，或他身上集中了现实生活中许多典型观念。这种人写得好，写得鲜活生动，往往受到观众极大的认同，说你是一个接地气的编剧，甚至会猜测这个人物是不是影射的人们所熟悉的或公众都知道的谁谁谁。

有代表性人物的观念、言语、动作，应当符合其身份，同样职业的人个性不同，经历不同，对同样的事物表现出的反应不同，但会有同样职业或经历的习惯与痕迹。如军人往往站得笔挺，警察的眼睛总是在搜索，而贼眼也总在搜索，却表现出贼的特色，他是在偷偷地看。警察往往在看人的眼睛，而贼在看钱包。

写人物的习惯与观念，要与人物在剧中的任务结合起来，尤其是电影，要去掉人物身上多余的东西，不要单单为了描写人物的多才多艺或多种性格多种能力而使描写成为一种堆砌，要把人物身上的特点习惯能力个性与故事融合起来。

（三）有缺点的人

人们常常期望、想象自己的伙伴、朋友、爱人，是一个完美的人。可很多人终其一生，没有结交一个完美的人。不完美，是生活常态，所以大量的成功的作品，主角都没有写得太完美，总是有这样那样的缺点。正是一些缺点与不足，使人物充满活力，带着人间烟火的气息，抒发着普通人的情感，说着普通人的话，做着普通人的事，活在普通人中间，只是在一些特殊事件的特殊关头，表现出普通人达不到的毅力、智慧、道德与情感。

电影《上甘岭》中，八连连长张忠发是全剧的中心人物。这个人物没有大起大落的戏剧动作，也没有大喜大悲的个人命运历程。但这个人物几十年后仍然屹立在银幕上。影片中的张忠发，是根据上甘岭战斗英雄张计发的事迹创作的。而在《上甘岭》最早的剧本中，张忠发是一个十全十美的连长。完成片中的张忠发，有缺点有错误又天真可爱，成为一个活生生有血有肉的典型人物。这在1955年那样的历史环境中，十分值得赞叹。导演沙蒙在当年曾说：如果有人看了拍摄前的剧本《上甘岭》，他肯定不会认出拍摄后的电影《上甘岭》。

在挑选饰演张忠发的演员时，沙蒙力排众议定下了演员高宝成。电影拍摄过程中，沙蒙也总是不断调整剧本。影片中我们看到张忠发很多的不足：他不断地发脾气，他放弃指挥位置出击，他冲上去打机枪……可没有人认为他是一个傲慢的人，他动不动训斥战士，但他真心爱兵。他很霸气但他十分尊重兄弟部队，他受了七连指导员的错怪并不解释，他对战友的情感还从杨德才牺牲之后他身上背了两个水壶体现出来。这个人物十分真实，所以经典。

（四）完美的人

不少教科书反对写完美的人，认为那样的人物没有生命力，缺乏艺术张力。这样的看法不符合大千世界的生活真实。因为在生活中，就是有比较完美的人。比如60年代的雷锋，王铁人，前些年出现的好人谢延信，每年中央电视台感动中国评选出的人物等等。完美的人，也是人们的期待。

或许有人说，完美的人物是模式化的缺乏生命力的人物，是不会有人看的。但是，《渴望》中的刘慧芳，曾使全中国万人空巷。20多年过去了，因为她形象的完美，人们仍然不断地提起她，她不但是中国影视剧的一个现象，也成为中国妇女一个重要的象征。

再如《拯救大兵瑞恩》中的主人公米勒上尉，他坚定、勇敢、智慧，是优秀的战斗员和指挥官，不动声色中充满真挚的温情。战争没有折损他的高尚品德，他明知艰险就是向前，有强大的凝聚力，对一切那么明了，所以他能够带领小分队最终完成任务，并说服瑞恩听从命令回国。人们像记住无数真实存在的英雄那样记住了他。再如《魂断蓝桥》中的玛拉和罗依，也如《罗马假日》中的记者，《上甘岭》中的通讯员和女护士，等等。

世间有多少种类型的人，你就可以也应当塑造多少种类型的人，包括完美的人。只是，即使你的人物完美，也不要让他面面俱到。

（五）极简单极复杂的人

有的作品重点描写极简单的人，有的作品重点描写极复杂的人，也有的作品让主要人物两极化，既塑造极简单的人又刻画极复杂的人。两极化的人物，有时候会是对立阵营中的对手，有时候也会是一个阵营中的朋友与战友，因为不同的性格与观念，总是意见不一，吵吵嚷嚷，甚至分裂了去。

简单与复杂，是一种反差。主要人物性格要有反差，反差写得好写得真实生动，会对观众形成强烈的吸引。

简单与复杂，可以是性格的简单与复杂，也可以是在剧中的行为简单与复杂，还可以一个人由简单到复杂或由复杂到简单。你可以写简单的人物简单的故事，可你这个简单如果在艺术上是没有先例的，那么你就创造了艺术世界里的复杂多样性。看似简单的人物，在复杂的事件面前，他的心理活动也会是复杂的，其复杂程度往往是我们无法想象的。如一个人他的选择可能是简单的，那是因为他抑制了自己复杂的心理和社会影响的复杂观念。一个人经过激烈的思想斗争，克服了威胁与利诱，坚持了自己一贯的信念，这一贯的信念是简单的，可人物克服威胁利诱的过程是复杂的。你只有不断深入人物的内心世界，不断深入生活的深层，你才能写出真正富于艺术感染力的人物和真正反映了生活某些本质的故事。

所以，并不是说一个剧本主人公十分单纯，这个剧本就不具备生活厚度。一个十分单纯的人物，可以映照出极复杂的人物，可以折射出复杂的生活，并因此强烈撞击了观众的心灵。有时候，生活的纷繁人心的险恶世事的沧桑，只有在一个十分单纯的人物身上才能够更加清楚地显现出来。

《渴望》中，刘慧芳和周围人的关系与故事，折射了千姿百态的现实生活。刘慧芳的性格人格一直没有转变，可是生活在转变，因为她转变了许多人。《乡音》中陶春一切都听从丈夫的生活态度，使人们看到某些千百年的老观念还有着长长的尾巴，所以生活需要改变。

从刘慧芳、陶春、玛拉、包括《罗马假日》中的公主身上，我们可以看到，简单的人并不等于简单的生活，并不等于平凡的故事，也不等于简单的人就做不出非凡的事情。单纯如一抹白云的玛拉，看到报纸上罗依战死的消息，瞬间做出了宁愿失掉到手的优裕生活也要向罗依母亲瞒下儿子战死消息的决定。而复杂的人，可以是深有城府、阴险狡诈的人，也可以是简单的人处在了复杂环境，甚至突然被抛进复杂凶险的环境，原本简单的生活态度思想方法不得不复杂起来。

（六）极善良极凶恶的人

善与恶，是人类永恒的话题，无论政治家、思想家、文学艺术家还是普通人，没有人不遇到善与恶的事情，没有人不思考善与恶的问题。善与恶，当然成为太多影视剧、小说、诗歌、舞蹈、绘画的题材与主题追求。

麦基说："人类的本性决定了我们每一个人永远会选择'善'或'是'，只要我们能够感知到'善'或'是'。除此之外，决无其他可能性。"

真的吗？麦基倍加推崇的《唐人街》，克罗斯就选择了恶，他不但乱伦，还杀死了自己的亲生女儿，而且是当众杀死。那时，他肯定感知了自己的恶，可他还是毫不犹豫地选择了恶。

也正因为有很多的人明知恶而选择了恶甚至是极端的恶，才有这样那样的忏悔，甚至因为忏悔而自杀。

有人说：不能流芳千古，宁愿遗臭万年。这也是选择了恶啊。

人没有那么简单，永远不要低估人的复杂性，人性的复杂性。永远不要满足自己塑造人物的复杂性，自己故事的复杂性。

（七）极极端极中庸的人

极端，可以是极端的好人坏人，也可以是做出极端行为的不好不坏的人。极端行为，可以是爱就爱得死去活来，恨就恨得咬牙切齿，对于事业敬重到痴迷，对于主人忠诚到愚蠢。而极平常的人，也是一种极端，年复一年日复一日过着千篇一律的生活，却不觉得无聊，不觉得沉重，甚至很享受那种平静或平凡，直到有一天那种平静平凡被突然地意外地打破。

一个中庸的人，也可以是一个极端的人。他可以在极端情况下仍然保持中庸，别人早已无法忍受可他就是不着急，甚至杀父之仇夺妻之恨他都能忍下来。而当他好似不再中庸开始了行动，他行动的目的还是中庸，并且为了他心目中的中庸他会迸发出强大的力量。所有的人都认为他做不到，他却做到了而且是经过极端的艰难困苦做到的，但他做到的仅仅是中庸。所以他的中庸，也是一种特殊情况的极端。

人的丰富是写不尽的。

主人公并不一定要写意志力强大，智慧广博，思想深邃的英雄、智者、善者。比如一部成长的电影，主人公会是一个弱小的、幼稚的、狭隘的、斤斤计较的、目光短浅的、粗暴的人。当然一些并非成长的电影，主人公也可以是十分普通的人甚至是毛病一堆的人。而故事的进展可能恰恰通过这个主人公的形象，使人们认识到了生活中的一些现实，他成长转变的过程也具有认识作用和批判作用。

二、认识你的人物

当你确定了要写一个或几个人物，并明确了要他做什么，你要去认识他：他是什么样的人物，男人还是女人，多大年龄，什么性格与习惯，为什么是这样一个人，为什么去做这件事情，成功或失败的原因是什么，什么样的信念支撑他坚持去做这样的事情，在各种各样的挫折面前他会想什么，会采取什么样的动作，这个人物的艺术地位是什么，有什么社会意义等等。

有时候，对于人物的社会意义艺术价值，你苦思冥想也总是想不清楚。这没有什么不得了，这些问题常常有一个认识过程。许多文艺家对自己作品某些情节甚至整个作品的意义并没有想得很清楚，但觉得受到了感动，引起强大的情感共鸣，所以创作她。评论家们很长时间也不一定把一个作品的真正意义论说清楚，这都不要紧，关键是作品是否感人，是否反映了人们的心声。你的目光时刻聚焦的，你始终追求的，可以不是人物的意义，而是人物是否精彩，是否前所未有，是否在她身上赋予了充沛的情感，这个人物是否真实可信。

当你的某个人物，艺术地位得到大家的认同，甚至是在你没有充分意识到的情况下给予认同，这无疑是巨大的成功，往往需要长期的苦心孤诣的艺术积累艺术创造艺术探索。也有的时候好像得来全不费功夫，那是因为你的艺术观察生活思考撞上了好运气，或现实中活生生的闪闪发光的人物与故事出现在你的面前，而你也捕捉到了她。

与故事总是在修改在变化一样，一个剧本的人物也总是在变化。人物的行动在变，结局在变，个性也会发生改变。原本设计为强悍的人，后来觉得应当写成胸有城府面面俱到的人，男人会改写为女人，仇人会被改为恋人。所以有的编剧在创作时并不写人物小传。

但写人物小传，是很多编剧、作家的习惯，在创作中产生良好的提示作用。写人物小传的过程，也是认识、完善自己笔下人物的过程，认识主题的过程，丰富故事的过程。有一些编剧，给一部电影写的主要人物小传，字数超过了剧本本身。

试举我给电视剧剧本《回来了亲人》部分人物写下的小传：

郭玉生，男，30岁，乡党委书记。

大学毕业后长期在农村工作，年轻但经验丰富。上任之初，面临的是石门乡高度贫困，问题成堆，干群关系紧张，班子矛盾重重，上下多重关注左右冷眼相看，必须解决问题县里又要求稳定的局面。可他面对千奇百怪的事端总有出人意料的智慧，用激情澎湃的负责精神和宽广丰厚的饱满情感完成了石门乡从贫穷向富裕的变迁。他为人，嬉笑怒骂皆蕴真挚，智慧坚定不失天真。他个性突出争强好胜时而针锋相向咄咄逼人多次和吴世保争一句话之短长第一次下去工作就痛打村民徐二头，转眼又能以海一样的胸怀容忍爱情背叛和夺妻之恨。他是时代大潮中的强者，在浪涛中威武地挥动着红旗，却又像个摇着青春尾巴的孩子气十足的少年。他敢做敢当，却并不莽撞，遇到难题常以慎密的思虑演绎出过人的高招。信访工作实行一票否决，很多干部把越级上访者当神供，他却巧妙而强硬地把无理闹访的牛大侠摆治得停止了上访。计划生育天下第一难，当面临一个错误大家束手无策之时，他却能在众目睽睽之下巧妙闯关并深深感动了计生委主任也让彻底服气的罗琳和刘丽丽泪流满面。他是个大学生干部，但他更多的智慧更多的才能来自农村来自农民，他的思想他的行为他的做事风格他的浓烈的情感，带着清晰的土地的纯朴乡村的风貌。

　　他在石门乡的工作经历了三个阶段：面对长期遗留下来被认为永远解决不完的问题，他把流于形式的村务公开以强有力的监督落到实处，短短时间基本理顺了全乡的干群关系；他激发周晓明和刘丽丽到乡村工作的志气，促使全市大学生村官工作全面展开，使农村基层组织增添了大批生力军；更重要的，他以丰富的农村工作经历，长期的深入的颠覆再颠覆的思考，提出了向土地要富裕的工作目标。这不但是一个正确的目标，科学的目标，也是一个对土地、对农民充满挚深情感的思考和目标。只有土地是农民最为普遍的财富，只有土地是农民最具潜力的财富，土地是农民的根，是中华文化的根，她确实可以结出更加茂密丰硕的果长成更加茁壮高大的树。向土地要富裕，早晚成为全中国农业的响亮的口号光芒四射的目标。那时候，或许人们又会想到《回来了亲人》里面的乡党委书记郭玉生。

　　他是优秀的干部也是优秀的人。他面对背叛的宽容是仁，帮助夺妻之恨的吴世保致富是义，对杨婉秋一直保持的尊称是礼，面对牛大侠面对县计生办主任面对陈二狗面对太多的难题表现出了足够的智，充满智慧也弄机巧但一直坚守着的是信。他的有些言行可能让人感觉不大气，对，他不是伟人，是一个普通基层干部。

　　当然郭玉生也在逐步成熟，全剧都是他不断成长的过程。

　　他是当年知青的孩子，他的身世深深地埋藏在大山里面。他来到这个乡镇以及他遇到罗琳，都如宿命一般。然而这并不矫情，生活有太多真实比我们的创作还要令人惊叹。他的结局并没有种瓜得瓜种豆得豆，人们从中认识了生活却并没有失去信心。

李棒槌，男，50岁，村支书。

李棒槌是一个农民。

中国最大的人群是农民，塑造有代表性的、真实而真正的农民，是我一个长久的愿望。关注农民这个人群，你会发现他们目光短浅，斤斤计较，刻薄势利，懒惰无志，狡黠多疑。而同时，他们又表现出心胸广阔，大义凛然，吃苦耐劳，足智多谋，处变不惊，质朴坚韧，幽默诙谐，执着负责。这些截然不同相距万里的复杂而矛盾的性格特征，为什么会在一群人甚至一个人身上同时体现出来呢？

农民的生活看似平静安定，他们可以完全自给自足，一辈子、几辈子甚至千百年生活在一个相对狭小的范围里面。这样的生活限制了他们的想象，养成了他们的习惯。目光短浅是因为生活空间有限，斤斤计较是因为贫穷，刻薄是因为有些矛盾多少年多少代也绕不开，势利是因为有求于人，多疑是因为缺乏广泛的交流与见识。可是他们怎么又会大义广阔，处变不惊、坚忍不拔呢？

其实，农业是充满变数的。农民安定的生活会被一场大雨一场冰雹击得粉碎，辛苦了一年会转眼间颗粒无收，祖祖辈辈留下的土地会毫无道理地被人剥夺，温暖的家园会变得一无所有。是这样无数次出现的变故无数次经历的艰难，使农民成为拿得起放得下的人，大智大勇的人，道德标准清晰的人，百折不挠的人。李棒槌就是这样的人，一个中原农民、中国农民。

李棒槌的故事，表现了农民对于正义和幸福的不懈追求。这追求不但在大义凛然中完成，而且热闹着、智慧着、让针锋相对在九曲回旋中演变着。他是受中国传统文化深刻影响的、精明强干智慧幽默具有现代精神的农村的人尖子。他一出场就漂亮地解决了连郭玉生也束手无策的难题，他解决了三道湾几百年无法解决的困惑，他让三道湾成了石门乡最先富裕的村庄，他的成功有偶然的成分，但主要是他的不懈努力。他智慧而又坚韧，宽厚而又性情，幽默而又质朴，负责而又圆滑，锐利但不凶狠，实际但不自私。他和郭玉生有很多相同之处，因为他们都是土地的儿子，都属于永远的乡村。

他也是一个悲剧人物，他或许会成为将军，可因为战友牺牲之前杀过俘虏，为保住战友的英雄称号，他坚持说俘虏是自己杀的，正准备提干却受了处分复员回了家。却也因此，三道湾走出了贫穷。你无法确定哪一种命运对于他是最好的，包括他的婚姻。可你会清楚地看到他是命运的主人，乡村的精灵。而且，他是快乐的，因为他度过了那么多痛苦。

罗琳，30岁，女乡长。

　　命运总不会是公平的，前30年，她被生活抛弃。她是头道湾知青的私生子，罗母怀孕后，和罗父联系不上，只好把她送人。要了罗琳的人家原不会生，后来有了自己的孩子，就抛弃了她。她在孤苦中长大，却又被爱情的背叛击倒，于是来到她获得生命的石门乡。她对男人蔑视，工作得过且过，对郭玉生也不屑一顾。可她无法无视郭火一般的工作热情质朴的平民情感尤其是层出不穷的智慧和宽广的男人胸襟。而且，他们都是那块土地上知青的后人。当爱情之火突然迸发，就那么炽烈，那么阳光。

　　她长久地不能原谅生身母亲，哪怕母亲为了心灵救赎带着一身病长年去做义工。可她并不能因此减轻自己的痛苦，她需要理由，需要旁人巨大的推力，需要心灵涅槃一般的经历才能完成与亲人的团聚。

　　她从一个生活的逃避者情感的游离者，在郭玉生和杨婉秋的影响下，逐渐与乡村干部和群众建立起深厚的情感，她在工作中虽然不能破解与创造，但她是一个能干的正直的乡长。

　　并没有把她的父亲写成一个负心汉，生活当中美好的东西总是多于丑陋的东西。但生活对于她一家三口人，是不公平的。

　　不公平，才是生活。但人们不幸福，大多是因为自己总是把沉重的包袱死死地背在身上。

吴世保，30岁，受了处分被开除的乡长。

　　其实他是很能干的，他也可以在石门乡实现郭玉生做出的成就。可在一定的环境中，在一定的思想支配下，他的才能被自己封闭，他的朴实被世俗吞食，他成了一个不称职的乡长。他的受贿事发，怀疑是郭玉生把他整下来，下定决心要报复，使出苦肉计千方百计勾引郭的老婆。可人家的老婆还没勾搭上，自己的老婆却红杏出墙，而且这红杏出墙也是因为他自己的行为激发的变故。他被自己打垮了，崩溃了，选择自杀，郭玉生的老婆也是他的同窗救了他，一时的感情失控使他们的私情结下了后果，郭妻经历了撕裂般的痛苦，最终在郭玉生的宽恕下挣脱出来与吴结合。可是贫困追上了他们，对往日妻子的情感促使郭玉生辗转帮助他们富裕起来，而吴的才能也帮助二道湾实现了郭玉生向土地要富裕的工作方针。后来，他和郭又成了朋友。

　　人世间其实不必那么多仇恨。

　　弯路走过去，终点谁知道是否一片灿烂！

刘春艳，银行职员，吴世保妻子。

　　她和张晓出场时都是令人厌恶的。可她实际上也是可爱的。

　　她时尚，风情，活泼，善于交际会说话也会掌控男人，会为自己打算，可她不是一个随便的女人。她又最终出轨了，而且她确实有理由。出轨，也让她认识了自己，实现了自己，叱咤一方，富可夸口。不然，她可能一辈子是一个小职员。

　　当她与张晓因生意分道扬镳，最终张晓落魄而回时，谁都以为她将抛弃张晓，可她给了张晓一切。你别以为她是不会去讲情义的，聊斋上的狐狸精还都帮助人呢。我原想着把她写成一直期待着张晓勾搭，后来却拿住了张晓和张有志的把柄，把张晓弄得一无所有，她却富裕起来，从此没有家和朋友。但写来写去，觉得她不会是那样的人，一个懂风情的女人完全可以是一个好女人。

　　艺术中的人物复杂一些好，生活中的人物绝大多数也是善多于恶。人之初，性本善。

三、熟悉你的人物

　　认识了你的人物还不等于熟悉了解了他们吗？是的，往往还有很大的距离。你的人物有了身份与任务，他还需要活起来，有血有肉，并且充满艺术感染力。

　　知道要写什么人物，设计好了他要做什么，会遇到什么并怎样解决，不等于塑造好了这个人物。人物的身份及性格会带来什么习惯，遇到一定的情况处理具体的事件他会有什么反应，同样解决一个问题因性格习惯不同会有什么不同的方式方法，是会用暴力还是说服引导或布下道道关卡设置重重围困，他解决问题时说什么，是怒骂还是耐心劝导或用幽默来化解也可能讲出一句充满哲理的话让冲突烟消云散甚至一句话也不说让沉默成为不可抵挡的威慑。

第七章、人物

上世纪文革之后，国门打开了，一些外国电影在中国引起强烈反响，前南斯拉夫电影《瓦尔特保卫萨拉热窝》和《桥》风靡一时。《桥》里面有个写得十分出色的人物，是戏不多连名字都没有的工程师。他一出场，就处在被侵略军盖世太保和抵抗力量游击队相互争夺之中，他当然不愿配合侵略者，更不愿让游击队炸掉他设计建造的桥。他出现之初，几句台词几个动作，就把人物演绎得淋漓尽致：

盖世太保：党卫军上校霍夫曼博士要见你。

这是人家来抓他了，可他说：我不认识这位先生。

此时，游击队来到把两个盖世太保干掉了，看着这一切的他向游击队员说：我能荣幸的跟谁走呢？

这场戏让你相信真的发生那样的事情，一个痴迷于建筑的工程师，就是那样说话那样行动的。

生活中，一对小夫妇吵架了，城市生长的朋友开导时会说：男人应当有海洋一般的胸怀，女人应当有春风一样的温暖。农村的老人却可能说：天上下雨地下流，小两口吵架不记仇。哪个人有本事或有成就，城市人说那是重量级，了不起，农村人会说：那是大牲口。

能够做到"猝然临之而不惊，无故加之而不怒"，应该是有见识有涵养的了，可其表现也会不尽相同。有的虽然不怒不惊，却会不慌不忙地采取措施反击，有的则会是完全不予理睬，也有的会当场讲出一番道理来折服对方。究竟如何处理，让人物采取哪一种方式，需要你真正熟悉你的人物，让你的人物性格突出故事又好看。

阅历再丰富的编剧，如果你总是在写，你不可能熟悉你笔下的所有人物，你的基本故事设计得再出色，人物定位得再独特，人物面临的事件再精彩，都不等于人物活了起来。同是军人，因为个性、军龄、经历、伙伴的不同，会有不同的表现。不同城市、地域的同类人会有不同的习惯。所以熟悉你的人物，深入了解全面观察你的人物原型或人物的社会习性，设计、了解人物的前史与当今，人物在不同的情况下的不同反应是因为什么样的心理状态等等，才能让你笔下的人物真正活起来，富有特色，充满艺术品味。

老版电视剧《红楼梦》拍摄之前，从全国各地挑选来的似水年华的青年演员们，用两年的时间读书，训练，熟悉自己的角色。如果说那是因为年轻的他们要出演他们所陌生的几百年前的人物，那么，享誉全球的影星罗伯特·德尼罗为了出演《出租汽车司机》中的出租司机，在旧金山开了半年的出租车。

演员在有了剧本之后还要如此，编剧写人物更当如此。所以有的编剧，常常用几年甚至十几年的时间,去完成一部剧本。这个期间,他们会在认识自己的人物之后,千方百计去熟悉那些人物,可能会长时间地跟踪某人、某些人,细致地观察他们,甚至不惜乔装改扮去接触那些人。比如有的女作家会长时间和妓女们住在一起,有的编剧则选择去监狱里同囚犯一起生活。

因熟悉又加深了对人物的认识,因更深的认识又再去熟悉他们,又因认识和熟悉丰富了故事,这是很多编剧的创作实践。做到了这些,你笔下的人物,不但有鲜活的个性塑造命运安排,还会有充满生活质感与艺术韵味的人物特色,如外在形象描写、衣着、环境、特定的人物动作、相应的道具安排、个性化突出的台词等等。你可以得心应手地用动作、行为、台词把人物性格在故事中表现出来,而不总是用自述或他人的介绍。

那时候,评论家和观众会说:哎呀,这个人物太精彩了!太富于生活质感了!可以立于艺术长廊了!

四、人物布局

人物的设计,往往很难与提纲同时完成。总有一些人物,会在故事的具体创作中逐步出现,或总有一些人物,在故事创作中改变了作用与身份,甚至改变了主次,当然也会有一些人物被删掉。但是在构思完成了主要故事与主要人物,开始创作之前,要根据主要故事所要经历的曲折与发展,主要人物所要面临的困难与冲突,人物情感所要演绎的喜怒哀乐,安排好主角与主角、主角与配角、配角与配角之间的人物关系,设计好人物身份,确定人物在故事中的地位与作用。一些次要的配角,开始也想不全,会在故事的具体创作过程中不断设计出来。人物布局设计,与主要故事的设计相互依赖共同发展。

主要人物之间,主角与配角之间,是仇敌、战友、同事、对手、恋人、同乡、发小,还是萍水相逢,多年重聚,阴差阳错走到一起等等,都应当在开始创作前,有一个基本的安排,为故事发展、人物性格表现和主题诠释打好基础。

(一)布局主角

《罗马假日》核心故事是公主要去过普通人的生活,并且会让爱情撞了一下腰。那么,公主青春美丽,而男主角除了也应当英俊潇洒,他是什么身份呢?他要敏感地发现邂逅的是公主,他惊喜并产生强烈的动力采取蒙骗公主的手段不只为了猎奇而是有着职业的需要,他应当见多识广具有逗公主快乐的能力,他方便进出各种场所。于是编剧选择了记者身份,使这一切要求都迎刃而解。而当爱情产生,给他的高尚品德打开了一条通道,他还能够在记者招待会上和公主最后无言地告别。于是，结局让人唏嘘不已。

《魂断蓝桥》是一见钟情悲剧结局的故事，一见钟情，男女主人公应当青春靓丽，激情四射，那么他们的身份与家庭呢？为了命运的曲折，罗依要被迫离开，理由最好是军令如山所以罗依是个军官。罗依的离开使玛拉陷入困境，为了让玛拉在希望与绝望中挣扎，罗依就有了富家子弟的身份，亦有了玛拉与罗依妈妈的失之交臂。而为了让玛拉决绝地离开，也需要富有家庭和功勋部队对于名誉的虚荣。

沧桑的爱情如《简爱》，主人公不再是天真美丽英俊倜傥的青年，中年男人罗切斯特吸引简爱的，是他的男子汉气概。

奇特的爱情如《巴黎圣母院》，敲钟人卡西莫多与爱斯米拉达的主角布局亦是艺术作品的经典。

主角的人数，没有固定的模式。很多故事的主角是两人，也有三人的，也会有四人甚至五人的。《007》系列，主角就是邦德一人。《拯救大兵瑞恩》那样一部大片，主角也就是米勒上尉。《红楼梦》中的爱情故事，主角是贾宝玉、林黛玉和薛宝钗三人。而《这里的黎明静悄悄》，主角是六个人，主角们的关系在剧中也有巨大的变化。准尉从被嘲笑捉弄的角色，到斗士、领袖和保卫神，又是痛苦的胜利者和历史的见证者。

主角布局形式很多，有恋人式布局，对手式布局如许多侦探片，战友式布局，仇敌式布局，颠覆式布局如恋人变成仇人战友变成敌人恩与仇的互易等等。

（二）布局配角

《魂断蓝桥》赋予主人公玛拉纯洁、善良、温柔的天性，充分表现这样的天性需要其他角色的帮助。除了男主角罗依，剧作给玛拉安排了重要配角同为舞蹈演员的凯蒂。她和玛拉站在一起，总是帮玛拉度过难关，替玛拉仗义执言。当玛拉被剧团开除，虽然玛拉的爱情与她并无关系，她宁愿与玛拉一起流离失所。当贫困使玛拉患病，她瞒着玛拉下海做了妓女，可见她也有着巨大的善良。但当她一再地要玛拉把自己的情况告诉罗依，玛拉却总是拒绝。这不但表现了玛拉高洁的人品，也表现了玛拉对凯蒂的依赖不是自私，是因为纯真的友谊，后来玛拉用放弃优裕的生活而下海证明了这一点。这个配角不但使玛拉的性情品格得以充分诠释，也同玛拉一起闪闪发光。

配角的作用，可以是主人公的障碍、助手、反差、补充、情感需要等等。配角要出色，闪光，才能更好地映衬主角。配角的戏要与主角的戏有机联系在一起，人物的性格才更加丰满，更加具有艺术感染力。《渴望》中，与刘慧芳现代圣母一般的人物形象相对应的,是她身边的月娟。这是一个非常实际,也因此时常自私,具有很强代表性的世俗的人物形象。她是生活中很多人的真实映照,更加衬托了刘慧芳的高洁脱俗,几乎完美地完成了烘托主角的任务。人们看刘慧芳,看的是理想,而看月娟看的是世情。

一些作品中,主要配角是敌对一方,如《007》系列。也有的作品中敌对一方基本上没有人物,如《上甘岭》和《这里的黎明静悄悄》。或敌方很少人物,如《拯救大兵瑞恩》,敌方就只有那个骗取了信任得以释放最后杀死了他的恩人的德军士兵。

(三)布局年龄结构

人物的年龄结构,要与故事相融合,与表现人物性情相融合,与表现主题相融合。《罗马假日》中,公主的身边都是一些老者:工作伙伴是白发苍苍的大臣,那是身份的需要;照顾生活的是一脸褶子的侯爵夫人,还不时提醒她教育她甚至威胁她;她要应酬的也是一大把年纪的总统首相一类的家伙。这样的年龄结构布局,促使公主更加渴望青春的活力自由的生活。

一个杀手救下了一个性感女郎,两人飘泊天涯男欢女爱,为杀手黑幕下的生活增添一抹粉色,这是惯常的杀手美女情感故事。可《这个杀手不太冷》中,杀手来昂危急中救下的孤女玛蒂尔达,只是一个未成年的孩子,来昂并非怜香惜玉,实为扶弱解困,路见不平。可编剧并未让这个善意到此为止,而是让两人演绎了一段懵懵懂懂的情感。来昂的性格,他冷酷面容后面的善良,便浓烈地多层次地表现了出来。不但故事离奇,高大的来昂拉扯着矮小的玛蒂尔达从地平线走出来的画面,成为银幕的一个典型。在主要人物的年龄布局上,这部片子可谓独具匠心。

布局年龄结构要注意时代感,符合历史的真实性。有的作品写红军、八路军,团长营长都是年龄偏大的。要知道那时候军长们也就二三十岁,抗战时期的团长即使是老红军,也都是很年轻的。抗战初期,县委书记大都二十多岁,可一些抗战作品中县委书记一类的干部,显得老态龙钟。具体的人物塑造如台词、办事作风,也缺乏生气,不像那个时代的人和事。真实,历史感,是艺术力量的一部分,有时候是关键的部分。

人物年龄问题上,我遇到过一次有意思的争执。《棒槌萝卜狗》剧本报审时,有关省管理部门因几条意见不批准拍摄。我不同意那几条意见,逐条说明后,那位副处长说:就算你说的都有道理,可你的剧本还有硬伤,你写的村妇芝麻四十多岁,芝麻在南方自卫反击战期间意外生了个孩子,自卫反击战是1979年,如今是2012年了,三十多年了,芝麻就是二十岁生孩子,也应当五十多岁而不应四十多岁吧，这是硬伤吧！副处长说着还轻笑了一声。

我也笑道：你知道两山轮战打到了1986年吗，此后虽然没有了较大规模的战斗，小规模的战斗一直持续到1989年。即便从1986年算，芝麻20岁意外生孩子，1986年到2012年是26年，她也就46岁。我创作剧本是在三年前，那么芝麻不过43岁。再说了，谁规定写剧本必须写当年的故事呢？如果写汉朝故事，是不是剧中人必须写2000岁呢？你们这样不专业，怎么做好管理工作！

不久，我拿到了拍摄许可。

（四）量身打造的人物布局

有一种人物布局很省心，就是为特定人物创作的剧本。我在拍摄《挂帅》时，有一场戏我和几个长期合作的朋友演得很投入，摄影师竟然笑场把画面拍花了。向我道歉之后，他说导演，你们几个老朋友其实很有喜剧天分，弄一部喜剧一定不错。我于是创作了《棒槌萝卜狗》，还没故事的时候，人物先有了。谁演什么角色，什么性格，都是我们最本色的东西，然后配上故事。

也许有人说，先有了一堆人再去设计故事，故事一定是勉强的生硬的先入为主的，这样的剧本怎么能写好呢？

未必，你熟悉某些人，再去寻找故事，再去设计与你的人物合适甚至天衣无缝的故事，同样是创作的一种方式。正因为你熟悉那些人，当你想到一个合适的基本故事，调动你往日的丰富积累，与你熟悉的那些人的性格与艺术风格结合起来，你的故事构思常常会左右逢源。当你笔下的人物与你熟悉的演员重合在一起，渐渐成为一个人，你在创作中会看到这个人物活生生浮现在眼前。你写不出来的时候，你会想这个演员可能怎么表演，常常因此你的人物的行为细节台词风格由此产生出来。

《棒槌萝卜狗》的创作过程就是如此。这个颠覆了传统剧作要求，节奏慢台词多故事缺乏跌宕起伏的剧本，被"百部农村电影工程"的评委认为是充满生活气息的真正的喜剧剧本。

（五）布局人物形象

特殊的形象，形象的反差，能够形成醒目的看点。《巴黎圣母院》中卡西莫多与爱丝米拉达有突出的丑与美的反差，卡西莫多的丑也与自己的心灵美形成反差，只有这个丑人愿意为那个美人献出生命。

《长江7号》中，几个富家子弟羞辱那个羞涩的大个子女生，弱小的小狄挺身而出斥责富家子弟。于是大个子心中有了小狄，当小狄被罚站，大个子女生宁愿和他站在一起。这个很难存在的喜剧形象女孩，却能够被人们接受。

电影《盲井》里，两个杀手专门蒙骗单身的打工者和他们以亲戚相称到小煤窑打工，然后找机会在矿井下打死受蒙骗者，冒充是出了事故，骗取死亡赔偿金。剧本塑造了一个为挣钱上学而外出打工的豆蔻少年元凤鸣，他被两个杀手看中，以叔侄相称来到矿上。天真纯朴的凤鸣竟然如亲侄子一样照顾其中一个杀手，终使杀手不忍下手而与另一个杀手火拼，而凤鸣侥幸活了下来。剧本中懵懂少年凤鸣写得出色，导演到处寻找凤鸣而不得。网传当年王宝强还是北京电影制片厂门外等机会的生活窘迫的北漂演员，那天正在发烧，勉强地被同伴喊去见导演，外表纯朴精神不佳的他却被一眼看中。王宝强并非科班出身，也非文艺家庭子弟，他能演出来，有运气的成份，但无需否认，形象是他好运气的敲门砖。当然，前提是剧本塑造了这个形象。

时常，特殊的形象，特殊的人物，象征着特殊的故事，具有突出的艺术感染力。塑造突出的外部人物形象，是无数编剧、导演的追求。提起卓别林，人们首先想到的不是他的故事，而是流浪汉的形象。

（六）布局人物关系

人物与人物之间，要形成紧密的有机联系，互相牵连、互相对抗、互相依存、互相竞争；看似毫不相干，其实不可分离。看似两条互不交错的人物线索，随着剧情的发展会碰撞在一起。

《红楼梦》的人物关系编织得层层叠叠犬牙交错，林黛玉是贾宝玉的姑表妹妹，薛宝钗又是他姨表姐姐，王夫人是贾家正房，内侄女又是贾府管家，薛公子打死了人，昧着良心断案的是贾家的门生，家里的女儿当了妃子，朝廷一有风吹草动就惴惴不安，佣人中的小人撺掇抄检大观园，却抄翻了自家的晚辈，一个受人嘲弄的穷亲戚，却成了女强人的退路……盘根错节的关系网，把故事勾连得惊心动魄。人物性格表现也与这些关系网血肉相连，黛玉是妹妹爱耍个性子，无依无靠就容易伤感，关键时刻无人支撑，自然就凄凄惨惨戚戚。宝钗是姐姐就要宽容和气，有妈有姨妈日子不但好过，关键时刻总是满血活着。邢夫人想寻机露一番头面，却不知单枪匹马是斗不过多年打造的老营盘的。这样的人物布局，让众多的男女老少相互之间的关系为故事发展性格表现提供了良好的基础，怎能不开坛要讲红楼梦呢。

（七）布局人物性格搭配

两个性格暴烈的人物在一起，或不同观念不同道德标准的人在一起，会有不断的争执。一个急性子与一个稳妥的人，会有良好的合作也可能产生不休的摩擦。一男一女在一起，容易产生情感涟漪，也会给男人的呵护女人的温存提供基础。一老一小在一起，会显现沧桑与稚嫩，也会表现出温暖的和谐。屠夫和护士在一起，会形成强烈的反差，也可能导致人物性格与命运的巨大改变。

布局过程中，可以因人物性格确定任务与行动，也可以根据任务确定人物性格。如《潜伏》中的翠萍，因为长相相仿的妹妹突然死亡，被组织上无奈地紧急派遣，阴差阳错毫无准备地和素昧平生的余则成假扮夫妻。她的任务很明确，就是当一个太太，做好家务，掩护好余则成的身份。为了让这个太太有戏，于是让她有暴烈的性格，宽刀大马的前史，自然就有了她和余则成强烈的性格冲突和随之而来的一系列吵吵嚷嚷并多次几乎将余则成推向绝地。

（八）演变人物的地位

让主要人物身边一些原本并不重要的事情、并不重要的人物，随着故事的发展变得重要起来，或原本重要的人物及事情，变得不重要了或根本不值一提。或到处苦苦追寻，其实目标就在身边，只不过没有发现或一直被忽略了。或千方百计想要摆脱的东西，原来是最为珍贵的。相应的，人物的地位与作用也随之变化。

《独自等待》中，陈文一直追的姑娘并不属于他，后来他发现，一直在他身边被他忽略的姑娘，才是他生活中最重要的人。

（九）人物的埋伏

有些人物看似无用，突然会在某一时刻，发挥不可替代的核心作用。这个时候回过头来，发现他的每一次出现，都是精心布局的。已经淡去的许多情节，随着这个人物作用的凸显而令人回味再三。有的人物原本是起这个作用的，后来忽然发现另有更加突出离奇的作用产生更加惊人的效果。

故事的埋伏，有时候通过主要人物来完成，有时候则是通过次要人物来完成。埋伏故事，不一定同时埋伏人物身份。但当故事与人物身份双重埋伏，就更加突出了埋伏的意义增添了埋伏的精彩。

往往通过次要人物的埋伏而完成的故事的埋伏，更加出人意料，也更加好看。上世纪在中国轰动一时的电影《羊城暗哨》，我方公安一直在追查敌特的首脑人物梅姨，直到最后，才发现梅姨就是女特务八姑身边的那个老保姆。

（十）特殊表演者布局

常见的，有马与狗，都是人类最亲近的朋友。生活中，艺术作品中，都有太多这些朋友参与进来。也有更加特殊的表演者，如《与狼共舞》中的狼群。据说美国影视圈很多制片人听说凯文·科斯特纳要拍摄这部电影，都劝他放弃，认为不可能受欢迎，但影片热播并广受好评。我看的时候觉得真的震撼，但却并不想看第二遍。

如今国内影视公司巨资拍摄了《狼图腾》，据说请了全世界最好的训练师来训练狼。电影在近期上映，我在电视中偶然看到，没有看完，觉得狼群拍得不如《与狼共舞》，故事比想象的弱。

布局人物关系确定人物作用，要遵循以主要人物为中心的原则，使主要人物能够充分发挥作用，有广阔的性格、行为、思想表现舞台，从而展现主题。

五、人物要少配角要有戏

我修改《当关》剧本的时候，和责任编辑有过一次争执。剧中的小煤窑老板鱼头有两个保镖，责任编辑要求去掉一个，我不同意，说不少情节会因此有了窟窿，就不合理了。他说：那就想办法把故事合理化。我说有些情节没法合理化，他说那就看你怎么改了。

当时我觉得这伙计真刻薄，改就改，不能让你难住我。认真想想，两个保镖之间又没有冲突恩怨，干的事情都一样，多一个人不但累赘，制片方也多花一个人的稿酬。修改后保镖变成了一个，情节也改得合理了更集中了。

创作中，常常编着编着出来一堆人物，回头一看，太庞杂了，人与人互相分散着故事情节与观众的注意力。于是动手删减，越减越好看，故事越集中。一些新编剧的剧本，几乎都有闲人一堆的毛病。

设置人物的原则，不是多与少，而是有无必要。强调少而精，因为人物过多过滥，是新编剧常见的毛病。设置人物，最忌呼之而来，挥之而去。有的编剧不但写长篇电视剧人物过滥，写90分钟的电影剧本，也设置一堆可有可无的人物，而且转眼就写丢了，只见出场不见作用也不见了下落。不但配角如此，有的主角也是多余的。原本可以两个主角，写了三个甚至四个五个。这样的剧本十分业余。

一个剧本，无论人物多少，一个人物无论戏份有多少，一定是必须的，没有一个多余的，也没有一场戏一句台词一个动作一件道具是多余的，哪怕长篇电视剧也要如此。削减人物也是一个凝练故事整理线索捋顺结构的过程，有时十分困难，甚至感觉做不到。但你要当一个好编剧，你必须要做到，必须要做好。

写好配角，要注意不但让他在次要位置上起不可替代的作用，也可以让他在一些情节中起到关键作用，甚至在某一场戏、某一个情节中起到比主角还重要的作用，使人物在整体上丰富精彩。《大红灯笼高高挂》中，三姨太不是主角，但何赛飞却以精彩的表演，开启了她的影视演艺生涯。如果说何赛飞在剧中有大量的戏份，是主要配角。那么蒋雯丽因在《霸王别姬》中三分钟的小角色，无论如何都不能算是主要配角，却让人们记住了她，并逐步成为响当当的明星。

有一些小角色，往往在一部戏里只有一句台词，也仍然被人长久记住。这需要一个基础，就是剧本要提供给他们精彩表演的剧情。所以编剧哪怕只是写一个过场性的人物，也要像写主要人物一样精心创作，让自己的剧本在整体上处处闪光。

也有一些作品如《建国大业》，尽量安排更多的历史人物出现，哪怕只是露个面只有一句台词，却表现了一段历史一个重大事件的始末。了解那个时期历史的人，更加看得津津有味。但那样的人物安排，不是纯粹艺术上的追求。一般意义上，人物要强调少而精。

六、给人物设置目标

每一个人物，都应当有她的目标，她出来做什么？要达到什么目的？需要解决什么问题？障碍是什么？他怕什么？对手是谁？对手的招数是什么？同阵营人员的担心是什么？阻碍他行动的是什么？而故事的核心事件，冲突的核心追求，应当是主要人物的主要目标。

给主要人物设置目标，情形不尽相同：

一是他主动甚至迫切地要做什么，如《罗马假日》中公主想要去做一天普通人。

二是要他做什么而他也甘愿去做，如《上甘岭》中上级要求八连必须坚守阵地。

三是他本人并不想要去做或一再不想做某件事情，可外部的原因促使他去做。如《这里的黎明静悄悄》中的准尉并不想去带那些女兵，可不管他怎样推托还是难堪地当了女兵们的头，最终也证明他是合适合格的人选。

四是并非必须，可他原本善良会去做，或情势变化促使他去做，再或他突然心生恶念竟然一反常态去做，等等。如《渴望》中刘慧芳收养弃婴。再如前些时的一次世界游泳比赛中，一个素无盗窃记录的日本著名运动员，竟然忽生邪念在赛场偷了记者的相机。

五是他并不想去做或坚决不想去做，观众更不想他去做，可故事造成了那样的结果。如《魂断蓝桥》中玛拉不得已下海做了妓女并最终在桥上自杀。

六是他并不知道他所做的他想要的或他以为会出现的结果，与他的努力和想象背道而驰。如《渴望》中王沪生对爱情和家庭的追求以及他姐姐对刘慧芳的认识与态度。

主要人物的目标，一定是故事的核心，所有人物的关系与作用，都应当围绕着主人公展开与发展。所以确定人物目标尤其是主要人物的目标，要根据故事的不同条件，来设置任务，构建困难，安排冲突，表现反差，让他们处在故事冲突的中心地位充分发挥作用，或被动地处在命运旋涡九死一生。

创作《渴望》剧本之前，几个策划在一起商量写什么人物与故事，王朔提出来一个前提：让好人好到家，又倒霉到家。好到家这个基本定位，使主人公刘慧芳的生活有了一个又一个目标，什么不该她做的又会要忍辱负重艰难倍致千辛万苦的事情她都得做，而且会碰上常人无法承受的挫折。围绕这个核心出发点，围绕着刘慧芳的目标，有了围绕刘慧芳的人物群和众多人物的目标：大成一个时期的目标是娶刘慧芳，却跑出来一个王沪生横刀夺爱。王沪生一个时期的目标是娶刘慧芳，后来的重要目标却是离婚。王沪生尖刻自私的姐姐丢失了一个私生女，偏偏落在刘慧芳手里，于是刘慧芳生活中的一个重要目标是抚养好拾来的女儿小芳，这恰恰成了刘慧芳与王沪生生活中最为突出的矛盾。王沪生因为青梅竹马的出现拆散了自己的家庭，而王沪生的姐夫却无法自制地想要娶刘慧芳为妻。养女小芳一再引起刘家内外的矛盾冲突，众多的人物一再因为小芳采取不同的行动，月娟和大成多年来始终和刘慧芳的生活剪不断理还乱纠结在一起，等等。

人物的任务、目标和行动，构成作品的戏剧冲突，并不断发展变化。可以有一次变化，也可以有多次变化。可以向正方向变化，也可以向反方向变化。可以需求未变而人变了，也可以人未变而需求变了。如叛变变成了起义，坚持变成了投降，侵占变成了给予，魔鬼变成了天使等等。

或者，在一部作品中，主人公并没有一个主动的目标，他只是陷入命运的摆布，身不由己，无可奈何，甚至直到结局也无法把握自己的命运。但是他可能因为意外、巧合、他人的帮助或摆布他的力量的失误而在一个事件中起到关键性作用，可他直到最后都意识不到他的作用是什么。这，在现实中可能发生，在艺术上也会很好看。

七、让人物行为具备动力

人物有了目标，实现目标往往会是艰难、曲折、凶险甚至你死我活的，所以要让人物具备持续澎湃的完成目标的动力。

人做事情的动力很多很复杂，常见的也是作品中经常表现的一般有以下：

一是因为正义，如反抗侵略战士的英勇，侵略者因为正义感召而背叛原来的阵营，妇女以柔弱之躯挺身而出救助伤员甚至用自己亲人的生命来换伤员的生命，日常生活中的路见不平拔刀相助等等。

二是因为职业，如警察的职业责任，医生的职业精神，教师的职业道德等。

三是因为情感，因爱情、亲情、友情、博爱之情而担当，甚至做出巨大的牺牲。

四是因为荣誉，一些人会因为家庭的荣誉、个人在社会上得到的荣誉而坚守某些准则，不惜牺牲自己的利益甚至生命。但为了荣誉的坚守，往往会使人虚荣或迂腐。

五是因为传统，如军队的传统，家庭的传统，民族的传统，文化的传统。《上甘岭》中，在危急关头，连长动员战士们曾说：我们这个军队从来没有挨打的传统。文化的、家庭的传统，有些是正能量的，如己所不欲勿施于人；有些是负能量的，如一些封建观念，门弟观念，小农意识等等。

六是因为善良，这是一个广阔的人物行为动力，随处可见。

七是因为危难，所谓置之死地而后生，生活中、作品中、历史中太多见到。危难环境中，有宁愿死亡而不争的，有逆境或绝境中奋起，爆发出难以想象力量的。犹太民族因为千百年来所处的生存困境，是一个顽强的战斗的民族。可几百万犹太人在集中营中任人宰割，没有见到有作品和记载表现他们的反抗。而志愿军战俘面对美军的欺辱，多次殊死斗争。历史上和作品中，一些被抓到日本去的战俘劳工，也奋起暴动，表现出中华民族百折不挠的斗争精神和民族凝聚力。

八是因为屈辱，所谓匹夫见辱拔刀而起挺身而斗，也有弱女子面对侮辱不屈而争，面对上级的傲慢而对抗，等等。

九是因为仇恨，可以是私仇，家仇，国家仇民族恨。所以复仇的人物可以有正能量与负能量两种，仇恨带来的力量，可以是正义的，也可能是邪恶的。

十是因为真相，如和氏璧的故事，如电影《我是谁》中成龙一定要弄清楚自己到底是谁来自哪里，如记者千方百计追索一个真相，哪怕真相毫无意义。

人的动力，可能来自一个原因，也可能来自多种原因。如因为正义也因为爱情，因为职业也因为荣誉，因为危难、仇恨和真相。

猝然来临的生死关头的爆发，是人物本能产生的动力。更多的时候，艺术表现的是人物经过激烈思想斗争、经过艰难选择产生的动力。也就是说设置人物动力，要表现出人物行为的动机是什么。

有些行为动机十分清楚明确，只是需要在故事中写好细节，让人物具有生活质感。如饥寒交迫了，要生存，就会有反抗，有起义，直面流血。所以"旧世界打个落花流水，奴隶们起来起来！"有些行为动机，是在明白一个道理之后，做出决断付诸行动。我当警察的时候，有一个学校的副校长，因为家人与另一个家庭偶然的冲突而争执不休。道理上他的家人不是引起争执的一方，可谁都不退让使事情无法解决，并可能带来严重后果。我觉得那个副校长因为身份与修养，可能被我说服。于是去做他的动员工作，要他后退一步，让事情变得天高地阔。谈了许久，他提出一个前提：你给我一个道理，为什么我有理还要先让一步？于是我说：岂不知毒蛇咬指壮士断腕。一句话折服了他，当场同意退让，事后还一再向家人感慨这句成语。

给人物以动力，往往不是一个人也不是一次，是多个多次，来自多方。如《上甘岭》八连英勇顽强的战斗力不但来自任务的要求，也来自七连在前面的英勇战斗，来自不断的牺牲所激发出来的同仇敌忾，亦来自这支军队的传统。

动力往往不是靠语言来表达的。《拯救大兵瑞恩》中，小分队的战士们没有豪言壮语，反而有战士多次想要中止这项不可想象的任务，他们看不到希望，能够想象的只是牺牲。他们的动力，直接的，是来自米勒上尉的命令与带头作用，以及他蕴含着巨大威严的沉默。但实际上，尽管质疑与牢骚甚至反对的意见很多，谁都感受到了这项命令的正义与温暖。

动力可以不断增加。如一个人，总是与世无争，哪怕对于自己的世仇或巨大的正义；或强烈地反对一件事情，面对严厉的威胁也不去做。但随着一个个事件的出现，他逐步转变着观念，不断增加着力量，最终做了一开始打死他也不去做的事情。《桥》中的工程师就是如此，游击队带走了他，他还顺从。可当他知道要他去指导把炸药放在什么地方能更加有效地炸掉他造的第一座桥，他决绝地表示决不会提供协助。很快，他逃跑了，并因此造成一名游击队员的牺牲。他开始受感动并且自责，又看到为了祖国与自由的牺牲在不断出现，终于表示愿意配合，但决不参与行动。可最后当爆炸手牺牲而党卫军冲上来，他亲手炸掉了自己的桥并和桥同归于尽。

八、塑造人物性格

常见评论某个作品故事强人物弱，是说作品的人物性格不突出，内心世界表现不充分。一个成功的作品，必须有性格鲜明的人物，故事才能够更精彩，作品才能够更加深入人心。

人的性格多种多样，如刚强、懦弱、外向、内向、果断、寡断、沉稳、浮躁、直率、幽默、计较、包容、细心、粗心、旷达、狭隘、浪漫、拘谨、感性、理性、刻板迟滞、富于想象、言行一致、心口不一，等等。塑造好人物性格，不但丰富了人物形象，也能够推动故事的发展与转折，增加故事趣味，制造或加强冲突，增添信息量。

（一）塑造多种性格的人物

一些作品人物安排巧妙，每个人物都发挥了不可替代的作用。但人物性格不突出，或一两个人物性格突出，其他人的性格缺乏精心塑造，成了有动作没性格的故事架子。而有些作品，所有出场的人物哪怕一个短暂出现的配角，也给人留下深刻印象甚至久久不忘。如《水浒传》中的泼皮牛二和《三国演义》里被张飞怒而鞭打的督邮，都只是寥寥几笔，却成了永久的人物形象。

真正成功的人物性格塑造，不但在于每个人物都有鲜明的性格，而且在于有整体的人物性格安排。要尽可能避免重复性格的人物，使多个人物性格丰富多彩，人物之间的性格形成反差与互补。如《这里的黎明静悄悄》，五个女兵性格各不相同，有激情如火的，天真纯朴的，背负生活压力心情沉重的，也有开朗包容的。《拯救大兵瑞恩》中，小分队的人员也有不同的性格构成，哪怕总是在共同面对残酷的战斗，却也人人表现出不同的态度与行为。

（二）塑造人物的多种性格

任何一个社会人，都会同时具备多种性格特点。刚强的人可能又是细心的沉稳的，但未必果断未必开朗。内向的人内心未必柔弱反而可能十分刚强而且可能是果断的。幽默的人具有一定的智慧，却不等于具有果断的决策能力与强悍的行动力，所以有的人插科打诨游刃有余，也能轻松化解一些琐事闲愁，遇到大事难事却一筹莫展。细心可以又是宽容的，也可能是狭隘而处处计较的。

人的性格特点，可能会有一种是他最突出的甚至标志性的，如某人遇事总是不冷静，大喊大叫，而另一个人却总是在复杂多变的情形面前冷静得犹如大山一般。《三国演义》中的张飞，遇事总是怒吼而踊跃，得知与马超对敌，大叫着找到刘备：辞了哥哥，就去战马超也！而赵云则遇事冷静，这并不影响赵云忠勇果断且临危有急智。

也有这样的情况，一个人物平时突出的是某一种性格，当遇到异乎寻常的事件，他的另一种性格瞬间暴发出来。如《魂断蓝桥》中，玛拉平时是懦弱的，无主张的。可看到罗依战死的消息，她立刻决定不告诉罗依母亲。而当她感觉到她做过妓女的经历很难相容于罗依的家庭，她迅速决定离开并自杀，这与她平时的懦弱形成巨大的反差。而张飞一惯的是粗鲁暴躁，可有时也粗中有细，临阵而有计谋。

人物的说与做，无论言行一致还是心口不一，都表现了性格、智慧与品德。显现性格以成功或隐藏性格以成功，快刀斩乱麻或耐心再耐心，坚决不说假话或受到压力说谎或原本就想说谎，都表现着人物的性格。比如塑造一个说出真话就会给自己带来困难甚至灾难却还是直言不讳的人，往往带来强烈的刺激与故事进展的爆发。

性格不等于道德，一个刚强的人，可能是正义的，也可能是邪恶的。一个细心的人，可能是慈祥的，也可能是阴险的。

（三）表现人物性格的发展变化

我刚写剧本的时候，一次和一个导演讨论剧本，他说主要人物的性格发展不够。我说，就是一个短短的时期，一个成年人经历一次事件，并不是年轻人成长的故事，性格能有什么发展？对方也许是一时说不清楚，也许是不愿告诉我太多，当时没有讨论下去。

后来的创作中，我逐渐认识到，表现人物性格发展其实有两个方面：一是人物性格因为一定的事件、原因有了发展变化，二是人物的性格被情节进展不断揭示出来，在特定的事件中充分表现出来。

1. 人物性格的改变与发展

人物性格的改变，可以因为重新认识了生活，或经历了巨大变故，或受到他人开导，或因重大选择关头进行的思考等等，从而改变了自己的习惯、思想与性格。生活中、作品中常常看到这样的事情。

但阿契尔不赞成这一点，他的观点是："人物性格的发展是意味着揭穿、揭示，而不是意味着改变……一个戏剧的激变应当揭示与激变有主要关联的人物的潜在本质，并不是包含着一种改变，而似乎是包含着一种对人物性格淋漓尽致的表现。"他这样说的理由是："在小说里漫长的过程中，可以有足够的时间来逐步改变习惯。而在戏剧中，正常的情况只是包含一个激变，性格的任何真正改变都具有剧变的性质。"因此一出戏表现性格，"正如摄影者用药品'显现'底片中潜存着的图像一样，但是这和把'发展'理解为生长或根本性的改变，是完全风马牛不相及的事。"

阿契尔写《剧作法》是在1912年，那个时候已经有了电影，但世界上第一部有声电影在1927年才产生出来，《剧作法》中论述的剧作基础还只是舞台剧。虽然舞台上的时空转换没有电影那么方便那么手段丰富，但在舞台上用两个小时表现出几十年沧桑并不难。几十年的沧桑，为什么不可以让人的性格发生改变呢！在现实生活中，一个人往往只需要一个突出的事件，一个生活的感悟，认识了一个道理，转变了固有观念，在瞬间产生重大的思想变化，改变了性情甚至理想。一部剧作之中，为什么不可以有性格上的突出改变呢！当今一部电影，一般也就是90到100分钟。短短的100分钟，往往能够给观众巨大的影响，帮助观众认识了生活甚至转变了观念，为什么不可以让剧中的人物也认识了生活转变了观念呢？

有的作品描写的人物性格改变，显得突兀，生硬，不合情理。这并不能说明人物不可以在一部作品中产生性格变化，人物性格的巨变，与严密的逻辑性并没有矛盾。只是你要为人物性格的转变提供坚实的故事因素，这种转变所需要的因素与条件可以很长很复杂，也可以因一个短暂的事件而完成。这种转变要有扎实的根据，要表现转变的深深的根。这根，可以是人物原本具有的，如一个并不愿惹事生非的人突然挺身而出，是出于他先前表现出来的善良，一个纯朴善良的人一定看不得戕害生命的行为。这根也可以是外来因素，强烈的事件冲击和强大的外来心理引导如真相揭示、惨烈现实、亲人相遇、爱情力量等等，都可以使人一瞬间产生巨大的人格与行为改变。

柔弱的玛拉之所以作出隐瞒罗依战死的消息、下海做妓女、离开罗依并自杀这样艰难而决绝的，似乎与她之前表现出的柔弱完全背道而驰的决定，有一个强大的基础与根据，就是她的纯洁与善良。真正的善良焕发出来的力量，是令人惊讶的。玛拉的坚强不能说是原有的，但产生这种坚强的根源是原有的，而且已在剧情进展中充分表现了出来，所以她在残酷的生活面前表现出来的坚强与决绝是可信的。

2. 人物性格的深入揭示与丰富表现

这是让人物动起来、活起来的重要一环。人物的性格、观念，可以在一出场就清晰呈现，然后用一个个情节的进展充分地表现出来。也可以并不让人物的主要性格一下子呈现出来，而是随着情节的进展，逐一揭示他的多种性格。

揭示，也有多种情形。人物性格或他的内心世界与他的外在言行并不一致是一种揭示；人物本性与他的外在言行相一致也是一种揭示。你的人物或是一个成熟睿智的人，有着自己坚定生活观念的人，一个宁死不屈的战士，一个死不悔改的坏人，这些人不需要你设置故事让他成长让他改变，你的主要任务是充分展现他的本性。让他显现英雄本色，或露出狰狞面目，外表强悍实际懦弱，貌似老实其实虚伪狡猾，一直很冷酷的外表后来展现出内心的柔软等等。

人物的某种性格，在一部作品中被一再揭示，表现的往往是这种性格可以达到的程度。如善良有多么宽广，意志有多么坚强，爱情有多么深厚，智慧有多么渊博，力量有多么强大，等等。《渴望》中，刘慧芳的性格就是被逐步地一层层揭示出来的。一开始她只是纯朴，温暖，王沪生的出现使她表现出对知识与新生活的向往；弃婴小芳的出现表现出她的善良，而且这善良被逐渐增加的困难一次次放大，达到无以复加的境地；她对王沪生姐姐的态度表现出她巨大的宽容，传统道德在她身上焕发出夺目的光芒；而她克服多年以来数不清的难以想象的困难，直至她不屈地和自己的瘫痪进行斗争使她的坚韧演绎得淋漓尽致。

巧妙地、或残忍地、或坚决地、或美好地揭示人物本来面目，把他或她在多年生活中掩盖起来的面纱揭去，让他们的真性情、赤裸裸的人性展现在剧本当中并最终展现在观众面前，是功夫与能力，是艺术力量大小的表现。

总之，故事要不断发展，人物性格也要不断发展。人物性格的改变与充分展现，可以让人物产生出人意料的动作。他的动作是罕见的，个性可能是大众的。也可以人物性格是罕见的特立独行的，但行为是大众的。总之，要让你的人物性格充满个性，充满活力，充满意料之外情理之中，具有充分的丰富性，独特性，而后，是精彩。

表现人物性格，可以主要写成长，也可以主要是揭示与展现。还可以在一部作品中，在一个人物身上，既表现出成长与性格变化，也深入揭示人物原有的性格。因为人物的成长与变化，并不只是发生在青年人的身上，饱经沧桑的人在晚年发生了改变，甚至是改变了几十年坚固的生活信念性格特点，在生活中也是可以看到的。

抗战时期，素有"亲日派"之称的曹汝霖拒绝与占领华北的日本人合作，在大义面前没有沦为汉奸。而当年的北大学生，在火烧曹汝霖宅邸的"赵家楼事件"中冲在前面放了第一把火的梅思平，抗战期间却堕落为大汉奸，出任汪伪政权的组织部长、内政部长和浙江省长。可见在生活中，在残酷的历史进程中，人性的变异是多么的不可思议。但这就是历史，许多真实的人物比艺术中的人物更加不可思议。

九、揭示人物的内心世界

夸一部作品写得好，常常说深入了人的心灵。也有编剧你问他写的什么，他不说写战争、青春、成长、农村、城市，他说写的是心灵。确实，优秀作品一个重要的标志，是很好表现了人物的内心世界。

表现内心世界常有以下方法：

（一）用旁白

很多作品一开始就是旁白，并且旁白成为结构方式，既大量的旁白起交待与推进作用，如电影《我的父亲母亲》。旁白是最直接的内心表达方式，我个人不太喜欢用这种方式。

（二）用台词

如《这里的黎明静悄悄》中准尉向受伤的女战士说："当战争结束了，孩子们问我，怎么没把母亲保护好，我该怎么回答呢！"

（三）用动作

如《上甘岭》结尾，七连和八连的战士集中在一起，一共9个人。显然，其他的人员都牺牲了。师长的内心有巨大的悲痛，有刻骨的怀念，有这支军队传统被继承下来的骄傲，有很多很多。可是他只是和每一个战士握手。但是，师长的内心世界，对于战士的情感，人们看到了，感觉到了。

（四）用眼神

愤怒、热爱、疑问、仇恨、思索、同情、决绝，都常常用眼神表现出来。越是好演员，眼睛里面的戏越多。所以常有说法某某演员的眼睛会说话，人们在生活中也常说，眼睛是心灵的窗户。

重要的情节，人物的眼神应当在剧本中清楚地描写出来。

（五）用独白

常常被用在思索、选择的时候，表现辗转反侧，紧张，焦虑，成败与命运将在一瞬间决定。当想清楚了，做出决断了，决定或答案也会脱口而出。

（六）用沉默

《魂断蓝桥》的开始与结尾，罗依走上蓝桥，走下蓝桥，始终没有说一句话，只是回忆与悲伤。

编剧要善于揭示人物的内心深处，并通过这种揭示向观众展现出你对世界的认识。哪怕只是一个过程人物，同样可以为观众展现出丰富的内心世界与人物情感，展现出最勇敢的奋斗与最顽强的坚持，最深刻的思考与最执着的追求，最真挚的爱情与最强烈的仇恨，最遗憾的失落与最惊诧的邂逅，最尖刻的嘲讽与最宽广的心胸，最难堪的尴尬与最幽默的化解，最奇特的意外与最难言的遭遇，最可怕的苦难与最幸福的收获，对于世界的最有普遍价值或最有个体特征的渴望与梦想，等等。

人在社会中生活，几乎每个人都因为交往的、工作的、情感的原因，隐藏起自己内心的一些东西，也可以说人们常常隐藏起自己的真面目，总是把自己表现得优秀一些，公正一些，有道德一些文明一些。编剧要努力揭示人物表面背后的真实面目，通过各种各样的故事，各种各样的情节，让人物赤裸裸地站在观众面前，使观众或在一开始，或经过一系列的事件，看到人物的本色，进入到人物的心里。

有一位名人说，他平生所作所为所思所想皆可对人言。没有人不认为那是

一句大话，没有人相信那会完全落实。但是文艺家可以满足这个想象，可以让艺术作品中的人物，把他内心深处的一切都呈现给世界。

揭示人物的内心世界，编剧要比外科大夫的手术刀更加锋利，手术刀切开的是皮肉，文艺家切开的是人的心灵。要真正深入人物的内心世界，深入再深入，而且在深度基础上进行拓展，让人物的内心世界深入而广阔，丰富而真切，饱满而鲜活。人物内心不只是一个概念，不只是一个哲理，不只是生活的一个总结一个真实的描述，而是活生生的呈现，全方位无障碍直率而透彻的呈现。

如果说还要提示些什么？那么，你分析人物要尽可能尖锐，刻薄，甚至恶毒；你描写的时候要全力地客观，真切，富于真挚和饱满的情感。用情感不是你偏爱一个人物，而是用巨大的尊重与强烈的激情来塑造所有的人物哪怕是十恶不赦的坏人，要从所有人物的立场去探寻他们的内心世界，为他们的行为寻找根源，用饱满的情感来追求你的客观与真切。你写任何一个人物任何一段故事任何一个情节，你缺乏饱满的情感，人们是会看到的，是会感觉到的，是会反映到你的艺术力量艺术效果上的。

表现人物内心世界，可以用语言，可以用人物的行动，可以用更多的方法。不能说哪种方式更好，也不能说哪种方式更容易些。用行动表现内心，要努力做到清晰而准确；用语言来表现，要努力做到精彩而生动。用眼神来表现内心活动，不单单是演员的事情，你要为那个精彩的眼神表达提供出色的情节造就恰当的氛围。

但是不要认为只写了人物动作，只写了人物在各种事件中的行动就没有写出心灵。任何人的任何一个动作，任何选择与决定，都是内心世界的反映，都是心理活动的结果，都在表现人物的内心世界。只是这种内心世界的反映是否深刻，是否给人带来思索与启迪，是否具有艺术力量。所以，不要排斥那些没有用语言来表达内心的作品。

人物的职业、环境，会让人物有一些特殊的，共同的性格与行为，如警察和贼的眼睛，军人的敏捷与强悍，医生的细心，母亲的爱心。但人物的内心世界，不能让外表、职业来概念化。什么是人物个性：总统什么样？应当威严，果断，充满大人物的和蔼，稳健，健谈且睿智。可韩国总统朴槿惠的言行举止，就像一个家庭妇女，总是和善的微笑，总是不那么挺拔，总看不到她的强悍。但她并不是没有政治经验，她经历过常人无法想象的惨痛，在生活的峰峦与谷底颠簸，她内心的钢铁意志与外表有着巨大的反差。从世界总统之林的范围看，她经历了比很多总统更加沧桑的岁月。你看，真实的总统要比许多艺作品中的总统还传奇。

所以写心灵，编剧不但要在自己的内心深入探索再探索，更重要的，是向你自己内心的外面去探索，就是去观察整个世界，观察丰富多彩的人物，观察你剧本中人物的原型，或虽然没有原型但与其相似的同一类的人，如典型的警察、工人、农民、教师、母亲、儿子、女儿等等。你要用一颗真挚的心去接近、走进他们的内心世界，要从哲学的、社会的、历史的高度去分析他们的内心世界，然后，去塑造你自己的人物。

当然你可能对有些事情想不明白，这个人，这件事情，到底表现了什么样的人性什么样的社会本质呢？不要紧，你只把感动你的那些东西真实地表现出来就行了，好在电影电视剧正是用视听语言来表现世界的。你表现得好，故事和人物真正的社会价值会有人理解甚至比你更加深刻理解的。《乡音》的结尾，胡炳榴拍的时候并没有想清楚陶春想要去看火车这个人生最后选择的意义，但他认为陶春在生命的最后时刻有一个和众多乡亲一样的选择，必定是有道理的，也是明亮的。所以你想清楚人性啊实质啊挺好，想不清楚不要紧，你去发现什么事情感动了许多人也感动了你。真正感动了许多人的事情，自有人性心灵在。

刻画人物的内心世界，要注意让观众丝毫看不出刻意的在描写内心世界，要把这种刻意融化在故事中，人物动作中。其实人物在矛盾冲突中的每一个行动，都在诠释他的内心世界。

十、让人物面临选择

人在生活中，总是要面临选择，真正艰难的往往正是选择。选择可以是道德的、生死的、情感的、利害的、盈亏的、成败的等等。选择，需要人的智慧、品德、勇气、判断、寻找，会经受生与死、去与留、情与义，人物在选择中的内心挣扎，如同水与火，撕裂与缝合，毁灭与重生。所以艺术作品中选择的过程，闪烁着人性的光辉，剖开了赤裸的心灵，为内心世界提供了广阔的表现空间，让人物的真面目显现无遗，也把人物的智慧、道德和勇气推到极端的境地。

《魂断蓝桥》中，玛拉的生活充满选择。她要选择爱情与舞蹈的冲突，她要选择是否告诉罗母罗依的噩耗，选择是否卖淫，是否告诉罗依真相，是否自杀，每一个选择都那么痛苦，而且一个选择比另一个选择更加让人撕心裂肺。

《罗马假日》中，公主要选择是否去寻找普通人的快乐，是否放弃爱情回到公主的身份。记者亦然，他要选择是否阻止公主回去，是否放弃得到的绝头条而这将会是他记者职业可能达到的最高峰。两人的不同选择,公主牺牲了青春与爱情,记者诠释了爱情与高尚。

最难的选择是无法选择,也不应当进行选择。那个时刻,选择往往不是对与错,或无法分得清对与错。《唐山大地震》中母亲对于救儿子还是救女儿的选择,是生与死的选择,两个都是她的孩子,可她必须立即做出选择。她的选择,造成了和女儿几十年的海角天涯。

选择越极端,就越难越痛苦,也越能抓住观众。可也有一些情况,大家都认为人物应当做出超乎寻常的选择,偏偏做出的是太平常的选择,甚至根本不能叫做选择,这样的选择更加打动人心。如《乡音》中女主角得了癌症,最后的要求竟然是去看看山外面的铁路。

面对错误,有人选择认错、悔罪、辞职。有人为了大局,选择把别人的错误揽在自己身上,宁愿身受委曲甚至跌入命运的低谷。有人选择不认错,隐瞒错误,将错就错。将错就错有的只是在没有严重后果情况下隐瞒,有的则是宁愿后果惨重也要保全自己。《流浪者》中,法官拉贡纳特认为贼的儿子一定是贼,所以把无罪的扎卡关进监牢。他真的完全分不清是非,真的认定贼的儿子一定是贼吗?其实未必,他是个有多年法官生涯的人,不可能没有见到过例外。他对于罪犯后代的偏激态度,很大程度上是憎恶。他即使就是认为血缘决定一切,也不可能不知道判决需要证据,他当年不可能握有扎卡的犯罪证据。这也就是法律需要监督的原因,滥用权力不仅仅是因为无知,往往是因为人的爱憎与傲慢。拉贡纳特最后终于忏悔,代价是妻子的生命和儿子的辛酸童年与监牢之灾。

面对打击、陷害、世仇、掠夺,有人选择忍受,有人选择逃避,有人则选择报复。报复又可以是揭开真相、舆论攻击、导致对方破产、破坏婚姻、甚至于把报复变成杀人放火。《基度山伯爵》是典型的报仇故事,让报仇经历难以想象的传奇,长期精心的策划,最后奇特地成功,他对三个仇人的打击,是最疯狂而高妙的。

上世纪四十年代末,我们的国家天翻地覆,无数人面临艰难的选择。傅作义、陈明仁选择了起义,保护了城市、文明与多少万人的生命。七十年代末,中国和所有中国人又面临艰难选择,所以有了今天的中国。那些选择的过程惊心动魄,已有很多影视作品来表现。

选择,是有度的。适度的选择,是智慧、理智、谨慎、宽容的表现;过度的选择,有时有着合理的理由,有时有着不合理的依据,甚至是因为粗暴,自私,轻率,残忍。适度的选择,往往度过难关,化险为夷,皆大欢喜;过度的选择，往往激化矛盾，置身险境，甚至造成灾难。《末路狂花》中面对粗暴的强奸，路易丝选择开枪。这个极端的选择其实还可以掌握一下度，因为她的伙伴塞尔玛当时已经摆脱了困境没有生命危险，可路易丝不是选择打伤那个强奸未遂的男人，而是一枪要了他的命。即使她有过被欺侮强暴的经历，她仍然反应过度了。于是，两个寻找假日快乐的女人走上了不归路。

路易丝过度的选择，有着广阔的社会原因：疯狂的国度，极度追求自由自我的生活环境带来的狂躁和对他人的冷酷与蔑视，连音乐都疯狂地刺激着人的神经，自然更容易促使人产生过度的选择。所以，在描写选择尤其是极端的、过度的选择时，要注意追寻性格、环境、文化对于选择的潜在影响。人的任何一个选择，其实都不是单纯的，都是社会的，文化的，多种因素的。简单地把路易丝杀人的原因定性为在男权社会女人的反抗，是不正确的。

任何一部作品，可以没有爱情，没有战争，没有高山流水，甚至没有男人或女人，但都会有选择。往往，一个剧本创造了一个成功的选择，这个剧本就让人记住了。

十一、坚持、追寻与放弃

人的选择有很多种结果：怎么干，走哪条路，爱还是恨，瞒天过海还是声东击西，立即行动还是先等一等，甚至生与死。但也常常会有另外两种结果：放弃，或是坚持。

坚持下去会怎么样，放弃之后会怎么样，放弃与坚持形成的反差是怎么样，这些应当是作品关注的焦点，编剧应当精心设置深入描写放弃与坚持。

（一）坚持

坚持，已经迈过了选择，但是并不宁静，无论是固守，还是继续前行，往往会有似乎无穷无尽的煎熬。选择过程中的去与留、开与合、情与义的撕裂与缝合，也会长久地顽强地追随着坚持的过程。

南昌起义失败后，很多起义者绝望了，认为革命没有前途了，选择离开部队甚至离开了中国。可朱德带着不到1000人的部队，在内部人心涣散官兵大量逃亡，外部四处追杀极其残酷恶劣的环境中坚持下来，最后上了井冈山与毛泽东带领的秋收起义残部会师。二十年后，这些革命的火种席卷神州，推动中国发生了天翻地覆的变化。而朱德成为中国人民解放军第一元帅。

带一个团率先北伐，被誉为铁军团长，担任南昌起义副总指挥的叶挺，却在起义失败后失去革命信心，流浪国外十年。抗战暴发后叶挺回国担任新四军军长，在中共中央召开的欢迎大会上，他动情地说："革命好比爬山，许多同志不怕山高，不怕路险，一直向上走。我有一段，是爬到半山腰又折回去了，现在又跟上来。今后，一定遵照党所指示的道路走，在党和毛泽东主席的领导下，坚决抗战到底。"

叶挺的话，彰显坚持的历史意义和人生意义。坚持的著名故事很多，上甘岭战役胜在坚持，黑山阻击战胜在坚持，塔山阻击战胜在坚持，陈景润攻破哥德巴赫猜想需要坚持，收获爱情往往需要坚持，抓获罪犯往往需要守株待兔的坚持，台下苦练十年才能得到台上一分钟的光彩照人需要坚持，正确的意见不被接受却事关成败生死更需要坚持所以有一个词叫做力排众议。

长期艰苦的甚至是世人难以想象的坚持，有时会是毫无价值的。如二战后三十年的1974年，一个日本青年到菲律宾旅游进入深山探险，意外发现一个身裹树皮的野人，交谈中发现他竟然是二战时期的日军中尉，日军失败后逃进深山，因"日本必胜"的信念支撑，在山里风餐露宿躲了三十年，等待着他的上级来给他下达新的命令。

这个中尉的坚持，因他的任务是侵略而毫无意义。有的坚持看似没有意义，却充满历史意义和生命厚重。如古今中外太多为争取自由民主正义，面对酷刑决不改变信仰的志士，正是因为有他们的牺牲，鼓舞了无数人前赴后继地为人类进步、为民族解放奋斗，也才有今天中国和世界许多国家的民主与繁荣。

坚持，往往是人最重要最难得最精彩的状态，充满鲜活、感人、历史、现实、富于哲理、透视人生的精彩故事。坚持，需要具有坚强的意志，不屈的追求，心灵的陶冶，也需要智慧与品德。坚持是永恒的人生光辉，也是讲故事的人永恒的题材。

1. 坚持是故事的动力

面临多种诱惑和压力，对于道德、爱情、廉洁、正义的坚持，面对无法想象的艰难与凶险执着的坚持，一直是影视作品的重要内容，是人物故事的重要动力。中国有一个著名的故事，就是王宝钏18年坚守寒窑。

坚持能够映照社会生活。《唐人街》中私人侦探吉蒂斯面对强大的威胁一直在坚持，于是有了假墨尔雷太太事件的真相，墨尔雷先生的死亡真相，墨尔雷太太那个既是女儿又是妹妹的孩子的真相。吉蒂斯的坚持，也反射和抨击了美国政治的黑暗。

人物对于错误的坚持，也可以成为故事的动力，如《流浪者》，整个故事都源于拉贡纳特"贼的儿子一定是贼"的错误观念。

坚持之所以一再被艺术作品所表现，之所以成为众多故事的重要动力，是因为坚持往往充满故事性，激发出澎湃的力量，表现了生活的许多本质。

2. 坚持是故事的主体

1941年6月22日，法西斯德国发动"巴巴罗萨"计划，以300多万军队对突然袭击前苏联，短短几分钟就突破了苏军的防线，并一直打到前苏联首都莫斯科。可最先受到攻击的苏军防线上，有一个要塞却长时间没有被德军打破，德军动用了多种手段包括两吨重的巨炮轰击和火焰喷射器的攻击，少数苏军官兵在极度艰难困苦的情况下，长时间坚守在已处于敌后的要塞里，这就是震惊世界的布列斯特要塞保卫战。前苏联电影《坚守要塞》，表现了这个可歌可泣的事件。

电影《上甘岭》大部分情节是志愿军在坑道中的坚守。正是在上甘岭战役后，美军被迫签署了历史上第一个也是迄今唯一的一个没有取得胜利的停战协定。

3. 故事的意义是坚持

前苏联电影《乡村女教师》，演绎的好像并不是坚持的故事，可当影片结束，我们从主人公一生沧桑看到的最为可贵的，正是坚持。当影片中一代代学生们在开课前齐声叫着"瓦尔瓦拉·瓦西里耶夫娜"的声音变成了一种吟诵，坚持的意义已不但是一种精神的象征，也成为灿烂的现实和厚重的历史。

一个人做点贡献并不难，难的是长期地甚至一辈子去做常人看来付出与收获不成正比的贡献。所以社会和艺术作品都一再颂扬瓦尔瓦拉那样的人，她们故事的意义，正在于长期甚至一辈子的坚持。

4. 坚持的表现方式

坚持可以有不同表现方式，王宝钏在寒窑的坚持、《上甘岭》和《坚守要塞》，是直接的表现方式，重点描写坚持的过程。《神雕侠侣》中十六年里小龙女的坚持是非直接的映照性的表现方式，我们看不见她的坚持，看见的只是杨过十六年的沧桑，而这种沧桑更加使小龙女的坚持充满神秘、美丽、感人的想象。

（二）追寻

无论什么人，一生都会有过选择与追寻。人的选择，有时是追寻的结果，有时是追寻的开始。

1. 追寻真理

朱德当年放弃了高官厚禄，远度重洋去追寻真理。他遇到了周恩来，参加了中国共产党，从此再也没有动摇过革命信念，哪怕在南昌起义惨痛失败中国革命最为紧急艰难的关头，哪怕艰苦备至的井冈山斗争时期，哪怕雪山草地，哪怕抗日战场的烽火岁月。毛泽东曾评价他"气量大如海，意志坚如钢！"

很多共产党员，不但经得起战火硝烟的考验，而且经历了严酷的内部斗争和错误关押，甚至被错误杀害，都不改自己的信仰，坚信党能够修正错误，共产主义一定会实现。那种追寻与坚守，是因为目标的崇高。崇高的目标虽然遥远，却那么清晰，才有无数英雄宁愿为之抛头颅撒热血。这些，是很多自以为洞悉世界，明了生活的人无法理解也做不到的。所以这个世界有高尚与平庸之别。

对真理和真相的追寻，各民族是一样的。意大利思想家、科学家和文学家乔尔丹诺·布鲁诺因为坚持日心说，坚持认为地球是圆的而被残酷折磨直至被烧死，也不改自己的观点。太多的历史和现实，告诉人们追寻充满美好与艰难，也充满争端与风险。

因此，追寻是好的创作题材。

2. 追寻真相

电影《谍影重重》描述一名失去记忆的杀手，在逃避和对抗CIA杀手追缉的过程中，追寻自己的往昔。成龙的电影《我是谁》，也表现了特别行动队员杰克，在受伤失去记忆后，寻找自己真实身份的故事。如果说这两部电影过于传奇，那么很多侦探故事片，都表现了寻找真相的经过。

美国电影《无名英雄》是一部另辟蹊径的关于英雄的电影，描写的是一次飞机失事中，有一个男乘客救了许多同机的人，被他救下的一个女记者苦苦寻找自己的救命恩人，一个小偷却阴差阳错被当作救人英雄，接受媒体大肆宣传与民众狂热追捧。可女记者发现他并不知道失事现场的情况，于是千方百计寻找真正的英雄，最终找到那个英雄时，冒名者却因怕事情败露和良心追问想要跳楼自杀。真英雄也为了解脱经济困难，爬上楼去与冒名者商定，不向公众说明真相。故事离奇生动，巧妙而曲折，悬念迭出，人性的探问深刻而真切。

3. 追寻情感

众多的爱情故事表现了这种追寻，也有的作品表现的是追寻童年与故乡。《魂断蓝桥》是此类作品的典型之一。

4. 追寻往昔岁月

日本影片《望乡》，追寻的是二战期间被抓到南洋当妓女的日本少女的故事，影片曾在中国引起强烈反响。张艺谋执导的《我的父亲母亲》也成为一个时期的文艺现象，给中国影视界带来长久影响。

5. 追寻宝藏

美国大片《国家宝藏》和中国影片《神秘的大佛》都是此类影片。

（三）放弃

放弃，可以为了正义，可以是暂时的策略，也可以因为恐惧、私利、忍受不了折磨。

1. 非正义的放弃

常常违背了良心与正义，但带来的可能是丰厚的利益，苟且的偷生。这样的放弃，会伴随长久的愧疚，背叛一般的谴责。如生活中和作品中的叛徒，负心汉，抛弃诺言者。

2. 为了成功的放弃

所以有个词叫做放长线钓大鱼，还有一个意思相近的词叫欲擒故纵。这两个词，多用来表现军事斗争的谋略，张网以待的侦探，也会用来表现获得爱情的过程和人们日常生活的小计谋。如一个有心计的男人为了获得姑娘的芳心故意装作对她熟视无睹。

3. 为了解脱的放弃

原因会很复杂，有时是无害的，有时是有害的。退缩常常被谴责或深深自责，但退一步天高地阔的情形，却也是一种境界，有很强的戏剧效果。谈判技巧，就是一种坚持与放弃、前进与后退的艺术。

4. 为了坚持的放弃

《上甘岭》中，放弃表面阵地是为了保持在主峰阵地的存在，给反击创造条件与时间。而《罗马假日》中记者放弃了千载难逢捕捉到的公主的私自活动的新闻，是为了坚持崇高。

坚持与放弃，都可能出现有违初衷的情况。坚持下去却没有收获，甚至发现多年的坚持原本就是一个错误。放弃是为了解困，为了眼前和长远的利益，结果却正相反。

十二、让人物犯错误

哪怕是政党、政府、有深远影响的社会团体、有长期成功运行经验的企业集团，也会犯下这样那样的错误。这些错误，其实都是组织、团体中的人犯的，有时是个人犯错，有时很多人一起犯错，非组织的个人行为更加容易犯错。

错误，往往被广泛关注，反复总结，甚至被声讨，被清算，被严厉惩罚。所谓好事不出门坏事传千里，坏事，也包括错误。犯错误的事件及过程，往往充满戏剧性，深入人物内心，表现人物性格，激起观众的兴趣与想象。

犯错误的原因很多很复杂，常有如下情形：

因无知愚昧犯错误，如一些没有知识的人随意毁坏了珍贵的文物，或高价

购买了赝品还洋洋得意。

因骄傲自满遇事漫不经心而犯错误，如古代大意失荆州的故事。

因缺乏经验犯错误如一些新的指挥员、新警察、新司机的失误，典型的有战国时代赵括纸上谈兵的故事。

因经验丰富却不注意各种情况的新变化而犯经验主义的错误，如抗日战争中第四次长沙会战，薛岳固守三次会战的天炉战法而败于采用新战法的日军。兵法中有"常见则不疑"的方法，有意识地让你以为那些情形都是经常见到的没有威胁的，而后出奇制胜。

因判断失误犯错误，并非轻敌，并非麻痹大意，确因对方智高一筹或情况过于复杂而犯错。这在战争中经常见到，案件侦破中也常会中了作案者布下的迷局。

因金钱、情色犯错误，古兵法专门有美人计之说，如西施惑吴王的故事。金钱更是政治、军事、经济活动中的阴险杀招，蒋介石多次运用此招，打破各种政治、军事僵局甚至败局。2013年之后中纪委披露的腐败案件，腐败分子多是大肆收受贿赂并通奸。

也会有人故意犯错误。故意犯错误的人，可能是善意的，如为了解脱别人的困难，为了承担责任等。也可能是恶意的甚至是恶毒的。如有的伤亡看似是普通事故，后来却发现是谋杀，也有谋杀者把自己的罪行伪装成失误以蒙混过关。

除了犯错误的原因与过程，错误造成的后果也引人注目充满戏剧性。《上甘岭》中连长离开指挥位置私自出击是错误的，但打掉了敌人地堡，连长受到了批评，但这样的出击却得到上级的表扬与提倡，而这个错误就有了喜剧成分。

有一些错误的后果，呈现复杂的道德、得失的状况，使人无从分辨。《拯救大兵瑞恩》中小分队一番激战抓获那个德军士兵，杀俘虏是战争罪行，带着走肯定不行，一番争执后放掉了，后来他却杀死了主张放掉他的人。这种正确与错误、道德与非道德、宽容与残忍、恩将仇报的复杂事件，在释放了强大艺术力量的同时，引发人们深入的思考与追问。

有些错误，形成之后被立即发现但已无可挽回，而且造成了深深创伤，伤害了自己或亲人或公众利益。如莎士比亚的作品中，奥赛罗发现妻子是爱他的，可他刚刚把妻子用枕头闷死了。

犯错误常常导致失败，有些情况下也可以将错就错反败为胜。如我中了你的计，造成了损失，于是我故意让你觉得我还不知道我的错误，利用这一点战胜你。

十三、写人物之间的鸿沟

这里说的鸿沟，是思想上的鸿沟。

鸿沟，有时一出场就凸显，有时候随着故事的发展而显现，造成各种冲突、分裂、伤害与故事的突变、突进、转折。

不同性格的人会有思想鸿沟，贫富、官民、工农、文武、男女、老幼之间，都会因为所处环境、生活习惯、职业的不同而有不同的观念，遇事会有不同的判断与选择。但贫富之间，观念可能是大同的，官民之间，追求可能是一致的，男女之间不但生活和谐，甚至连喜爱的色彩都是相同的。但同一个家庭中的兄弟姐妹，一对多年的夫妻，却可能有着巨大的观念、思想上的鸿沟。相同性格的人，会有不同的信仰。相同经历的人，会有不同的爱憎。

所以写人物之间的鸿沟，不是写身份的不同，异样的性格，而是写人物的不同观念，不同思想，不同世界观，不同政治观，不同爱情观，隔代的鸿沟，城市与乡村生活造成的鸿沟等等。这些鸿沟会带来人物在同样一个事件中不同的反映与动作，甚至造成人物之间的直接冲突。也有的时候，两个原本志同道合、共同奋斗的人，在遇到新的问题新的环境时，原本存在的思想上的鸿沟显现出来，引发矛盾与冲突，于是事件和人物命运产生巨大的变化。

《魂断蓝桥》中巴蕾舞剧团的头，那位老夫人，她与姑娘们有着共同的事业，也可以说有共同的爱好。可她们之间有着深深的不可逾越的鸿沟，导致了她与玛拉和凯蒂的决裂。她也有过青春，或许曾经爱过但受到创伤，或她真的从小就彻底沉浸在巴蕾里面，或她看到太多因爱情而失去了事业最后情感与事业两空的事实，或她只是想从姑娘们身上拿到演出的收入。不管属于哪一种情况，她和姑娘们的鸿沟是那么鲜明，于是冲突再冲突，故事被强有力推动起来。

我们不知道老夫人的前史，并不影响我们认识这个活生生的人物。作者写人物，应当考虑每个人物性格观念的前因，但不必过度表现。有的人，他的成长有着鲜明的轨迹，与生活环境、成长历程同步前行。如商人的子弟贪财，文人的孩子儒雅，穷人的后代勤劳。但这个世界上，人某种观念的形成可能只因为偶然的一句话一件事。甚至自己忘记了某件事情，可他形成的某种根深蒂固的观念正是因为这件事情。世界是复杂的，同样的成长轨迹不等于产生同样的性格与世界观，不同的成长轨迹可能导致相同的思想观念。所以一个资本家家庭的孩子，可能最后成为无产阶级革命者。而他与家庭、亲友、相同环境人们的思想与行为的决裂，他们选择的不同，他们在任何一件事情上的思想鸿沟，正是人物塑造与故事编织的着力之处。

十四、让人物的追求适得其反

千方百计追求的,真正得到了却发现这是自己的桎梏,甚至是生命的终点。费尽心血想要抛弃的,却发现抛弃了最珍贵的。

还看《魂断蓝桥》。即使不从功利的角度,只是从幸福与否的角度来看玛拉的命运,她的命运那么悲惨。如果她听从老夫人,放弃了罗依,她还是快乐的舞蹈演员,甚至可能大红大紫。但她追求幸福的实际结果正相反。

《肖申克的救赎》中,监狱长一边利用银行家安迪的金融知识为他谋利,一边阻挠安迪冤案的昭雪。他想要安迪长期在监狱中被他无偿利用,其结果是他的罪恶被揭露,在监狱中救世主一般不可一世的他最终自杀身亡。与安迪最终搏得自由相反,监狱长的下场,也再次印证了恶有恶报的公理。

以上两部电影,都有人物追求适得其反的故事,但却有不同。玛拉的故事没有成功者,每一个人都遭遇和承受损失。玛拉失去了幸福与生命,罗依得到的是终生的创伤。凯蒂失去了她宁愿为之丢掉工作甚至卖淫的朋友,老夫人也失去了她的两个优秀演员。这些结局,都不是人们所希望的,如果玛拉得到幸福,且仍然能够在舞台上给人们奉献美,该多么好啊。但如果那样,电影会从100分跌破20分。而《肖申克的救赎》中,主要人物的结局都是观众所盼望的。安迪得到的是自由,监狱长的下场是人财两空,电影因表现了生活的一些本质而彰显自己的艺术价值。

让人物的追求适得其反,写的是反差。愿望与结果的反差,不同追求之间的反差。也可以让不同的人物在相同追求中有不同结果。试举一个生活中真实的例子:甲要去考电影学院,为了让乙陪同,动员乙也参加了考试,结果乙考上了而甲却落选。

人物的追求适得其反,在生活中有很多很多,艺术作品中也有很多很多。有时是自己千方百计想要的却没有得到,有时是人物并不想要却被他人推到那个地步结果千辛万苦的努力一场空。有时人物的追求是源于世界观,有时是因为物资和情感诱惑,有时是为了荣誉。感情、荣誉、地位、精神、文化、观念等等,都可以用来追求或抛弃,让人物的行动结果正相反。

适得其反的结果,有时会是悲剧的,有时会是喜剧的,有时会显现正义与邪恶的鲜明对比,而有时,呈现的是普通生活的正确与错误。

十五、为人物的行为寻找根据

一个人见义勇为,他是为什么?一个人性格阴狠,是怎样形成的?一个人善良,是怎么养成的,等等。笔下的每一个人物,我们塑造他的时候,应当为他的行为找到根据。人物排除千难万险去做一件事情，他是为什么，决定这样做是否经过了挣扎，挣扎的过程是否很痛苦。天大的难事，有的人也会轻而易举就去做了，如007系列，他就是干那个的，他千难万险不带眨眼的。但他也不是没有行为根据，他的行动代表正义，而且他还从冒险中感受到快乐。

喜欢冒险，很多人是后来养成的，经过艰苦训练做到的。有的人，确实是天生的，有的孩子从小就胆大而横行。生活中总是放弃安逸去冒险的人有的是，如无动力伞和翼伞的飞翔，登山，去大沙漠探险，常常不是为了商业目的，就是为了突破惯常的日复一日的平庸生活。王实那样的企业家，快60岁了还要去攀登珠穆朗玛峰，他当然不是去进行科学考查，也不是去寻找盖房子的秘诀。

为人物的性格与行为寻找根据，有时需要把根据清晰地表现出来，不但要用台词说出来，许多作品还会用闪回的手法直接表现，往往会起到画龙点睛的作用。而有些情况下，人物内在的东西，他行为的依据他性格养成的原因，也可以并不去表现。这并不是不需要依据，编剧心里要知道他为什么会这样，设想他的前史是怎么样的，他可能有过什么样的生活际遇。然后，你的人物在你的笔下才显得生动，真实，有血有肉，你在设计人物故事细节的时候才能够得心应手。

《渴望》中的刘惠芳，她很早没有了父亲，妈妈是个十分世俗唠唠叨叨的人，哥哥妹妹们也都是很世俗的普通人。可她脱开了凡俗，显得那么清丽灿烂，她的善良怎么来的？她是怎么做到的？她就是从她经历过的生活中学来的，养成的。社会的公理，社会对于美丑、善恶、好歹、高下的判断，人们的价值观，千百年来渗透在社会的每一个层面每一个家庭。很多人做不到，但能够认识到，能够评价，能够赞美。那些评价那些赞美，被身边的人听到了，悟到了，就会有人决心去做，也确实做到了。所以刘惠芳的善良，不是没有根据的，在那样的生活环境中不是不能养成的。善良，无私，奉献，母性，被任何民族任何文化背景的人们所赞颂所崇敬，只是真正做到极致太难，所以做到的人被大家关注与赞美。编剧正是为刘惠芳的人物塑造找到了这个根据，正是要用这个人物诠释中华民族的优秀传统，这个人物、这部作品才得到了那么广泛的关注与赞誉。

十六、人物的出场

人物的出场有几个要求：

一是主要人物出场要早，一般电影要求前十分钟内主角要全部出场。如

《魂断蓝桥》正戏第一场，男女主角都出来了。

二是主角要迅速溶入主题故事，《魂断蓝桥》是一见钟情的爱情故事，男女主角一出场就神奇而又自然地邂逅，女人那么美丽而柔弱，男人那么英俊而热情。

三是迅速推动故事发展，上述中，罗依原本没有时间，却突然出现在剧场，并送来约会纸条，玛拉也慨然赴约，两人闪电般在认识不到24小时决定结婚。

有些新编剧，往往会有一个不足，就是人物出场纷乱，不是沿着故事发展的轨迹，而是跳跃性地出场，一场戏出来几个，下一场戏与上面的戏没有什么关系，且一下子又出来几个新的人物，再下一场又是如此。看了一会儿，后面的人物不认识，前面的人物已经忘了。

这就是我们着重要说的第四点，人物要在故事的有机发展中出场，后面出场的人物，要与前面的故事、人物相关联。随便地乱纷纷地安排人物出场，是功力低下的表现。

让我们来看看前面刚刚举过的《魂断蓝桥》的人物出场：

青年军官罗依站在桥上，男主角出场。响起了空袭警报，一群女演员惊惶失措，求助军人罗依，于是罗依认识了慌乱中掉了护身符且差点儿被车撞上的玛拉，女主角出场。两人躲空袭产生好感，玛拉要演出，罗依想去看演出可已答应出席上校的晚宴。但玛拉在演出中突然看到坐在下面的罗依，慌乱地在舞台上和凯蒂交流，女配角出场。演出结束，众女演员熙熙攘攘中，忽然安静下来，老夫人出场，她不但批评了演员们，也严厉警告想要和罗依见面的玛拉，在希望出现的同时，矛盾被激化。一个个人物，都是在故事环环相扣的发展中，随着情节进展出场的，并产生不可替代的作用。

《唐人街》中，一开场，墨尔雷太太来到吉蒂斯的私人侦探所，要求吉蒂斯帮她查找他丈夫的外遇。吉蒂斯于是来到市政厅，开始跟踪水电部的总工程师墨尔雷，发现他正处于一场土地和水的争执当中。吉蒂斯开始并没有关注他的争执，很快发现墨尔雷和神秘女子的线索，接着惊讶地发现他拍摄的墨尔雷的照片出现在报纸上。这时，一个他从未谋面的女人来到侦探所，原来这才是真正的墨尔雷太太。假太太是谁？为了什么冒名顶替？墨尔雷开始追寻真相。

上述故事中，每个人物都是在故事发展的轨迹中，一个个与故事紧密相连地出现。而这，是一个必须掌握的重要技巧。哪怕只是一部短剧，哪怕是一部鸿篇巨制，不管故事只有一条主线还是有多条线索，你都应当避免乱开头绪，要让你的人物在故事发展中，随着情节的进展，与前面和后面的故事血肉相连地出现。而且，凡是出现的人物，都要发挥作用，绝不要招之即来挥之即去的人物。

也可以早早就向观众介绍某个人物，但迟迟不让他出场，让观众一直在盼望。当他出场时，情节具备了强大的张力。

如《大红灯笼高高挂》中的老爷，他是家中绝对的权威，掌握着大院里面人们的生死，但始终没有看到他的脸。

当然，也可以早早安排下一个人物，他处处存在于故事之中，但自始自终没有出场，留下的是观众的猜测与评说。

十七、写好真实的人物与事件

真实与艺术是有距离的。

真实的生活也到处充满艺术，所以当我们写传记性作品的时候，时常会被真实人物的行为、智慧、语言所陶醉。真实的人物与事件，是影视剧的重要题材，经典作品层出不穷。如《巴顿将军》《上甘岭》《甘地传》《攻克柏林》《大决战》等。

写人物传记作品，有的人以为很容易。因为那些人物与事件必定是出色的，充满波澜、成就与挫折，而且会有很多现成的资料作为参照。如巴顿将军，他本身性格非常突出，又充满传奇性的历史成就，会有人觉得把巴顿将军表现得传神生动是必然的。

那就太轻视艺术创作的艰辛了！

写好传记作品是很难的。因为作者的经历、见识、艺术力量等各方面的因素，往往会使作品显得做作，浮浅，虚假，苍白，似是而非，令人反感。出现上述问题的原因大致有两个：一是收集和分析素材不到位不深入，二是艺术能力与见识低下。

我们一直在说深入生活收集素材，是不是过分了呢？做到什么程度才算是到位了深入了够了呢？

深入生活总是不够的，收集素材总是不到位的。

粟裕将军爱兵如子，在抗战时期的严酷环境下，有时将军只带警卫排行动，遇到危险会让没有作战经验的参谋带机关人员撤离，他带人亲自断后。1948年4月，将军奉中央之命赴河北阜平城南庄汇报，司机因连日行军开车而困倦，把车开入道旁田间，仍睡着未醒。将军让人扶开司机，亲自开车赶路。司机醒来后大惊请求处罚，将军却说："罚你睡一小时的觉。"将军戎马一生，晚年衣服都穿不成了，勤务人员给他穿衣时，他还要求把绒衣扎进裤腰里，把军人的威仪与严谨保持到生命的最后时光。将军的平易近人和严整的军人风范怎么来的？恐怕你想不到，竟与一个长工有关。将军出身地主家庭，幼年时常和家中的青年长工阿陀一起玩耍。阿陀给粟裕讲了许多英雄剑侠杀富济贫除恶行善扶危济困的故事，并带着粟裕练习功夫。这样的经历，造就了少年粟裕的世界观，他从小同情贫苦人家，憎恨仗势欺人的行为，立志要做为民除害的剑侠。后来，地主少爷粟裕参加了为穷人打天下的革命队伍，身经百战成为名将粟裕。你不了解这些，你写的将军的形象会是无本之木。

一个二战时期的德国老军人，二战结束后几十年，直到去世那天还戴着二战当兵时的手表，时间指针永远停在当年进攻前苏联的那一刻。真实的人物，往往比文艺作品还充满极端的难以想象的个性。

收集素材不单是更多占有资料的过程，也是丰富想象的过程。收集素材越深入，越能够在创作中得心应手左右逢源。科学试验也是一样的，中国第一款具备航线运营资质的喷气式支线客机ARJ21-700，经历了长达11年又3个月的适航审查、超过6年的试验试飞，32本试飞大纲以及厚度高达30米的3418份验证报告，5258个试飞小时，2942个试飞架次。拿到中国民航总局的适航合格证后，上海飞机设计研究院院长郭博智告诉记者：在设计与制造阶段，一些问题会被暂时忽略。但在验证阶段，所有之前忽略的问题、每一项错误都会体现出来，尤其是那些考验设计师能力的细节问题。

都说细节往往决定成败，科学实践与艺术创作都是一样的。所以你说，收集素材什么是到位呢？没有到位，没有程度标准，只能说：越丰富越多越好。

当一个人物太出色，一个事件太轰动，在艺术上的表现还有一个困难，就是已经有大量真实、生动、精彩的纪实作品会出现在你的前面，甚至几十年之后、几百年之后，还会有许多回忆、分析类的通讯、报告文学、纪录片、论文来与你争夺精彩，需要你具有更加饱满的艺术力量。但你也有你的优势，你是艺术再现，你可以充分展现上述作品无法表现出来没有记录到的那些精彩时刻，震撼人心的画面，动人的语言，细腻的情感。不用说通讯、报告文学做不到这些，记录片也达不到影视剧那样精心拍摄的程度。当然，影视剧中除了真实人物与事件本身，还会有你的精心的演绎。

传记性作品因为人物与事件难以收集到的细节的缺失，也因为艺术需要，难免虚构一些情节，演绎一些细节。但演绎的情节要遵循传记人物与事件的基本面貌，过度演绎是传记性作品的大忌。自以为是的过度演绎，往往是见识低下造成的。如一些作品中的将军被写成面面俱到的大妈，出征之前总是要给战士整整领口扶扶武器之类。

写传记性的作品，其实不如以某个人物或事件为原型的创作来得痛快，你不受真实性的限制，可以充分发挥你的想象。

十八、走进去，跳出来

编剧要走进人物的心灵，应当在人物身上倾注自己的情感，可以通过人物演绎自己对于世界的观点、看法，甚至具体到解决问题的实际方法。但另一方面，编剧又要能够跳出你自己的观念与情感，你不能把每个人物都写成了你自己。就是说，要走进人物的内心世界，跳出自己的观念与情感。

矛盾吗？一点儿也不。

走进人物的心灵，是了解她，理解她。向人物倾注情感，不是把她变成自己，而是让笔下的每一个人物，都有他们的个性、人格、观念与行为准则。你可以在作品中演绎自己的观念，可以让某个人物身上有清晰的你的影子强烈的你的主张，但这只是你笔下的某一个人物，某一种行为，而不是全部。恰恰有的编剧，作家，把人物写得都是一幅嘴脸一个腔调，既所谓的千人一面。这样，你就把你的艺术写进狭窄的死胡同里去了。

你的观念，你想要向世界说的心里话，更多的应当体现在主题当中，体现在整个故事所要达到的目的当中。人不能总是在表达自己的观念，总是在诉说自己的要求，那就成了喋喋不休的祥林嫂了。优秀的作家和编剧，目光、胸怀在整个世界，所要描写的是整个世界上最有意义、最突出、最具话题性、最具代表性的事情和人物。你要走进的是那里，你要跳出的是自己。

塑造一个人物，当他或她遇到一件事情要做出选择的时候，要付诸实施的时候，你应当怎样设想？是想如果你是这个人物，你应当怎么做呢，还是你设身处地为这个人物着想看他应当怎样做？

两个方法都应当用。

常常，你把自己摆进去了，设想你遇到这样的情况会怎么样，常常会感到毛骨悚然，会感到激情澎湃，会感到斗志昂扬，会感到温润的深情，会感到很多很多。这也就叫做感同身受。这时你往往就打开了思路，设计出了真切的人物感受与选择，设计出了他们的动作。

可这也会有一个问题，就是你写来写去，写的都是你自己，无论男女老少，无论工人农民，无论军人教师，都千人一面，打着你自己的烙印，带着你特有的面具，表达着你对世界的态度与选择。于是，工人像农民，军人像教师，少年像老人，他们都像你。

这是不行的。你必须学会跳出自己的束缚，从具体的人物出发设计故事、选择与动作。你要细致再细致，个性化再个性化，创造再创造。面对同一个事件，不同的人如工人出身与农民出身、教师与军人、男人与女人等等，哪怕他们性格相近，经历相同，也会因为他们的职业不同、生活具体环境不同而采取不同的方式方法。即使他们做出同样的决定，他们的表达方式也可能多种多样。你要创作出优秀的与众不同的人物，你就必须设计出许许多多不同的人在相同情形之下甚至做出相同选择时的不同表达方式与行动方式。让人家一看，哦，这像一个农民，或像一个工人，像一个军人，尽管任何一个工人与其他工人并不相同，但他们总会表现出他的职业、他的生活经历给他留下的烙印，并在具体的事件中用特有的方式表达出来。可能不少工人与农民、军人与学生，在同一事件中表现出同一种状态或方式，但不同肯定是存在的，差别肯定是有的，这个人没有那个人有，总会有人表现出他个人突出的典型特征，表现出带着他的性格、经历和职业特点的表达方式。你的作品要写得好，写得超过常人，你就要抓住这些更加典型的人物状态，生活中这样的状态是无穷无尽无限丰富的。

比如，你在列车上或在广场上听到国歌会有怎样的表现？你可能感慨，你可能激动，你可能流泪，你可能无动于衷。可有一个三军仪仗队队员，他即使是在列车上，在毫无准备的情况下，一听到国歌，会下意识地站起来立正敬礼。

这并不会是每一个仪仗队员的行为，可这是只有仪仗队员才会有的表达方式。这就是典型，你所要创造的就是类似这样的典型。

不会写了，想不出来了，把你自己摆进去也弄不出好情节了，去看外面的世界，看古今中外同样的事件之中不同的人们怎么做的。看的多了了解的多了，你忽然发现有许多几乎现成的情节摆在你面前，哪个都比你自己的空想要好一百倍，你忽然发现你那么高明，写出了那么精彩的故事与人物，那么生动而难以置信的情节。

当然，总是写一种面孔的人物也会产生总是吸引观众的效果，如007系列，邦德总是英勇顽强，对手总是穷凶极恶，总有美女相伴英雄。铁打的邦德流水的美女，人们除了看故事有什么新花样，也看这次的美女是谁。

这样的例子你也可以用，如果你写出了邦德那样的人物与故事，而且制片人总是把大把的钱放在你的桌子上等着你的剧本。

十九、拾遗

给人物起名，我总是反复斟酌，甚至起不好名字总是写不下去。

名字不能太刻意，但还是要考虑人物身份与生长环境的因素。如一个可爱的女孩儿，你要起一个名字叫做援朝，那么他的父亲可能是当年的志愿军。我一个导演朋友的夫人，是朝鲜停战那年生的，她的军人父亲竟然就给女儿起了个名字叫做停战。

名字可以有寓意，比如坏人未必要名字凶恶，反倒可以起得安宁慈爱一些。一个草菅人命的干部，名字却叫做平安。但不要过于追求，不必一定要名字影射人物的性格与行为，尤其不要个个如此。

生活质感也会带来莫名的困难，如我的剧本《棒槌萝卜狗》，原型之一就提出希望给主角李棒槌改名字，因为已经有人说他是萝卜书记，怕别人再说他是棒槌书记。

剧本要不要提示演员如何表演，我认为是要的。并不是每一场戏、每一个情节都要提示，一些重要的情节，重要的情绪与动作，编剧会有深刻的感受，会有在实际生活中得到的特别体验，应当写出来提示导演与演员。每一场戏，每一个情节，演员的台词、动作、情绪，可以多种多样。但最准确的情绪、最好的表演只有一种，最合适的表演度只有一个点。编剧应当帮助演员去把握，演员可能不按你的提示去演，他可能想到更好的办法，导演也可能想到更好的，这不是坏事情，表演不是一加一等于二的东西，多一些想法多一些选择更好。只有那些虚荣的导演和演员，才会拒绝才会不重视这些提示。

剧本创作中，有一些常见的现象：增加人物容易减少难，认识人物容易熟悉难，确定任务容易完成难，人物出场看似容易实际难，人物的心理状况说出来容易用动作表现难，让人物哭容易笑出来难，人物死容易脱险难。

要追求意料之外情理之中，追求这个人你想不到他会这样做这样说可是做了说了又合理，追求一种情绪多样表达。

人物在生活中的状态，是不可穷尽的。所以，真正优秀的人物教科书在生活当中。而最优秀的艺术总结，是你自己对生活的认识。

第八章、结构

  第一次遭遇结构问题，是在中央电视台二楼咖啡厅。我的剧本处女作《当关》，央视给予高度评价并决定投资。那天在央视二楼咖啡厅讨论剧本修改，相关人员提出结构存在问题要改。我说剧本刚拿去的时候，你们说故事精彩，人物鲜活，结构紧凑，怎么现在又说结构不行？人家说结构问题是多方面的问题，不是单一的。我问那么到底有什么问题？人家说结构问题只可意会，是剧本中的高级东西，说不明白的。

  剧本改了一年多，通过了，可结构问题我心里仍然不清楚。人家说结构问题不可言传，就也没找些理论书籍来看。但在此后的创作中，一直琢磨剧本结构。时间长了，有了一些心得，结构问题是可以把一家之言说清楚的。

  对于剧作结构，目前并没有一致的定义与广泛的认同，呈现出比较混乱的状况。有人将剧作结构分为戏剧式、散文式和小说式。认为戏剧式结构具有情节因素的完整性、段落布局的严整性和叙述进程的顺时性。散文式结构最突出的特征是"形散神聚"，具有情节的散淡性、段落布局的松散性和叙述的顺时性。小说式结构和小说艺术特点相似，时空转换随心自由，是介于戏剧式和散文式之间的结构样式。又有人将剧作结构分为戏剧式、散文式、心理式与混合式。主张心理式结构者，举例是日本电影《人证》。但《人证》尽管有一些闪回，整体上具有突出的戏剧性和顺时性，无法说明那就是一部心理式结构电影。也有人把结构分为传统式与非传统式两种，认为戏剧式结构即为传统式，小说、散文、心理式结构皆为非传统式。但散文与小说都是传统的文艺形式，且小说风格多样，如传统风格，现代意识流风格，散文式风格，传统风格中又有线性讲述风格和章回体风格，很多散文也具有故事性和非顺时性风格。戏剧性，又往往被形容为故事的冲突特征，如人们说哪个故事哪个事件十分具有戏剧性，某个作品戏剧性强等等。所以以上种种论述，无法让人信服。

  如今有些人推崇被称为好莱坞剧作教父的悉德·菲尔德的三段论结构理论，认为是他的一个创造。三段论是说开端、中段、结尾。又叫做建置、对抗、结局。但是，很多作品一开始就是激烈的对抗，一直对抗到结尾，甚至结尾的对抗还都没有分出胜负。菲尔德还将剧作分为大体120分钟，开端约占30

分钟，对抗60分钟，结尾30分钟。但菲尔德又说，这只是一般规律，实际创作中，每一段的分量是不同的，"剧本写作没有可套用的神奇公式"。

其实两千多年前，亚里士多德就在《诗学》中提出了头、身、尾的剧作结构主张，是实际上的剧作三段论的起源。100年前，威廉·阿契尔也在《剧作法》中说，剧作一般应当是三幕最好，多了少了都不是好的选择。可他在同一本书中也承认：剧作家不应该使自己受习惯的支配，硬把自己的主题纳进固定幕数的专横的模子里。三幕是好的，四幕也不坏，五幕也没有一定要反对的道理。

阿契尔的观点，与时下的三段论有着共通性。但是实际上，所谓的三段论，谈不上是一种剧作结构方式。认真想起来，任何作品包括音乐、诗歌、小说，包括生活中的任何事件，都有开头、发展与结尾。第一句诗，第一个音符，第一次见面，一件事情从接受任务或决心实施到最后完成，不就是开端、中段和结尾吗？

如今，一个剧本送给制作机构，他们不但要看题材、故事、人物，也把故事结构作为取舍的标准之一，有的制片人会刻意追求新颖的剧作结构。但实际上，一部作品的优劣，结构并不起决定作用，起决定作用的是故事本身。

当然，要把故事讲好，布局好结构是必须的。小仲马问大仲马戏剧技巧的秘诀，大仲马说："让你的第一幕清楚，最后一幕简短，整个戏生动有趣。"大仲马说的并非结构形式而是结构要求，他的这种概括很清楚，但也很干涩。更早一些的亚里士多德，给结构定义的开端、中部、结尾，很直白简洁，但是缺乏艺术含量，也没有结构要求。开端应当怎样？中部与结尾又应当怎样？没说。

这个世界不可能没有更好的形容，千百年来那么多才子佳人，总会准确、清晰、优雅、神韵飘逸地形容结构问题。这美好的形容在中国，那就是——

凤头 猪肚 豹尾

凤头、猪肚、豹尾，说的正是各种形式各种形态的作品，无非三个段落，开头、中间和结尾。开头可以有太多的要求，开门见山也罢，诗意开头也罢，隐喻开头也罢，无论什么开头，基本的要求是好看，就像凤凰的头一样，是美丽的，吸引人的，能够强有力启承故事发展的。中间无论如何演变，一定要丰满，就像猪的肚子一样，丰满就要量大，人物故事突出，起伏跌宕，变化万千，神出鬼没，情感充沛。结尾如同豹尾，是说要有力，不要虎头蛇尾，不能是一条软绵绵的尾巴，缺乏力量缺乏想象缺乏哲理缺乏情感。

真好！

凤头、猪肚、豹尾——是元代文人乔梦符在谈论创作"乐府"诗歌的章法时提出的比喻。这个比喻被人们传颂着,悠然过了千年,适应广阔的艺术创作形式,包容了文章、诗词、小说、剧作的所有结构方式,也包括那时候还没有的电影和电视剧。在电影100多年历史上,在文学、剧作几千年的历史上,这个形容无与伦比,概括了所有优秀的千变万化的结构方式。无论亚里士多德,大、小仲马,还是菲尔德的三段论,在凤头,猪肚,豹尾面前都没有任何精彩与力量可言。纵观文艺理论史,任何一种关于文章、戏剧、影视剧作基本结构理论的形容,在凤头、猪肚、豹尾面前都黯然失色。

凤头、猪肚、豹尾具有对文艺作品结构的普遍性指导作用。可贵的是这个结构概括既是一个原则,是清楚明白的指针,却又丝毫不束缚你的想象。在任何时候,你想不起来你的结构应当是怎样的,你就想这六个字,对照一下自己的作品是不是达到了这六个字的要求。达到了,你就有了良好的结构基础;达不到,你要继续努力。

那么,我们怎样设计结构呢?怎样寻找结构形式呢?怎么使自己的剧本在整体上犹如凤头、猪肚、豹尾呢?凤头、猪肚、豹尾之间又应当如何连接呢?

一个剧本的结构,不是单纯的一种意义,不只是用什么方式来讲述故事,把故事分成几个段落,有几个起伏,把握什么节奏。

结构,有四种形态,四个重要任务,既:

故事结构、人物结构、主题结构、叙事结构。

一、故事结构

一个剧本、一部作品的优劣,故事起决定性作用。而除了讲述方式,故事本身是需要进行结构设计的。你完成了故事的基本构思之后,不要急着追求故事的讲述方式,要把注意力集中在故事的详细创作上,如何开一个好头,怎样让故事的中心冲突紧张激烈震撼人心,用一个什么样强有力的结尾,呕心沥血让你的故事成为凤头猪肚豹尾。当故事的详细创作基本完成,你还要进行故事的结构梳理:怎样起承转合,如何衔接巧妙,如何跌宕起伏,如何层次分明或迷雾重重,如何强有力地完成结局,如何在故事中呈现好你的主题,并调整好故事每一部分的长短,掌握好节奏,然后才是根据人物故事的整体设计,来安排剧本的叙述方式。

节奏的调整与段落量的安排,是根据具体的故事来衡量的。《这里的黎明静悄悄》,整体上分为两个部分,前半部几十分钟的时间,都是女兵们的生活与回忆,把一部战争片的一半几乎拍成了青春片。只是到了后半部才遇到德国偷袭部队,整个电影如同两个故事,前面轻松愉快,节奏舒缓,后面残酷决绝。这是什么样的考虑?是考虑到影片谴责侵略战争的主题,考虑到对于反侵略的颂扬,考虑到作为女人与母亲在战争中的牺牲那么伟大又令人痛惜,抨击了战争给女人和母亲带来的毁灭是多么罪恶。正是由于在故事结构的安排上,充分放大了母亲们青春的灿烂,才使哪些牺牲更加强烈地撕扯着人们的心灵。这部电影完全不符合所谓三段论的规律,不符合30、60、30分钟的段落,可她不但长久留存在人们唏嘘的记忆里,也在1973年的威尼斯电影节获得纪念奖。艺术给人的不光应当是技巧,更加重要的是真挚的情感,刻骨铭心的人物与故事吸引力。这种吸引力,丝毫没有因为这部电影跳出了所谓的结构规律而受到影响。

二、人物结构

关于人物结构问题,包括主配角构成、性格构成、任务或作用构成,如何发挥每一个人物在故事中的作用,出场的方法,如何安排性格反差等等,在人物一章中已经详细阐述,不再赘述。

三、主题结构

主题也需要结构安排吗?

当然。你在创作中,不但要认识主题,还要考虑如何呈现主题,在哪里呈现主题,要证明主题的宏大深邃及其具备的社会意义,要安排好什么人什么行为在什么时候以什么节奏更好地表现主题。主题不能随意表现,不能泛滥,不然再庄严的主题也失去了力量。这就有主题结构安排的必要。

主题的阐述需要一个舞台,认识她认可她需要让她在激烈的冲突中,或在云遮雾障的情节众说纷纭的观念中脱颖而出,或经过血与火的熔炼而生。往往有这样的情况,剧本写完了,却发现主题没有很好地烘托出来,昏暗浑浊,软弱无力,过于肤浅,需要调整需要深化需要发展,于是进行故事与人物再修改。这些修改,包括对主题结构的修改与完善。我就是在创作完成之后,认识到《战友》的最高主题,不只是战友生命高于自己的生命,而是战友荣誉高于自己的生命,因此增加了李英华面对军区命令的戏。放映中,确实也正是在那个时刻,台下的观众们泣不成声。

主题不突出要加强,又不能因为加强主题而使得故事臃肿情节累赘节奏松弛。这,也需要进行精心的安排与调整。哪些故事哪些台词是你的主题依据,哪些是主题的呈现,哪些是主题的深化,哪些是主题意义的反衬,如何强化主题阐述,等等。包括通过什么手段把过于刻意地强调主题的现象消减下来,都是主题结构的任务。

四、叙事结构：线性和非线性

所谓戏剧式、散文式、小说式、心理式，皆不出线性与非线性之范围。线性结构是以时空发展顺序讲述故事，非线性则是打破了时空顺序的讲述方式。

也有一些电影，刻意在叙事结构上下功夫，有重复式的叙事结构如《盲打误撞》，将整体故事设计为一个人在一个事件中的三种可能的情况。说的是大学生维托克得知父亲病重，急忙赶到火车站，疯狂追逐已经开动的火车。第一段故事是他追上了火车，在车上结识了一个共产党员，受其影响成了革命者；第二段是没有追上火车，因殴打阻拦他扒车的警卫被关押，结识了持不同政见者，成为一个反对派；第三段故事中，他没有搭上火车，却遇到热恋他的姑娘，于是和她结婚，从此过着平静的生活。还有碎片式叙事结构，完全打破故事的时空顺序，随心所欲安排故事发展。如《低俗小说》，在叙事结构上以正述和倒叙并进的方法讲述故事，《疯狂的石头》也类似这种手法。又有把结构分为情节与反情节的说法，情节就是线性，反情节既非线性。如罗伯特·麦基比喻反情节像打台球一样，强调偶然因素，反映的生命是随机的。但，谁又能说线性的故事结构中，反映生命不可以是随机的，不需要故事的偶然因素？要不，所有线性结构的故事，一开始就让观众看到了结尾，那故事就别讲了。《罗马假日》是线性的叙事结构，公主逃出来的时候，你能预见到她会遭遇什么？

以上种种，其根本形态，还是线性与非线性两种叙事形态。如《疯狂的石头》，虽然呈现碎片式的叙述方式，但在整体上，还是线性的故事讲述。

倒序式的讲述方式，有时也呈现出线性的形态。《魂断蓝桥》虽然是倒序式的头尾，但主要故事还是线性展开与发展的，实际上还是线性的结构方式。

当你完成了这四种结构方式的水乳交融，让她们互相依存，顺畅排列，前后勾连，互为因果，承上启下，首尾呼应，才是完成了整体的结构安排。

关于结构的意义和作用，我们可以做一个比较。同为日本电影，《罗生门》被许多电影家奉为经典，但我没有看过第二遍。而在叙事结构上并无特别之处的《追捕》和《远山的呼唤》，我和许多中国观众一样看了多次。在这个意义上，《追捕》和《远山的呼唤》的意义是故事与情感，《罗生门》的意义是故事的讲述方式。

传统的线性结构可以讲出好故事，不排斥结构应当讲究应当受到追求应当精心进行构筑。一部作品，有了更适合自己的结构，故事会讲得更精彩。同

第八章、结构

样的一个故事，在结构上下足功夫，有时会起到事半功倍的效果。《疯狂的石头》如果只是一般地按照时空顺序来剪辑，观众的评价是要打折扣的。《罗生门》如果没有了叙事结构技巧，恐怕没法看了。而对于电影艺术的传播，对于电影结构艺术的探索，《罗生门》是很必要的有巨大功劳的。

一个剧本的叙事结构，可以是自然产生的，也可以是精心设计的，甚至是经过反复调整艰难产生的。叙事结构的自然产生，是说没有刻意进行设计，在考虑故事、人物的过程中，叙事结构随着故事与人物的设计自然产生出来。其实每一段故事每一个人物每一个情节，都是整体结构的一部分。任何结构形式，只要把故事讲得好，就是优秀的结构形式，哪怕她不符合任何已知的结构理论。我们常说《红楼梦》没有结构，但她是结构最好的小说，就是这个意思。

当你把故事人物设计完成了，如果叙事结构还没有自然产生出来，你又认为你的故事用一个反传统的讲述方式会更加精彩更加引人入胜，那么你再去精心设计叙事结构，努力让你的讲述方式更加新颖，让观众耳目一新。但任何结构设计，都要遵循讲述方式跟着故事与人物走的原则，怎样有利于故事的展开与发展，有利于人物性格的展现与深化，就怎样设置结构。创作中要敢于打破规律，不是为了打破，而是为了精彩。确定一个结构方式，应当有独出心裁的追求，但目的不是为了标新立异，而是为了把故事讲得更好。一定不要为了追求与众不同，使原本精彩流畅的故事显得生涩起来。同时要注意，无论你的结构比较繁复，还是比较简单，都一定要清晰明白。《疯狂的石头》叙事结构比较繁复，但总是用一件道具或一个突出的情节，把打碎的线索连接起来。如天上掉下来饮料瓶，轿车车门被撞飞等。

那么，除了凤头、猪肚、豹尾这样的整体结构要求，除了故事、人物、主题、叙事这四个方面的结构安排，还有没有其它的结构技巧或结构形式呢？

有。一个剧本，一个完整的故事，是由很多具体的情节、很多小的故事组成的。一部电影有100场左右的戏，每一场戏都是一个小的故事，有自己的讲述方式，有自己的开头、发展与结尾，有自己的起承转合。那么，它们也都有着一个小的结构。这些小结构，分结构，麻雀虽小五脏俱全。在编织故事人物具体情节的时候，这些小情节的小结构一般都同时完成了，重要的，是他们之间的联系。联系得好，故事就顺畅好看。不好，就会让人觉得坑坑洼洼，结结巴巴，跌跌撞撞，别别扭扭，所以有故事流畅或叙事生涩之说。

有的剧本，分散看来，很多部分都不错，但从整体上看，却显得零乱而散漫，所以有故事紧凑和故事松散之说。

如何克服以上两种不足，做到故事流畅，结构紧凑呢？如何做好众多情节之间的结构安排呢？

可以用八个字来形容：一波未平一波又起。

还可以只用一个字：链。

《追捕》和《远山的呼唤》在叙事结构上并无特别之处，却能够引起人们那么热烈的追捧，正是因为这两个故事都做到了一波未平一波又起，整个故事形成了完整优美的叙事链条。

一波未平一波又起，这个波澜是什么状态？除了开头、中间、结尾，还有其它的形容吗？有，就是起承转合。比如《罗马假日》，公主逃离宾馆去寻找普通人的生活，这是起。记者发现被他领回家的姑娘其实是公主，而他的任务正是采访公主并力争拿到第一手资料。于是他设下圈套，装作并不知道这是公主，并带着公主到处游玩，还叫来摄影师记录下游玩的每一个过程，这是承。记者让公主玩得痛快了，爱情也产生了，可公主决定要回去尽自己的职责了，这是转。记者招待会是合，爱、离别、高尚和忧伤都有了。当然，这中间还有许多小小的波折，如他想要用学生的相机，他叫来摄影师，摄影师差点说出公主的身份被他踢倒，公主与理发师等等，一波连一波，一波推一波，波波相连环环相扣形成一个起伏跌宕的链条。整条线性结构如同长藤结瓜，果实累累。又如同一条珍珠项链，在不同的位置缀上了几颗宝石。这果实，这宝石，也就是我们常说的戏眼。

不管你是线性结构，还是非线性结构，戏剧式结构、散文式结构、小说式结构，三段式结构，你凤头、猪肚、豹尾，你顺时而来，你时空交错，总之你要把你的每一场戏排列起来，形成一个链，哪怕你的链这一环大那一环小，这一环是珍珠那一环是玛瑙，这一环是圆的那一环是椭圆的或其它什么稀奇古怪的形状。饰物要形状、色彩、品质相互搭配，结构更要让所有情节相互有机结合。《罗马假日》中，公主与记者原本相差万里，公主在应酬，记者在打牌，可两人的命运很快发生了交集，各自为了不同目的而共同游遍了罗马。这样的交集这样的结合，就叫做有机结合。无论故事怎么发展，人物命运如何变迁，故事都要前后呼应互相联系，开头映照着结尾，你的果是我的因，我的果又是他的根。每一场戏无论长短、多少，人物的出现与消失，故事的转折与突破，都应当是结构链条中不可或缺的一环，都要起承上启下、起承转合的作用。有时看似两场连接在一起的戏没有什么必然联系，但你会随着故事的发展，看到她们之间的关系，看到编剧精心的安排严密的艺术结构。一个故事的结尾与开头可能相差万里，但每个片断每个转折都应当是有机的，出乎意料情理之中的。否则，那就是一个缺乏艺术修养的编剧杂乱无章的安排。

故事、人物、主题和叙事结构，有时可以分得很清楚，有时也会让人分不清楚分不明白。确实，四者往往是一种密不可分的关系与状态，你依赖着我，我包含着你，我体现了你和她，你也体现了她和我。从整体上说，故事不好，人物不可能真正写好。没有栩栩如生的人物，故事也缺乏灵魂。人物和故事都不错，可结构一团糟，也不会呈现精彩的故事。你开了一个凤头，但你的猪肚接在了鸡脖子上，你的豹尾掉下来了，那也不是一个好作品。

这几样东西，又是可以分得清楚的。如有的电影，确实故事好于人物，或人物好于故事。有的故事人物没有什么改动，只是重新把结构作了调整，就产生了比过去更加强大的吸引力。在剧本修改过程中，我们常常会主要是加强人物，或主要是加强故事，或重新安排叙事结构。所以我们也会说，优秀的剪辑，是作品的第三度创作。

那么我们在创作开始的时候，怎么安排这几种结构之间的关系？总也考虑不好怎么办？

你首先把故事和人物想清楚，多设想几种可能性，多设想几种开头、发展与结局，认真做出选择。你把故事与人物想得很明白了，也可以在动笔之前就认真设计讲故事的方式。当你一时想不明白你的故事与人物，只是一个大致的框架，你又要动起笔来了，那么，你先写下去，让故事与人物清晰起来，丰满起来，然后再来设计你的叙事方式。合适，你去完善她；不合适，推倒重来。你别怕麻烦，什么叫呕心沥血，这就是呕心沥血。

当然，一部电影剧本相对较短，调整结构比较容易。一部长篇巨制的电视剧，调整一次结构就很难。所以对于电视剧剧本，基本的结构方式应当在动笔前想得多一些明白一些。

说几句看似与前面的阐述互相矛盾的话。有时候不要过于强调人物故事的结构，要求必须紧密，必须时时处处与核心故事密切相连，也未必好，会显得过于匠气。我们如果按照一般的剧作要求，可以把《远山的呼唤》剪掉许多情节，如民子弟弟的情节，民子丈夫家人的情节，田岛哥哥的情节等等。但编剧、导演为什么创作出这样的情节，是想要呈现一种生活的自然的状态。很多日常生活就是那样的，丰满的，散散慢慢的，但充满情趣。刻意地追求简洁，刻意地追求凝练，也未必就好。但这种自然的状态，要与剧作的整体叙事风格结合起来。《远山的呼唤》就是那种散淡的，田园的，几乎始终是宁静悠远的情调。也如《棒槌萝卜狗》中的魏方正、孙所长，这两个人物受到批评，被认为是勉强安插进来的，是可有可无的。但魏方正表现了李棒槌智慧的另一面或另一部分，也表现了李棒槌的情怀，他最后还是把魏拉进来入股，让帮助过自己的人有所收获。而孙所长，他不但表现出城市与农村共同发展中城市应当对农村反哺，而且映衬出传统文化活在农村的现实，实际上他在那个村庄寻找到了自己的乡愁，这是剧中其他人物无法替代的。《棒槌萝卜狗》中，虽然人物之间的争斗一直缠绕着，撕拽着，针锋相对着，但故事却并不突兀，没有什么大的起伏，十分日常化，就如深山之间的几缕炊烟，几声犬吠，村头街尾的几声欢笑，几句吵闹。那就是乡愁，是成年人的童话，却也是21世纪中国农民的传奇。但你别认为那些看似多出来的情节是随意安排的，那些人，那些事情，每一句台词每一个动作，那种散淡的每一缕思绪，也都是精心设计的。

无论剧本还是小说，结构技巧都是在没有技巧理论指导的经典作品产生之后，由人们总结出来的。而且技巧在不断发展，许多新的作品无法用以前的技巧理论来形容来概括，所以新的技巧理论在不断产生出来。在剧作结构、叙事结构上，一定要敢于突破所谓的规律。你不要管什么三段论，什么开头应当有个激励事件，然后进入主情节，然后是次高潮进入到主高潮最后进入结局等等。你在创作中，你遇到困难时，你搞不清楚该怎么办时，在所有的情况下，最核心的观念，最需要始终关注的，是你要想着让你的故事第一分钟就吸引人，每一场戏都精彩，快节奏要紧紧抓住观众，抒情阶段要激情澎湃深入人心，你的剧本就一定是好剧本。

第九章、线索

提起线索,我首先想到的,是我当警察的时候。一有了大案要案,各种各样的线索纷至沓来,几十个几百个警察各领一条线索,多方出击。许多线索很快就查清了,与案件无关,于是抛弃。也有的线索在某个环节断掉了,怎么都接不上来,就投入更多的力量来排查,可能几年十几年都排查不清。有的好不容易查清楚了,还是与案件毫无关系。无奈之下,又拾起被抛掉多日的线索重新审查,忽然,发现了过去忽略的某个重要环节,立即加大力量杀进去……

案破了。或许线索又断了。再或许,线索的尽头仍然与案件无关。

线索,总是显得云里雾里,但又那么实在,是真实的存在,有时热切,有时冰冷,有时是刀锋,有时是锦绣。

影视剧本与小说中的线索,和案件查办中的线索有相同之处。你编故事的时候,线索乱纷纷千头万绪,你千般整理万般连接,翻来覆去地调整。你开始写了开始修改了,线索清晰起来,且需要你有意识地进行线索安排。

一、线索的特性

结构中有什么?故事和人物。人物故事如何发展?需要故事链条。链条有时是单纯的一条线,有时是多条复杂的线索。

(一)线索,是故事发展的轨迹

美国、德国和英国联合拍摄的战争大片《兵临城下》,描写的是二战时期斯大林格勒战役中,苏军神枪手瓦西里和德军狙击手康尼斗智斗勇的故事。影片以两军阵营为分界,形成两条清晰的线索。没有交火时,两人各自在自己的军营进行着战斗的准备,算计着对方的行动,这时两条线索并行在各自的轨迹上。当他们走上战场相互攻击,两条线索交叉在一起,成为情节的一个点。然后再分开两条线索并行,然后又交叉在一起展开战斗,直到一方被干掉。

(二)线索,是结构连接的筋脉

一个故事的不同段落,起承转合,都是循线索运行的。你开始是寻找爱情,却发现了谋杀,你要揭示真相挺身而出,遇到为你两肋插刀的陌生人和背叛了你的多年好友。你终于伸张了正义,但你已伤痕累累回不到过去的生活,

等等。无论怎样变迁如何转折，后果都是因为你有那个远远的起点。起点和终点之间的山高水长，正是那条线索把这一系列事情连接起来。

线索不等同于线性和非线性的讲述方式，线性与非线性，体现的正是线索的运行方式。线性的故事讲述，也并非是只有一条故事线索，有时会是两条三条甚至更多，但这些线索都在按照时间顺序，线性地向前推进。《兵临城下》是线性的讲述结构，有两条清晰的主线。我的《女大学生部落》写的是五个女大学生分别到五个村庄当村官的故事，90分钟的电影有五条主要故事线索，也是线性的讲述方式。

单线索故事也可以用非线性结构来讲述，整个作品就是那一个人的故事，作为人物线索是单的，但他的故事是跳跃进行的，时空是乱的非线性的，谁说不可以呢。

（三）线索，是不同情节的头绪

我们常常把不同的情节称为另一条故事线索，新出现的情节称为新的故事线索。安排得好，就被赞为头绪虽多但不乱。也有时头绪多而乱，但乱花渐欲迷人眼，乱是乱但好看，乱花也都是花呀。

《甲方乙方》基本上是好梦一日游这个公司一条线索在运行，又基本上是姚远和周北雁两个人在演绎故事。但他俩的故事线索上，不断挂上一个个的瓜，有时会一下子挂上几个瓜。书店小老板要实现将军梦想，强悍的丈夫要体会妻子的辛劳，快嘴的厨子要实践一回守信，开奔驰的大款让龙虾撑得非要去吃几天苦……这每个顾客就是一个新的头绪，都挂在姚远和北雁的主线上，都是要接受好梦一日游同一类服务：实现梦想。姚远和北雁这条主线如同一根长藤，藤上结了好几个瓜，头绪虽多故事很好看。如果书店小老板要当将军，强悍丈夫带着老婆去幼儿园吵架，快嘴厨子跑去追求卖菜的寡妇，开奔驰的去参加拍卖会抢一件瓷器，这就把头绪发展成了四条线索，四条线索又各不相干，就是把每个故事都拍得很有意思也没法看了。

当然，并不是不可以同时安排多条线索，有的故事就需要多线索相向而行，并行的线索，相互之间应当有着有机的联系。所以，要做好线索布局。

二、线索的布局

作为故事发展的轨迹，线索的建立需要认真布局。布局好，脉络清晰而又充满活力与争力，故事就好看，人物就丰满，主题就得到强劲的支撑，结构就顺畅富于观赏性。

《人间正道是沧桑》作为一部长篇巨制，布局了两条主要线索。一条是以

第九章、线索

杨立青为主要人物的共产党阵营的故事,另一条是以杨立仁为主要人物的国民党阵营的故事。他们是亲兄弟生长在一个家庭,如同国共两党原本是一个民族的子弟。长成后他们因偶然的社会的世界观的原因,选择了两条不同的人生道路。两条线索在同时期各自运行中,虽不交叉但看得见他们之间相互敌对的锋芒。两条线索又常常交叉撞击在一起,面对面毫不留情地展开你死我活的拚杀。两条线索还会溶合起来,为了打日本共同战斗。两条线索的分与合,浓缩了三次国内战争和民族解放战争的历史。作者在线索的布局上用心良苦,立青立仁两兄弟分开一个时期,必定要有一个时期的交手。如立仁抓到了瞿恩,立青却冒死把瞿恩解救出来。然后两兄弟多年不见,各自奋战在不同的战场,两条线索是分开的。可作者不让他们长时间独行,当地下工作困难重重,立青从前线来到敌后,与立仁直接交锋。几个回合后他们又分开,各自在自己的阵营中投入抗战。忽而两条线索又重叠在一起,立青从抗战前线来到陪都重庆,做八路军办事处的保卫和情报工作,与同样做情报工作的哥哥既合作又斗争。从线索的角度看这些故事,两条线索优美而丰满。当两条线索交叉,有时是刀枪相向,有时是真诚握手,有时是上面笑着下面在使绊子,有时两人在激烈交手但却并没有见面。这样的线索布局令人回味不已。

单线索的布局同样可以让人倾倒。《上甘岭》就是一条线索,就是八连在战斗,敌人只是在战斗中作为对手出现,后方的情节短少得形不成份量。可就这一条单线索,演绎给我们的起承转合那么精彩,传递给我们的情感那么丰富,表现出来的精神世界那么绚烂。

同样的例子,还有《这里的黎明静悄悄》。

单线索,双线索,多线索,哪一个布局形式是最好的?

故事需要的就是最好的。《罗马假日》一开始是两条线索,公主和记者各自在自己的故事中前行。到两人邂逅,线索变成一条,两人一起演绎一个个新的头绪。摄影记者也参加进来,使故事更加好看,公主被算计得更加没有否认的余地,一个惊天新闻即将爆炸性传遍全球。可是,另一个要命的头绪出现了,爱情来了,于是精心安排的一切烟消云散了。线索又变成两条,回到自己位置但已经成长了的公主,拒绝了千载难逢的新闻和巨额报酬的记者。所以线索的多少,不是固定的一成不变的,是要根据故事发展不断灵活安排的。

但同时铺设三条线索以上时,布局难度很大,要让人家看得清晰明白不容易。《女大学生部落》剧本完成后,我约了作家、干部、大学生村官等不同的人来看,我首先问大家的,就是:能否看明白?

电影也罢,电视剧也罢,头绪多是常态。多,自然容易乱,同时一下子有三条以上的线索，又要故事清晰且精彩，剧本创作的难度是很大的。所以在线索布局上，不是十分必须，尽量不要同时安排三条以上线索齐头并进。张的故事和李交叉，前行中，李的故事连接了王，于是王和张的线索交叉，张的故事又交待给刘，于是刘与王交叉，再前行，线索又回到李和张身上来。这样头绪虽多，观众却看得很清楚，线索运行得很顺畅，故事跌宕起伏变化多端，作品很成功。

三、线索的主次

线索的主次，可以以人为主次，也可以以事件为主次。比如一个人要完成自己的任务，他的任务就是主要线索。这个过程中他有了爱情，这爱情是次要的线索。当这份情感成为他完成任务的障碍他必须做出选择，那么这份情感会成为一个阶段的主要线索。所以我们说一个好的故事，所有的线索要相互有机结合。

《人间正道是沧桑》中，一些次要线索我们也可以把它称为副线索，总是和杨立青、杨立仁这两条主线索盘根错节交叉在一起。如瞿霞的被捕，瞿霞与杨立华几十年的关系，瞿恩与杨立华的情感，杨立华又收养了瞿恩的儿子，瞿恩的妻子被派到杨立仁手下做情报工作而杨立仁偏偏爱上了她，她后来又嫁给了杨立青，并来到杨家举行婚礼，直面曾经的长官也是不共戴天的仇人，而她亲生的儿子偏偏正被收养在这仇人的家里，母子相见但又不能相认。这些副线索都与主线索紧密地联系在一起，成为主线的强有力辅助。有时，这些副线也会成为一个阶段的主线，成为某一集戏中的主要故事，呈现出丰富多彩的故事状态。

潜伏，顾名思义是为了搞情报。《潜伏》的主要故事，也确是情报工作。剧中，翠萍的到来是为了掩护余则成的情报工作，感情看起来是一条副线。可这对假夫妻的组合，正是为了把情报工作做好，所以这段情感也是情报工作的组成部分。于是很多情况下，两人的感情成为剧情的主线，甚至有时一集戏大部分是两人的情感戏，可那些情感戏与情报工作血肉相关。这样的安排，使剧情丰满人物立体化。随着剧情的发展，情感溶化于共同的战斗之中，情报和情感两条线索重合在一起，无法再分主次了。

线索的主次是可以变化发展的。如一个女人奉命暗杀一个男人，暗杀是她的任务，也是故事的主线索。为了暗杀她必须发展与这个男人的情感，这条情感线是女人完成任务的手段，是副线索。可她竟然真的爱上了这个男人，不顾一切要解救这个男人，并与他一起生活。于是，爱情与解救或逃亡成了主线索，实现了主副互换。

四、线索的中断与连接

线索并非始终保持紧密的连接状态，有时会突然中断。有意识的中断线索，并不是作者缺乏技巧与粗糙，而是为了让观众产生焦虑，或给故事设置悬念。中断的线索可以在情节发展中不断得到提示，不断暗示即将发生的冲突与变化；也可以并不提示，让观众以为那个情节已经结束。突然，断了的线索又接上了，而且是强有力的再现，令人惊喜并充满刺激充满观赏兴趣。当然，这样的处理要做到极突兀又自然，给情节发展带来强大的推动力量。

如玛拉看到罗依战死的消息，观众以为罗依的故事已经完结，那条爱情的线索已经断了。可罗依竟然奇迹般出现在车站出口，而战争期间同名同姓的牺牲导致错误的信息或重伤被以为阵亡，是并不罕见的事情。

第十章、台词

因为拥有语言，人类从动物中脱胎换骨。语言又催生了文字，文字反过来丰富了语言与思维，使得人们能够交流，交流产生文明传播，推动社会发展，灿烂了整个世界。

一个人生下来，他的知识、本领、能力，首先是别人用语言传授给他的。人们总是盼着一个孩子学会说话，然后通过对话，一点一点把整个世界告诉他，交给他，又让对话成为他认识对方表达自己处理万事万物的基本方式。人遇到事情，总是想要听别人说什么，看别人怎么说，用一问一答解决问题，辨别人心，追寻快乐，释放烦恼，增长见识。语言是人们的工具，为人们的生活提供了无穷无尽的精彩，也培养并表现了人类无穷无尽的智慧。语言，又是内心世界的窗口，哪怕你刻意用语言掩盖自己的思维，明白人总是不难分辨。听其言观其行言在先，察言观色也是言在前。说话，是每一个社会人都要学习、讲究、尽力使之或明晰有趣或爽朗痛快或一语双关或富于哲理或蕴含艺术或饱含地域风情或简洁凝练或充满感染力的。

语言，是伟大的。这种伟大早早地成为艺术，演讲让人如痴如醉，舞台依赖台词吸引观众，影视剧当然地要把台词当作重要的表现方式。在影视作品中，台词应当成为沙滩上的珍珠，星空中的月亮，苍海中的帆船，夜航中的灯塔，百花中的牡丹。写一句好台词，在剧作中的作用不低于写一场好戏，甚至胜过主题的力量，让人长久地铭记，成为一生的座右铭，激励着人们战胜无数困难向前走。常常，一部电影被人们忘记了，可电影中的一句台词却留在人们的日常生活中。

电影是呈现的艺术，人物动作是呈现，画面选择、道具制作、服装、音乐是呈现，台词和演员说台词时丰富的表情与动作也是重要的不可或缺的呈现，台词赋予环境、道具、音乐以生命与活力。演员的表情、动作，又使得台词的艺术力量更加强大。很多影视剧本写作教材，都没有把台词专门作为一个章节来写，是重要的欠缺。许多编剧写不好台词，或许一个重要原因就是对台词重视不够。

被称为编剧教父的罗伯特·麦基，在强调故事重要的同时，多次说到台词并不重要。他说:"所有的故事,无论是真诚的还是虚假的,无论是明智的还是愚蠢的,都会忠实地映现出作者本人,暴露出其富有抑或缺乏人性。与这一可怕的事实相比,写作对白便成了一种轻松愉快的消遣。"麦基一生没有一部剧本投拍,不知是否也与他不重视台词有关。在处处挑剔的制片人面前,在观赏兴趣百端的观众面前,在无数优秀作品面前,你穷尽智慧心力还写不好台词呢,你再轻视台词,你的剧本一个重要的支撑必然坍塌下来,故事中的人性,人物的洞察力和丰富思维,人物的幽默与文化传统的影响都不能充分表现出来,人们一定觉得你这个编剧是不专业的文学水平低下的。

一、台词是故事的组成部分

影视故事的表现,说到底无非两个主要因素:人物的动作与台词。任何演员也就是干两件事:做动作,说台词。台词,实际是故事的一部分,是人性的重要表达手段,折射着作者的世界观、对社会的认知能力、个人修养、生活积累厚度及综合的艺术能力。多次说台词并不重要的麦基,也在《故事》一书中自相矛盾地说:"其实最后我们会知道,对白也是动作。"

这个定义很有意思,因为许多制片人、编辑、包括编剧都强调电影要努力减少台词增加动作,认为电影化就是动作化,强调电影产生的初期就是默片。但现在谁要是拍一部默片,遭遇的一定是异样的眼光:这人是谁,要干嘛?

相比默片,台词是电影发展成熟的标志。一部电影可以没有山水、没有打斗、没有男人或女人、没有爱情和家庭、甚至没有音乐,但不能没有台词。说台词不重要是愚蠢的。

台词,并不是静止的,符号性的,平面而无力的。台词总是在表现人物、事件的一些状态,表现人物的过去、现在甚至未来,表现人物性格与生命本质。一部优秀的剧作,任何一个人物的任何一句台词,都是他心灵的桥梁,是他世界观的映照。台词不但也是动作,又可以由台词产生动作,可以最直接和清晰地推动故事发展与转折;不但告诉观众人物想什么,要什么,也告诉观众人物曾经做过什么,正在做什么,将要做什么。

比如:去,把他干掉!

他活着!把他找到,让他回家。

快去救列宁!

我不爱你了!

我要杀他全家!

队伍越来越不好带了!

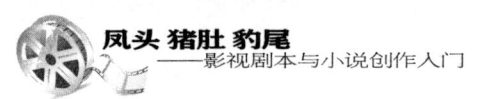

冯小刚有几部电影,每部都有一句台词流行一时,如《甲方乙方》中的:"打死我也不说!"那种机智与诙谐令人长久难忘。

许多悬疑片,最后的真相往往是说出来的。如《尼罗河上的惨案》,《东方快车谋杀案》等等。把真相说完了,故事也就到了尾声了,那个故事实际上就是台词完成的。

二、台词的功能

(一)台词构成故事筋脉

赵宝刚执导的电影《触不可及》中有一场戏,字幕打出1945年后,画面是国民党官员到监狱里审查甄别犯人,来到一间牢房,介绍情况的日伪时期旧狱警说:昭和13年……国民党官员喝斥道:说民国。狱警于是说:民国27年,芳贺元藏中将遇刺案嫌疑人。

这里,年号表示了一个时期的过去和一个时期的来临,而说是当年的嫌疑人,表明傅经年在7年间历经审问一直没有暴露身份。台词在这里,起到了串连情节的重要作用,快速过度了时光,又表现了傅经年的苦难与坚强。

(二)台词展现人物精神

"上级的姓名我知道,下级的姓名我也知道。这些都是我们党的秘密,不能告诉你!"出自《烈火中永生》

"为了胜利,向我开炮!"出自《英雄儿女》

"为了新中国,前进!"出自《董存瑞》

"我们这个队伍,向来都是脚杆子上绑大锣,走到哪响到哪!"出自《英雄儿女》

"我革命成功了!"出自《战友》。这是剧中共产党抗日战士王茂良牺牲前的一句台词,也是一位革命烈士牺牲前真实的话语。那个年代,许多革命烈士就是那样视死如归地流尽了自己的一腔鲜血。

(三)台词宣示主题

如果需要为共产主义理想而献身的时候,我们每一个人都应该做到,面不变色心不跳!《烈火中永生》

(四)台词阐述哲理

"每个人都会死,但不是每个人都真正活过!"出自《勇敢的心》

(五)台词倾泄情感

"等战争过去了,到了和平时期,如果有人问,你们这些男子汉,为什么没有把妈妈保护好?我怎么回答?"出自《这里的黎明静悄悄》

"假如再也见不到你，祝你早安，午安，晚安。"出自《楚门的世界》

（六）台词深入心灵

《烈火中永生》中，面对敌人的屠杀，许云峰在生命的最后时刻说："人生自古谁无死，人的生命能够和无产阶级永葆青春的革命事业联系在一起，我感到无尚的光荣！这就是我此时此地的心情。我倒想问问你此刻是怎么想的？也许你可以逃跑，但你逃脱不了历史的惩罚！不用说了，走，带路！"

（七）台词埋伏线索

许多电影用台词埋伏线索，提示下面的行动，启动重要的转折。电影《战友》中，县大队队长陈克南要公安队指导员李英华把将要缴获的机枪给他们一挺，李不干。陈说：当心我抢你的。李答：那我再抢回来。后来机枪阴差阳错真的被县大队弄走了，但却并不是故意的，可李英华想起陈克南的话，以为陈真的派人来抢，结果闹出一场兄弟部队之间的内讧。

（八）台词映照社会现实

《唐人街》用一句台词："这里是唐人街！"反映黑暗势力的凶猛。

（九）台词可以用来杀人

《魂断蓝桥》中，真正让玛拉离开罗依来到蓝桥上扑向奔驰的汽车的，还是老军官和罗依妈妈的话。

（十）台词表现希望与未来

面包会有的，一切都会有的！《列宁在1918》

台词可以起到强大的煽动作用，常常一句话就鼓动了人们对某种现象某个人物群起而攻之，或使人们一下子安静下来。台词常用来造就紧张气氛，一句话让空气凝结。台词可以用来挑拨，原本和谐的状态马上变得剑拔弩张。也可以反过来用，杀戮就要开始，却因为一句话顿时化解。台词常用来揭示真相，那个时刻台词充满力量。

台词的作用还有很多，台词的精彩灿若繁星，在优秀的影视剧中随处可见。

三、台词必须生活化

新编剧一个经常出现的问题，是台词的书面化，缺乏生活质感。

影视剧的生活质感，语言是非常重要的一环。什么是台词的生活化？是否就是口语化，看似平庸的语言？不对的。与生活中的语言相比，台词应当是生活语言中最典型的，最精彩的，最有力量的，最有情趣的，最有哲理的，最富特色的，最能够引申、带动人物动作的。台词的生活化，并不排斥台词的华丽，富于文学气息，甚至用排比、对偶等等语言。台词或对话，最重要的追求是真切地表现人物，表现丰富多彩的生活状态，表现具体人物特有的语言特色。那么，一个富于思想又比较做作的人怎么说话呢？他可能很拗，故意把话说得别扭，故意显得与众不同。你写出这样看似书面语言的台词，才是口语化，才是生活化，才是真实。但这与你的剧本整体上都是书面化的干涩语言，完全不是一回事。

我的剧本《棒槌萝卜狗》中有一段台词，信用社主任说有件事必须瞒着自己外号叫做母夜叉的老婆："她要是知道了，暴打我一顿不说，一回娘家俩仨月，就是请回来，她也像个婆子把我整成小媳妇。"我对这段台词很得意，可是一位农民朋友看了剧本说："这不太符合农村的情况，农村妇女能够被称为母夜叉的，那是最高级别，在家说一不二，生气了不会回娘家，那就显得示弱了。俺村有个母夜叉，和她婆婆生了点儿小气，跑到她婆婆娘家那个村骂了一上午。你写的信用社主任老婆，只能是第二等厉害的，可以称为红头牛，动不动就发脾气，但是不精细，在家说了不算，所以有时就跑回娘家。而且现在农村普遍的是媳妇不怕婆婆，反倒是婆婆怕媳妇。"你看谁精彩？还是现实生活精彩！什么作品才是真正好？既引人入胜，生活的真实性又无可挑剔，才是真的好。我把那一段台词改为："她要是知道了，暴打我一顿不说，给她端俩月洗脚水没啥，半年不给我零花钱哪！"大家都说，修改后的这段台词比修改之前毫不逊色。

再看《棒槌萝卜狗》中的一段台词：

　　李：郭县长八年前在咱乡当书记，撤过你的职。
　　陈大喝：李棒槌，我这点疮疤你得挖多少年！
　　李：八年了，别提它了！你也不用哭爹叫娘，郭县长一看见你，就会可怜你。

这段台词的问题，在于第一句话是刻意的交待。其实两个人都熟悉外号郭大炮的县长，李生活中不会那样交待。所以改为：

　　李：郭大炮当年撤过你的职。
　　陈大喝：李棒槌，我这个疮疤你得挖多少年！
　　李：八年了，他从乡长升到县长了，你也不用哭爹叫娘，他看见你会可怜你。

总是说生活的质感，这，就是生活的质感。

做到这些，需要向生活学习语言。常常会发现，你绞尽脑汁设计的语言，不如在路上偶尔听到的行人的几句话。从整体上，生活中的语言永远比任何一个作家的语言更加丰富更加浓烈更加风格化艺术化更加生机勃勃。

台词的生活化，有一个方言的问题。有关部门禁地方话禁了多次，总也没有最终禁住，原因就是那种生活的质感具有强大的艺术力量。那些文化应不应当灭绝，这里不作争论，但地方话各有自己特别的文化风骨这是没有争议的，她能够给人们带来快乐能够帮助人们认识生活是无可非议的。如东北的侃大山，河南叫做喷大空等等。类似的语言，用普通话说出来就显得平淡，而用方言说就会韵味十足。

我个人认为方言不应当禁，也是禁不了的。

四、台词要凝练

无论电影电视剧，台词都应当凝练。

凝练，在一般意义上当然是短少简洁。常常你花大气力精减台词，删了一片又一片，甚至整段整段地去掉台词，删过多少遍，却发现台词仍然多仍然长，于是再来删。删减，是台词修改的一个常态。

但凝练却又不完全等于就是少。洋洋洒洒一段长长的台词也可以是凝练的，那就是这段台词尽管长，却每一句每一个字都是精心创作足够精彩的，对于故事发展人物性格表现都是难以替代的，都起到了强烈的推动与烘托作用。

麦基曾说："戏剧作家可以编织精巧而华丽的对白，但银幕剧作家却不能。银幕对白要求结构简短的语句。"

谁说简短就不能精巧而华丽呢？谁说戏剧就不需要简洁呢？谁说简短的对白就不能表现人物的性格与智慧呢？说这样的话，主要是没弄明白台词的凝练不是单纯追求少，更重要的是减少。

简短是电影台词的普遍追求，但有的电影台词长到什么程度？《刺杀肯尼迪》中，有一场检察官法庭陈述的戏，台词长达36分钟。虽然其间穿插了许多肯尼迪被刺的画面，但声音一直是检察官的激情述说。因为那原本是一件震惊世界的事件，加上现场画面，加上真相一直披着厚厚的黑幕，那36分钟，丝毫不觉得长。

有人认为电视剧不必苛求台词凝练，这是不对的。真正优秀的电视剧，台词可以很多，但你找不到多余的废话。《雍正王朝》中夺宫的戏长达一集半，都是人们在说，但那些言语中充满重重杀机，都是你死我活的冲撞，到处恶浪

滚滚的阴谋,紧张得让人喘不过气来,哪里还觉得长!对白也是动作,台词也是故事,在那场戏中得到很好的体现。

当然那些长长的台词,也大都是经过了一次次删减一次次浓缩的,长是长,却也是凝练的,是从更长减少到了现在的长。要下功夫一个字一个字地精练台词,能不说的不说,能少说的决不多说,可有可无一定选择无,可长可短一定选择短。

我的剧本《心结》有一个情节,史华丽十年上访未能平反丈夫的冤案,丧失了希望决心自杀,来到丈夫的照片前诀别,说了长长一段话,在原剧本中是满满三行,每行40个字共有约120个字。在拍摄中,饰演史华丽的演员找到我,说那个时候史华丽不应该说那么长的话,应该很短。我认真思考后,觉得史华丽那个时候说很多话也是合理的,生离死别,怎么能没很多话呢!但她一肚子的话只用短短几句说出来,同样是合理的,很多话都在心里了,关键怎么处理更精彩。经过一再删减,最后把那段台词减到只有12个字:

长贵,咱不告了。我累了,想你了!

我和演员都觉得更好,实拍中这场戏完成得很感人。

我的剧本《棒槌萝卜狗》,一反传统的定律,以大量的对话为突出的风格。有位业内专家说:这个剧本台词多,但减不下来一个字。

要减下来确实难,我一个字一个字删减多少遍了。

无论电影电视剧,无论台词多少,只要句句精彩,字字扣人心弦,加上演员动情的表演,都会受观众欢迎。有一些戏曲电影,哇哇唱半天,都是词,还有大量的拖腔,哼啊嘿的,很多人喜欢的不得了。你能说那不是电影!电影也有多种风格,不能说哪一种风格更加电影化。即使有所谓的更加电影化,哪一部电影更加电影化是第二、第三位的,好看是第一位的。

当然,这里需要再次强调,凝练,主要的状态是减少,主要的标志,也是少。多和少,没有数量的标准,可台词的好与差有标准,标准就是精彩。

凝练的台词也要生活化。生活化到什么程度?让人减不掉一个字,却又不需要演员加一点儿水词,说起来十分流畅,就象生活中的语言一样。不但精练,却又充满韵味,饱含浓厚的文化内涵,这就是台词的生活化与艺术化的结合。比如日常生活中两个人见面会有一些无用的寒暄,或说一些无关痛痒的话,然后才进入见面要谈的事情。艺术化的任务,就是极大地省略寒暄甚至去掉寒暄,仍然让人感到他们见面开口到谈话结束就像生活中真的发生的一样。或他们的寒暄很有趣味,寒暄也成为艺术的一部分。

语不惊人死不休,未必是大呼小叫,杜甫的许多诗一如口语。

五、台词要符合剧情和人物

所谓符合人物，是说人物的台词，符合自己的身份、经历、性格。所谓符合剧情，是指人物说的话，适合那个场合。

写作台词和修改台词时，要考虑以这个人物的性格、身份、他当时所处的环境、他所要做的事情、他面临的问题，来确定他会说什么。同样是农民面对同样的问题，有经历的农民和缺少见识的农民不一样，同样有经历但性格不同的农民也不一样。当然他们也可以说一样的话，但如果你挖掘、创作出他们说的不一样的话，那就更典型，更能够表现人物特色。这，就是艺术的追求。

如《上甘岭》结尾，师长问：都到齐了吗？连长说：都到齐了。师长短暂的沉默后，只说了一句：下去休息吧。

真实的战场上，久经沙场的将军面对牺牲面对自己英雄的部下也可能说一些别的话，但这样的话更精彩，更典型。

同样是将军，巴顿一出场就在说我怎么样怎么样，我会怎么样我要怎么样。那是他的文化、国情、环境造就的性格与人格。但同样的国情与文化，也造就不同的将军。如一次，他的参谋长布雷德利对他不满，说了一句话：乔治，我是因为他们训练我打仗，而你是爱打仗。这是两人处事风格和语言不同的重要原因，我们写性格，写人物特点，写的就是这样的不同。我们评价台词表现的农民怎么说话，知识分子怎么说话，军人怎么说话，说你写的不好，没有表现出人物个性，不符合人物身份，有时是因为那些话不像那些人说的，有些是因为那些话虽然像那些人说的但不精彩。

有的知识分子也会说十分质朴十分乡土的话，揭示出他原本来自基层来自农村，或他曾经有过基层的乡土的经历。农民的语言也可以时髦，哪怕他长年生活在封闭的山乡，但电视已经普及，时代潮流会通过传媒带着他走。可农民的时髦知识分子的质朴，会带着他们的生活环境的印记。你要善于发现属于他们的语言特点，让你的台词熠熠生辉。

对于某个人，突出的苍白无力的语言往往具有很强的艺术力量，形象而真切地表现出人物的知识、见识水平与生活能力的不足，显得幽默可笑。

常常有这样的情况，同样的台词放在不同的情节中，或由不同的人物说出来，会产生不同的效果。如一个孩子说出了大人的话，他并不懂那些话的意思，但他曾经听到大人那样说，他就模仿出来，显现出童稚的天真可爱。也有的孩子说出大人的话，表现的是超过他的年龄的担当，显现了特殊环境中他的超越同龄人的成长。

六、台词的技巧化

——用台词引出闪回。如《刺杀肯尼迪》中，检察官的法庭演说长达半个多小时，人们并不觉得长，是因为他的演说引出了大量的肯尼迪被刺杀的现场情况及之前之后的许多事件。

——用旁白表现故事，解放了演员的表演，使人物可以不必有倾听对象，不必自言自语就可以表达他的心理状态。如《我的父亲母亲》中的我，就使用了大量的旁白。

——潜台词，也可以叫做一语双关的台词。如《尼罗河上的惨案》中，女佣人说：假如我当时没睡，假如我看到了凶手……她这样说是想要凶手西蒙听懂她的话，她确实看到了凶手是谁，她希望西蒙用钱堵自己的嘴。西蒙听出了她的双关语，但却杀掉了她。如果这里没有台词，那这些精彩的情节怎么完成呢？

七、用动作、沉默、道具或空镜来代替台词

有些时候，编剧能够找到方法让人物只有动作而没有语言，甚至是用没有任何动作的沉默来代替语言，也有时候可以用一个或一些空镜来代替人物的台词，做到此时无声胜有声。

完全用动作、用沉默、用画面来表现故事，表达人物的情绪，是影视人经常的艺术追求。做到了，做得好，显得专业而具匠心。影像本就是电影的基本要素，要善于利用这个要素。如《触不可及》中，军统处长要在舞蹈学校刺杀日本将军，必然伤及无辜的舞女，傅经年想要帮经受电刑也不供出他的舞蹈老师宁待脱离危险，提前要她离开。但宁一走，傅就暴露了，宁决心保护傅，可又不能告诉他，于是临走前和傅跳了一支探戈，跳到中途，宁做出仰身向后的动作，不再跳了。傅带人来到袭击现场，忽然看到已经走了的宁又回来了，立即明白了宁给他的暗示。日本将军来了，和宁跳舞，跳到中途，宁刻意把日本将军带到窗前，然后仰身，让出了视线，对面窗口的傅一枪击中日本将军，而宁安然无恙。这个精彩的暗示，没有一句台词。

要尽量少用台词来交待故事，能够用影像交待的，尽量用影像来完成。如《肖申克的救赎》中安迪妻子及情人被杀的情节，都是用安迪回忆的当时的影像来表现的。

道具也可以用来代替台词或引出下面的台词。如《英雄儿女》中，王政委要向张团长说明王芳的身世了，他约张团长喝茶，张说：老首长，你要我猜谜呀？王没有直接回答，而是拿出一张照片。张看了说：这是王芳？王说：这是

她妈妈。

但这并不是说用动作、道具、沉默来代替台词肯定比台词更精彩,什么艺术形式更精彩要看具体的情况。一些具体的艺术形式可以拿来借鉴,但不要把它当成固定的模式,成了模式了艺术就僵化了。所以我们还是应当说,精彩,是一切艺术的最终追求,什么样的形式和内容精彩,就用什么形式与内容。

很多人经常告诫自己和别人:不说话人家不知道你的高深,一开口,你什么水平就显露无疑。由此,何况台词呢!一定要把台词写好,台词写不好,一个剧本无论如何都大大失色。

第十一章、情感

　　前面不少章节都提到情感，这里专门用一章来阐述，不是重复，不是简单强调。故事因人物而具有灵魂，人物因情感而具有鲜活的生命力，所以情感是人物的灵魂，也是创作所有阶段所有部分的灵魂，是整个作品的灵魂。

　　也因此，有的编剧有的作家见人就说，他是专门写情感的写灵魂的。其实哪个作品没有人物呢，哪个人物没有灵魂呢？只是他的灵魂是否闪光的灵魂，他的灵魂世界是否广阔而深邃。或者，你写了这个人物的灵魂，但你是否写出了他灵魂中真正闪光的东西，你是否表现了他的有血有肉的情感世界。

　　情感不是宣称要死要活的狂呼，而是内心的巨浪；不是金钱堆砌的厚礼，而是心心相印的交融；不是美男脸上的伤痕那样近乎搞笑的刻意情节，而是刻骨铭心的付出和惊天动地的忠诚。任何故事任何人物不是你设计出情感故事就赢了，情感常常很危险，因为很多时候正是拙劣的情感描写让观众感到虚假，并往往在这里哂笑起来。

　　情感是所有影视剧不可或缺的。你写出了真挚的情感，你笔下的人物才会是有生命的，你能够感觉到他们的心跳，你的心和他们的心会在一起跳动。这时候，你一定是成功的，观众会跟着你走，关心人物命运，急切等待结果，想和人物同呼吸共悲喜，不单是哭和笑，还会有思考与向往。

　　我主管一个文学刊物的时候，编发过一篇小说《牛爹》。作者从小生活在农村，那篇作品不知是否他的处女作，语言还比较幼稚生涩，故事也不算流畅。可他的笔下，充满对他家那头老牛朴实而真切的情感，充满了乡村禾稻泥土的清新气息，生动描写了他第一次向家里的老牛叫爹的情景，那些故事，那些活生生的语言，如同影像一般把你带进乡愁。十多年过去，至今忘不了那篇文章。朴实真挚的情感，力量真的是太大了。

　　真情感，是新编剧打动制片人、出品人的真家伙，也是成功编剧打动所有人尤其是观众的真家伙，是一切作品永远的真家伙。

一、情感要真挚

　　真挚，是一切情感的基础。无论你喜怒哀乐，你大喜，惊喜，暗喜，又悲又喜，你愤怒，狂怒，心中暗怒，暴发之怒，你大乐，小乐，没事偷着乐，你都要真挚才好。

都是战争、女人、牺牲，《金陵十三钗》的故事比《这里的黎明静悄悄》要传奇的多特殊的多，在震惊世界的一场残酷屠戮面前挺身入虎口的十三个妓女，一定好看一定感人吧？可为什么拍摄出来的电影没有引起什么反响尤其是没有引起国际反响？为什么对于专家和普通观众来说都认为远远不如后者？

后者的编剧和导演都经历了那场战争，拥有对战争刻骨铭心的记忆与思考，前者的编剧和导演却完全没有那样的经历。后者在拍情感，前者在拍故事。后者在拍人物的生命，前者在拍人物的传奇。

缺乏真挚情感的电影，无论编织多么离奇的故事设计多么刺激的画面，也难以感人。《唐人街》中，侦探和墨尔雷太太做爱就令人反感。实际那也不能叫做爱，也就是交媾吧，墨尔雷太太和侦探并无什么情感，又刚刚死了丈夫，哗啦就和他爬到床上去了。别说美国人就是那样，美国人是人不是动物，很多动物之间交媾也是要你有情我有意呢，猴山上的猴王还不让别的猴子碰他的妃子呢。同样是美国电影，《一夜风流》中青年男女如同流浪般同居一室，也没有同床。《罗马假日》也是美国电影，影片中的主角男记者也是美国人，和公主产生了真挚的爱情，但他们也没有上床。《金陵十三钗》中的假神父和妓女上床，同样的让人感受不到激情与美好，如同片中让士兵们排成一列纵队去炸坦克一样让人感到虚假。和妓女在职业状态中和人上床是为了卖钱一样，神父和妓女的上床，实际上就是为了多赚几个票房。而《这里的黎明静悄悄》中，如果中尉与哪个女兵产生感情做爱是可能的合理的，也是有机会的，还可能写得很浪漫：经历丰富会使女人手段却也真的喜欢他的女兵，笨拙朴实的中尉，使爱情得以焕发的山林与晨雾……但他们没做爱，却一点儿没影响故事的好看，一点儿也没有影响情感的饱满。

《卡萨布兰卡》着力表现了爱情但也没有做爱，《罗马假日》《魂断蓝桥》也都没有做爱，但人们在观看时经受了爱的洗礼与真挚情感的陶冶，这些电影比《唐人街》和《金陵十三钗》更具生命力。为什么？谁的情感是真的，真挚的，是发自内心而不是奔着票房的。

二、情感要饱满

情感饱满，是对于一个人物、几个人物说的，也是对于整个剧本整个故事来说的。我们评价有的文章：通篇洋溢着作者对于某个事件某个人物某个地方真挚的情感，评价《上甘岭》始终贯穿着我们军队昂扬的一往无前的英雄主义精神，都是说那些作品在整体上具有饱满的情感。再看《上甘岭》中每一个干部战士，都有着视死如归的英雄情怀和崇高的战友情谊，对军队的传统和荣誉有着重于生命的珍惜，战士是那样，连长指导员是那样，高级干部的师长也是那样。你可以随处看到他们之间的战斗情谊战友情谊。整个影片所有人物的情感，不但是丰沛的质朴的，而且始终都是饱满的。

情感的饱满，往往是人物的情感极限状态，甚至让人物做出连他自己也难以想象的事情，极端的愤怒、喜悦、绝望、希望、幻想，都使人难以控制自己，也难以让别人控制。反之，异乎寻常的自我控制力也表现了饱满的情感。如《潜伏》中，作为潜伏在敌人内部的特工，余则成遇事必须极大克制，但到了独处的时候，往往会释放出来。如我军胜利消息传来的时候，干掉了叛徒的时候，翠萍牺牲的时候等，他在敌人面前和回到家中，是截然不同的。特别是在敌人面前，当某个消息突如其来的时候，对他的情感是个巨大的考验。这些时候，观众看的正是他如何掩饰情感和渲泄情感，他不动声色的时候，我们仍然可以看到他情感的奔涌。

情感饱满，并非时时处处都让人物的情感亢奋，不是写了死去活来的情节和海枯石烂的誓言就饱满了情感，有时淡淡的沉静也有充沛的激情。《远山的呼唤》中人物大多时间是很平静的，但用大量的细腻入微的前情，一步步为民子后来向田岛表达的爱情提供了坚实的基础。所以那个爱情表达，虽然言语不多戏不多，但情感是非常饱满的十分可信也十分感人的。

007系列那样的故事有情感吗？情感饱满吗？也是有的，也是饱满的，007始终保持着旺盛的斗志，敢打必胜的战斗精神。

三、情感要丰富

丰富的情感表现，在影视作品中，在各种艺术作品中不胜枚举。创作中，要充分挖掘和释放生活中无处不在的丰富的喜怒哀乐。某一种情绪状态，可以有多种表现方法。如喜，你可以描写大喜，惊喜，悲喜，暗喜。惊喜又可分为久盼之喜，意外之喜等。大喜的表现有喜极而泣，不知所措，狂奔乱舞，甚至失心疯等。

愤怒，你可以表现激愤，悲愤，义愤，怨愤。怨愤又可以不同，如众人之怨，前辈之怨，家庭之怨，情义之怨，路见不平之怨等。

哀，乐，亦是如此。

一个作品表现丰富情感，可以多人多情节，也可以一人多情节多层次。

（一）多人多情节

《甲方乙方》是一个轻喜剧的作品，可里面不缺乏真情义的故事，整个作品抒发的情感十分丰富。傅彪演的张富贵想要吃苦受累体验妻子的辛苦，让人在笑声中经受了一个粗糙爱情恢复之后的甜蜜。刘震云演的失恋的青年要自杀，却被好梦一日游巧妙地用外国公主梦幻般的出现留住了希望。最后那个把新房让给有重病妻子的男人的真情故事，更是使影片的品味与主题一下子升华起来，让几个用解嘲来做生意的青年升华起来。

（二）一人多情节

《上甘岭》中的连长，给人的印象是一个粗汉，但他其实是很细心的，粗只是他战斗状态外在的一部分。比如他对于战友情谊的多种表现：在受到七连指导员的误解时，他不但一言不发，还制止本连战士多嘴；看到兄弟部队的阵地危急，他宁愿自己的战士出现伤亡主动出击；师长给他带来两个苹果，他坚决地分给大家；而当他的通讯员去炸碉堡时，他一系列的叮咛安排直至亲自用重机枪进行掩护。这样不同情况不同情节他的不同动作，丰富地表达了他与认识和不认识的战友们的生死情谊。

也可以在一部作品尤其长篇作品中，让一个人物通过多个情节表现出多种情感。如《正阳门下》，男主角韩春明既有对苏萌不渝的爱情，也有对母亲切切的亲情，又有对师傅亦师亦友的深情，还有对涛子的兄弟之情，更有对于祖国文化结晶的各种文物的一往情深。

一个故事中的人物在一定的情节中，应当表现出什么情感，什么情感最能表达出人物的内心世界，最能让故事更感人，不同人物在具体的事件中情感的不同表现，都需要你把她想出来，写出来，用那个人物可能的最精彩又真切的表现方式表现出来。如《甲方乙方》中的张富贵，经过好梦一日游几个人的折磨，领会了什么是苦，回到家中想要安慰一下妻子，用的不是语言，而是行动，他接过妻子手中的家务笨手笨脚地做，并且令妻子大感意外地拿毛巾给妻子擦脸，其一系列动作带着往日大咧咧的习惯，既表达了丰富的情感，也使情感的表达方式具有符合人物性情的生活质感。

四、情感要深入

我们说要深入人物的内心世界，要写人物的心灵，都是说的情感描写要深入。007系列也表现了饱满的情感，表现了人物对于战斗对于胜利的渴望，但那只是简单浮浅的情感。同样是描写战斗，《上甘岭》的战斗要比007简单得多，看似简单的故事简单的情感简单的战友情谊，却有许多深入心灵的情感表

现。如得知大反攻的消息,大家都欢呼起来,勇猛粗暴的连长却一个人一反常态偷偷哭了,那么多生离死别因战斗的激烈因情势的紧张无法表达,此时通过一掬清泪生动传神地渲泄了出来。

深入人物内心世界,需要细腻的情感刻画。《英雄儿女》中,王政委对女儿,对帮助他抚养女儿的朋友王复标,在多个情节中都有细腻的情感表达,他的真挚、压抑、释放,都令人难忘,既沧桑,又纯真,一个隐忍,一个浅笑,都准确而深切地表现了心灵深处的震颤与心血的流淌。

五、做好情感铺垫

任何剧本或小说,从第一个情节开始,每个情节都是后面情节的铺垫,直到最后一个情节的完成。表达一个情感,尤其是情感高潮的表达,更加需要铺垫。

为情感的表达做好铺垫,包括前史,前情既前面的情节,重点情感场次的环境与故事人物安排。如罗依回来时与玛拉见面,安排在火车站,合理而又容易让两人猝不及防,这个场景安排就是很好的铺垫。《英雄儿女》中王政委与王复标见面,不是王政委刻意安排好两人见面,而是王政委在工作中与患难之交的老朋友相见,把山高海深的情谊,在从容之中相撞击。当一旁的其他祖国慰问团成员上来祝贺时,王政委又从容地转到工作上,邀请大家去前沿制高点观看战斗的进行。这不是举重若轻,而是一个老共产党员始终以工作为重的崇高品德。这里,是另一种情感的表达,是共产党员对于信仰和事业的情感。没有崇高的信仰,没有长期革命斗争的熔炼,在这些看似细微的地方,是拿不出共产党员那种情怀达不到那种崇高的。

我们再看《远山的呼唤》,逃亡的田岛耕作和寡居的民子原本是相距千里的,只是因为互相利用才一起相处,而且他们都是内向的,从来也没有爱情的表白。但故事用大量淡然的情节,为最后民子向田岛表示出爱情做了良好的铺垫,令人信服且感动地相信、希望他们在一起。爱情常常不是追求来的,而是自然来临的,自然来临的爱情,反而令人觉得更加离奇,更加珍贵,更加深入人心。但这个自然,是大量的一衣带水相濡以沫的生活产生的。

真正把情感表现得好,不需要用上床来吸引观众。

六、多角度审视情感

你创作一段情感故事,在构思、描写和修改过程中,应当多角度地审视这段情感,看她是否真挚,是否必要,是否放在了适当的地方。还要看一段情感的深度，广阔程度，社会基础的程度。有时候我们为自己写下的情感故事洋洋得意，认为山高水长，万世唯一。可别人一看，认为其实那是一段狭隘的，偏执的，没有生命力的浅薄故事。所以一段情感故事，应当从生活的，社会的，哲理的，真挚的多方面的视角来审视。

当然，并不是说狭隘偏执的情感就不好，狭隘偏执也是生活现象，我们有时会刻意地塑造这样的人物与故事，不但与其他人物形成反差，而且具有认识作用。当我们描写那种令人讨厌的人物，刻画扭曲的情感，你不能用讨厌的蔑视的态度来编织，哪怕这个人物是极端又凶恶的无赖。你应当用冷静的旁观者的思考来审视这样的人物，又可以在创作的一定阶段换一个角度，把每一个人物当作自己的亲人，你熟悉他每一个动作的思想根源，慎重编织他行为背后的情感。你既不能排斥他，又不能不由自主地为他的恶与凶开脱，所以你要走进去还要跳出来，既站在他的对立面来看，又站在他自己的立场亲人的立场来看，再用一个旁观者的立场来看，最后，你要从社会的、生活的、历史的、道德的角度来审看你的人物。这时候你再来描写他，修改他，这个人物为什么这样，这样是为了什么，他达到了吗，为什么能够达到或达不到，不同的人们会怎么看他，怎么和他相处，甚至怎么对付他，改造他，干掉他，然后，或许会为他叹息。

唐人街最大的失败，是没把那个十恶不赦的富翁当作人来写。

多角度审视情感，还要关注次要人物包括只是一闪而过的人物的情感。你要力争让你的每一个人物，让他的每一次出场每一段故事，都具有真切的情感动力。这并不是说一定要给他一段情感表达，而是你要思考他的某个动作某个行为，是什么内心活动在支撑，他的行动表现的是什么内心世界。

七、打掉情感的枝杈

《心结》是我编剧、导演、主演的一部反映信访工作的八集电视剧，剧本中原有男主角县委副书记周国强和女主角信访局长江平产生朦胧感情的情节，并把这些情节拍摄了下来。剪辑的时候考虑再三，八集的一部中篇剧，集中描写的是两个干部对人民群众的深情厚意，加上一些他们两个的情感，会冲淡了主题情感，又不能把两人的情感写清楚写得感人肺腑，所以忍痛去掉了。

这与《甲方乙方》表现多种情感是不同的两个倾向，不能说哪个更好，两种不同的选择，都是根据不同剧情的需要。有的剧情需要多种情感的抒发，有的剧情哪怕是长篇大剧，也不应当让情感四处乱窜。有时要表现丰富情感，有时要删减情感枝节，怎么掌握呢？要看主题在哪里。《甲方乙方》写的是商业社会中的温情，需要不同的人在不同生活状况中以不同的情感方式表现出相同的东西。而《心结》则不应当用额外的情感故事来冲淡严肃、强烈的主题意义。

《心结》在河南省信访局试映时，一些多年从事信访工作的干部当场泣不成声。在平顶山电视台播出后，不少观众在大街上认出我，执手泣告：群众太需要周国强这样的干部。我的一位战友在外地看完河南电视台播出《心结》，立即给我打来电话，说了几句就因抽泣而中断，过了许久才又打来。《心结》的电影版在央视6套播出两年后，一次我出席6套的百合奖晚会，一位素不相识的中年女士拉住我说：你不是周国强吗，我特别喜欢你演的县委书记！

如果保留了周国强与下级的那段情感，可想是什么效果。

八、创作中的情感选择

创作与修改，会不断面临题材、故事、人物的选择。选择过程中，要看重情感因素，哪个故事哪个情节哪个人物哪个题材具有更加丰富而饱满的情感因素，更具有震撼人心的情感力量。

第三：这个故事很有意思

第二：这个故事很好玩儿

第一：这个故事很感动人

这可以是三个题材，也可以是一个故事的三个写法，三种结局，一个人物的三个定位，最好的选择当然是第一个。故事可以是喜剧、悲剧、生活剧，可以不哭，不笑，但一定要感动。

有些电影是要来标新立异、显示手法、卖弄玄虚的，如《罗生门》。如果说《公民凯恩》虽然过于强调电影技巧但还抒发了人物的情感，《罗生门》毫无人物情感可言，故事也毫无生气可言。我们可以说《罗生门》在艺术上是成功的足以流传的，也可以说影片对世人为了自己的利益和虚荣而信口开河进行了批判。但电影的最主要目的，是向观众献上一个好故事，让故事表达的情感透入人心。

所以，编剧要从生活中，从自己内心深处寻找情感，在创作中创建与释放情感，并让观众去验证你奉献出来的情感。

河南优秀的戏剧演员申凤梅谈到表演时说：戏是假的，演是真的，情是真的。演员要求自己用真情感去演她并没有经历的故事，她要用心血要动真情感，那么首先你要为演员的表达，提供坚实的强大的情感基础。然后，才会有演员精彩的演出，才会有观众的震颤，激奋，共鸣，强烈的欢乐与悲伤，巨大的平静与思考，甚至立即去做什么或立即停止做什么。

但是你又不能总是想着如何让观众满意，这样会不由自主的把创作目的变成讨好观众，甚至媚俗。

第十二章、节奏

　　记得我写第一个剧本的时候，和一位编辑一起修改，他说某些部分节奏要加快。于是我把两场戏分切成为六场，心想虽然还是那些内容，让时空多几个转换会显得加快了节奏。他看了说这是不行的，加快节奏不是要把故事切得太碎，而是要让故事推进得快一些。

　　那是我第一次清楚地认识节奏，于是我删掉了一些场次，对不少场次删减繁复的过程，拿掉拖沓的情节，挤掉无用的水分，回头一看，自己都得意起来。

　　节奏，是故事的需要，观赏的需要，是艺术中的艺术。无论什么题材，真正优秀的作品，总是张弛有度，节奏恰当，让人觉得美好。自然界的一些景观如壶口瀑布，汹涌的奔流与跌落来自上游宽阔舒缓的河面。当我们充分欣赏了瀑布的壮美，会去看一看上游那宽阔，寻找瀑布壮美的根，且发现那根原来也是美丽的。正是不同状态不同事物不同色彩形成的反差，使壶口，使太多的自然景观，使太多的事件与作品让我们向往，比如高山与大海，白云与蓝天，英雄与美人，铁骨与柔情。这些反差，这些不同，在很多情况下构成节奏的变化，丰富着我们的生活与欣赏。

　　节奏好，并不一味的就是快，所以有节奏这个词，而不是说快慢。我们总在说张弛有度，艺术是这样，很多事情都是这样。打篮球，领先的一方常常故意拖延时间，落后一方则拼命往前赶，往往这个时候，球赛很好看。

　　不可否认有的作品整体上节奏快如《谍影重重》，而有的作品整体的节奏会慢一些如《魂断蓝桥》。但不能因此认为谍战片、战争片节奏就快，生活片感情片节奏就慢。《拯救大兵瑞恩》整体节奏就比较慢，《尼罗河上的惨案》那样的侦探片，节奏也不快，而《007》系列，在高度紧张的故事推进中，不少时候节奏也会慢下来，让007和对手斗一斗嘴，让他逛一逛街，吃点什么，会会美女。《魂断蓝桥》也是慢中有快的，认识不到24小时，甚至连对方姓名都不知道就要结婚了，不快吗，而且玛拉和罗依的情绪、情感也一直在快速发展变化。所以《魂断蓝桥》这一类作品，犹如武术上说的"形松意紧"，看起来节奏不快，其实综合的故事因素如情节、情感、情绪、喜怒哀乐变化是很快很丰富的，因此人们看得津津有味。

　　但总的来说，无论电影还是电视剧，要强调节奏快一些。新编剧的剧本节奏慢，是一个普遍存在的问题。十五年前我刚写剧本的时候，把我送进中央电视台的制片人刘沙曾告诉我，圈子里有大家比较认可的一个基本标准：电影，一般要有一百场戏左右，而电视剧剧本，一集一般三十场戏左右，由十三个小故事构成，大约每三分钟一个。少了，节奏就显得慢了。这标准现在仍然适用。

　　当然也有特别的情况，我们前面举过《雍正王朝》夺宫一场戏的例子，一家伙一集半没有换场景，却丝毫不觉得松不觉得长。那是因为情节充满张力，场景虽然没变故事一直在剑拔弩张中快速发展。但这样的情况是特殊的，少见的，是那种特别的情节所需要的。你场景变换了，反而节奏掉下来了，因为观众正急切地等待着夺宫是否成功，反击是否奏效。所以松与紧，快与慢，有时候也不以一场戏的长短，不以有多少场戏为标准。

　　因此有人说，电视剧剧本因为鸿篇巨制还可以容忍一些情节的缓慢，而电影却不可以有丝毫拖沓。这种说法并不成立。观众进了电影院，有一两分钟的弱慢情节也只得坐下去，期待着吸引人的故事就要到来。而电视剧，你一个片断不好，观众手指一按就换频道了。艺术哪怕仅仅为了赢得观众，无论电影还是长篇电视剧，都来不得半点的马虎，更何况当你把艺术看作自己的生命。

　　正常情况下，故事与场景的转换会加快节奏，使观众不易产生厌烦情绪。一场长长的戏，你自己写的，付出了劳动，寄托着情感，往往会认为长是长但足够精彩。而在行家看来，在观众看来，那往往是十分冗长的。或许过了些时间，你自己再来看那些戏，也觉得太长了看不下去了。我在自己的电影电视剧拍摄完成进行后期制作时，常常要删掉一些精心拍摄完成的戏。不但是为了加快节奏，而且因为当画面呈现在面前并把她们剪辑完成再看的时候，你是在审视作品整体的艺术效果，你会用观众的眼光去看，你会发现你创作中的匆忙、粗心、知识的欠缺、阅历的不足、艺术力量的薄弱，你会叹息一些情节认真看几遍仔细想一想完全可以写得更好，一些戏完全可以压缩一半甚至更多。于是你会剪掉一些你曾经认为非有不可的戏。

　　这时候你也会想到，原来人们经过多少年实践总结出来的那些一般的规律，是有指导作用的，节奏是不容忽视的，慢是节奏问题中最为突出的。

　　其实前人早就注重节奏的问题，古代戏剧中有"三五人千军万马，六七步走遍天下"的艺术化描述。如果到了现代了，影视剧的技术那么发达了，我们还让剧作故事的推进慢吞吞的，那还有谁来看我们的东西呢。所以在创作中，

还是要遵循一般规律,把每场戏写得紧凑些再紧凑些,让场景的转换快一些。

当然,场景转换得快,也未必就一定加快了节奏。有的作品,看起来故事一直在推进,场景在快速地转换,新情节不断出现,可那些新的情节并不好看,或都是一些没有实质性推进的情节,节奏仍然慢的看不下去。比如两个人来到风景区,看看这里美,那里也美,看来看去转换了很多镜头出现了很多场景都是青山秀水,人物只是在那里赞叹,也把观众看腻了。再如警察疯狂地寻找被劫持的人质,这个房间没有,那个房间没有,再一个房间还没有,接下来还是几个扑空的房间,房间的类型也差不多,那么,人物再显得紧张,跑得再快,节奏也掉下来了。

所以节奏快,并不简单等于场景转换快,人物出入快,情节变化快。同一个场景,同一场戏,故事可以有很多发展,人物情绪可以有很多变化。如甲要乙说出实情,乙说了,这是一个情节。可马上,甲指出他说谎,乙否认说谎,并举出证明,这又是一个情节。但是甲却当场拿出另一个证明揭示乙的谎言,情节进一步发展。乙却立即再举出一个事实,揭示了局中局、套中套的深层故事。

一些优秀的作品,在节奏变化的时刻,会有新的故事因素出现。《追捕》中,真优美帮助杜丘逃跑,是因为杜丘救过她的命。追捕者来势凶猛而且设置圈套,逃命者慌不择路,紧张得令人窒息。可在逃难过程中产生了新的故事因素,真优美和杜丘相爱了。这个时候,节奏慢了下来,感情弥漫上来。这情感正是新的故事因素,两人从朋友变成了恋人。所以适当舒缓一下节奏,不是简单地让故事拖下来让节奏慢下来,而是要安排另一种情绪调节一下观众的精神状况,是用另一种精彩,另一种强烈的吸引力,让剧情总是美好,让观众调节过于绷紧的神经时,得到另一种情感的观赏满足。

用新的故事因素调整节奏,可以有多种方法。一个人正在逃跑,忽然发现来到了故地,于是他不由自主停下来,哪怕危险正在临近,他却不可抑止地沉浸在往日的回想。甚至,他决定变逃跑为拼命,或干脆投降。一个人正在报复,眼看就要成功,却忽然发现仇恨的产生另有原因,于是他停下来,开始思索应当做什么,改变什么。屠杀和决斗正在进行,一个婴儿却出现在对决双方的中间,于是一方停手,或者双方都因天性而放弃。等等。

以上这些情况下,故事仿佛停了下来,可观众恰恰在此时进入了剧中人物的内心世界,所以此时节奏仍然存在甚至在前行。你的故事正是在此具备了味道,你能够让观众跟着你剧中的人物、事件体会到相同的情感,品味着异样的人生。看起来整个时空都停止了,可观众的联想在发展。

类似的节奏范例,你会在优秀的影视剧中发现很多。

第十三章、场景与道具

一、场景

场景一般有两个定义：一是说某一场戏所处的环境，如房间，院子，村头，街道，战场，河边等等；二是说某个环境中发生的某些事情，也就是某场戏的具体内容。本章所说的场景，是前一种情况。

影视剧中的场景，有的是相对局限的拍摄环境，如房间、院子、一段道路、汽车内、火车上，有的是相对大的环境，如田野、山坡、村庄、河流、战场。相对局限的场景，有的是借助现有的环境条件如某个住房，某条道路，有的则是在摄影棚中人工搭建的。人工搭建的技术与水准，如今已经达到相当高的水平，加上后期电脑加工技术突飞猛进的发展，所以编剧在设置故事场景的时候，尽可以发挥自己的知识、见识带来的想象力。

一些编剧有重故事，轻场景表现的倾向，认为哪一场戏有什么场景，主要是导演和美术的事情，编剧只要大致提供模糊的场景描述就可以了。这样的看法是不对的，因为编剧对于自己笔下的故事、对于自己长期所处的环境，对于自己高度熟悉的生活和呕心沥血的创作，总是有着其他创作者难以启及的境界。而且，每一场戏都是一个相对独立的故事，那么相应的，每一个场景也都有她的意义：怎样帮助完成这个故事，怎样有利于揭示人物性格，释放人物情感，表现人物冲突，完成戏剧目的。所以剧作中某场戏有着什么样的场景，是剧作非常重要的部分，不可掉以轻心。

做过导演之后，我对影视剧场景选择有更多体会。好编剧应当在故事创作的同时，精心于场景创作，使故事的环境与故事血肉相连，成为有机的一体。既要有利于表现主题，有力帮助故事的展开与发展，又要使画面具有强大的、充满艺术魅力的视觉冲击力。张艺谋在《菊豆》中，主要环境选择了染坊，强烈的色彩有力烘托了主要人物的内心世界与外部动作，典型的民间工艺生产过程尤其是染布急速地坠入染池等动作都具有强大的视觉冲击力，并与剧情高度溶合在一起。《大红灯笼高高挂》中大院的环境，夸张的张挂灯笼的仪式，都不但有强烈的视觉感染，也与故事、人物、主题、气氛很好地结合起来。

我的八集电视剧《心结》中，因上访而卖光了家产的史华丽，她家的环境设计为后面不远处是已被卖掉的很好的大房子，前面是破旧的茅草屋，门前不远处是一条河，河里最好有几场大石头是人们出行的天然的桥。选景前，人人都说这样的环境不可能找到。有一天出去选景，刚出动就碰上一起出殡的。制片主任连声说好好，撞丧的谐音是撞上，今天一定有收获。那天真的找到了与剧本设计得完全一模一样的场景，甚至连周围的大环境都如同画出来的一般。实拍中，这个场景给故事和人物增加了强大的戏剧效果，也给拍摄带来很多方便。播出时，许多人看了这个场景中拍摄的史华丽决绝地离家出走的戏，都泪流满面。

电影《女大学生部落》，是五个女大学生到五个村庄当村官的故事，需要五个村庄的外景。选景时，美术告诉我，他选了几个很让他满意的村庄。我去复景，见多是一些十分贫困的村庄，破败而缺乏生气。我要求他重新选择，他却强调这些村庄及周围的环境如何有特点。我告诉他，我们不是讲贫困的故事，是讲当今中国农村的基本状态。建国近60年了，改革开放近30年了，大部分村庄远远好于眼前那些村庄的状况。这个意见里面有政治，但更重要的是真实，和剧情中所描写的农民的生活状态相符合，和中国大多数农村的情况相符合，这也是艺术的真实。所以，编剧有时需要对于你所描写的环境有清楚的提示，有明确的叙述与交待，避免二度创作出现的偏差。

我有一个正在筹备的剧本《救命之恩》，原小说的作者想象应当去十分偏远的荒村甚至到草原上拍摄。我根据故事情节，设想放在一个陈旧的寨子里拍摄，寨子的围墙好似剧中人物受某些传统观念根深蒂固的影响而冲不出来，故事描写的正是这种状态。小说原作者强烈赞同，甚至提议把剧名改成《老寨墙》。

有的场景，会表现出生活变化造成的强烈反差。生活有时在向好的方向发展，有时则在破坏性发展，那么场景的安排也要为破坏效果提供条件。我的剧本《放飞你的愿望》，是一个悲剧故事。曾经是战斗英雄的周玉林，两个儿子先后遭遇矿难和暗害，妻子也因悲痛去世。周家的环境，我特别提示虽然贫困但从屋里到院里都要十分温馨，充满生气。后来周家受到灾难性打击，前面的温馨强烈反衬了灾难一次次降临给这个家庭带来的倾覆性痛苦。

场景的选择，还要注意变化与发展。比如一场戏在一个场景中开始与结束，为了人物情绪剧烈变化的需要，可以改为在几个场景中展开与发展，让不断变化的场景增加视觉效果，又使人物的冲突与动作有充分与丰富的场景条件。比如两个人吵架，可以在一个房间里面开始与结束，也可以从房间发展到院子，再发展到院子外面的道路上，或从院子里再回到屋子里。

美国影片《借刀杀人》中，麦克斯终于暴发决定阻止文森特的戏被安排在汽车上，当麦克斯决定阻止他时，把车越开越快，猛然撞向护栏，造成了倾覆。而这车，是麦的生活工具，是他情绪暴发得力的助手。那么麦克斯被写成出租司机，让他拥有情绪暴发时的暴烈的工具——汽车，这也是编剧在创作之前就有意识安排好的。

场景的选择，不要过于刻意，为了场景好看有特色，原本不必要转换场景的偏偏转换，不必要豪华设置的偏偏要那样的设置，场景转换的目的是为了吸引人们的注意力而不是为了故事人物的发展，这些都是不可取的。

实际拍摄中，一个场景可能会有多场戏在这里拍摄，每一场戏的内容、时代、人物、故事往往都不同。那么相应的，这个场景应当根据不同的故事与时代，有不同的设置，地方不变，道具在变，物品在变，新旧程度在变，有些变化会起到十分传神的效果，帮助人物完成这一个片段的故事，表达出此刻的主题，揭示时代变迁与人物的性格发展，从而完成戏剧目的。

因此，在选择、设计场景与环境的时候，不要以为场景与环境只是一间房、一个院子、一棵树、一处河边、一片山坡、阳光里、月光下等等，重要的，是给场景与环境以情感和生命。包括道具也是一样，有生命的道具与场景，当然是导演与美术、置景的任务，但更重要的、首先的，是编剧的任务。一个好的编剧，永远不要想着让别人来丰富你的剧本，不要觉得寻找拍摄环境是导演的事情。导演、美术、置景可以丰富剧本的场景，但好的编剧一定要尽力在剧本上提供特殊、特色、有利于表现剧情的场景与环境，能够对导演启发，让导演开窍。有些特定的环境，是在编剧遭遇生活、体验生活时碰上的，有时一个特殊的环境甚至会产生一个剧本。

好莱坞的规律，一部电影每个场景的平均时间约两到三分钟，长了就显得缓慢了，摄影师也要重复相同的视觉效果。这种规律性的惯例值得我们在创作中加以关注。一场戏不管你来多少人，从事多少不同的事情，都是在一个戏剧环境当中一次发生的故事。你总是在这个环境之中，故事就会显得缓慢。所以一般情况下，场景的转换要快，要与故事的快速发展同步。除非一个环境里面可以有一个接一个的精彩冲突不断呈现，像《雍正王朝》里面夺宫那样。但总的来说，场景转换快，是规律性的东西。

有人把电视剧的场景分为叙述性场景、抒情性场景、氛围性场景、主观性场景和意象性场景。实际上，场景表现的内容和特性是非常多的。多到什么地步，故事的特性有多少，场景的特性就有多少。

当然，场景的安排，也需要资金支持。吴宇森拍摄《赤壁》时，在摄影棚里搭建了豪奢的周瑜大都督府。可在协议规定的期限内，没有完成大都督府内的拍摄，而别的剧组按协议要进来拍戏。剧组只好把周瑜都督府拆掉另建。这一拆一建，多花了1000多万，可以拍好几部小制作的电影。

二、道具

你可能不熟悉凯西·贝茨，她胖胖的貌不出众，绝对不是美女。但她凭借电影《危情时日》，击败众多星光灿烂的大美女，在1990年斩获第63届奥斯卡最佳女主角奖。

看一看《危情时日》你会知道道具在剧作中能够发挥多么令人瞠目的作用。一件不起眼的，日常生活中的常用品，看似随意地摆放在那里，可当情节发展到一定的阶段，那件物品竟然能够发挥你完全想像不到并具有强烈视觉冲击的力量。那个时候你会感觉到，那些道具是活的，有生命的，强劲地不可替代地推动着剧情的发展与转折。这里我刻意地不具体叙述出那些道具是什么，却希望每一个想要做编剧的人都认真看一看这部电影。

道具，是场景的一部分。有了完整的道具设置，一个场景才算真正安排完成。优秀的道具设计，不但可以推动情节发展，还可以展现主题，抒发情感，表达历史状态，体现社会发展，蕴含多种寓意，也使场景一下子活起来，如同具备了强大的生命力，并具备更加深刻的文化内涵。

当然道具不是一个剧作词汇，但编剧在剧本某个场景安排出来的物品，在导演、美术的二度创作中，就成了有形物体的道具。所有重要的道具，都应当首先在剧本中产生。

年长一些的人，都看过电影《霓虹灯下的哨兵》，不但记住了美丽质朴的春妮，而且都记得一件重要的道具——袜子。战场上英勇无比的排长陈喜，打进大上海之后，在灯红酒绿的环境之中忘掉了艰苦朴素的传统，把他的老粗布袜子扔掉，穿上了花花绿绿的袜子。他的媳妇春妮说：他扔掉袜子，"是把革命部队的老传统扔掉了，是把老解放区人民的心意扔掉了，是把他自己的荣誉扔掉了！党培养他这么多年，没有倒在敌人的枪炮底下，竟要倒在花花绿绿的南京路上！"也确实，陈喜正要扔掉自己青梅竹马的支前模范妻子，并差点儿成了特务破坏大上海庆祝胜利集会的帮凶。

一双袜子，折射出共产党革命斗争刚刚胜利的那个时期，许多干部战士被优裕生活所侵蚀，消退了革命意志的现象，这也是毛泽东主席早在建国之前就一再提出需要高度警惕的。《霓虹灯下的哨兵》在社会上引起强烈的震撼，对干部教育，对政权的巩固起到了直观而深切的作用。一双袜子这样的小道具，能够折射这么重大的社会现实，表现这么深刻的哲学与革命道理，释放这么强大的教育作用，令人前所未有的感叹。当然，这也是艺术的力量，编剧的力量。

大家一定记得《魂断蓝桥》中的护身符，一开场沉默而悲伤的上校拿着她，进入倒叙后玛拉摔倒时为了拾她差点儿丢了性命，后来玛拉把她送给罗依，可罗依又把她还给玛拉。当玛拉魂归蓝桥，她静静地躺在玛拉离去的地方仿佛在等着罗依。护身符，寄托着情感与哀思，象征着爱情与离别，和玛拉与罗依一起印在无数观众心里。

朋友有一部小说叫做《恩人》，写的是一个忠厚的农民拼命救出一个失去父亲的落水少年。少年的寡母感谢那农民的救命之恩，在十几年中以多种方式报答他。渐渐的，救人者由不愿接受报恩，到能够接受，到心安理得，最后发展到向那对母子索要，逼得那母子活不下去，最终杀掉了救命恩人。小说改编成剧本后，我让那恩人在受到头几次感谢的物品后，因过意不去给那被救的孩子买了一把长命锁，意思要他一生安全不再有危难。可正是这孩子最后不得不杀掉了自己的恩人。当他把恩人扔进当年救他的河里时，他胸前晃动的正是那把长命锁。这个道具，赶到了双关的隐喻作用。

创作中，要让道具符合人物的生活习惯，符合历史的时代的真实。这些并不只是美术和道具、置景的责任，首先是编剧的责任。

陈道明在电影《归来》首映前，谈到他这个主角在拍摄中变身"老美工"与道具打起了交道，他表演的范围内，连一块玻璃都不放过。他说："陆焉识家的楼道，一开始是玻璃。美工不了解那个年代，其实那个年代几乎所有公共场合的玻璃没有一块是完整的，不光是自然现象，刮风下雨，小孩都不会让它完整，一定想办法拿弹弓打碎了，于是乎，这些玻璃换上破三合板，换上破报纸遮风避雨。其实这些跟演员有什么关系，不是，在我身后会给我巨大的入境感觉，如果我身后是虚假环境，会影响到我。"

但如果这部电影晚拍二十年，主演并没有经历过那个时代呢？所以当编剧的，你要尽力地负起责任，走进你的故事，走进历史，走进真实，然后，你才能走进成功。

道具还要尽可能拥有文化含量，体现出地域的、民族的、传统的、时尚的文化内涵。要让你设计的道具融合在剧情里面，让道具具有生命。如《菊豆》中的染坊，血红的染布不但完成了导演想要的象征意义，也再现了传统的染布工艺，具有文化认识作用。

设置一件道具，有时候需要让人物发现，并立即产生新的重要的戏剧发

展。这样的道具，可以是让人物必然发现，也可以让人物偶然发现。有时候又会故意让人物一开始忽略了它的存在，而当后来它发挥出巨大作用时，观众或剧中人物会恍然大悟。

　　会有这样的情况，一部长篇电视剧甚至一部90分钟的电影，一瞬间，时间已经过去了几十年。那么在同一个场景中，物是人非物亦非，房子还是那间房子，人已历经沧桑，房子里面的设置，或许还是被尘土厚厚封盖着的旧模样，或许已经大变，有着鲜明的时代标志。一件家具，一个茶杯，一台电视机，一个书桌，都会代表着不同的生活变迁。编剧应当用心去观察，然后在剧本中表现出来。可能一个小小的改变，蕴含着巨大的情感并推动着故事的发展，甚至给剧本增添难以想象的光彩，显现着编剧的生活厚度与艺术功力的高下。

　　有些作品，在道具上下了极大的甚至是前所未有的功夫，但缺乏真实性，一眼可见是在过分渲染道具艺术或是在刻意追求场面的宏伟。这样的道具设计，最终是不成功的。可能赚几个票房，却不会让观众真的喜爱。如《满城尽带黄金甲》，那么多的菊花，怎么可能出现在那样残酷的事件中呢。更有那些如城墙一般的铁甲或叫挡箭牌，决不会是那个时代的东西。假了，场面再大，人们初看可能惊呼几句，也就过去了，留下的或只是一声浅笑。

第十四章、修改

　　人人都说文章是改出来的，比较其它文学类型，剧本的修改，往往是铁面对铁面，大眼瞪小眼。因为剧本是为了拍摄，而拍摄要花费巨大的资金，谁都输不起。所以改剧本的过程，编剧和编辑、导演有时会吵得血淋淋的。我的第二个剧本也是第一个电影剧本《摊牌》，修改过程也几多蹉跎。

　　《摊牌》的责任编辑，是个老资格，有经验，眼毒，帮我克服了剧本的许多不足。但她说话很不好听，别看外表柔弱，脸色一沉那叫一个猛，我和她吵了许多架。第一次谈剧本，她突出的意见就是对话太多太长，她说你这是电影剧本吗，电视剧本这样的对话也太长，得往下压。我说长是长只要写得好。她说这样的对话好吗？我不觉得好。我说那是因为你对我们的生活不熟悉。她说咱们不争论，你必须往下压，不然我就不通过。

　　没办法，我只好往下压。改了一遍寄给她，她说不行，还得压。我说没法再压了，她说那我还是不放行。我七窍生烟只好再压，完了寄过去她还嫌长。我干脆把剧本扔下了，这明明是刁难人嘛！

　　可扔下也不是办法，她还是不通过呀！她就像个女工头啊，站在那里挥舞着棍子叫喊！让你叫，我就不信改不到你叫好。改来改去改剧本，改来改去压台词。又经过一番辛劳，一看，台词大大精练了而且确实比以前好多了，人家不是故意捉弄咱。可那工头又说了，台词好多了，可是剧本前半部分比后半部分弱，改吧。

　　我仔细看看，整体都很不错了，但前半部分确实弱些，女工头说的没错。下功夫又改了一遍发过去，你猜那女工头竟然说什么？前面改的不错，可现在觉得后面比前面弱了。我又是烟生七窍说我的水平就这了，改不了了。她说那就扔那儿吧，反正我手里剧本多的是。

　　我挂了电话自己嘟囔的啥我不想告诉你们。

　　气过去了，改剧本。搅尽脑汁改剧本。改完了再一看，这后半部分就是比修改以前好多了！女工头也说改的不错不错，但觉得现在后面比前面好，再把前面改一改。

人气愤之极了是什么样？就是到最高潮了，情绪也慢慢平和了。平和了，也就冷静了。冷静了干什么？改剧本。

先是看，使劲看，认真看，翻来覆去地看。渐渐地，没看出什么毛病，却想出了怎么更好看，于是又改了一轮。

她又来电话了，说改的真的不错，现在整体上比以前好多了，但是再整体改一遍吧。

这次我没有生气。古人说文章不厌千回改，不经历过，无法真正体会这句话。其实女工头还没来电话的时候，我也已经自己看出了剧本的一些不足，已经在修改了。能不断看出自己的不足，特别是在作品改了很多次之后，才能当编剧并且才能在很长的时间延续自己的编剧生涯！各方面都能认可的剧本，总是要经过千锤百炼的啊。

或许有人会说：你的剧本送到电影频道之前肯定一无是处啊。

电影频道每年收到几千个剧本，能够通过筛选进入立项修改阶段并通过三次审查由频道投资拍摄的，每年只有100部。而且，那几千个剧本的编剧，大多是专业影视单位的人员，不是上过电影学院，就是门里出身，或是资深影视人带出来的。

经过一年的艰苦修改，剧本终于在电影频道通过了审查。拍摄完成后，拿到了百合奖，那曾经是八年之中河南唯一的百合奖。

任何剧本都不是天生自然存在的，因此任何剧本都不应当有不中用的阑尾，剧本的任何一个部分都应当努力改得更好。影视是遗憾的艺术，修改总是没有尽头。一般的说，不到播出，总是在改，包括送审之后可能面临的修改。甚至播出之后的作品，修改仍然在继续。创作者包括编剧、导演、演员等等，仍然会在总结中继续讨论可能的修改，评论家们的评论也是另一种形式的修改。当然，也有播出后的作品真的进行了修改并再播出。

我的一部作品已经播出几次了，可有一次播出后，一个少数民族观众向中央电视台提出：里面有一场戏中，两个人坐在一个小餐馆喝酒，墙上挂着一副照片，是某民族信仰圣地的照片，在民族习惯中那样的照片下是不允许喝酒的。电视台问我们这个场景是不是有意设置的，我们回复了当时的情况，那是在一个少数民族朋友开的饭店拍摄的，环境没有进行任何改变，而且在如今，许多饭店的墙上都有这样的照片。于是，电视台删掉了这场戏，再次播出那部电影。

很多情况下，剧本通过了，拍完了，播出了，你自己在银幕或屏幕上看了之后，恨得直跺脚，你发现许多地方你再下不多的功夫，剧本就更上一层楼。

铁凝的小说《哦，香雪》改编剧本，因为原小说只有9000字，剧本初稿只有60分钟的量。后来修改为长片儿的量，剧本经过几年蹉跎，换了几个导演也换了电影制片厂，才由儿影搬上银幕，并获得了柏林电影节最佳儿童故事片奖。著名导演郑洞天却说，先前的那个短本比拍摄本好。可见即使是专业作家专业编剧，对于剧作的看法往往也是不一致甚至强烈不一致的。剧本是这样，完成的影视作品也是如此，对于演员的表演也会产生截然不同的看法。凭电影《弱点》获得2010年第82届奥斯卡金像奖最佳女主角的桑德拉·布洛克，同一时期却因《关于史蒂夫的一切》被评为2010年第30届金酸梅奖最差女主角。影视艺术是多么不容易啊！也因此，使这个行业、这个行业从业者的人生更加丰富多彩。

　　也有财大气粗的制片人是这样做的：《僵尸世界大战》拍摄完成后，出品方派拉蒙高层对结尾大不满意，请来《普罗米修斯》的编剧达蒙·林德洛夫和《林中小屋》的导演德鲁·歌德紧急救火进行修改。这一改就是一年，结尾被彻底改变，影片被重写超过三分之一，几乎重新拍了半部新片。

　　《辛德勒的名单》剧本修改经历了十多年的时光。

　　剧本创作中，更多的时间是在修改。

一、寻找问题与不足

（一）自己看，自己找

　　剧本完成之后，你先把剧本放一放，好好放松一下，让你的疲劳缓解一下。时间不要过长，别让你的创作在你的头脑中有些淡忘或激情有些消退了。你再回来，好好读一读剧本，你静静地看，深入地想，别急着看一遍就修改，有了明确的修改想法也先做个要点。要认真想一想整体上有什么问题，从故事的冲突，人物的塑造，主题的表现，叙事的凝练，结构的建立等多个方面，进行全面的思考。可能有些突出的问题，你顺手就改了，但整体的修改，你不要着急，要多沉一沉，多想一些解决办法。然后，你再动手修改。

　　看不出自己剧本的毛病，是做不了编剧的。

（二）找人看，帮你找问题

　　一是找做文学做影视的朋友帮着看一看，尤其是同样做编剧的朋友。也有时你把剧本让人看了，结果一些精彩的情节却被剽窃走了。所以找同行看，也要找品德好的，是真朋友的。

　　二是找熟悉你所表现的生活的人看一看，比如你写农民，你最好找农民、找在农村工作的基层干部看一看，哪怕他们是艺术的外行。我的几乎所有剧

本，完成之后在修改过程中，都要找熟悉那些生活的人帮我看，这是我的一个习惯。

（三）听取制片人、编辑的意见

这也就是投稿了。投稿要慎重，不要轻易把写得草草的剧本投出去，哪怕制片和编辑是你的朋友，甚至哪怕是人家约你写的剧本。人家也很忙，时间是金钱也是生命，你拿不像样子的剧本让人家看，往往因为剧本不成熟，在人家那里给你枪毙了。除非有了约定，一写出来人家就要看，甚至写一部分看一部分，你才可以把未修改自己都觉得粗糙的剧本寄给他。

二、立项之后的修改

剧本在某个制片单位立项之后，往往会有两个修改过程，一是根据制片人、编辑的意见进行修改，二是导演接手之后，常常要求编剧根据他的意见进行修改。还有的时候，在进入拍摄环节时，导演会邀请编剧进组，边拍摄边继续修改。

任何剧本，总要面临二度创作的问题，编剧不应当排斥二度创作，甚至编剧其实盼望着剧本进入二度创作，那就是投入拍摄了，创作目的就要达到了。但是往往编剧与导演对拍摄过程中的二度创作看法强烈的不一致，导演也往往自己动手修改剧本甚至大量地修改，并有时会说他把一个破本子改得如何如何精彩，而编剧则往往痛心疾首说导演没有文化糟蹋了他的心血。

二度创作不等于大量地修改剧本，即使剧本一个字不改，二度创作也有大量工作要做。但二度创作中修改剧本，是常见的现象。可以因为想要把剧本改得更好，因为剧本很好但不符合拍摄现状，因为导演和编剧的艺术见解不一致，因为演员有自己的想法等等。二度创作，有给剧本增色的，也有把剧本改坏了的。

二度创作中，导演如果对剧本所表现的生活不太熟悉，为了更好的完成一个作品而不只是干一个行活，最好把编剧请到剧组，以便更好地把握剧本故事，或在剧本需要修改的时候，与编剧共同完成。这样的导演很多。也有导演总是顾及自己的虚荣，明明力不从心也决不去请编剧。甚至信手这样改那样改，要显得自己高明。结果不少东西改得不符合常识，一些戏弄得十分可笑，甚至把整个戏改塌了。

编剧写的有些东西，导演和演员们十分熟悉，甚至比编剧还熟悉，拍摄中游刃有余地做了许多修改。这时候，你编剧不要固步自封，一副传世经典作者的派头，应当诚实诚恳，感谢人家。

要做一个好导演，一定要能够写剧本。同时，要长时间做编剧，我希望你做一次或几次导演，对你自己的创作肯定大有好处。起码你要去剧组几次，看一看戏是怎么拍的，剧本是怎么演绎成视听作品的，实际拍摄中剧本常会有什么不足，今后的创作中应当如何纠正。

无论编剧、导演、制片人，都不要刻意地抬高自己。一切为了作品，才能把活干得更好，也才有自己的威信与成就。

三、敢于否定自己的故事

修改是多少个轮回，多少次颠覆后再来一个颠覆的颠覆。但并不是说修改都是要重新构思一个故事，当一个剧本被制片方认为可以修改，那么就是她的基本故事、基本结构、故事核或起码是有些重要的点得到了认可。在这个基础上可能会有大幅度的改动，甚至主要线索、基本构架也进行了改动，但故事核还在。当然也有只把一个故事的一部分、一个或几个主要人物保留下来，基本故事重新结构，这也是一种修改，甚至这样的修改完全是编剧自己完成的。

修改，要敢于否定自己的故事，标准只有一个，什么样的东西才是最精彩的。精彩是没有尽头的，总会有更好的故事产生出来。即使改来改去又改回来，也不是简单重复原来的故事，往往已经与新的前因后果重新组合，人物更加典型，冲突更加激烈，矛盾更加突出了。当你完成了最初的创作，放下剧本过一些天再来看的时候，往往发现你原本以为写得很突出的故事情节，其实冲突还不到位，人物还不那么丰满，内心的挖掘还不深刻，某些故事不合情理，某些发展方向缺乏后劲，你要重新梳理故事，加强或重新设置人物性情人物作用人物身份。甚至，整个剧本完全推倒重来。

推倒重来并不可怕，也不需要沮丧。因为你真的决定推倒重来的时候，一定想到了整个故事更好的表现方式或更好的起承转合。推倒重来，比剧本被枪毙你另找一个题材来写还要省劲。涅槃，重生，如果是春风吹出来的，有什么要懊悔的呢。

但有的编辑把剧本拿到手，总认为不管状态如何，都要进行颠覆性思考，彻底揉碎了再来。这如果成为一种观念，则是错误的。

四、简练

这是一个前面已经提到但仍然需要重提的问题。

剧本修改的过程几乎始终伴随着简练的过程，删除一场戏，删除几场戏，删除一个或几个人物，删除一条线索或几条线索，删除一句台词，半句台词，甚至一个字。你不要小看你压缩掉一个过场戏：某某进了院门，在院子里和主人说几句话，然后进到屋子里面谈正题。某某经过三个环境的过渡，才得以开展他的下一步行动。如果去掉院子里的戏也可以达到目的，如果他经历两个环境的过渡就可以开展下一步行动，为什么不呢。你不要小看加快了的一点节奏，她就会使观众不至于换频道，她就可能给制片方省下几万、几十万元的投资。关键的，你的作品就呈现出凝练的艺术状态，更加感染人。

当然，简练一定要做到流畅，不要弄得结结巴巴，上气不接下气。简练是一种强大的能力。

简练是删减的过程，删减难在删减精彩的部分。当一些真的很精彩甚至十分精彩的部分从整体来看未必有用，甚至破坏整体，你要下决心把她删掉。当然你也会有判断失误的时候，或当你把情节调整到那些拿掉的部分应当存在了，让那些部分与整体故事溶为一体了，你就再把她拿回来。但更多的，是拿掉，删除。

强化故事和人物，不等于多写几个情节。去掉繁文缛节，打掉人物和故事的枝叉，也是强化。

简练，要避免重复，尤其因为剧本的情节不饱满，编剧想不出更好的故事或更有意思的台词而无奈重复，这样的重复是可恶的敌人。

也有的时候，编剧把重复作为一种艺术形式，在强调，在回味。这和无奈的重复是两回事儿。但一般情况下，你要避免重复。就如和老虎玩耍很刺激，但要当心让老虎吃掉。

五、选择

修改过程中，总是遇到一个问题：哪一场戏、哪一句台词要还是不要？哪一个冲突该如何取舍？一个高潮的结果是不是最好的？换一种情景或换一个冲突结果是不是更加好看更加有意义？有哪些情节是必须的？

阿契尔在《剧作法》中专门用一章来论述必需场面：1. 主题所固有的逻辑所必需的。2. 特殊戏剧效果的明显需要所要求的。3. 作者用似乎是由必然发展而形成的方法把一个场面处理成为必需场面的。4. 它可能是为了证实极其重要而不能忽视的性格发展或意志改变所必须的。5. 它可能是由历史或传说所提供的。

阿契尔又把以上的必需简称为：逻辑性的必需场面，戏剧性的必需场面，结构性的必需场面，心理性的必需场面，历史性的必需场面。

他说的对吗？

其实，没有什么必需的场面与戏，没有什么必需的结果与冲突。不管阿契尔对他自己的这个命题是怎样理解，对于其他人特别对于年轻的编剧和作家来说都是误导。

任何一个故事，都可以设计很多冲突、选择与转折；任何一个冲突、选择与转折，都可以有不同的结果；任何一个人物，在面临选择时都可以做出不同的判断与行动。如果哪一种结果是必需的，那么还有出人意料吗？还有悬念吗？还有节外生枝吗？任何时候，不要把必须当成一种桎梏。你总在寻找故事发展的多种选择，总在设计冲突的不同结果，这才能显现出艺术的高下分野，才能写出好剧本。创作中只有一种必需，就是必须敢于突破敢于想象。作者永远不要认为你已经有的哪怕是非常精彩的创作是必需的，终极的，不可替代的。你在修改中，在创作中，永远要想着写出更好的东西。要记住，创作中没有必需场面，没有必需的结果，只有必需的更高追求。

比如：某一个选择只能产生两种结果，可如果这个选择的条件与前提变了呢？那么可能会有三种或五种选择，产生十种或更多的结果。一种冲突可能有三种选择，而冲突的前提与条件变了呢？或我们干脆换一种冲突方式呢？

这也是我们常说的：艺术有高下之分，而无对错之别。

也可以说，一部剧作的优秀，往往在于她打破并不断打破人们习惯的规则，人们预见的故事发展，人们熟悉的结构方式。

六、堵塞漏洞

与简练相对的，有一个漏洞的问题。一个剧本，特别是电视剧剧本，那么长长的时间里，那么浩瀚的空间里，可能你已经写了几稿了，漏洞还是存在。而你的剧本又需要简练，需要拿下一些东西甚至拿下很多东西。这样的矛盾必须解决。

一定要让你的剧本经得起推敲，哪怕是一个小的漏洞，可能观众不注意就过去了，你也不要容忍它的存在，对于情节上的漏洞，应当零容忍。可能你会说：又要简练，又要堵漏，这矛盾无法解决！必须解决，而且总会找到解决办法。堵塞漏洞不一定非得要增加一个新的情节，或许你把一个并不必要的情节删掉，漏洞就没有了。或许你把前面或后面的一两个情节调整一下，问题也解决了。没有想不出来的办法，只看你是否下足了功夫。有时多少天想不出来，那你先去干别的，先把别的修改好了，再回过头来想这个窟窿。

要区别漏洞与简练。有时候，让故事跳过一些不必要的细节，空缺的地方不等于漏洞。你别总认为故事没有交待清楚，要敢于让故事跳跃性地发展。

区别真漏洞与假漏洞，是编剧的功夫。《唐人街》中，女演员埃达·赛欣斯冒充伊夫林·马尔雷，雇佣吉提斯调查丈夫马尔雷的通奸事件，可很快马尔雷被谋杀。于是吉提斯接到埃达·赛欣斯的电话，说她根本不知道这件事会导致谋杀，同时还为吉提斯提供了有关谋杀动机的重大线索。可不久，埃达·赛欣斯也死了。

　　麦基在《故事》中评论这个情节："埃达·赛欣斯不可能知道她在电话里面所说的情况。事涉一个由百万富商和政府高官所把持的全城范围的腐败集团，这种事他们绝不可能透露给一个他们雇来冒充受害者妻子的女演员。但是，当她告诉吉提斯时，我们不知道埃达·赛欣斯是谁，也不知道她能够或不能知道什么。当人们在一个半小时之后发现她死了，我们不会看到这一漏洞，因为这时我们已经忘记了她说过的话……怯懦的作者企图踢些沙子来掩盖这种漏洞，希望观众不会注意。其他作者则会勇敢地面对这一问题：他们把漏洞暴露在观众面前，然后否认这是一个漏洞。"

　　其实，这不是一个漏洞。

　　麦基有两个错误，一个，是把观众看得太笨了。其实观众在太多的时候比我们编剧、评论家聪明，观众中会有精明的农民，拥有巧妙手艺的工人，科学家，军事家，艺术家，政治家，许多人正是你所描写的那一类人，怎么就知道观众比我们笨呢。

　　再一个，编剧干嘛非要心虚以为自己在欺骗观众呢？埃达·赛欣斯为什么不可能知道那个集团腐败的秘密呢？如果是她和雇佣她的人相处时那人喝醉了把消息告诉了她呢？二战时英国情报机构专门袭击了纳粹占领区的一个妓院，目的就是从妓女们的口中搜集前去嫖妓的德国军官们无意中说出的情报。而且，腐败集团总有对手的，马尔雷是对手，难道不会有潜在的马尔雷出于义愤出于嫉妒出于自己集团的利益把消息告诉埃达·赛欣斯吗？

　　麦基还认为，《卡萨布兰卡》中唯利是图的费拉里帮助维克托·拉兹洛搞到宝贵的过境签证而不求任何回报是背离人物性格不合逻辑的漏洞。这和上面的例子一样，是低估了生活的复杂性、人物的复杂性。而这种被认为编剧教父级人物的错误，是可能对众多的编剧和学习写作的人们带来不知所措的负面影响的。

　　别受这些影响。有时候你认为的漏洞，可能并不存在，你大可以不必有麦基那样的做贼心虚，他的剧本写得不好。

七、解决情节冲突

　　剧本创作中，往往会遇到各种因素打架的情况，需要解决谁给谁让路的问题。

一般说，结构、风格、环境选择应当给故事和人物让路，首先要努力使故事好看，人物性格丰满，不要顾忌结构的统一性风格的一贯性等等问题。在故事与人物中，次要人物要给主要人物让路，次要情节要给主要情节让路。至于故事和人物在修改中谁为主次的问题，则要看具体的情况，包括整个剧本的具体情况或某一场戏的具体情况。可能某一场戏故事更加重要，那么人物要给故事让路；另一场戏人物更加重要，如果两者不能兼顾，那么故事给人物让路。故事的曲折奇崛要给生活真实让路，人物的情感起伏要给情感的真挚让路。

剧本冲突，还有一个艺术与真实冲突的问题。有些故事，在现实中只有极小的发生概率，或基本不可能出现。但你的剧本中，剧本的这个情节中，人物情感真挚，戏剧冲突饱满，你也可以把不可能出现的故事呈现给观众。这，就是生活真实与艺术真实的区别。

真实性并不排斥意外与巧合，巧合设计得好往往立即抓住了观众，反之却也会立即让人看到你艺术力量的欠缺。追求真实往往能够使观众深有同感，却也可能让人感到过于平淡。你没有做好，不在于你使用了什么方法，而在于你使用的是否得当，你是否在你的作品中倾注了足够的真情实感，你是否在长期的呕心沥血之后具备了一定的艺术力量。

八、注重剧本的逻辑力量

有一种说法，在剧本创作中过于强调逻辑，会抑止剧作家的创造性思维，影响了故事创作的丰富想象力。这是一种错误的观点，是把逻辑概念化了。

其实在剧作中，逻辑是处处存在的。结构的起承转合要有逻辑性，故事的神出鬼没需要逻辑思维，人物面临选择的时候其决定要符合性格逻辑，一切出乎意料的情节变化也都与这个变化的前提、因素有着紧密的逻辑关系。缺乏严密的逻辑力量，会使剧本粗糙，人物失常，故事破碎，艺术力量苍白甚至完全没有艺术性可言。

比如：一个人物没有文化，口中说的都是书面语言；一个少年从没有接触过去的生活，却满嘴是文革中的比喻；手无缚鸡之力的怯懦妇女，转身就成了强悍的泼妇；原本是一个粮食的故事，无缘无故变成了服装生意等等。

以上不过是外在的逻辑问题，剧本中的逻辑思维不但处处存在，而且应当十分缜密。不合逻辑的地方，在内行看剧本的时候，会看得憋气，呼吸都不顺畅。逻辑严密的剧本，会让人看得神清气爽血脉贲张。严密的逻辑性与奇特的故事结构、出人意料的情节发展、人物性格的巨大变化，没有丝毫的矛盾。一个人物本性善良，却变得凶猛异常，这并不是不符合逻辑。剧本只要提供他性格变化的根据，就不但不是缺陷，而且是优秀的性格发展。

逻辑，是高超艺术力量的必须，也是艺术真实性的必须。不强调逻辑的剧本，肯定不会是一个好剧本。

常常会遇到一种情况，你改了很多遍，改不下去了，但觉得并没有写好，而且别人也觉得不好，编辑或制片部门不通过，怎么办？

你到作品描写的生活中去，进一步了解你所描写的一切。甚至，你亲自参与那种生活，亲自去种地，务工，参加办案，去手术室看医生怎样给病人动手术，去和乡镇干部一起处理问题。你不要光是看，你要尝试亲自去做一做。然后，一定会有新的大量的你从来也没有想到感觉到的让你欣喜若狂的收获。

王洛宾的学生肉孜·阿木提在中央电视台做节目，谈到他开始演唱老师的歌曲《美丽的一朵玫瑰花》，是学院派的唱法。老先生告诉他，要他到这首歌曲产生的那个民族那个地方去，看看人们怎么生活，怎么唱歌，然后再来唱这首歌，才能唱出属于这首歌的那种特有的感觉。演唱一首已经完成的歌曲尚要如此，我们创作一个作品呢？

创作中的修改在时时刻刻，你不必在第一稿时感到自己哪里写得不够好就执着地精雕细刻，你先把整个剧本写出来。但你想起了什么重要的情节或点子时，一定要立即把她写下来，或在前面已经完成的某个地方插进去，或在未完成的剧本后面设立一个备份基地，把你所有想到但一时还无法全部完成的想法储存下来，避免遗忘。我常常会把一些忽然想起来的好的想法给忘了，苦思冥想再也出不来，所以有了好的想法，哪怕半夜三更也要记在纸上或手机的备忘录里面。

写作的时候多想故事，修改的时候多想观众。

现在都是电脑了，你在修改中整段删掉的东西，最好另外找地方存起来，比如另起一个文件，或干脆就放在你正在创作的剧本的最后面。不知哪一天，你忽然又把故事改回到原来的轨道，她们可能又用上了。而扔掉找不到了，你会后悔莫及。

第十五章、改编

改编大致有几种情况：一是将小说改编为影视剧，真正优秀的长篇小说，大都改编成影视剧了，甚至一些中短篇也改编了；二是将电影改编为电视剧；三是将电视剧改编为电影；四是将话剧戏剧等舞台剧改编为影视剧；五是将历史事件历史著述如史记故事、清史故事等加工改编成剧本；六是将报告文学、散文甚至诗歌和新闻报道改编为影视剧，如今也有将诗词、寓言改编成微电影的。2012年，诗人海啸宣布要将《面朝大海，春暖花开》《大堰河——我的保姆》《神女峰》等100首诗歌改编成电影。当然更多的也更加成功并且是取得普遍成功的，是把小说改编为影视剧。无论中国外国，优秀的小说都是影视剧的重要题材。张艺谋有一个习惯，就是看重点的文学杂志，从中寻找创作题材。他早期成名的作品如《红高粱》《菊豆》《活着》《秋菊打官司》等等，都是著名的小说改编的。而他下了血本大投入的一些作品如《英雄》、《十面埋伏》，虽然赢了票房，艺术成就却远不如前面那些作品。

改编，改的是什么？是把小说、话剧等非影视化的作品影视化，还是重新编故事？

是，又不是。

一些人认为，无论再精彩的小说，你要改编得好必须如同写一部新剧本那样对人物故事进行再创作，而一定不能遵循原小说原作品，否则就不叫改编，一定会失败。悉德·菲尔德就曾举例，《教父》和《现代启示录》的导演科波拉，在改编《伟大的盖茨比》时，因为完全忠实于小说，结果视觉性和戏剧性都很差。可他在同一本书中，也举了一个相反的例子：达希尔·哈米特的小说《马尔他之鹰》，先后两次被改编成电影都失败了。后来约翰·休斯顿只是让秘书在原小说基础上分一下镜头，作了一些剧本化的处理，就投入了拍摄，结果大获成功，被誉为美国电影的经典。《危情时日》成功之后，导演罗伯·雷恩很诚恳地说这是因为原小说太棒了，他只是将小说故事带上了银幕。原小说作者斯蒂芬·金以前的小说改编成电影都不太成功，但这次改编却令人震撼。什么原因呢？很简单，是这部小说本身很震撼。

改编，决不等于把原著的故事和人物改写。改编有三种基本情况：

一是原作十分精彩，那你还忙什么呢，学约翰·休斯顿照搬就是了，把原作影视化就是了。

二是原作整体很好，但一些部分不精彩，你着重加强那些不好的部分并把整体故事影视化。

三是原作不太精彩但故事核好，你需要进行大量的再创作，把人物故事改好并且影视化。

所以改编成功，不仅仅是要选好改编对象，看其是否有改编的价值，还要知道保留什么，改写什么，如何成功进行影视化。

一、照搬

《三国演义》《红楼梦》《水浒传》《西游记》四大名著，基本上是照搬改编的，做出的一些修改，引起很多异议，被批为把名著改得小家气了。实际看，确实改得不好。新版《三国演义》改得更多，当然公认的就更差，主创们的文学力量实在不能支撑那样的修改，所以做了出力不讨好的事情。有的编剧改编经典小说，会增加一些甚至很多新内容，或自以为需要适应新时代观众而改变了人物性格，或怕观众厌倦了熟知的故事情节而以某些新内容吸引观众，或干脆就是自以为更加高明而大砍大伐，其效果统统正相反。如果你改得比经典还好，你一定是世界级的大师了。即使你是世界级大师，那些早已面世被多少代的人们膜拜的作品，已经在人们的审美中成为稳固的定式，你就是改得也不错，人家也不会喜欢。所以改编时不要逞能，不要认为改编就一定是把她的故事改写。在任何其它形式的优秀艺术作品面前，你的任务就是把她视听化。你也不要以为时代发展了，人们的观念新潮了，改编过去的故事应当让古人现代化，当今的观众才喜欢。其实人们看一个过去的故事，看改编古老的小说，不但要看精彩故事，也要看过去人们的生活与生命状态，想要重温经典的动人故事或看到经典中无数精彩从纸面到声像的再现。而没有看过经典小说的人们，更应当看到原汁原味的经典作品用视听的方式呈现。经典小说，人们会从少年一直读到老，包括一些经典剧目经典影片，观众会多次观看并每每激动不已，他们欣赏的快乐不是因为新奇，而是对隽永艺术力量的再享受。这与好吃的食物一辈子喜欢，知己的朋友总是在一起一样，你为什么杞人忧天怕那些故事不新鲜呢！《红楼梦》还没拍，人们就在关心会选出什么人来演绎宝黛爱情，关心是否能找出林黛玉那"两弯似蹙非蹙笼烟眉，一双似喜非喜含情目，态生两靥之愁，娇袭一身之病"的形象，关注谁演那"粉面含春威不露，丹唇未启笑先闻"的凤辣子。那么深入人心的东西，你怎么改，你有多大的本事去改？当然，经典也不是绝对不可更改，问题是你的更改真能比原著更好吗？你的艺术能力、文化底蕴超得过那些大师吗？

因此，改编，尤其是改编经典，还是要想明白，别总想着创新，别总想着发展经典，你能很好地理解经典，原汁原味地把经典影视化，已经很了不起了。不要总是想要用当代人的观念与生活方式去改造久远的故事，把一段历史文化弄成四不象。

当然全面照搬也不等于成功，剧本好还要看你拍得如何，演得如何。新版《红楼梦》要求严格按照小说来改，可制作、演员挑选与培训，比起老版完全不在一个等量级。老版的，光是演员选择培训花了多少功夫啊，有多少学者参与啊。记得听说选出了黛玉，专家学者们集体去看，一见到陈晓旭，几个学者就哭了，说真的就是林妹妹啊！那是什么劲头，下的什么功夫！功夫不负人啊。

二、删减与浓缩

之所以列出浓缩，是因为删减有两种不同的方式。比如拿掉10场戏，我们称之为删减；保留全部10场戏，每场都压掉一部分戏份，我们称之为浓缩。删减相对容易一些，简便快捷，可容易形成情节上的窟窿。改编过程中的浓缩，比剧本修改过程中的简练更难。修改剧本时的简练，往往是从十个情节中拿掉两个三个情节，或把一场三分钟的戏压缩到两分钟一分钟。而改编中的浓缩，常常要把四十集的量减少到两集或三集。

一部百十万字的长篇小说，改编为一部100分钟左右的电影，成功的例子，国内有老的电影《红楼梦》，就是徐玉兰王文娟演的那部。从黛玉进贾府，到宝玉出家，把浩浩荡荡的长篇情节删减得十分精到，影片十分精彩而深入人心。国外好的有《简爱》等。不成功的如《玉观音》，电视剧火遍了全国，主角只是小小年纪的新人孙俪。后来改编的电影虽然请了一些如日中天的演员，仍然败走沙场。这，与剧本改编不成功有很大关系，也与孙俪的成功有直接关系。孙俪饰演的安心太受观众喜爱了，任何演员再度演绎这个角色都是十分危险的。

删减与浓缩，我有刻骨一般的体会。前面说过我编剧、导演、主演的八集电视剧《心结》，拍摄完成后，约稿的单位组织了观摩，认为拍的很差，所以毁了约不给钱，事先说给钱的另外两个单位也都没有兑现。后来片子拿了金鹰奖，一个单位才补了20万。一下子，我赔掉了所有积蓄背上沉重的债务，就想着从发行中收回一些资金。我把片子拿到中央电视台，人家告诉我，15集以下的电视剧因剧集短少拉不来广告，除十分重大的题材等很特别的情况外，一律不收。在省台播出，只有很少一点儿钱。

怎么办呢？穷困之中我想出一个办法，把八集电视剧剪成一部相当于两集的电影。我把《心结》的影碟送到电影频道，人家看了之后说你别费劲了，你这戏都是干货，强要把八集剪成两集，肯定有很多补不住的窟窿。以前有过这样的情况，剪多少遍还是不行。

我没别的办法，决心杀一条血路，自己剪，而且非要剪得如同事先写好的剧本拍出来的一样！一部八集的电视剧，在事先没有任何准备的情况下硬剪成两集，故事还要完整、流畅，通过电影局和中央台审查，难度可想而知。一秒钟25帧画面，常常一帧一帧的剪。有时候一些情节实在无法理得流畅，还要翻过身来重新组合前面的情节。早上9点往机房里一坐，常常就剪到了夜里两三点，脚都肿了。且是生平第一次剪电影，难。

但说到底，剪辑和修改文章，压缩篇幅，调整剧本结构，道理是一样的。剪来剪去剪了六遍，楞是把360分钟的戏剪成了90分钟。我给片子另起了个名字叫做《难题》，送到电影频道审查。等待结果的日子很难熬，结果出来之后很有成就感。评价是故事顺畅，质朴生动，表演情真意切，原生态表演风格，一些情节令人震撼。这是对一个艺术工作者第一次导演第一次主演第一次剪辑而且是非常情况下剪辑作品的评价。报送电影局后，尽管题材敏感，还是通过了审查同意播出。

《难题》播出给的钱不多，但中央台播出当天，一家犹豫再三的单位把一部电影的拍摄款打了过来，使我在三年沉寂之后又开始拍电影了。且我之后剪辑的几部电影在电影局审查都是一次通过，做后期的公司总是惊讶地问：没有修改意见吗？怎么会呢？都是有的啊？

一部作品的压缩，首先是删减。你要确定删除哪些次要人物，拿掉有关他们的故事。然后要确定你保留的人物需要拿掉哪些大块大块的情节，而且拿下来之后情节必须顺畅。这时你再来浓缩再浓缩，直到保留下来的量合适了。常常你会发现你不得不把一些拿掉了的东西再拿回来，以弥补删减形成的窟窿。过些时又会把拿回来的东西再拿下去，因为量还是超过了，或情节的再调整必须让他们下来了。你要瞻前顾后地照应，你要翻来覆去地倒饰。这个过程往往很烦，但弄好的时刻很高兴，尤其是你几乎想要放弃却最终弄好了。

三、修改

改编中的修改，往往是应约进行的。你要与制片方、导演方有交流，看看他们想要的是什么。当他们的意见和你不一致，你应当和他们进行深入的讨论，避免事倍功半。

这样的修改，有时候只需要改变一些故事，有时候还需要改变人物性格、任务、身份与结局。但有的作品改得一去千里，如硬要表现人性，说潘金莲是被发落给窝窝囊囊的武大郎，所以她是爱西门庆的。其实她受西门庆勾引，顶多也就是追求轻松愉快的生活，哪里就是爱情了。还有让小乔去见曹操，也没换来多少眼球，反而引来吐槽加吐槽。要说胡编，可以让曹操受到小乔的感动，决心放弃丞相的位置，为小乔执鞭坠镫，跟着小乔来到周瑜的大营。这边厢周瑜也被感动得鼻涕眼泪，说干脆把小乔让给你吧。曹操说这可不行，君子不夺人之所爱。周瑜说人要讲奉献嘛，再说我也是为了江南百姓，为了双方将士的生命着想。两人你推我让争执不休，一旁羞怒了小乔，说你们把我当作一桩生意了，甩手去找诸葛亮了，说孔明，我不是看你年轻英俊，我看你忠厚可靠，跟你了。于是诸葛亮不爱江山爱美人，跟着小乔遁隐江湖。可周瑜和曹操气不过，联合起来攻打西蜀。西蜀没了丞相，诸葛亮的丑夫人只好出山，见周瑜和曹操的船队朔江而上，就把几万桶油倒进江中，用火箭一射，满江大火，烧退了周、曹的大兵。周瑜和曹操看那丑女人这般本事，争着要娶她为妻……

这比《赤壁》精彩吗？这样的故事，一天编100个也不难，可是有意思吗。

四、扩展

如今，将引起强烈反响的电影或中短篇小说改编为长篇电视剧的情况很多。这需要给原作增加大量的情节，而增加情节是很危险的。你打破原来的框架，塞进去许多水分或棉花絮子，可能会卖几个钱，效果可想而知。电影《红高粱》多少年后，因为莫言获了诺贝尔文学奖，就有了《红高粱》电视剧，请了一众的大腕级演职员，却很快遁迹荧屏。原小说就那么一点情节，你添油加醋，你再高明，原小说已经具有强烈的欣赏定式，你怎么博得好感呢。一些长篇小说改编成电影的作品，又改编电视剧也没有取得好的效果，如《红日》《铁道游击队》等等都是如此。

所以，如果是你自己想要扩展一个名作，建议你不要下此决心。如果是有制片方约你干，拍了钱在那里，你也要心里明白，难度很大，不好弄，千万不要以为扩展已经成功的作品是比较容易的。

五、截取

从一些长篇作品中尤其是经典的长篇中截取一些片断，或截取一个人物，改编为电影或电视短剧，是比较容易的事情。截取的必定是作品中最为成功的人物，最为精彩的故事，往往得心应手。但有一点要注意，如果是经典作品的截取，会有相当一些观众是看过原著的，也会有一些观众从未看过原著，他们并不知道那个故事。所以你的改编在进行取舍时，别认为反正观众都知道而不需要做什么交待，一定要想着让所有的观众都能够看得明白。

六、需要注意的问题

改编人家的作品，你首先要取得原作者的许可，购买改编权。当然有制片方约你，那是他们的事。

将真人真事改编成剧本，也要取得人家的同意，并取得书面许可，以免日后出现麻烦，这样的事情曾经有过而且十分火爆。

经典剧作的改编，还有一些比较特别的做法，就是把原作的故事与结构保留下来，换作新的人物与时代背景。这在中国有两个典型的例子：张艺谋根据《雷雨》改编的《满城尽带黄金甲》和冯小刚根据《哈姆雷特》改编的《夜宴》。这样的做法，处理得当是模仿，处理不好是剽窃。张、冯处理的好，人家明确声称是那两部作品的改造，而且那两部作品的作者早已是故人。两部电影轰动一时，但在艺术上都不成功。有这些精力和钱，真不如下功夫干个别的。

历史人物或历史事件的加工改编，尤其是具有相当历史影响的人物故事的改编，应当遵循基本真实的原则。如前面提过的一部关于叶公的电视剧剧本，把叶公写成一个智勇双全道德高尚的大政治家，而把在中国历史上赫赫有名的伍子胥描写为一个阴险狡诈的小人。

伍子胥何人也？他是春秋末期吴国大夫、军事家。他父亲伍奢是楚国太傅，因谗言和长子伍尚一同被楚平王杀害。伍子胥从楚国逃到吴国，成为吴王阖闾的重臣。为报父兄之仇，伍子胥说动吴王攻楚，和孙武一起带兵打下楚国后，伍子胥曾掘楚平王墓鞭尸三百。之后伍子胥助吴王西破强楚、北败徐、鲁、齐，成为一时霸主，至今人们尊伍子胥为武圣人之一。将这样一个著名的历史人物污写为阴险狡诈的小人，即使能够拍出来，播出来，也必将触怒人们情感上的强烈反对，或引起口诛笔伐，实在是不可取的。

第十六章、创作阐述

写创作阐述,是一个对于自己的创作再思考、再认识的过程。可以重新或更加深刻地认识主题、认识人物、认识事件的社会与艺术意义。所以写创作阐述常常是很愉快又很痛苦的事情。说愉快,是当你更加清晰地认识了自己笔下的人物与故事,甚至当你在写阐述时又想到了更好的修改方案,那种愉快是难以形容的。说痛苦,对于呕心沥血的创作进行阐述,也需要呕心沥血,常常会写得很艰难。

创作阐述又可以使制片方和二度创作的演职员认识你的故事、人物与主题,是对他们工作的重要帮助。

下面是我的电视剧剧本《回来了亲人》创作阐述:

一、主题阐述

这是一部关于农村、农民和农业的故事,是21世纪头一个十年中国农村全景式的真实写照。

这十年,中国农村发生了难以想象的变迁。沿习数千年的传统被打破,城市与乡村的格局出现巨大变化,农民在整体上从广阔深厚的原野中破土而出,逐渐地把自己和这个世界的几乎所有精彩联系起来,向着富裕和现代化一再挺进。束缚在土地上的年复一年辛勤着重复劳作的农民,开始不断地选择新的陌生的生产方式和内容,强大的有着鲜明时代特色的多方位的生活需求在广阔的农村释放出蓬勃的覆盖性活力。波涌连天的时代大潮中屹立着高举自己旗帜的农民,向一切的人们昭示着农民已经是自己命运的主人。

这一切,是不可能由农民自发完成的。必须有全方位的发动、引领、组织、粉碎与重建和强大的政策、资金支撑。而这十年,农村在整体上得到了这种引领与支撑。

我在河南农村采访,和一位老农聊起来,问现在怎么样啊,他说现在好啊。我说别看干部来了就说好,怎么好啊?

他说:过去都是给农民要钱哩,现在都是这事那事给农民钱哩,

还不好啊!

不久在山西,一个农民亲戚向我说了几乎完全相同的话。

这句话,穿越了几千年沧桑岁月。

如果在十年的时间里,你每年都去农村走走,你会发现农村每年都在变化,农民的生活在不停顿地登上一个个台阶。而且你总是弄不清楚国家到底有多少支援农村的项目,包括现金的、物质的、政策的,地方的、中央的、社会的,农业的、林业的、水利的,生产的、福利的、保障的。你也总是弄不清楚农民又有多少新变化,又生发出多少新追求,进入多少新领域,遭遇多少新诱惑,说出多少新名词,闯出多少新天地。你会发现乡镇干部整体上大大年轻化了,书记乡长几乎全是大学生了。你会发现大学生村官正深深扎根在厚厚的土壤里,变成了新式农民,被农村再造也深刻影响着农村。这一切与农民的愿望农民的辛劳农民被长期压抑着终于释放出来的智慧和激情充分地碰撞在一起搅拌在一起化合在一起,不能不发生综合性的、实质性的天翻地覆的变化。农村还有太多的问题令人不安令人焦急令人深思甚至令人气愤,但这些丝毫抹杀不了农村现代化的丰硕成果。

本剧用饱满的激情来表现21世纪中国农民弄潮的身影和为农村发展殚精竭虑的人们。

这也是一个土地的故事。

这些年来我一直在关注农村和农民,一直在想农村究竟存在什么问题?怎么解决?真正让农民普遍富起来到底有没有可能,办法是什么?可操作性如何?是否具有普遍的实用性?

市、县、乡、村的干部和农民,告诉我同样的话,今天的农村,根本问题还是土地问题。

我慢慢地认识到这是真的。

土地,聚焦了农民最多的爱恨情仇,演绎了农村最丰富最复杂的历史画卷,高度绷紧着农民的神经又宽广地奉献给农民依靠,是农民最大的束缚,也是最大的资源和最大的潜力。本剧着力表现的,是开发土地的潜力,从而共同富裕。而这一点在很多人包括很多长年在农村工作的人看来,正是农民的短板,是农村贫困的根源,是不可能依靠土地实现共同富裕的。

外出打工,外来投资建工厂,山水旅游,从全中国来看,还不能整体地解决农民富裕问题。而坚决地持续地科学地向土地要富裕，能够最大限度地最平均地让更多农民整体富裕起来。土地的效益，其实远远没有充分发挥利用。大批的农民在土地上致富，大批的城市有钱人开始到农村进行综合开发，都印证了这一点。当发达国家的发展潜力趋于极端的时候，他们向发展中国家要效益；我们国家东部富裕起来之后，开始向中西部布局战略性发展；城市发展到相对饱满的时候，各种力量就向农村向土地要富裕。于是土地的潜力越来越被人们充分认识，人们惊喜地看到，亘古以来历尽沧桑年复一年为人类无私奉献着不可替代但商业价值微薄的土地，可以在短短几年突然迸发出前所未有的活力，魔幻般地为看重她倾情她依赖她盼望她的人们贡献一倍几倍几十倍甚至更多的财富和幸福。

当然，农村真正发展起来，关键的还是基层组织的工作，尤其是乡村两级政权的工作质量。如河南刘庄、西辛庄等等先发展起来的村庄，都没有什么优良的资源条件，只是因为有史来贺李连成这样的支部书记。一些虽然不太出名但也很殷实的村庄，都是因为有好的带头人。反过来，落后的村庄，问题一堆的村庄，你远远一看最好的房子大都是支书主任家的。让成片的村庄都有好的干部，要看一个乡镇的领导班子。让农民能够普遍地富起来，也要一个乡镇的好领班。所以，《回来了亲人》主角是乡党委书记，牵连着上面的是市委书记、县委书记，牵连着下面的是几个村支书和一众农民。

守卫南沙岛礁的一名战士，他没有说人在岛礁上用什么样的意志力面对孤独与艰苦，他说曾把一条狗带到礁上，没几天，这只狗疯了。一个大城市养尊处优的干部，你让他下农村调研去农村旅游吃农家饭菜，他会诗意大发赞叹洁净的空气美丽的山野风趣的乡民可爱的牛羊绿色的山蓝色的水原始的乡村风貌什么都是美的。可你要让他在那里工作一生，可能要不多久他也疯了。

全世界所有政权的基层干部群，最廉洁的不知道是哪个国家，但最勤奋的，肯定是中国的基层干部。他们会有人弄虚作假，公款吃喝，徇私舞弊，侵占群众利益，违犯上级政策，干部出数字数字出干部，说话是巨人行动是矮子，许空头支票做官样文章；可是从整体上说，他们以被事业心和各种严格的制度调动起来的高度责任感，以政权的传统和组织的重压，以不甘后人的进取精神，以来自于土地服务于土地的深厚情感，以值得尊敬的人格力量，只拿着难以相信的低廉报酬，在艰苦的条件下承担着无法设想的复杂而沉重的工作，咬紧着牙关坚持着奋斗着摸索着突破着忍受着快乐着，把自己的生命年复一年地奉献给中国的乡村。抗旱排涝修水利保长堤拆危房建学校普及沼气修建大棚邻居斗殴宅基纠纷治安防范秸秆焚烧挖大肚子堵截上访迎接检查送别参观生产上不去挨批生孩子上去了下台越级上访了处分肥的瘦了瘦的病了有病也得坚持一身疲惫小醉一回解解乏没准儿就碰见上级领导深入基层微服私访……

你了解他们吗！

献给你一部时代励志剧。

献给你一部生活情感剧。

献给你一部文化乡情剧。

献给你一系列活生生的故事，一群群活生生的人，一个个活生生的灵魂，一腔腔真挚饱满的情感，一环环九曲回肠的爱恨情仇。

献给你冲破了愤怒的笑声，击溃了积怨的诙谐，村头缭绕的乡音，村道窃窃的私语，从城市走来的青春，向大地洒下的汗水，在风雨里成长起来的岁月，从清纯中生发演变的成熟。

献给你如纪录片一般的时代背景、现实事件、发展历程、艰难曲折、矛盾冲突、明白的和未知的、关心的和忽略的、失去的和得到的，痛苦的和欢乐的。

请你看21世纪中国乡村蹒跚的雄健的脚步，柔弱的伟岸的身影，消沉的激荡的心绪，陈旧的新潮的面貌，难以割舍的过去激情四射的今天无限憧憬的未来。

请你看百种情态千般矛盾万重冲撞，力排众议的坚定义无反顾的出发仗剑直闯的身影，那一身伤痕上闪射的阳光灿烂的喜悦披挂的有形无形的勋章。

请你看中国基层政权锻打一般的熔炼，中国历史上划时代的乡村普选，共同富裕道路上曲折艰难的追寻，既定目标征途上不知疲倦的跋涉，颠覆了几千年旧习惯的新生活。

二、人物叙述

郭玉生、李棒槌、罗琳、吴世保、刘春艳的人物叙述见人物一章第二节。

第十六章、创作阐述

杨婉秋，45岁，乡党委副书记。

中国的基层政权如今不缺年轻有为的干部，也可以说到处是年轻有为的干部，他们给一个地方带来活力带来变化也容易带来短期行为。干了几年有了些成绩，他们会想着提拔想着回城市想着更好的工作环境更高的收入。基层政权尤其是乡镇政权最缺的，是不图提拔不讲条件能够长期扎根乡村和群众同心同德的干部。杨婉秋就是这样的干部。她本来的面目是：

村里有个姑娘叫小芳！

这是另一个小芳，她没有被抛弃，只是在心中暗暗热恋着当知青时的市委书记周建国。几十年过去了，她一直坚守着周并不知道的这份情感，直到他们又在那个村庄里相遇。

但她并不消沉，当了乡党委副书记，迎来送走了多少任年轻的书记乡长，如坚守自己的情感一样坚守着自己的岗位，成了那个乡群众最贴心的人。她十分清楚自己的位置，在职务上一再谦让青年干部。不是她没有能力，而是她希望有更多的青年把生命奉献给乡村。她毫无奢求地长年奔波在各个村庄，为群众解决一个又一个难题，甚至有些矛盾她一到场，不用说话就解决了。她总是在忙，总是有群众找她，她什么事情都管，包括明显不该她管的。如给农民担保贷款、帮农民找生产技术、调解宅基地纠纷、排解婆媳矛盾等。农民也向她倾注情感，什么事情总要叫她，不管是喜庆的悲伤的温馨的喧闹的。农民说，她就是我们这里的菩萨。

她不是菩萨，她是党和政权基层工作的象征，你丝毫不用怀疑这种干部的真实性，中国的乡村，中国的基层政权中，直到如今还有很多这样的干部，中国也离不了这样的干部。她也许称不上潮头上的弄潮儿，但她真正是一面巨大而鲜艳的红旗迎风猎猎飘扬永远不倒，哪怕她的生命有一天倒下。

张有志，50岁，县委书记。

能干的县委书记，典型的官场高手。干练明白，圆滑而又果决。他知道怎样做好工作，有办法有眼光下级很服气。他接地气，和同事下级关系处的好，知道怎么说说什么如何办也办得不错。他郁闷的时候，甚至会跑到村里去找村支书喝酒。他还知道怎样对待自己的老婆，不但要打压老婆的错误行为和念头，还能让老婆高高兴兴接受。

他一切行为的出发点在为自己职责的同时，也为了自己的利益。可他从不收干部的钱财，这就在工作中在用人上可以有基本的公道，所以官声不错。但他认为钱必须有，他为侄子的生意运筹，而且运筹得巧妙，遮了多少人的耳目，也让侄子和老婆发自内心地为他喝彩。但他仍然是用自己的职位捞钱，所以他没有完全达到职责对他的要求。也因此上级无法重用他，这是他自己的也是事业的可惜。但是，他的结局不至于翻船。

陈志刚，陈二狗，男，近50岁。

陈二狗和李棒槌一样，行为中充满了霸气。但两个人的霸气不同，李棒槌具有的是雄健豪迈的霸气，陈二狗的霸气则是粗俗狭隘的。

陈二狗这个人，忽而深沉，忽而浮躁，忽而得意，忽而焦虑，忽而悠闲，忽而阴险。他的深沉是做出来的，浮躁是藏不住的，得意是短暂的，阴险是浅薄的。他外表镇定内心焦灼，他的窘迫是因为自己的不正当利益。不能用简单的好人坏人来看他，从他身上可以看到有些环境对人负面影响的强大力量。但这人也是条汉子而且十分性情，当他贪污受贿的行为公诸于众的时候，大伙被一个丑陋的比喻逗笑了的时候他竟也忍不住，而他那颗在最后时刻低了一下的头，因徐双全的反水又高傲地抬了起来并承担起一切，和徐双全形成强烈反差，一看而知双全为何只能当二把手了。他不是不聪明，他的聪明被私心压抑住了。如果他也坐在河滩上苦思冥想，谁能保证他想不出和李棒槌同样的妙计？他其实是个悲剧人物。所以他"既生瑜，何生亮！"

但是，他身上充满喜剧因素，他也在撕裂自己，走出自己，并最终回归了自己。

周建国，50多岁，市委书记，当年知青，后当兵。

刘玉民，50岁，市委组织部长，当年知青，后当兵。

当官日子长了，许多人不自觉地有了官气，端着架着傲慢地矜持着做作地潇洒着，熟练了官文化得心应手，悟透了宦海情左右逢源。可就是群众反感百姓讨厌，他自己或许在位时还没什么感觉，一旦下来了，立马变一副模样因为那时候无论如何自己也明白了。

但是也有一些官，在位的时候也是明白的。周建国和刘玉民就是

第十六章、创作阐述

这样的官。人们看到的总是他们的真面目,活生生的,明亮亮的。岗位赋于他们的沉稳掩饰不住他对乡村,对政权,对土地的浓烈情感。风云变幻的官场不能改变他们本色的气质风范。由于情感是真的,而且那么浓烈,他们办真事,真办事,善于倾听,勤于调查,积极解决问题,敢于开拓局面。实际大部分干部有了这份情感有了这种气质,他们都能做到周建国和刘玉民所做到的。

他们有着各自的性格,周更加稳重,刘更加锋芒。他们的情感生活也各不相同。周的妻子王娟质朴平和,和周过着白开水一样平淡而又不可或缺的生活,在后面默默支持他。当她知道了杨婉秋对周深沉的恋情后不能自已,把重病的杨接到家里调养,对杨如大姐一般,并要周去做应当做的。刘妻何美兰则性情中人,动不动就要吃醋。她知道刘与宁严青涩纯真的初恋,一直承受着折磨直到宁严母子的历史真相大白于天下,之后她和宁严成了闺蜜一般的好友。

宁严,原名宁珍珍,49岁,县委副书记。

原本青春活泼天真可爱,因有了儿子后变得深沉,当一切真相大白乡村大发展后回复了年轻时的性情。她当年情急下与公社革委会副主任也是转业军人的厚道的郭向前结婚,解决了自己参加工作的问题也可以养活孩子,她和郭向前日久生情恩爱地过了几十年,可她一直背负着沉重的情感负担,直到孩子的身份最后揭破。一个快乐的青春少女,为了姐妹一句嘱托,放弃了初恋放弃了青春放弃了活泼放弃了对她来说几乎是曾经的一切。宁严令人崇敬,她是一个大爱的勇者。在她面前刘妻当然不是对手,两人的冲突当然是刘妻败下阵来。

可宁严并不是好胜的人,她外表严肃内心宽和,她的宽和蕴在冷静之中,她的内心一直在燃烧,所以她才能过得去那被撕裂又撕裂的30年。而且,她才能想起来办爱心超市。

刘丽丽,大学生村官,刘玉民的女儿。

火一样的姑娘,也是水一样的姑娘。大学毕业来到三道湾实习原是偶然,郭玉生激她和周晓明来当村干部原也是随口一说。可是一切都成了真的,并且导致全市2000多个村庄都有一名大学生村官,一个战略的起步从偶然启程。

我写大学生村官,因为一个曾经的知青说的一句话:如果当年的知青，不是都从农村回来，而是每村留一两个，按国家干部待遇，当今的中国农村，可能是另一种面貌。

一句沉甸甸的话。

而在我们这个城市，2005年至今，2637个行政村一直保持每个村都有一名大学生村官，他们承担了农村基层政权大量的日常工作，做出的成就令人瞩目。有个大学生村官到任仅一年，一无所有地为村里修建了一条连接国家路网的铁路。

剧本中的刘丽丽来到三道湾，尽管村里有一个强干的支书，她仍然用自己的方式自己的智慧，摔出了震动全乡的大粪包，推动了一个地方婆媳关系的改善。当其它村的大学生村官纷纷推出自己的项目，立竿见影地帮助村民致富的时候，她长时间按兵不动，但却有更高的理想，一旦构思成熟就坚决果敢地行动，创立起一个要与世界名牌一较高下的服装品牌。

她个人情感却波浪起伏，她热切地恋上了郭，郭却与罗琳相爱。而在郭的恋情并没有明确的时候，她也没有不顾一切地去争取爱情，她明确地表达，然后在痛苦中观望。她想要的不是尊严，而是对方的真爱，她认为真爱是无法争取来的，如果没有，宁愿失去她自己的那份珍贵的初恋。她实际上受到传统文化深深的影响。

周晓明，大学生村官，周建国的儿子。

他和刘丽丽一起来到乡村，但和刘张扬的性格不同，他沉稳几近木讷。但他内心是聪明的，只是不喜欢表达。他在农村从幼稚成长起来，慢慢熟悉了农民，为农民做能做的一切事情。他的过人的坚韧表现在连郭玉生也没有办法改变的牛大侠，在他的帮助下彻底挣脱了过去，变为一个新人。这件事情办得真他妈精彩！

他受到老迈的、缺乏知识与文化但始终有一颗燃烧的心的老支书刘国柱的深刻影响，对自己的职责忠诚，对村民真诚，一片赤子之心。他也用自己的智慧，用自己的实际行动，带领全村人摆脱了贫困。到后来，他自己变成了一个新农民。

他其实心里早就喜欢青梅竹马的刘丽丽，但由于彼此的青涩还没有机会说出来，刘已经爱上了郭。于是他埋藏起自己的情感，默默地走自己的路。当刘丽丽失去了初恋，二道湾的女大学生村官何婉如又爱上了他，他应当怎么办？

这个结局开放吧。

张晓，28岁，建筑公司老总，张有志的侄子。

他是以赖账的面目出场的，欠了三道湾拉沙的60万块钱，引发了一系列矛盾。他确实面临经济困难，可他也确实由于叔叔的缘故有着世俗的傲慢，所以他还曾侵占石门乡政府的利益。其实他叔叔一再给他戴笼头，要求他处理好各方面关系，所以他在与郭玉生的交锋中全面败北之后，经苦思做出了要李棒槌寻找一个解决河沙问题万全之策的决定，也确实李棒槌做到了。

故事的发展中可以看到，他原来也有很多可爱之处，他原本也是一个孩子，他也在成长，他在自己的经历中慢慢找到了自己。他很性情，他对刘春艳的情感是真挚的坚定的，连他言听计从的叔叔也不能改变他。而后来他和刘春艳确实好事成真。他对待刘，也做到了像一个男人。他不是简单的坏小子。

桃花，80多岁，孤寡老人。

她总是坐在那里刺绣，任哪个不认识的人拿去。她与世无争，却事事入眼。她言不轻发，说话总能打中要害。可她的话从不伤人，她不认字没有学堂文化却像一个历尽沧桑的哲人。看到她，就看到了农村的土地，看到了白云之下的耕作与收获，看到了庄稼和一户户的炊烟，看到了垂柳之下人们手中冒着热气的饭碗。她是中国农村和传统文化的一块活化石。

刘国柱，男，83岁，头道湾村支书。

永远的修路人。无论当支书的时候，还是不当的时候，总是背着土筐拿着铁锹修他看到的无论哪里的不平的路，一直到他生命的终点。他的形象，是中国农村老一代共产党人的真实写照，他那背着土筐扛着铁锹的身影，也有一个真实身影的原型，他真的是活生生的存在于那块土地上。

在飞速发展的新时代，他能力严重缺乏，知识严重不足，眼光严重局限。他无法领导一个村庄完成从贫困到富裕的涅槃，新的生产方式和内容对于他是一堵难以打穿的墙。可他是他的村庄的脊梁，体现着正气与公道。也是他力主周晓明当村支书，实现了头道湾领导班子的年轻化，进而也实现了头道湾整体富裕。

他活着，哪怕不当支书，他也是村里离不了的人。他死了，他是那个村庄永远不死的人。

第十七章、编剧风格

业内有一种说法：有的剧本拿起来一看，就知道编剧是谁谁谁。这一方面说明这个编剧是有成就的，他的作品有着鲜明的风格。另一方面，这又可能成为一种桎梏。

书法界常说字如其人。大书法家赵孟頫是宋太祖赵匡胤第11世孙，却生于宋亡元兴之时，应选入元朝做官。他的大部分书法作品风格流丽飞动，温润妍雅。他几十年为官，仕途顺利佳誉满身，内心却有说不出的苦衷。所以其晚年所书《嵇叔夜与山巨源绝交书》，并不见珠圆玉润、婉媚虚和、典雅雍容的一贯书风，反倒是激越迅急，起伏跌宕，振笔如飞。而且此帖前半部虽为行楷书，却已是笔力劲健纵逸奔放，后半部已是真、行、草俱见，变幻错综，激扬蹈厉。法国大革命时期的画家杰克·路易斯·达维特，以前只塑造古代和当世已故的英雄。出于对拿破仑的崇敬，他打破自己的惯例，第一次创作了现世英雄的名画：拿破仑穿越阿尔卑斯山。此画人物和战马的细节刻画精妙，远景的简约，近景的细腻，色彩的冷暖反差都匠心独具而高远。

可见任何一个艺术门类，不但艺术家的整体艺术追求艺术风格往往是多种多样的，在一部作品中，其艺术手段与风格也可以是多种多样的。一个书画家的作品风格，甚至在一副书帖、一副画作之中的风格尚有不同，何况描写复杂的社会事件、人物命运的剧本呢。

张艺谋的电影《归来》首映时，张与莫言有一个对谈。谈起《归来》与《红高粱》的比较，莫言说："《红高粱》艺术技巧上有遗憾，但是有青春朝气、火一样的精神，在《归来》找不到了。归来是静水深流，一切都压到底下去了。看《红高粱》，你可以翘着脚看，《归来》得安安静静用心看。很怀念《红高粱》那样不成熟却很张扬的东西，但是一个大师的发展都是慢慢由张扬到内敛、由外到内的。"

动辄给人一种风格定式、发展定式，并不符合实际情况。张艺谋不久前的《三枪拍案惊奇》也是很张扬的，《金陵十三钗》中那一群妓女摇摇摆摆舞裙飞钗的，你能说那是内敛？给人画像容易，说他只是这个样子、就是那个样子往往就错了。大师可以很高深，也可以很广阔，为什么只能是一种嘴脸一个去向一条行进道路？很多艺术家包括张艺谋也总是在努力地突破自己，一个编剧一个导演，如果固守自己的某一种风格，再也走不出来，那是不成熟的表现。真正高超的艺术追求，是要能够根据不同题材的需要，采取不同的风格且都能创作出精彩的作品。

只要剧本是好看的，她可以是任何风格的，也可以是没有风格的。小说《红楼梦》是什么风格？没有人说得清楚。她什么结构？有说立体式，有说网状式，有说波纹式，有说复叠式，其实无定论，却丝毫不影响她的优秀。

那么，应不应当讲究风格？我们怎样建立自己的风格？或者，我们怎么对待风格这个问题？

我认为在作品的创作之前和创作之中，一般情况下你不要去考虑风格。前人形成的风格，有他自己深刻的环境、命运、经历的原因。你遇到的故事、题材、人物各不相同，你要全心全力地设计你的故事与人物，要让风格跟着你的故事人物走，不然就本末倒置。编剧不要用任何风格来束缚自己，要向风格要自由，放任自己在风格上的想象与狂野。当你考虑作品风格的时候，不要追逐前人的或你自己的风格，要追求作品的风格，追求这一部剧本这一个故事的风格。作品成功了，作品风格就是编剧的风格。任何一个编辑、制片人、评委，也不应当用任何风格任何形式，任何常态的、多见的、习惯的表现方式来看待编剧的创作。好剧本的标准可以很多，最基本的，是好看，具有意义与价值，而不是风格突出。

有的编剧，写剧本不管什么故事都要套用自己往日的风格，有的导演也总是在追逐自己的风格，接剧本要先看是否符合自己的风格，不符合就要把剧本改成自己往日的风格，最后走进了死胡同。刻意地追求某种风格，往往是艺术上怯懦的表现。

当然，艺术家大都希望有自己独特的艺术风格，也应当努力地寻找、创立自己的风格。但当你有了相当的成就，形成了自己风格的时候，你的一个任务和挑战，恰恰不再是保持自己的风格，而是用新的艺术形式、新的艺术风格来表现新的故事与人物。改变自己往昔的风格，突破自我，一定是一种快乐。

有人把题材类型也称为风格，如芦苇被称为西部风格。这，也未尝不可，是说他的作品充满西部的文化风情。冯小刚的作品，是具有浓厚的京味。但写大漠风情也会有现实主义与浪漫主义，传统的北京市井生活，也受到当代生活受到人员结构变化的强大冲击。2015年北京国际电影节评委、韩国导演金基德说：他的风格就是台词少，更期望用画面评价电影的好坏，努力做到哪怕没台词用画面也能够把意思表达清楚。其实这是电影的基本特征之一。有的编剧你问他什么风格，他会说是专写人性，人性是他的风格。还有说自己就是写性的，那么，你也可以把性看作是他的风格。

风格，有时候呈现出万花筒一般的阐述。

剧本基本的风格，还是现实主义与浪漫主义，快节奏与慢节奏，线性结构与非线性结构，雅与俗。但真正纯粹的风格几乎是没有的，一种风格中总是包含着其它风格的因素。比如现实主义与浪漫主义，浪漫主义的基础就是现实主义，浪漫只是现实中的一种状态。塔可夫斯基是公认的诗意电影的导演，但他非常注重将诗化的电影语言、梦幻般的画面与高度严谨的现实主义相结合，他甚至为了追求真实，在电影中用了战争年代的一段军队过河的纪录片。他曾经谈到，生活中一些非常精彩的对话，艺术性胜过了演员的表演。雅与俗是两个东西，两种不同的风格，却也可以合为一体。一部看似俗电影的作品，突然有一些看似雅的东西，只要她在具体的情节之中是合理的，自然的，完全可以并存，而且还会为作品增色。且大俗本身也就是大雅，生活中雅与俗、高与下、新与旧、大与小、内与外，都是相对的，相互转换的。即使你只是写农村、只写军旅，也可以有不同风格，可以表现出不同的艺术追求。有的编剧和导演，喜欢在一种特定的状态下创作，善于把多种多样的故事用一个叙事风格表现方式呈现出来，这无可非议，也确实会形成自己特有的观众群或市场。但风格永远不要为了表现一种特殊的自我而去刻意地追求，没有自己的印记不罢休。艺术家创作任何影视剧，都应当追求不同的故事与人物，应当努力给观众新鲜感，把新作品的创作成为新的这一个。

节奏也可以形成风格，如有的编剧写的剧本，节奏总是舒缓的，不慌不忙的。但慢节奏的剧作，也会有风格的区别。《镜子》就是那种犹如写意山水般的风格，《那山那人那狗》则如工笔画一样。

讲述方式也是一种风格，你可以先设计了一个故事再去确定讲述风格，也可以为了一种风格去选择一个故事。但不要勉强让一个故事去适应一种风格，因为有的故事，她本身就具有了鲜明的风格。比如《远山的呼唤》，故事本身就是散淡的，清远的，你无法让她适应火一般的风格，无法让她以快节奏的风格来讲述。

有的电影，看完了，许多人不知道是什么意思，或者说是没有看明白。不是观众笨，而是影片确实难懂。这也有多种情况，有故弄玄虚期待被称为诗意大师的，有只是想要达到一种艺术表现方式的，有因为政治的经济的人事的原因而刻意隐藏自己表达目的的。但无论你什么出发点，最基本的追求，应当是让作品好看，美，有价值。

说谁的作品是诗意的，一般认为就是夸奖了，超脱凡俗了。其实诗意并不神秘，诗就是现实的一种状态，一种美状态，美的一种状态。诗意，可以是幻想，但幻想也是一种生活现象，幻想的内容往往是虚假的，幻想本身并不虚假。一个人正在幻想，你不能说因为他在幻想他就不存在。所以诗意常常也是高度写实的，如"争渡争渡，惊起一滩鸥鹭。"如"小荷才露尖尖角，早有蜻蜓立上头。"这是诗，又是实实在在的，清清楚楚的。

诗意本身，充满了不同风格不同情感不同表现方式。辛弃疾的词作，有"更能消几番风雨？匆匆春又归去。惜春长怕花开早，何况落红无数。"的隐喻影射，有"了却君王天下事，赢得生前身后名，可怜白发生"，"醉里挑灯看剑，梦回吹角连营"，"将军百战身名裂。向河梁，回首万里，故人长绝。易水萧萧西风冷，满座衣冠似雪"这样的直抒胸臆，有"把吴钩看了，栏杆拍遍，无人会、登临意"的悲啸，"倩何人唤取，红巾翠袖，揾英雄泪"的感伤，"问渠侬：神州毕竟，几番离合？汗血盐车无人顾，千里空收骏骨。正目断关河路绝。我最怜君中宵舞，道'男儿到死心如铁'。看试手，补天裂。"的冲天豪气，也有"大儿锄豆溪东，中儿正织鸡笼。最喜小儿无赖，溪头卧剥莲蓬。"的舐犊之情，所以才被称为"大声鞺鞳，小声铿鍧，横绝六合，扫空万古，自有苍生所未见。"的词人。惜乎在世界范围内还没有能够达到此等境界的诗意电影！

诗意的，不等于慢节奏的。如杜甫的诗《闻官军收河南河北》："剑外忽传收蓟北,初闻涕泪满衣裳。却看妻子愁何在,漫卷诗书喜欲狂。白日放歌须纵酒,青春作伴好还乡。即从巴峡穿巫峡,便下襄阳向洛阳。"充满速度与激情。李白的："朝辞白帝彩云间，千里江陵一日还。两岸猿声啼不住，轻舟已过万重山。"悠然在小舟中，速度在波涛中。《罗马假日》饱含诗意，但富于节奏感，忽而快忽而慢，如同真实的生活，观众也忽而沉浸忽而兴奋，忽而快乐忽而伤感地跟着剧情一起走。

有说诗意的都是含蓄的，含蓄的作品高于直白的作品，这是不全面的。直白的表演也可以是诗意的表演，《罗马假日》就充满诗意而直白。会有人说那是外国人，那么看看中国的古人吧。且看两首明代民歌："结识私情弗要慌，捉着子奸情奴自去当。拼得到官双膝馒头跪子从实说，咬钉嚼铁我偷郎！""乞娘打子好心焦，写封情书寄在我郎标；有舍徒流、迁配、碎剐、凌迟，天大罪名阿奴自去认，教郎千万再来遭！"再看一首两千多年前《诗经》所收录的民歌："子惠思我，褰裳涉洧，子不我思，岂无他人，狂童之狂也且！"意思是一个姑娘隔河向一个小伙子说：想我吗，撩起衣裳趟河过来吧。

你要是不想我，难道没有别人！傻小子，还等什么呀！

不含蓄吧，比外国人还猛吧。你敢说这不是诗，是诗的老祖宗呢。所以诗，不等于含蓄，直白也可以是诗。

当然在剧作中，艺术家要避免刻意以某种偏执或意识形态来支撑其观点，要说刻意，是要刻意地提炼生活，用刻意而精心创造的情节尤如天然般地表达观点。

动人，深深的感慨，可以因为简单的事物，并且简单直白地表述，但这个直白简单的表述可以蕴含深刻的人生哲理，可以表现出深广的艺术力量。

我们前面说过的喜剧可以有高度现实主义的风格，追求在完全符合生活真实性的基础上表现出喜剧效果；也可以有相比真实生活高度夸张的风格，但是这高度的夸张，基础也站在生活中。卓别林演的《大独裁者》那么夸张，也是有希特勒这个人物基础在那里。我的电影剧本《棒槌萝卜狗》，力图追求现实生活中高度的欢喜状态，但不允许任何虚假的夸张。其实这个剧本也并不是我惯常的风格，可创作这个剧本时，我整个沉浸在浓浓的河南乡土风情之中，沉浸在河南人特有的中原气氛之中，沉浸在我熟悉的乡民们充满炊烟和稻粮清香的乡音之中。写完之后一看，人物冲突多用台词表现而动作性不足，场景变换也慢，每场戏相对比较长，可语言风趣幽默人物情绪饱满。给"百部农村电影工程"投稿之前，我对这个反传统的剧本并不报什么希望，但这样的剧本还是打动了评委。可见专家评委们，在评审中也是具有大视野的。

第十八章、做一个好编剧

以上说了那么多，说的都是怎样做一个好编剧，还有必要专门列一个章节阐述这个问题吗？

是的。当作探讨，也当作共勉吧。

那么，到底什么是好编剧？

标准也简单：有一个或多个观众百看不厌的、能够流芳千古、意韵久长、影响深远的作品。

怎么做到呢？

一、别写得太像剧本

看似一个悖论。

你学习写剧本，学习这么多技巧，到最后，要把剧本写得不像剧本，怎么掌握？什么意思？

打个比方：写楷书，如果写来写去就是那种印刷体，就没有了灵气，没有了自己。好的书法家，即使写楷书也各有鲜明的特点。写剧本也是一样的，你开始的时候应当有意识地参照、模仿一些技巧，逐渐地，应当摆脱模仿，不要总想着参照某种典型的结构模式，甚至某部电影的开端、中部、结局的量都去模仿，让人一看你写来写去就是那么个模样，太像剧本，太像人家的典型格局，实际上显得僵硬甚至僵死，没有自己的创造，人物和故事都不是活的，把原本应当充满个性充满新鲜感的创造过程，弄成了一个充满匠气的手艺活，整个结构看上去如同用一个其它的故事填充了被多少人多次使用过的模具，甚至像工业流水线上不同编号的产品一样。你一定要写这一个，你是在创造，创新。什么新？新故事，新人物，新的讲述过程。哪怕你显得那么突兀，那么不合常规，甚至那么稚嫩。

写剧本，有一个精致与粗砺的问题。任何作品，精致都是追求。可过于精致，则显得刻意显得匠气缺乏生气。所以创作中有时应当追求粗粝的感觉，粗粝是什么状态？是否与精心的创作相悖？创作中追求的粗粝，是原本的味道，本来的面目，强调了一些东西，忽略了一些东西。强调的是精心打造的，忽略掉的也是精心安排的。当然本来面目并非一定就是粗粝的，粗粝也并不是所有创作状态的追求。但创作中有时每个情节都精心安排了面面俱到了，反而显得刻意追求了，不真实了，没有味道了。所以粗粝往往是精心提炼之后的淋漓尽致之作。精心到浑然天成，看起来却仿佛有一些粗糙。如《保镖》，当女主角蕾切尔受到生命威胁，男主角弗兰克把她带到乡下自己的家，蕾切尔的姐姐妮基雇佣的杀手也神奇地追到了这里。电影没有交待弗兰克如何把行程及地址告诉蕾切尔和妮基，也没有交待妮基如何通知杀手，只是提示了妮基就是雇主。而弗兰克在杀手出现之后也猜到了妮基参与其中，提示妮基雇佣杀手的动机也只是一句话："你说过，她拥有一切。"这样的处理看似粗糙，实际不但加快了故事节奏，而且使故事的进展出人意料，并给观众留下想象的空间。这里，粗糙变成了粗粝，缺失变成了艺术。

所以，粗粝不等于粗糙。粗粝的感觉，往往来自质朴的原生态的生活本身，没有经过打磨，没有众多的践踏，如同一片旷野，你要走过去，必须艰难地迈过草丛攀过岩石甚至穿过荆棘。正是这种穿越这种攀登，让你感到清新与快乐。粗粝来自精心的设计，就象你在旷野中忽然寻找到了最为美丽的山峰、河滩、绿树，于是你放弃了其他的一切，沉醉于你所独爱的风光。创作也是这样，一些高度艺术化的情节，看似粗粝，却直接而清晰地为观众呈现了优美的画面动人的故事真挚的情感。

粗粝呈现的，有时是忽略，有时是专注，有时是加快。但忽略不是为了故意让观众看不清楚再来看一遍，而是为了不使观众厌倦，让观众一直处在精彩的呈现之中。所以粗粝的忽略却不是低下，粗粝本身也是一种艺术。粗粝需要功力，需要艺术眼光与艺术力量。

当然，粗粝并不是剧本的整体要求，只是某些情节的技术需要，且并不排斥许多情节需要精细地处理。一些侦探片如《尼罗河上的惨案》，许多事先埋伏下来的线索，在后面的故事发展中都一一作了详尽的交待或者说是复盘，把整个谋杀过程完整地呈现出来。这里，详尽与精致，同样是高明的紧紧抓住观众的艺术。

剧本总是少不了交待，但往往，交待最容易拖延节奏。必须交待时，要把交待艺术化，让交待成为吸引观众的一部分。如《保镖》中弗兰克一句简短的话交待了妮基的动机，这种交待就令人回味，充满想象充满空间感。你再回头想想刚刚过去的情节，妮基在早晨坐在门口唱，蕾切尔出来了，也唱同一首歌，而且显然比妮基唱得好得多。于是妮基不再唱了，脸上的表情——可能你在前面看的时候没有注意，而这时你会想到，那是嫉妒与憎恨的表情，虽然一

闪而过,却表现出妮基刻骨铭心的仇恨与屈辱。当你回头再去寻找去观察妮基的表情,你已经不再急着追求下面的故事是什么。或许这时你会说,粗砺是一种高度的艺术感,是精致的另一面。

写作,表演,都讲究天然去雕饰。天然去雕饰,往往就是粗砺的状态。但天然又都来自于雕饰,艺术之天然高妙在于长年磨砺,自然界那是岁月留痕。所以好剧本常常会让观众问到:这是真事吗?

二、投入生命,忘掉技巧

汉武帝曾要霍去病学习孙吴兵法,他回答说:"为将须随时运谋,不至学古兵法。"霍去病说的不是不需要学习,而是说在谋划战争在实际作战的时候,不能再去想兵法,想的是如何致胜。无独有偶,宋朝时宗泽问起岳飞打仗喜欢用什么阵法,岳飞也说:"阵而后战,兵法之常。运用之妙,存乎一心。"强调的也是不拘泥于成说。

艺术实践也是一样的,真正的好编剧,虽然能够熟练运用各种技巧,但在创作时却并不因循技巧,仿佛没有技巧。

真正优秀的作品,一定是真挚浓烈的情感与绝顶高超的技巧相接合的产物。而且,没有真挚饱满的情感,任何一个作者包括诗人,小说家,剧作家,画家,书法家等等,不可能拥有真正高超的技巧。《红楼梦》的写作,按曹雪芹自己说是:"满纸荒唐言,一把辛酸泪。都云作者痴,谁解其中味。"《脂砚斋重评石头记》中说:"书未成,芹为泪尽而逝。"曹雪芹为这部书倾注了毕生的心血。

巴尔扎克大学毕业后进了律师事务所,他父母希望他端牢这只"铁饭碗",但他不顾家庭反对毅然辞职,在一处贫民窟的阁楼上开始他的作家生涯。第一部作品《克伦威尔》未获成功,后与人合作从事滑稽小说和神怪小说的创作也未引起注意。但他矢志不移,在书房布置了拿破仑的小像,并写下一生的座右铭:"我要用笔完成他用剑未能完成的事业。"他最终成为文学上的拿破仑,以惊人的毅力创作了91部小说,合称《人间喜剧》。

巴尔扎克写《高老头》的时候,一天忽然伤心地哭起来。问他为什么哭,他说:"高老头死了!"这时的巴尔扎克,想的一定不是技巧。真正优秀的作家,创作时会不由自主地忘掉技巧,澎湃的只是故事与情感,而新的技巧往往在此时产生,成为后人的经典。技巧是作为故事的附属而存在的,是故事的路径与外衣,是作者生命演绎的形式。

常言种瓜得瓜种豆得豆,也有作者刻意于技巧也收获技巧。如《罗生门》

和《公民凯恩》，可以看到作者在技巧上下了巨大的功夫，功夫下在哪里收获就在哪里，这两部电影充满了对于电影技巧史诗般的创造，体现了作者对于电影饱满而高昂的激情。但你无法从两部作品中感受到心灵的震颤，人们谈论的是：那是电影；而不会说：那是一段切入人们内心的情感，尽管《公民凯恩》一直在追寻主人公的情感世界，可影片中的人物，是为电影而存在的，所以是缺乏生气的。

在贾樟柯的电影中，可以看到他对于生活，对于电影可贵的真挚的情感。但很多人不喜欢他的电影，为什么呢？他和《罗生门》《公民凯恩》的作者有什么区别呢？

优秀的电影创作者，他最重要的情感，不是对于电影技巧的情感，而是对于电影中每一个人物的情感。我们已经无法和《罗生门》《公民凯恩》的作者对话，不能说他们缺乏对于影片中人物的情感，但他们的电影表现出来的效果，是电影技巧压倒了人物与故事。贾樟柯对于电影和影片中人物的情感都是饱满的，他没有把电影弄得更加好看，因为他要表达自己的深沉的思考，这种思考有着过于浓重的个人色彩，拉远了和很多观众的距离。

在影视剧评比中，常常出现专家评选与观众评选不一致的情况。想来，在故事基础上，专家侧重影视语言表现，观众追求情感共鸣。如《唐人街》与《这里的黎明静悄悄》，在美国电影家的眼里是前者好，麦基与菲尔德在自己的书里都没有提到过后者而倍加推崇前者。可即使是当今的现代派青年学生，普遍不喜欢前者而喜欢后者。又如麦基喜欢电影《赵氏孤儿》，但熟悉并喜欢这个故事的中国观众并不喜欢这部电影。差别在哪里？在于情感。电影《赵氏孤儿》的情感不可谓不浓烈，可那种浓烈来自于导演个人赋予这个故事中人物的那些选择与生活，观众觉得别扭，觉得扭曲了那个时代的那些人物，所以排斥它，哪怕它拍得再精致。

电影的根本目标是心灵，或者说，根本目标是大众的心灵，而不是电影技巧。所以电影和电视剧，应该为了自己所表现的人物与故事存在，而不要让自己的人物为了表现影视艺术而存在。一个编剧所创作的，不是你自己喜欢什么，而是生活有什么，生活的本质是什么，一个突出事件的实质是什么，生活的意义是什么。

好的编剧，你必须具有编剧匠人所应当精通的手艺，成为这方面的专家。可你一定不要只是为了自己的生活与成就，一定要从内心深处诚挚地热爱这个事业，愿意为她投入与回报完全不成比例甚至没有任何回报的激情与生命。当然你的这个愿望这个热爱会受到太多的挑战：长年累月的一次次失败，商业化与你内心追求的矛盾，更高收入的诱惑，良心追问的痛苦等等。有时候你也要进行痛苦的妥协，可你不要放弃你真正的艺术追求，不要放弃你生命中最为可贵的激情，才能够迎来你生命中最灿烂的光芒。你要学会在妥协中前进，但如果妥协会无法挽回地伤害你的艺术生命，你将怎么办呢？

一个真正的艺术家，或即便你永远成不了艺术家而只是一个在艺术道路上终生跋涉没有成功的艺术爱好者，你也要不计得失，决不回头。这样直到你老去，你照样会感受到痛并快乐，你的生命照样充满了金子一样的价值，因为，为了一个明亮的目标不计损失地追求那是一种充满价值的灿烂人生。

三、志向要高远

我刚刚写小说和剧本的时候，是一边工作一边业余写，很多时候就是在机关里的办公室，处理完公务闲下来，人家在聊天，我在写。就有人说：哼，就你还写小说，能发表吗？我跟人家吹牛，说一定能发表，而且一定不是只在本地发表，一定会改编成影视剧上中央电视台，一定能拿奖。

当时大家哗然都笑了，后来却都实现了。

那时觉得标准够高了，人家都说把牛吹死了。可后来，我觉得自己的标准定得太低了。剧本满足于比一般的专业作者不差甚至还要好一些，拍摄也是的，自有资金有限，外面没找到几个钱，差不多凑凑合合就拍了，拍的也粗糙，人家有钱一部电影拍半年，咱没钱只够拍半个月。《战友》拍了十三天，天天都在赶戏，杀青结完账，发现再多拍一天钱就不够了，画面、表演、照明质量可想而知。所以这些年成绩也不大，虽然所有作品都上了中央电视台，都拿了奖，也拿过全国性的影视奖，却没有写出、拍出伟大的作品。

一个人想要做编剧，这样一个十分艰苦又不容易成功的行当，你要干，哪怕一生只干一把，一定要给自己定下一个不要动摇的标准：写全世界最好的剧本，拍全世界最好的影视剧。

你的追求，应当成为一种理想，而不仅仅是职业与收入。

取法其上，只得其中；取法其中，只得其下。你定下一个高目标，可能你一生并没有达到。但你的准备，你的心气，你下的功夫都不一样，你不至于干了多少年，只弄出来一个凑凑合合的东西。你到底没弄出来一个千古流芳，你咋也弄一个十年过后人家还在说的东西。即使你失败，也才可以叫做悲壮：咱要的是整个世界，输了，也只输给有数的几个人。

一个不一样的念头，带来的结果可能是天差地远的，你可能庆幸，也可能后悔。

四、热爱生活

你热爱生活，你的作品，你的每一个故事每一个人物才会是有生命的，有情感的，活的。

热爱生活，你不要只是有阅历，你要亲身去经历。

我当过兵，到农村当过驻队干部，当过警察，一个人去抓两个带刀的杀人犯而且带路的是他们的一个亲属，我化妆侦察和走私犯接过头，我因为多次参加矿业秩序整顿才写出了《当关》，我因为当过警察并且和瓷器专家有交往才写出了《瓷器》，我干过纪检知道不少违反纪律的事情才写出了《摊牌》。

《红楼梦》是曹雪芹的经历。

《林海雪原》是曲波的经历。

艺术性与生活的质感并不冲突，真正的编剧，是把自己的生活与剧本创作无法分割地联系在一起。做职业编剧好，做生命编剧更好，把职业与生命融合在一起才是真正的好。编剧的最高境界，是不为钱不为名，为的是爱好与生命的快乐。

艺术的第一要素是真挚，技巧顶多是第二位的。音乐、书画、表演、剧作无不如此。剧本创作的最高状态，是用你全部的情感，去经历一次你剧中所有人物与故事的喜怒哀乐。所以许多作家在创作中会大笑大哭，所以巴尔扎克写到高老头死的时候忽然哭了。

真正呕心沥血创作，往往一开始不必写提纲，不必写主题阐述，你的创作在心里，你的主题并没有先行，你只是被你的故事和人物感动。作者应当不断地认识自己，认识自己并不是一件容易的事情，可能很长的时间里，你并不清楚自己到底是谁，是一个什么样的人，会做什么事情，会对某些事件做出什么反响。而且，你经常在改变，有时变得聪明睿智，有时变得愚蠢可笑；有时会仗义执言，有时却睁一只眼闭一只眼；有时大义凛然，有时退避三舍。

编剧需要对你的任何一场戏、任何一个人物、任何一个情节投入真挚浓烈的情感。但同时，你又必须记住，你的描写一定要客观，要能够走进去又能够跳出来，要让你的浓烈的情感如感同身受一样地宣泄，又能够如同判官一样冷静相向，不动声色，避免把所有人物都写成你自己。就象我们说一个好的演员总是在演角色而不是自己，总是在突破自己一样。

要做一个豁达的富于生活情趣的人。你总是会遇到你倾尽情感的作品无人问津，或许因为你写的不好，或许不是因为你写的不好。有人说，谁谁找我写剧本，因为那是商业片我就是不写。这大多是虚张声势。商业片，只要不是低级趣味的，不是反社会的，不是法律不容的，你当作人家饿了你给人家做顿面条嘛。你再高雅的作品,你也总是想要有人看。有人看,如今只有商业化的渠道,就是说你的作品到底还要成为商品,必须面对市场。由此导致的故事题材及内容重复又重复,严重扼杀创意,资金投向不合理,真正的艺术受到冷遇等等,你想不到的事情会很多。这种情况下,你要杀一条血路出来,会向现实低几次头,但你永远不要放弃内心的真情感与文化追求。

五、和导演、制片甚至演员做朋友

编剧与导演是一对冤家,冲突是免不了的。可你如果能够和他们相处,必有好处,你当然是在帮助他,他也一定能够帮助你。不要争高低,要争故事的优劣。

有的导演排斥编剧写下对人物心理状态的理解,但你该写只管写。塔可夫斯基是大导演,他在《雕刻时光》中却写到:"剧作家可以,事实上也有此必要,把他自己所了解的心理状态提供给导演,甚至告诉他如何经营场面调度。"有的导演排斥编剧参与二度创作,但如有导演请你参与二度创作,你不要拒绝。

反过来,做编剧也是一样,要能够听取别人的意见,别把自己搞得那么高,认为谁都不如你。文章不厌千回改,这一点在影视界尤其突出,讨论剧本没有客套,大家都吹胡子瞪眼睛、咬牙跺脚、勒紧裤腰带、血淋淋的厮杀成一团,全是为了一个好作品。电影界多次评过电影史上十大名片,都认为即使他们千年不朽,都还有不足,即所谓的"影视是遗憾的艺术"。在文学艺术界,影视人的这一点十分难能可贵,也是造就影视繁荣不可或缺的一环。像《吕氏春秋》那样"凡能增删一字者赏千金封万户侯",只是权势者的虚荣与炫耀而已。我的任何一个投入拍摄的剧本,自己不知道改多少遍,还总是找一切机会听取别人的意见。有些人说了一大堆意见,都云里雾里没什么用,可有一条意见好,你就受益匪浅。有的人能说出不足,甚至能说出哪里不好,就是说不出怎么不好,更出不了主意,但他提示你哪部分应当修改,这已经功劳不小了。

和演员的交往,我有一个故事。张少华大姐在出演《大宅门》《半路夫妻》《丑娘》《北风那个吹》之后,一时间火得烫人。2008年我出席第九届长春电影节,和张少华大姐住在一个酒店,相识并有了简单交谈。我谈到希望有机会与她合作,她笑眯眯说只要有时间。不久我筹备电影《挂帅》与《做局》的拍摄,剧中有个人物四奶奶,是个配角,有台词的戏只有不到十场,且在好几场戏中没台词,只是站一站而已。我想到请少华大姐来演这个戏份不多的角色,一定会给作品增色不少。可制片人说这么几场戏,一定请不到她那么大的腕儿。我想只管试一试，一打电话，她正好有时间并愉快答应下来。我慌了，心想四奶奶那几场没台词的戏，让大姐干站在那里多么不合适，于是在忙碌的筹备工作中，每天早上四点钟起来给四奶奶加戏。干了两个凌晨，凡有四奶奶的场次，都有她的台词与动作，不但四奶奶更加丰满，其它人物也都锦上添花。

得意之下，不由得就给少华大姐发了一个信息："大姐，我连续两天早上4点起来改剧本，丰富四奶奶形象。来了要夸奖两句啊！"

张少华的回信也原文抄录："老弟好收到：你真让我感动！别太辛苦了，四奶奶就是片叶儿不能抢了别人的戏，别太累身体第一！到组后沟通再次谢了。张少华"。

想一想开始为什么没把四奶奶这个人物写好呢？还是觉得只不过一个配角而已，所以手一滑就过去了。

要做一个好编剧，任何时候，任何情况下，手别滑。

六、不妨做一把导演

有人问我当编剧与当导演哪个更难，从我个人的情况，我觉得当编剧更难一些。任何导演，都要对剧本进行二度创作。而当一个人编剧、导演一身兼的时候，导演的许多工作，在编剧阶段就干了，到了现场就是去完成了。而且拍摄是开放的、众多人在一起共同战斗的、热气腾腾的阶段，有很多激情和愉快，比一个人在屋子里面写东西好的太多了。你写顺了的时候，觉得口吐莲花笔生彩虹电脑键盘上全是珍珠。你对自己的剧本不满意，独自在斗室中苦思冥想的时候，是十分痛苦而焦躁的。春秋寒暑枯坐斗室，个中甘苦唯有自知。说自己的作品犹如自己的孩子，也有人会说：生孩子有什么难，哪个妇女不会生，不就十个月吗！有部电影里不是说了，一撇腿一个女子，一撇腿一个女子，一撇腿还两个女子。那部电影是这样说了，说这话的那个爷们你不用让他真的去十月怀胎而且双胞胎，你只在他肚子上面绑个七八斤重的包只绑一个月试试！但是，但是哦，出一部好作品真的比生孩子难啊，为一句好台词真的能想得掉头发啊，为了一个好故事真的能踏破铁鞋啊，为了一部好作品真的能春秋皆忘寝饭不思穷尽心智耗尽生命啊，电影《辛德勒的名单》光剧本弄了十几年啊，曹雪芹写《红楼梦》那是"书未成，芹为泪尽而逝"啊！

从05年到07年，我大部分时间是在电脑前写剧本改剧本，脖颈的肌肉都有些僵了，颈椎也有了一些问题。后来拍《女大学生部落》和《挂帅》、《做局》，天天在外面跑，也没吃什么药，居然都好了。所以搞文字的有颈椎病的

朋友,赶快都去当导演吧。

七、跟上时代和保留传统

我写了一个青春题材剧本,有年轻人看后说,你写的还是你自己的观念,陈旧了,时代变了,你看看《致我们终将逝去的青春》。

是的,任何一种题材的内容,都会随着社会生活的发展变化而不断丰富,编剧应当把具体的、崭新的社会生活方式与时代变迁过程融化在艺术当中。你要让《西厢记》中的崔莺莺看到《致我们终将逝去的青春》,她一定惊恐得要昏过去了。

但是,你也要关注发展了的时代里,仍然存在的传统。一些传统的东西,总是刻印在人们的心中,哪怕是时髦的青年,真的遇到什么事情,传统的东西会在他们的行为中迸发出来。因为那些传统,生命力不仅仅限于过去和现在,也属于未来。所以《那些年我们一起追的女孩》也会产生收视率。

一些在久远的过去产生的情感,会一再地混迹于当今的生活,如同成年人的童话,如同不朽的寓言。有些故事或许编造得并不复杂,技巧不高,但总能击中人们内心柔软的地方,如兄弟情义,父子情义,爱情与亲情,战友情义等等。

寓言往往是给孩子的,大人往往拿寓言当作教育和思考。可成年人的童话为什么也会有人看呢?因为属于往日的情感引发了广泛的回忆,或一个很难实际发生的故事表现了人们经常遇到的情感,那些情感是真实的,饱满的,反映了生活的某些本质,就掩盖了刻意,让人们接受了。

八、一生不懈地追求

去做,不要相信天才。天才往往是从小就喜欢某一件事情,或从小处在一个特殊环境之中。

巴尔扎克小时候成绩不好,在一次只有35名学生参加的会考中名列第32,因此父母和教师都没有对他抱什么希望,更不要说发现他是天才。这并不影响他成为青史留名的作家。据说奥利弗·斯通、劳伦斯·卡斯丹、路丝·普劳尔·贾布瓦拉也都是到三四十岁才成功的。

成功,你需要放弃许多,放弃很好的就业机会,放弃正常人的生活,放弃太多的休闲时光,甚至放弃你的爱情。但你有可能成为民族的老师,人类的老师。

永远保持起初的态度与激情。特别当有了成绩哪怕是突出的成绩后别骄傲，每一部作品都当作处女作来写。沈从文就说过：我的每一篇作品都是习作。

要像一生要呼吸一样去一生创作，别怕失败。许多名作家名编剧，都在创作困难时怀疑过自己的能力，他们最后成功是因为哪怕有过犹豫也从没有放弃。好莱坞著名编剧、导演让·雷诺阿说过："真正的艺术就是动手干起来。"麦克唐纳公司《再接再厉》的海报有这样的话："世界上没有任何东西能代替持之以恒。才华不能代替，常见的是失败的人才。天才不能代替，众所周知天才通常壮志未酬。教育不能代替，这世界充满了受过教育的废物。只有持之以恒和坚定不移才可以无所不能。"

做编剧的确是生命冒险的历程。

不要怕失败，失败肯定是灰暗的，但没有失败的铺垫，不可能到达真正的巅峰。所以常常在回首的时候，看到失败的那个时刻闪着金色的光芒。对失败的评价也不相同，比如即便是在今天，穷困潦倒也是失败的象征，可写出天下第一长联的气魄与胸怀，与孙髯翁穷困潦倒的经历必定是分不开的。有了那样的经历，他才能够穷且益坚不坠青云之志，看破万代千秋，真正理解了自然和人。逆境出大作，希望现在的孩子别动辄崩溃，现在的社会能够给人的，比过去太多了。

如果你很长时间、很多次没有成功，厌倦了，疲惫了，那么你放下，去做别的，生活到处都是灿烂。许多年后，你的梦想还没有泯灭，激情又重新燃起，正好又有一个机缘，那时你回来，带着你丰富的经历，对生活更加深刻的认识，更加深沉浓烈的情感回来。你重新开始，那时再看看你创作出来的东西。

当你投入的不是时间不是精力，是生命和真挚，你没有不成功的。

有一个朋友说，他是把创作当成了生命中最重要的东西。可是我问他：你为创作受了什么苦？付出了什么艰辛？你生命状态当中最激烈、最艰苦、最疲劳、最兴奋的时刻是创作吗？他又说不出来。而我，呕心沥血地写，还写不好呢，因为我不是天才。

过创造性生活的人，不要把失败当成黑暗，当成意外，当成你的敌人。你要准备把艰苦奋斗之后的失败当作爬山爬累了。你爱好创作，爱好的不是光环，不是荣华，不是名誉，不是金钱。你爱好的最本质，是你自己的生命。创作是你的生命，作品是你的生命，过程也是你的生命。在创作中所有的困难，你的学习、你的成长、你的委屈、艰辛、劳累，都是你的生命啊，不仅仅是结果啊。

一天一个女青年给我打电话，说写了个长篇剧本请我看一看，又问一个20

集剧本最多可以挣多少钱。我断然拒绝帮她看剧本，写剧本挣钱和做别的买卖挣钱不是一回事，做买卖你投入心血并不一定投入情感，写一部好剧本要投入浓烈情感啊。

有一个作者在向外投稿不被采用后给我说："我怎么就会有这么一个爱好呢！费了那么多精力，却得不到收获。"其实这才是戏啊，这才是剧本啊！可往往写的时候，不知道怎么写、写什么。

生活对于每一个人都是公平的。对于创作者来说，你觉得生活对你不公平的时候，往往正是你获得别人无法体验的生活感受的时候，那些感受最滋养人们的创作。对于青年更是如此，我常常想，如果我是在青春年少的时候开始艺术创作，那会是一种什么情况啊！

九、做艺术家，不做艺术的匠人

好剧本不是写出来的，是从内心深处澎湃而出的。不是为了迎合观众而写的，是充满了与亲人、与观众、与天下人心灵上的共鸣而写的——无论喜笑怒骂，无论暴风骤雨，无论花前月下，无论刀山剑树，无论千山万水，无论万代千秋。

什么是好电影？不是技巧，不是精美的道具著名的演员豪华的场景美丽的环境，而是电影所抒发的真挚美好的情感。

做编剧，要永远在发现美创造美。早晨起来蓬头垢面不美吗？有一种睡眼惺忪的美。《秋菊打官司》中的秋菊丑吗？国际电影节的评委认为非常美。你的追求是什么？是技巧还是心灵？在真挚面前，人性也是要让路的。你揭露人性，只是为了揭露，为了剖析，为了完成与发现的快感，你还不是真正的艺术家。

真正的艺术家，是奉献出一颗心用真挚融化世界。

艺术家敢于建立规则，更敢于打破规则，而匠人往往因循于规则。塔可夫斯基在他的《雕刻时光》中，谈到艺术规则时说："显然有人会指责我前后矛盾。然而，艺术家本来就可以创造规则而又打破规则。看起来也不会有太多艺术作品能够准确地体现艺术家所提倡的学说，通常一件艺术作品的孕育发展和艺术家的理论有着错综复杂的互动，但这一理论观念并不能完全涵盖该作品，艺术的质感总是比所有能够符合某种理论架构的事物更耐人寻味。如今我既已写了这本书，我不免开始怀疑我自己的规则是否已逐渐成为一种局限？"

塔氏是诚实的。艺术家的实践往往有着不同的甚至矛盾的理念，这是因为不同的故事、主题、生命状态要求有不同的艺术表现形式来更加逼真更加充分地诠释她们。一些表现形式被多次运用，于是就成为规则。规则是经验，是技艺，是能力，是管用的。但在生活面前，在艺术实践面前，在生命面前，规则永远是苍白的，生活、生命和艺术追求本身才是鲜活、酣畅、蓬勃的。

十、给自己增加广泛的营养

首先是生活营养和文学营养，注重向前辈艺术家学习。同时，又要注重吸取他山之石的营养，艺术的精髓总是相通的。

历史名画一书中论王蒙的画说："王蒙绘画功力与技艺高于倪瓒而影响低于倪瓒，是因为才华与成就之高不在功力之苦，而在胸襟、情怀之不俗。"

刘熙载评孙过庭书法作品《书谱》说："用笔破而愈完，纷而愈治，飘逸愈沉著，婀娜愈刚健。"

傅山论书法说："宁拙毋巧，宁丑毋媚，宁支离毋轻滑，宁真率毋安排。"

画家吴冠中曾说："我们在传统中得益的，是启发。我们在传统中受害的，是模仿。"

国画有平远、深远、高远、宁远之追求。何谓清远？何谓寂远？何谓攸远？何谓苍远？这些能否在剧本中体现出来？

安格尔有一幅起名《大宫女》的画，在巴黎展出时引起了极大的争议和抨击。评论家德·凯拉特里曾对安格尔的学生说："他的这位宫女的背部至少多了三节脊椎骨。"然而安格尔的学生阿莫里·杜瓦尔则辩解说："凯拉特里可能是对的，可是这又怎么样呢？也许正因为这段秀长的腰部才使她如此柔和，能一下子慑服住观众。假如她的身体比例绝对地准确，那就很可能不这样诱人了！"

这些论述，用来思考剧作、表演也是适宜的。有些东西看似离我们很远，认真想一想，其实是很近的。

（本书于2015年4月19日、农历三月初一完成）
（本书于2015年5月10日修改完成）
（本书于2015年12月13日二次修改完成）

跋

刚刚看完了清样，家人告诉我，朋友来电，央视6套正在放映我编剧、导演、主演的电影《挂帅》。看着银屏上我的另一个形象，心想怎么会这么巧，就像特地来给本书道贺。谢谢啊！

完成一个创作的时刻很快乐，那是创造了一个新生命啊！

偶因有大学约我讲剧本创作，看了一些教科书，觉得颇多语焉不详，实用性差，且有一些明显的错误，也有许多和他们不同的看法，就写下本书。对于我自己的创作，也是总结和再学习。

学而后知不足，过去觉得这话很做作，如今真正感觉到前人的高大。现在做编剧、做导演技艺熟练一些了，写本书又有许多反思，自己作品的不足也看到的多了，很多遗憾不禁扼腕叹息。看下一部吧，会以更大的激情，更高的艺术追求，向灿烂的远方前进。

创作，创造，不稍停息。

学习，实践，忘掉岁月。

创作犹如拓荒，犹如播种，破土，成长，收获，千锤百炼，浴火重生，展翅向苍天，巨浪偏行船，打破了泥人，重塑了君身，引得人心荡漾、牵得人九回肠！

创作带来痛苦，带来疲倦，煎熬，彷徨，追索，放浪形骸，物我两忘，不懈的思虑，无尽的征途，枯燥的永昼，孤独的长夜，狂涛中的挣扎、冲撞时的血战！

创作带来幸福，带来欢乐，欢畅，欢聚，欢呼，喜形于色，倒四颠三，醇香的回味，绵长的传延，暮春杂花飞群莺，清秋长天行雁阵，走遍了丛山苍翠高广，脚下正迈入理想远方！